Janv. 2009

Magnifique !
Quelle imagination....

L'HOMME NU

Paru dans Le Livre de Poche :

L'AMOUR ET LA MORT
LES CHIENS DE L'HIVER
LES FEUX DE L'EDEN
LES FILS DES TÉNÈBRES
NUIT D'ÉTÉ

DAN SIMMONS

L'Homme nu

ROMAN TRADUIT DE L'AMÉRICAIN
PAR MONIQUE LEBAILLY

ALBIN MICHEL

Titre original :

THE HOLLOW MAN

ISBN : 978-2-253-13998-0 - 1re publication - LGF

*Tu sentiras comme a saveur de sel le pain
d'autrui, et comme il est dur à descendre
et à monter l'escalier d'autrui.*

Dante, *Le Paradis*, XVII
(trad. J. Risset, GF, 1990).

Les yeux que je n'ose pas rencontrer dans
                              [les rêves
Au royaume de rêve de la mort
Eux, n'apparaissent pas.

T. S. Eliot, *Les Hommes creux*
(trad. P. Leyris, Seuil, 1969).

Ombre le soir

Bremen quitta l'hôpital et sa femme mourante pour rouler vers l'est, vers la mer. Les routes étaient encombrées de Philadelphiens fuyant leur ville en ce week-end pascal exceptionnellement chaud, aussi dut-il se concentrer sur sa conduite, ne gardant qu'un contact fort ténu avec l'esprit de sa femme.

Gail dormait. Ses rêves induits par les médicaments étaient incohérents. Elle cherchait sa mère dans une suite interminable de pièces remplies de meubles victoriens. Les images oniriques se glissaient entre les ombres vespérales de la réalité pendant que Bremen traversait les Pine Barrens. Gail émergea du sommeil juste au moment où il quittait la route touristique et, durant ces quelques secondes où elle ne souffrait pas encore, Bremen put voir avec elle la lumière du soleil éclairant la couverture bleue, au pied de son lit ; puis il partagea également son bref vertige confusionnel lorsqu'elle crut – durant une seconde seulement – se réveiller à la ferme.

Les pensées de Gail l'atteignirent juste au moment où la douleur reparut comme une aiguille infiniment pointue qui s'enfonça derrière son œil gauche. Bremen fit la grimace et lâcha la pièce de monnaie qu'il tendait à l'employé du péage.

« Ça va pas, mon vieux ? » Bremen fit signe que si, fouilla dans sa poche à la recherche d'un dollar qu'il fourra aveuglément dans la main de l'homme. Il jeta la monnaie dans la boîte à gants encombrée de la Triumph et mit toute son attention à passer le plus rapidement possible les vitesses de la petite voiture tout en abaissant son écran de protection contre la terrible douleur de Gail. Lentement, la torture diminua, mais le désarroi de son épouse le balaya comme une vague de nausée.

Elle retrouva vite la maîtrise d'elle-même, en dépit des voiles de peur mouvants qui flottaient aux marges de sa conscience. Elle sous-vocalisa, se concentra pour réduire à un simulacre de sa voix le spectre de ce qu'elle partageait.

Salut, Jerry.

Salut, ma belle. Il envoya cette pensée en s'engageant dans la sortie de Long Beach Island. Bremen partagea la vue avec elle – le vert saisissant de l'herbe et des pins que recouvrait l'or de la lumière d'avril, l'ombre de la voiture de sport sautillant sur la courbe du talus tandis qu'il suivait l'échangeur en forme de trèfle pour rejoindre la route. Brusquement, lui parvint l'odeur aisément reconnaissable de l'Atlantique, une senteur de sel et de végétation pourrissante, et cela aussi il le partagea avec elle.

C'est beau. L'excès de douleur et de médicaments parasitait les pensées de Gail. Elle s'accrocha aux images qu'il envoyait avec une concentration presque fiévreuse de sa volonté.

L'entrée de la station balnéaire était décevante : restaurants de fruits de mer tout délabrés, motels en parpaings beaucoup trop chers, innombrables marinas. Mais sa familiarité même était pour eux rassurante et Bremen s'efforça de tout voir. Lorsque les terribles houles de la douleur s'apaisèrent, Gail commença à se détendre et, durant une seconde, sa présence fut si réelle que Bremen se tourna vers le siège du passager pour lui parler. Il transmit son pincement de douleur et de gêne avant d'avoir pu le réprimer.

Les allées des villas étaient pleines de familles en train de décharger des breaks et de porter sur la plage des dîners tardifs. Les ombres du soir s'imprégnaient de l'aigreur d'un début de printemps, mais Bremen se concentra sur l'air frais et l'ardeur des bandes que le soleil dessinait à l'horizon tout en se dirigeant vers le phare de Barnegat. Il jeta un coup d'œil sur sa droite et aperçut une demi-douzaine de pêcheurs, les pieds dans les vagues déferlantes, dont les ombres coupaient la ligne blanche des brisants.

Monet, pensa Gail, et Bremen hocha la tête, bien qu'à ce moment il fût en train de penser à Euclide.

Toujours le mathématicien. La voix de Gail faiblit car la douleur revenait. Des phrases à moitié formées s'éparpillèrent comme l'écume qui s'élevait des vagues blanches.

Bremen laissa la Triumph garée près du phare et traversa les dunes basses pour se rendre à la plage. Il jeta par terre la couverture en loques qu'ils avaient apportée tant de fois à cet endroit même. Un groupe d'enfants passa en courant. Ils poussèrent des cris aigus en arrivant à proximité des vagues. En dépit de l'eau froide et du rapide rafraîchissement de l'air, ils étaient en costume de bain. Une petite fille d'environ neuf ans, tout en jambes blanches dans un maillot trop petit, caracolait sur le sable mouillé, plongée dans une chorégraphie compliquée et inconsciente avec la mer.

La lumière qui filtrait entre les stores vénitiens baissa. Une infirmière qui sentait les cigarettes et le talc éventé vint changer la perfusion et lui prendre le pouls. Dans le hall, l'interphone ne cessait d'éructer d'impératives annonces, difficiles à comprendre dans les vapeurs d'une douleur croissante. Le docteur Singh arriva vers dix-huit heures et lui parla doucement, mais l'attention de Gail était rivée sur la porte que l'infirmière allait franchir avec la seringue bénie. Le tampon de coton sur le bras était un délicieux préliminaire au répit attendu. Gail savait à la seconde près combien de minutes s'écouleraient avant que la morphine commence à agir pour de bon. Le médecin disait quelque chose.

« ... votre mari ? Je croyais qu'il resterait cette nuit.

– Il est là, docteur », répondit Gail. Elle tapota la couverture et le sable.

Comme le soir tombait, Bremen enfila son anorak en nylon pour se protéger du froid. Les étoiles étaient dissimulées par une épaisse couche de nuages qui ne laissaient voir entre eux qu'un infime pan de ciel. Là-bas, en mer, un pétrolier d'une longueur invraisemblable avançait à l'horizon. Les fenêtres des villas, derrière Bremen, projetaient des rectangles jaunes sur les dunes.

L'odeur des steaks grillés lui parvint, apportée par la brise. Bremen essaya de se rappeler s'il avait mangé ou non aujourd'hui. Son estomac se tordit, ombre légère de la douleur qui remplissait encore Gail, malgré l'action de l'analgésique. Bremen envisagea de retourner à la petite épicerie, près du phare, pour y acheter un sandwich, mais il se souvint de la friandise maintenant rassise, prise au distributeur automatique de l'hôpital, pendant l'une des veilles de la semaine dernière. Elle était restée dans la poche de sa veste. Il se contenta de mastiquer les cacahuètes dures comme de la pierre en regardant la nuit descendre.

Des pas continuaient à résonner dans le couloir. On aurait dit une armée en marche. Le vacarme des plateaux, les pas précipités et le bavardage indistinct des aides-soignantes qui apportaient le dîner aux autres patients rappelèrent à Gail le temps où, petite fille, elle écoutait de son lit les petites fêtes données par ses parents.

Tu te souviens de la soirée où nous nous sommes rencontrés ? transmit Bremen.

Mmmm. L'attention de Gail était médiocre. Déjà les doigts noirs de la panique s'accrochaient silencieusement au pourtour de sa conscience, car la douleur commençait à vaincre l'analgésique. La fine aiguille fouillant derrière son œil semblait devenir de plus en plus brûlante.

Bremen tenta de lui envoyer ses propres images mémorielles de la soirée chez Chuck Gilpen, dix ans auparavant, de leur première rencontre, de cette seconde où leurs esprits s'étaient ouverts l'un à l'autre et où ils s'étaient dit : *Je ne suis pas seul.* Puis la prise de conscience corollaire : *Je ne suis pas un monstre.* Là, dans la maison de Chuck Gilpen, au sein du brouhaha de toutes ces voix excitées, et de la neuro-rumeur encore plus excitée émanant de ce mélange de professeurs et d'étudiants de troisième cycle, leurs vies avaient irrémédiablement changé.

Bremen était encore sur le pas de la porte – quelqu'un venait de lui fourrer un verre dans la main – quand brusquement, il sentit la présence, toute proche, d'un autre écran mental. Il essaya de le sonder doucement et, immédiatement, les pensées de Gail le balayèrent comme un projecteur une pièce sombre.

Ils restèrent tous deux stupéfaits. Leur première réaction fut d'accroître la force de leur protection, de se rouler en boule comme des tatous effrayés. Chacun d'eux comprit vite que cela ne servait à rien contre les coups de sonde inconscients et presque involontaires de l'autre. Ils n'avaient jamais rencontré de talent télépathique que primitif et inexploité. Chacun d'eux se prenait pour un monstre – unique et inattaquable. Maintenant, ils se tenaient nus l'un devant l'autre dans un endroit vide. Une seconde plus tard, presque sans l'avoir voulu, ils projetaient dans l'esprit de l'autre un torrent d'images, d'images d'eux-mêmes, de demi-souvenirs, de secrets, de sensations, de préférences, de perceptions, de hontes cachées, de désirs à moitié exprimés et de peurs pleinement formées. Ils ne se cachèrent rien. Chaque menue cruauté commise, chaque expérience sexuelle vécue et chaque préjugé entretenu se déversèrent avec des pensées d'anniversaires passés, d'ex-amants et d'anciennes maîtresses, de parents, et un flot interminable de bagatelles. Il était rare que deux personnes se connaissent aussi bien après cinquante ans de mariage.

Une minute plus tard, ils se voyaient pour la première fois.

Le signal lumineux du phare de Barnegat passait au-dessus de la tête de Bremen toutes les vingt-quatre secondes. Il y avait maintenant plus de lumières en mer que le long de la côte. Passé minuit, le vent se leva et Bremen s'enveloppa plus étroitement dans sa couverture. Gail avait refusé la piqûre lors de la dernière tournée de l'infirmière, mais son lien mental était encore faible. Bremen imposa le contact par la seule force de sa volonté.

Gail avait toujours eu peur de l'obscurité. Souvent, pendant leurs neuf années de mariage, il avait tendu vers elle son esprit ou son bras pour la rassurer. Maintenant, elle était redevenue une petite fille effrayée, seule dans la grande maison ancienne de Burlingame Avenue. Il y avait des choses, dans le noir, sous son lit.

Bremen traversa la peur et le désarroi de Gail pour partager avec elle le bruit de la mer. Il lui raconta les sottises qu'avait faites aujourd'hui Gernisavien, leur chatte tricolore. Il s'étendit dans le sable creusé pour que son corps soit comme celui de sa femme sur le lit d'hôpital. Lentement, elle commença à se détendre, à lui livrer ses propres pensées. Elle réussit même à sommeiller un peu sans morphine et rêva de la danse des étoiles entre les nuages et de l'odeur âpre de l'Atlantique.

Bremen lui décrivit le travail de la semaine à la ferme – le peu qu'il faisait entre ses séjours à l'hôpital –, partagea avec elle la subtile beauté des équations de Fourier tracées sur le tableau noir, dans son bureau, et la satisfaction ensoleillée de planter un pêcher devant la maison. Il partagea les souvenirs de leurs vacances de ski à Aspen, l'année précédente, et l'apparition soudaine, sur la plage, du projecteur d'un navire invisible, là-bas en mer. Il partagea le peu de poésie qu'il avait mémorisée, mais les mots ne cessaient de se transformer en pures images et en impressions encore plus pures.

La nuit s'avançait et Bremen partagea sa froide clarté avec sa femme, ajoutant à chaque image le chaud revêtement de son amour. Il partagea les petits riens et les espoirs de l'avenir. À cent vingt kilomètres de distance, il tendit la main et caressa celle de Gail. Quand il sombra quelques minutes dans le sommeil, il lui envoya ses rêves.

Elle mourut juste avant que la première lumière annonciatrice de l'aube touche le ciel.

Un étendard, là-haut, sur la brume

Deux jours après les obsèques, Frank Lowell, le directeur du département de mathématiques d'Haverford, vint voir Bremen pour lui certifier qu'il retrouverait toujours sa chaire, quels que soient ses projets pour les mois à venir.

« Je t'assure, Jerry, dit Frank, tu n'as pas à t'inquiéter à ce sujet-là. Fais ce qu'il faut pour recoller les morceaux. Tu pourras revenir quand tu veux. » Frank lui adressa son plus beau sourire de petit garçon et remit en place ses lunettes sans monture. On avait l'impression que sous cette barbe hirsute se dissimulaient les joues rondes et le menton d'un enfant de treize ans. Ses yeux bleus étaient francs et candides.

Bien content. Un rival de moins. Jamais beaucoup aimé Bremen... trop intelligent. Il constitue une menace depuis les recherches de Goldmann.

Images d'une jeune blonde du MIT que Frank avait interviewée l'été précédent et avec laquelle il avait couché pendant tout l'hiver.

Parfait. Plus besoin de mentir à Nel ou d'inventer des conférences pour partir en week-end prolongé. Sheri peut s'installer en ville, près du campus, et elle obtiendra son poste aux environs de Noël si Bremen reste trop longtemps absent. Parfait.

« Je t'assure, Jer, dit Frank en se penchant pour tapoter le genou de Bremen, prends tout ton temps. On va considérer ça comme un congé sabbatique et te garder ton poste. »

Bremen leva les yeux et hocha la tête. Trois jours plus tard, il envoya sa lettre de démission à l'université.

Dorothy Parks, du département de psychologie, vint le voir quelques jours après les funérailles, insista pour préparer le dîner et, une fois la nuit tombée, resta à lui expliquer les mécanismes du chagrin. Ils s'installèrent sur le porche jusqu'à ce que l'obscurité et le froid les obligent à rentrer. On aurait dit que l'hiver était revenu.

« Il faut que tu comprennes, Jeremy, que fuir son environnement habituel, c'est une erreur que commettent beaucoup de gens qui viennent de subir la perte d'un être cher. Cesser de travailler, aller vivre ailleurs trop rapidement... on croit que cela peut aider, mais c'est seulement un moyen de différer l'inévitable confrontation avec la douleur. »

Bremen hochait la tête et l'écoutait attentivement.

« Tu en es, en ce moment, au stade du rejet, poursuivit Dorothy. Gail aussi a dû en passer par là avec son cancer, et tu dois maintenant faire pareil avec ton chagrin... l'endurer et le surmonter. Tu comprends ce que je te dis, Jeremy ? »

Bremen leva un doigt replié jusqu'à sa lèvre inférieure et hocha lentement la tête. Dorothy Parks avait quarante-cinq ans et s'habillait beaucoup trop jeune pour son âge. Ce soir-là, elle portait une chemise d'homme très déboutonnée et une jupe longue style gaucho. Ses bottes mesuraient au moins cinquante centimètres de haut. Ses bracelets cliquetaient lorsqu'elle faisait des gestes. Ses cheveux étaient coupés court, teints en roux presque cramoisi, et crêpés en crête de coq.

« Gail aurait souhaité que tu viennes à bout de ce rejet le plus rapidement possible et que tu te remettes à vivre, Jeremy. Tu le sais, n'est-ce pas ? »

Il écoute. Me regarde. Peut-être que j'aurais dû fermer ce quatrième bouton... être juste la thérapeute, ce soir... porter mon pull gris. Oh, et puis merde ! Je l'ai vu me regarder dans le salon. Il est plus petit que Darren... il n'a pas l'air aussi fort... mais peu importe. Je me demande comment il est, au lit.

Image d'un homme aux cheveux blond roux... Darren... dont la joue glissait vers son bas-ventre.

Ça va, il pourra apprendre à faire ce que j'aime. Me

demande où est la chambre. Quelque part à l'étage.
Non, chez moi... non, pour la première fois, il vaudrait
mieux un terrain neutre. Le tic-tac d'une pendule. Une
pendule biologique. Merde, on devrait couper les
couilles à tout homme qui prononcerait cette phrase.

« ... important que tu parles de tes sentiments avec
tes amis, avec quelqu'un de très proche, disait-elle. Le
rejet va seulement durer jusqu'à ce que la douleur
s'intériorise. Tu promets de me téléphoner ? De me
parler ? »

Bremen la regarda et hocha la tête. À cette seconde
même, il venait de décider qu'il était hors de question de
vendre la ferme.

Quatre jours après les obsèques de Gail, Bob et Barbara Sutton, ses voisins et amis, vinrent lui exprimer de
nouveau leur sympathie, seuls à seul. Barbara pleurait
facilement. Bob, gêné, s'agitait sur son siège. C'était un
homme grand et fort, aux cheveux blonds coupés ras, au
visage perpétuellement rouge, et dont les doigts étaient
aussi courts et doux que ceux d'un enfant. Il pensait
qu'il aimerait bien rentrer chez lui à temps pour regarder
le match des Celtics.

« Vous savez bien, Jerry, que Dieu ne nous envoie que
les épreuves que nous pouvons supporter », dit Barbara
entre deux crises de larmes.

Bremen y réfléchit. Il y avait dans la chevelure noire
de Barbara une mèche prématurément grise, et il suivit
sa ligne sinueuse depuis le front, sous la barrette,
jusqu'à sa disparition derrière la courbe du crâne. La
neuro-rumeur de cette femme ressemblait à l'air chaud
qui monte d'un foyer ouvert.

Un témoignage. Est-ce que le pasteur Miller ne trou-
verait pas ça merveilleux si je ramenais ce professeur
d'université au Seigneur. En citant l'Écriture, je risque-
rais de le perdre... oh, Darlene en serait malade si je
venais au service de mercredi soir avec cet agnostique...
cet athée... prêt à rejoindre le Christ !

« Il nous donne la force dont nous avons besoin
quand nous en avons besoin, disait Barbara. Même si
nous ne comprenons pas, il y a une raison. Une raison à

tout. Gail a été rappelée pour une raison que le Seigneur nous révélera quand notre heure sera venue. »

Bremen hocha la tête, affolé, et se leva. Un peu stupéfaits, Bob et Barbara se levèrent également. Il les poussa vers la porte.

« Si vous avez besoin d'un coup de main…, commença Bob.

– Justement, oui, dit Bremen. Je vais partir quelque temps et je me demande si vous ne pourriez pas vous occuper de Gernisavien. »

Barbara sourit et fronça les sourcils en même temps. « La petite chatte ? Je veux dire, naturellement… Elle s'entendra bien avec mes deux siamois… nous sommes contents de… mais combien de temps pensez-vous… »

Bremen essaya de sourire. « Pas longtemps, juste pour reprendre pied. Je me sentirais plus tranquille si Gernisavien était avec vous plutôt que chez le vétérinaire ou dans cette pension pour chats de Conestoga Road. Je peux vous l'amener demain matin, si vous êtes d'accord.

– Entendu », dit Bob, en serrant une fois de plus la main de Bremen. *Encore cinq minutes avant le défilé de majorettes précédant le match.*

Bremen les salua de la main pendant que leur Honda faisait demi-tour et disparaissait au bout de l'allée de gravier. Puis il rentra dans la maison et erra de pièce en pièce.

Gernisavien dormait sur la couverture bleue, au pied de leur lit. La tête tigrée eut un mouvement convulsif lorsque Bremen entra dans la pièce et les yeux jaunes lui lancèrent un regard torve qui l'accusait de l'avoir réveillée. Bremen lui gratta le cou et entra dans la penderie. Il souleva l'un des corsages de Gail et le tint une seconde contre sa joue, puis s'en couvrit le visage en respirant profondément. Il sortit de la chambre et se rendit dans son bureau. Les mémoires des étudiants étaient restés empilés là où il les avait posés, un mois auparavant. Ses équations de Fourier s'étalaient encore sur le tableau noir où il les avait griffonnées à la craie dans un accès d'inspiration, à deux heures du matin, une semaine avant le résultat des examens subis par Gail.

Des manuscrits et des journaux non ouverts s'entassaient partout.

Bremen resta une minute au milieu de la pièce, à se frotter les tempes. Même ici, à huit cents mètres du plus proche voisin et à douze kilomètres de la ville ou de l'autoroute, la neuro-rumeur bourdonnait et crépitait dans sa tête. Toute sa vie, elle avait été comme une radio parlant bas dans une autre pièce, et maintenant quelqu'un lui avait fourré dans le crâne un baladeur réglé au maximum. C'était comme cela depuis le matin où Gail était morte.

Et la rumeur n'était pas seulement plus forte, elle était plus *ténébreuse*. Bremen savait qu'elle jaillissait maintenant d'une source plus profonde et plus malveillante que l'écume aléatoire de pensées et d'émotions à laquelle il avait accès depuis ses treize ans. Sa relation presque symbiotique avec Gail avait peut-être constitué un écran protecteur, un tampon entre son esprit et les coups de fouet cinglants d'un million de pensées non structurées. Avant jeudi dernier, il aurait dû se concentrer pour capter le mélange d'images, de sentiments et de phrases à demi formées qui constituait les pensées de Frank, de Dorothy, ou de Bob et de Barbara. Mais maintenant, il ne pouvait plus se protéger de l'assaut. Ce que Gail et lui considéraient comme leur *écran mental* – une simple barrière qui assourdissait le sifflement et le crépitement de fond de la neuro-rumeur – n'était plus là, tout simplement.

Bremen effleura le tableau noir, comme pour effacer l'équation, puis posa le chiffon et descendit au rez-de-chaussée. Au bout d'un moment, Gernisavien le rejoignit dans la cuisine et se frotta contre ses jambes. Bremen, assis à la table, s'aperçut alors que la nuit était tombée, mais il resta dans l'obscurité pour ouvrir une boîte et nourrir la chatte tigrée. Gernisavien le regarda fixement, comme si elle désapprouvait qu'il ne mange pas ou n'allume pas la lumière.

Plus tard, quand il alla s'étendre sur le divan du salon pour attendre le lever du jour, la chatte se coucha sur sa poitrine et ronronna.

Bremen découvrit que, lorsqu'il fermait les yeux, il avait le vertige et peur de succomber à la terreur... il sentait que Gail était là, quelque part, dans la pièce voisine, dehors sur la pelouse, et qu'elle l'appelait. Sa voix était presque audible. Bremen savait que, s'il s'endormait, il manquerait l'instant où la voix de sa femme deviendrait audible. Aussi resta-t-il éveillé à attendre que la nuit s'écoule. La maison, aussi agitée que lui, craquait et gémissait. Sa sixième nuit sans sommeil fit place à son septième matin sans Gail, gris et glacé.

À sept heures, Bremen se leva, nourrit de nouveau la chatte, alluma la radio de la cuisine en mettant le son au maximum, se rasa, prit sa douche, et but trois tasses de café. Il téléphona pour demander qu'un taxi vienne le prendre au garage Import Repair, sur Conestoga Road, dans trois quarts d'heure. Puis il mit Gernisavien dans son panier – la queue de la chatte battait violemment car, pendant les deux années qui s'étaient écoulées depuis sa fuite désastreuse en Californie, lors d'une visite rendue à la sœur de Gail, elle n'y avait séjourné que pour aller chez le vétérinaire – et alla le porter sur le siège du passager de la Triumph.

Lundi, avant de s'habiller pour les obsèques, il était allé acheter les huit jerricanes de pétrole. Il en traîna quatre jusqu'au porche de derrière et en dévissa le bouchon. Les vapeurs âcres fendirent l'air froid du matin. Il pleuvrait sans doute avant ce soir.

Commençant par le premier étage, Bremen inonda le lit, l'édredon, les penderies et leur contenu, la commode en cèdre, puis de nouveau le lit. Il regarda le papier blanc se ratatiner et noircir lorsqu'il versa le second jerricane dans son bureau, puis répandit une traînée dans l'escalier et arrosa la rampe en bois sombre que Gail et lui s'étaient donné tant de mal à décaper et cirer, cinq ans auparavant.

Il vida les deux autres au rez-de-chaussée, sans rien épargner – pas même le manteau campagnard de Gail toujours suspendu à la patère près de la porte –, puis il fit le tour extérieur de la maison en déversant le contenu du cinquième jerricane sur les deux porches, les chaises de jardin et le linteau des portes. Les trois derniers furent consacrés aux dépendances. La Volvo de Gail était encore dans la grange qui leur servait de garage.

Il descendit l'allée pour garer la Triumph près de la route, puis revint à la maison. Il avait oublié les allumettes, aussi dut-il retourner dans la cuisine et fouiller dans le tiroir où s'entassait tout un bric-à-brac. Les vapeurs de pétrole faisaient ruisseler les larmes sur ses joues ; l'air même semblait onduler, comme si la table en bois, la surface de travail en formica, le vieux réfrigérateur étaient aussi irréels qu'un mirage dans le désert.

Quand il eut retrouvé les deux boîtes d'allumettes dans le fatras du tiroir, Bremen fut soudain béatement certain de ce qu'il devait faire.

Rester ici. Les gratter. Aller se coucher sur le divan.

Il avait sorti deux allumettes et était sur le point de les frotter lorsqu'un vertige s'empara de lui. Ce n'était pas la voix de Gail lui interdisant cet acte, mais c'était *Gail*. Comme des ongles grattant frénétiquement une vitre de plexiglas qui les aurait séparés. Comme des doigts sur le couvercle en acajou d'un cercueil.

Tu n'es pas dans un cercueil, ma belle. Tu as été incinérée… comme tu me l'avais demandé il y a trois ans, pendant ce réveillon où nous avions beaucoup trop bu et pleuré à chaudes larmes sur notre mortalité.

Bremen rejoignit la table en chancelant et referma la boîte, prêt à gratter les deux allumettes. Le vertige reprit de plus belle.

Incinéré. Agréable pensée. Des cendres pour nous deux. J'ai dispersé les tiennes dans le verger derrière la grange… peut-être que le vent emportera les miennes jusque-là.

Bremen se mit à frotter les allumettes, mais ce bruit s'intensifia, s'amplifia jusqu'à rugir dans son crâne comme une migraine monstre, faisant éclater sa vision en un millier de points de lumière et de ténèbres, remplissant son oreille d'un bruit de pattes de rat sur le linoléum.

Quand Bremen ouvrit les yeux, il était dehors, les flammes dévoraient déjà la cuisine et une autre lueur apparaissait derrière les fenêtres de la façade. Il resta là un moment, sa migraine l'élançant à chaque battement de son pouls, à se demander s'il retournerait dans la maison ; mais quand les flammes devinrent visibles derrière les fenêtres du premier et que la fumée sortit à flots du porche de derrière, il pivota sur ses talons et se dirigea d'un pas vif vers les dépendances. Le garage s'enflamma avec une explosion sourde qui roussit les sourcils de Bremen et l'obligea à reculer loin du bûcher qu'était devenue la ferme.

Une compagnie de corbeaux s'éleva tout droit du verger en l'injuriant avec des cris stridents. Bremen sauta dans la Triumph dont le moteur tournait au ralenti, toucha le panier comme pour calmer l'animal agité et s'éloigna rapidement.

Barbara Sutton avait les yeux rouges lorsqu'il déposa la chatte chez elle. Une rangée d'arbres dissimulait la fumée s'élevant de la vallée qu'il avait laissée derrière lui. Gernisavien, blottie dans son panier, méfiante, tremblante, jetait des regards furieux à Bremen. Il coupa court aux tentatives de bavardage de Barbara, dit qu'il avait un rendez-vous, rejoignit rapidement l'Import Repair, sur Conestoga Road, vendit la Triumph à son ex-mécanicien au prix convenu précédemment, puis partit en taxi pour l'aéroport. Cinq voitures de pompiers le croisèrent sur l'autoroute de Philadelphie. Bremen n'avait que cinq minutes de retard sur ses prévisions.

Une fois à l'aéroport, il se rendit au comptoir de l'United et acheta un aller simple pour le prochain vol. Le Boeing 727 avait décollé et Bremen commençait à se détendre sur son siège incliné en pensant qu'il pourrait peut-être enfin dormir lorsque tout le frappa de plein fouet.

Alors le cauchemar débuta pour de bon.

Des yeux

Au commencement n'était pas le Verbe.

Pas pour moi, du moins.

Si difficile à croire, et plus encore à comprendre, que ce soit, il y a des univers d'expérience qui ne dépendent pas du Verbe. Tel était le mien. Le fait que je sois Dieu en ce monde… ou du moins, un dieu… n'entre pas encore en ligne de compte.

Je ne suis pas Jeremy, ou Gail, même si un jour je partagerai tout ce qu'ils ont connu et été et souhaité devenir. Mais je ne suis pas plus *eux* pour cela que je ne suis le courant d'impulsions électromagnétiques d'une émission que je regarde à la télévision. Je ne suis pas non plus Dieu, ni un dieu, même si j'ai été les deux jusqu'à cette intersection imprévue d'événements et de personnalités, cette rencontre de lignes parallèles qui ne peuvent pas se rencontrer.

Je commence à penser en mathématicien, comme Jeremy. En réalité, au commencement le Nombre n'était pas, lui non plus. Pas pour moi. Un tel concept n'existait pas… ni le calcul, l'addition ou la soustraction, ni aucune des divinités surnaturelles qui constituent les mathématiques… car qu'est-ce qu'un nombre, sinon un fantôme de l'esprit ?

Je devrais mettre fin à cette timidité affectée avant d'avoir l'air de quelque intelligence désincarnée, extraterrestre, venue de l'espace. (En fait, ce ne serait pas très loin de la réalité, même si le concept d'espace extérieur n'existait pas pour moi à l'époque… et même maintenant, semble une idée absurde. Pour ce qui est des intelligences *extraterrestres*, on n'a pas besoin de les chercher dans l'espace, comme je peux en témoigner, et comme Jeremy Bremen ne va pas tarder à l'apprendre. Il y a assez d'intelligences non humaines sur cette terre, ignorées ou méconnues.)

Mais en ce matin d'avril où mourut Gail, rien de ceci n'avait de signification pour moi. Le concept de mort lui-même n'avait aucun sens à mes yeux, et encore moins ses variations et ses subtilités aux multiples foliations.

Mais je le connais maintenant que, tout innocentes et transparentes que paraissent l'âme et les émotions de Jeremy en ce matin d'avril, les ténèbres y ont déjà élu domicile. Des ténèbres nées de la déception et d'une cruauté profonde (quoique involontaire). Jeremy n'est pas un homme cruel – cet acte est aussi étranger à sa nature qu'à la mienne –, mais le fait qu'il ait caché à Gail un secret, alors que ni elle ni lui ne pensaient pouvoir dissimuler quelque chose à l'autre, et le fait que ce secret soit essentiel dans le rejet de leurs désirs, leurs souhaits, partagés pendant tant d'années, ce secret en lui-même et par lui-même constitue un acte de cruauté. Qui a blessé Gail même si elle ne sait pas ce qui la blesse.

L'écran mental, que Jeremy croit avoir perdu lorsqu'il monte à bord de son avion pour une destination laissée au hasard, ne l'est pas vraiment – Jeremy possède toujours la capacité de protéger son esprit des projections télépathiques lancées à l'aveuglette par les autres –, mais cet écran mental ne peut plus le protéger des « longueurs d'onde ténébreuses » qu'il doit maintenant endurer. Ce n'était pas un « bouclier mental partagé », mais simplement la vie menée avec Gail qui, auparavant, le protégeait de ce douloureux dessous des choses.

Et lorsque Jeremy entame sa descente aux enfers, il porte un autre secret – celui-là, il l'ignore. C'est ce second secret, une gestation dissimulée en lui au lieu de la stérilité qui y était précédemment cachée, qui comptera tant pour lui, plus tard.

Qui comptera tant pour nous trois.

Mais d'abord, laissez-moi vous parler de quelqu'un d'autre. Le matin où Jeremy monte à bord de cet avion pour nulle part, Robby Bustamante est ramassé à l'heure habituelle par la camionnette de l'École de jour des aveugles de Saint Louis. Robby n'est pas seulement aveugle, il est sourd-muet et arriéré mental depuis sa naissance. S'il avait été plus normal physiquement, le diagnostic aurait compris aussi le terme « autiste », mais à côté d'aveugle sourd-muet, le mot paraît redondant.

Robby a treize ans, mais pèse déjà quatre-vingts kilos. Ses yeux, si on peut les appeler ainsi, sont les cavernes creuses, obscurcies, d'une cécité irrévocable. Les pupilles, à peine visibles sous les paupières inégalement tombantes, bougent séparément en mouvements aléatoires. Les lèvres de l'enfant sont grosses et molles, ses dents écartées et cariées. Ses cheveux noirs se dressent en touffes indisciplinées ; ses sourcils se rejoignent au-dessus de son large nez.

Le corps obèse de Robby se tient en équilibre précaire sur des jambes amaigries, d'un blanc de larve. Il a appris à marcher à onze ans, mais ne peut faire que quelques pas chancelants avant de tomber. Il se déplace par à-coups, en titubant, les pieds en dedans, ses bras dodus ramenés en arrière comme deux ailes brisées, les poignets retournés en un angle invraisemblable, les doigts séparés et étendus. Comme beaucoup d'arriérés aveugles, il se balance pendant des heures, une main éventant ses yeux caves comme pour lancer des ombres dans ces puits de ténèbres.

Robby ne parle pas. Il n'émet que des grognements d'animal, de temps à autre des ricanements dépourvus de signification et, rarement, un cri aigu de protestation qui fait penser à un fausset d'opéra.

Comme je l'ai déjà dit, Robby est aveugle et sourd-muet de naissance. La drogue que sa mère a continué à prendre durant sa grossesse et une malformation du placenta ont privé Robby de ses sens aussi sûrement qu'un navire qui sombre condamne successivement ses compartiments par la fermeture automatique de portes étanches.

Le petit garçon fréquentait depuis six ans l'École de jour des aveugles de Saint Louis. Avant cela, on ne sait pas grand-chose de sa vie. L'administration de l'hôpital avait pris note de la toxicomanie de sa mère et ordonné des visites d'assistance sociale à domicile, mais à cause d'une erreur bureaucratique, rien n'avait été fait pendant sept ans. Une assistance sociale finit par se manifester à l'occasion d'un traitement de sa mère à la méthadone ordonné par la justice, et non par sollicitude pour l'enfant. En fait, la Cour, l'administration, l'hôpital... tout le monde... avait oublié l'existence de l'enfant.

Il n'y avait personne, la porte de l'appartement était ouverte et l'assistance sociale entendit des bruits bizarres. Elle raconta plus tard qu'elle ne serait pas entrée s'ils ne lui avaient pas suggéré un petit animal en détresse. C'était bien le cas.

Robby était cloîtré dans la salle de bains par une planche de contre-plaqué clouée à mi-hauteur de la porte. Ses bras et ses jambes étaient tellement atrophiés qu'il ne pouvait pas marcher et ne rampait qu'avec difficulté. Il avait ρt ans. Des papiers mouillés constellaient le carrelage, mais Robby était nu et barbouillé d'excréments. Il était évident que l'enfant était séquestré là depuis plusieurs jours, et peut-être plus longtemps encore. On avait laissé un robinet couler et il y avait sept centimètres d'eau dans la pièce. Robby se roulait dedans en miaulant et en essayant de garder le visage hors de l'eau.

Il resta quatre mois à l'hôpital, passa cinq semaines dans un foyer pour enfants pauvres, puis fut rendu à sa mère. Conformément aux ordres de la Cour, il était, six jours par semaine, respectueusement fourré dans le bus pour ses cinq heures de traitement journalier à l'École de jour des aveugles.

Quand, en ce matin d'avril, Jeremy monte à bord de l'avion, il a trente-cinq ans et son avenir est aussi prévisible que l'élégante et mathématique ellipse du parcours d'un yo-yo. Ce même matin, à environ mille kilomètres de là, l'avenir de Robby Bustamante, treize ans, hissé à bord de sa camionnette pour le bref voyage jusqu'à l'École de jour des aveugles, est aussi plat et anonyme qu'une ligne s'étendant vers nulle part, sans espoir d'intersection avec quelque chose ou quelqu'un.

Extrait du Pays des Morts

Le commandant de bord avait mis en veilleuse le symbole de la ceinture de sécurité et annoncé que l'on pouvait se déplacer dans la cabine – tout en recommandant aux passagers, comme une simple précaution, de garder leur ceinture attachée lorsqu'ils restaient à leur place – quand le véritable cauchemar commença pour Bremen.

Il crut d'abord que l'avion avait explosé, que des terroristes avaient déclenché une bombe, si brillant fut l'éclair de lumière blanche, si forts dans son esprit furent les cris soudains de cent quatre-vingt-sept voix. L'impression soudaine de tomber s'ajouta à la conviction que l'avion avait éclaté en cent mille morceaux et qu'il était l'un d'eux, en train de choir dans la stratosphère avec le reste des passagers hurlant. Bremen ferma les yeux et se prépara à mourir.

Il ne tomba pas. Une partie de sa conscience sentait le siège sous lui, le plancher sous ses pieds, le soleil qui traversait le hublot à sa gauche. Mais les cris continuaient. Et devenaient plus forts. Bremen s'aperçut qu'il était sur le point de se joindre au chœur de hurlements, alors il fourra son poing dans sa bouche et le mordit.

Cent quatre-vingt-sept esprits se souvenaient brusquement de leur propre mortalité simplement parce que l'avion décollait. Certains s'avouaient leur terreur, d'autres la niaient à grand renfort de journaux et de boisson, certains se laissaient porter par la routine alors que la peur d'être enfermé dans ce grand cercueil pres-

surisé, suspendu à des kilomètres au-dessus du sol, noyait un centre plus profond de leur cerveau.

Bremen se tordait, se convulsait dans l'isolement de sa rangée vide, pendant que cent quatre-vingt-sept esprits affolés le piétinaient de leurs sabots ferrés.

Mon Dieu. J'aurais dû téléphoner à Sarah avant le départ...

Ce salaud savait ce que disait le contrat. En tout cas, il aurait dû le savoir. Ce n'est pas de ma faute si...

Papa... papa... je regrette... papa...

Si Barry ne voulait pas que je couche avec lui, il n'avait qu'à m'appeler...

Elle était dans la baignoire. L'eau rouge. Ses poignets blancs ouverts comme un tube tranché net...

Que Frederickson aille se faire foutre! Qu'il aille se faire foutre! Que Frederickson et Myers et Honeywell aillent se faire foutre eux aussi! Que Frederickson aille se faire foutre!...

Et si l'avion tombe, oh merde, nom de dieu, s'il tombe et qu'ils trouvent ça dans ma valise, oh merde, nom de dieu, des cendres, de l'acier calciné et mon corps en morceaux, et qu'ils trouvent l'argent et l'Uzi et les dents dans le sac en velours, et les sacs comme autant de saucisses qui montent dans mon cul et descendent dans mes boyaux, oh, par pitié, Seigneur... si l'avion tombe et qu'ils... Et ceux-là, c'étaient les moins pénibles, les fragments de langage qui coupaient Bremen comme autant d'échardes d'acier émoussé. C'étaient les images qui lacéraient et tranchaient. Les images, c'étaient des scalpels. Bremen ouvrit les yeux et vit la cabine aussi normale que possible, la lumière du soleil qui entrait à flots par les hublots à sa gauche, deux hôtesses de l'air d'âge mûr qui commençaient à distribuer des petits déjeuners douze rangs devant lui, les gens qui se prélassaient, lisaient et sommeillaient... mais les images de panique continuaient à l'assiéger, le vertige qu'elles provoquaient était bien trop puissant, aussi Bremen, bourré de coups par les sons, les textures et les couleurs discordantes d'un millier de pensées intruses, détacha sa ceinture, replia l'accoudoir et se pelotonna sur le siège voisin.

Des dents qui grincent sur l'ardoise. L'odeur d'ozone et d'émail brûlé d'une roulette de dentiste laissée trop longtemps sur une dent pourrie. Sheila! Bon dieu, Sheila… je ne l'ai pas fait exprès… Des dents qui grincent lentement sur l'ardoise.

Un poing qui écrase une tomate, la pulpe qui suinte entre les doigts aspergés. Seulement, ce n'est pas une tomate, mais un cœur.

Friction et lubricité, les lentes allées et venues rythmées d'un sexe dans l'obscurité. Derek… Derek, je t'avais prévenu… Des graffiti de toilettes publiques, des images de pénis et de vulve. Des couleurs de Technicolor, humides et en trois dimensions. Gros plan lent sur un vagin s'ouvrant comme une caverne entre des portiques mouillés. Derek… je t'avais prévenu qu'elle te dévorerait!…

Des cris de violence. La violence des chevaux. Une violence sans frontières ni pause. Un visage battu, comme une figure d'argile aplatie à coups de poing, seulement ce visage n'est pas en argile… les os et les cartilages craquent et s'aplatissent, la chair mise en bouillie se rompt… le poing ne se laisse pas fléchir.

« Vous allez bien, monsieur ? »

Bremen réussit à se redresser, empoigna l'accoudoir de droite et sourit à l'hôtesse. « Oui, très bien », répondit-il.

La femme mûre semblait tout en rides et chairs fatiguées derrière le bronzage et le maquillage. Elle tenait le plateau du petit déjeuner. « Si vous ne vous sentez pas bien, monsieur, je peux voir s'il y a un médecin à bord. »

Bon sang. On n'avait pas besoin de ça, ce matin… un épileptique, ou pire encore. Comment je vais nourrir tous ces imbéciles s'il faut que je tienne la main de ce type suant jusqu'à Miami. « Je demanderai avec plaisir au commandant de faire un appel, monsieur, si vous êtes malade. »

Bon dieu de bon dieu, putain de merde, ce putain d'avion tombe, on trouve les saucisses dans mon cul, ce fumier de Gallego va couper les nénés de Doris et les faire manger à Santus pour son putain de petit déjeuner.

Bremen prit un petit morceau d'omelette, leva la fourchette, avala. L'hôtesse hocha la tête et s'éloigna.

Bremen s'assura que personne ne le regardait, puis cracha la masse molle de l'omelette dans une serviette en papier et la posa à côté du plateau. Ses mains tremblaient tandis qu'il appuyait sa tête contre le dossier et fermait les yeux.

Papa... oh, papa... je regrette, papa...

Marteler le visage, l'aplatir, taper dessus jusqu'à ce qu'il n'ait plus pour traits que les marques des jointures dans la chair labourée, remodeler à coups de poing la masse aplatie en forme de visage pour taper dessus de nouveau...

Vingt-huit mille de Pierce, dix-sept mille de Lords, quarante-deux mille de Unimart-Selex... le poignet blanc comme un tube tranché net dans la baignoire... quinze mille sept cents de Marx, neuf mille du commanditaire de Pierce...

Bremen abaissa l'accoudoir gauche et s'y agrippa, ses deux bras tremblant sous l'effort. Il avait l'impression d'être suspendu à un mur vertical... comme si sa rangée était boulonnée à la paroi d'une falaise et que seule la force de ses avant-bras le maintînt en place. Il peut s'accrocher encore une minute de plus... peut-être deux minutes... tenir pendant trois minutes de plus avant que le raz de marée des images et des obscénités et le tsunami des haines et des peurs ne l'emportent. Peut-être cinq minutes. Enfermé dans ce long tube, à des kilomètres au-dessus du néant, sans possibilité de s'échapper, sans nulle part où aller.

« Le commandant vous parle. Il veut juste vous faire savoir que nous avons atteint notre altitude de croisière qui est de sept mille mètres, qu'il fera beau aujourd'hui, semble-t-il, jusqu'à la côte, et que nous arriverons à Miami dans... euh... trois heures et quinze minutes. Si nous pouvons faire quelque chose pour rendre votre voyage plus agréable, dites-le-nous, je vous prie... et merci de voyager dans les cieux accueillants d'United. »

Sur la plage sans joie

Bremen n'avait aucun souvenir du reste du voyage, aucun souvenir de l'aéroport de Miami, aucun souvenir d'avoir loué une voiture, quitté la ville et pénétré dans les Everglades.

Mais il aurait dû. Il se retrouvait là… quel que soit cet endroit.

La Beretta de location était garée sous des arbres peu élevés, au bord d'une route gravillonnée. De grands palmiers et une débauche de feuillage tropical formaient, devant lui et de part et d'autre de la voiture, un mur de verdure. Il ne passait aucun véhicule sur la route. Bremen resta assis, le front sur le volant, les mains posées dessus, de chaque côté de sa tête. La sueur dégoulinait de son visage jusque sur ses genoux. Il tremblait.

Bremen prit les clés, ouvrit brusquement la portière et s'éloigna d'un pas incertain. Il pénétra en trébuchant dans le feuillage et tomba à genoux, une seconde avant que les spasmes et la nausée déferlent sur lui. Il vomit dans les broussailles, recula en se traînant, puis d'autres haut-le-cœur l'assaillirent, il s'appuya sur les coudes et recommença jusqu'à ce qu'il n'ait plus rien à rendre. Au bout d'un moment, il se laissa tomber sur le côté, roula loin de ses vomissures, s'essuya le menton d'une main tremblante et resta couché à regarder le ciel entre les palmes.

Il était d'un gris d'acier. Bremen entendait le grincement des pensées et des images lointaines qui résonnaient toujours dans son crâne. Il se souvint d'une citation que Gail lui avait montrée – une phrase qu'elle avait tirée de la chronique sportive de Jimmy Cannon après une discussion qui les avait opposés sur le statut de la boxe professionnelle, véritable sport ou non. « La boxe est une abominable entreprise, avait écrit Cannon, et si vous la pratiquez assez longtemps, votre esprit deviendra une salle de concert où l'on ne cesse de jouer de la musique chinoise. »

Eh bien, se dit lugubrement Bremen, à peine capable de distinguer ses propres pensées de la lointaine neuro-rumeur, *mon esprit est foutrement pareil à une salle de concert. Je souhaiterais seulement qu'on n'y joue que de la musique chinoise.*

Il se redressa sur les genoux, aperçut entre les buissons les reflets d'une eau verte, en bas de la pente, se leva et se dirigea vers elle en chancelant. Une rivière ou un marécage se déployait sous ses yeux, baigné d'une faible lumière. De la mousse d'Espagne pendait des branches des chênes et des cyprès, le long de la rive ; d'autres cyprès poussaient dans l'eau saumâtre. Bremen s'agenouilla, repoussa l'écume verte et se lava les joues et le menton. Il se rinça la bouche et cracha dans l'eau engorgée d'algues.

Il y avait une maison – presque une cabane, en fait – sous de grands arbres, à cinquante mètres sur sa droite. La Beretta de location était garée près de l'entrée d'un sentier qui serpentait sous le feuillage jusqu'à cette construction en fort mauvais état. Ses planches en bois de pin décolorées se confondaient avec les ombres, mais Bremen put déchiffrer les pancartes accrochées sur le mur qui faisait face à la route : APPATS VIVANTS et SERVICE DE GUIDES et LOCATION DE CABANES et VISITEZ NOTRE VIVARIUM DE SERPENTS. Bremen s'avança dans cette direction en traînant les pieds, le long de la rivière, du ruisseau, du marécage… quelle que fût cette étendue d'eau verte et brune.

La cabane s'élevait sur des blocs de béton ; une riche odeur de terreau se dégageait de ce soubassement. Une vieille Chevrolet était parquée de l'autre côté et maintenant Bremen pouvait voir un sentier plus large qui descendait jusqu'à la route. Il s'arrêta devant la porte vitrée. Il faisait sombre à l'intérieur et, en dépit des pancartes, l'endroit ressemblait plus à la cabane d'un péquenot qu'à une boutique. Bremen haussa les épaules et ouvrit la porte qui grinça.

« Salut », dit l'un des deux hommes qui montaient la garde dans l'obscurité. Celui qui avait parlé se tenait debout derrière le comptoir ; l'autre était assis parmi les ombres, au seuil d'une autre pièce.

« Hello. » Bremen s'arrêta, sentit le flot de neuro-rumeur émaner des deux hommes comme la chaude respiration d'un animal géant, et faillit ressortir en titubant avant d'avoir remarqué le gros réfrigérateur. Il avait l'impression de ne pas avoir bu depuis des jours. C'était le genre de vieille glacière qui s'ouvrait sur le dessus, avec des bouteilles de boissons gazeuses couchées dans de la glace à moitié fondue. Bremen sortit la première qui lui tomba sous la main, un Coca basses calories, et alla payer au comptoir.

« Cinquante cents », dit l'homme qui était debout. Bremen le voyait mieux maintenant ; un pantalon marron en accordéon, un T-shirt autrefois bleu devenu presque gris, un visage rude et rouge, des yeux bleus qui eux n'étaient pas délavés et le regardaient sous la visière d'une casquette en nylon avec un filet derrière.

Bremen fouilla dans sa poche et n'y trouva pas de monnaie. Son portefeuille était vide. Une seconde, il crut qu'il n'avait plus d'argent, mais quand il chercha dans la poche de sa veste grise, il en sortit une liasse de billets de vingt et de cinq dollars. Il se souvint d'être allé à la banque la veille et d'avoir vidé leur compte joint où, après avoir réglé l'hôpital et remboursé l'hypothèque, il restait trois mille huit cent soixante-cinq dollars et soixante et onze cents.

Merde. Encore un de ces salauds de trafiquants de drogue. Probablement de Miami.

Bremen entendit les pensées de l'homme aussi claire-ment que si elles avaient été exprimées à voix haute, aussi répondit-il tout en détachant un billet de vingt dol-lars et en le posant sur le comptoir. « Hé, hé, dit-il d'une voix sèche. Je ne suis pas un trafiquant de drogue. »

L'homme cligna des yeux, posa une main rouge sur le

billet et cligna de nouveau des yeux. Il s'éclaircit la gorge. « Je n'ai pas dit ça, monsieur. »

Ce fut au tour de Bremen de cligner des yeux. La colère de l'homme vibrait comme une lumière rouge, brûlante. Parmi les parasites de la neuro-rumeur, il tria quelques images.

C'est ces salauds-là qu'ont tué Norm, aussi sûr qu'avec un revolver. Le gamin avait toujours manqué de discipline, et de jugeote. Si sa mère avait vécu, ç'aurait p'têt' été différent... Image d'un enfant sur une balançoire faite avec un pneu ; le petit garçon de sept ans rit, il est brèche-dent. Image de l'enfant devant un homme, aux approches de la trentaine, les yeux voilés, la peau pâle brillante de sueur. *Je t'en prie, papa... je te jure que je te rembourserai. C'est rien qu'un prêt pour me remettre en selle.*

Tu veux dire te remettre en selle jusqu'à ce que tu puisses racheter une autre plaquette de coke, ou de crack, ou quelque chose du même genre. La voix de Norm Sr. Le jour où il est allé à Dade County pour voir son garçon. Norm tremblait, vomissait, était dans les dettes jusqu'au cou, prêt à s'enfoncer encore plus pour continuer à se droguer. *J'aime mieux mourir que te donner de l'argent pour cette merde. Tu vas revenir à la maison, travailler au magasin... tout ira bien. On va te faire rentrer en clinique...* Image du garçon, du fils balayant les assiettes et les tasses de la table d'un revers de main et sortant à grands pas du café. Souvenir de Norm Sr. pleurant pour la première fois depuis près de cinquante ans.

Bremen cligna des yeux lorsque l'homme lui tendit sa monnaie. « Je... », commença-t-il, puis il comprit qu'il ne pouvait dire qu'il était désolé. « Je ne suis pas un trafiquant de drogue. Je comprends l'effet que ça doit vous faire. Le caissier m'a donné mon solde en billets de vingt et de cinquante... c'étaient nos économies. » Bremen décapsula la bouteille de Coca et but une grande lampée. « J'arrive de Philadelphie, dit-il en s'essuyant le menton du dos de la main. Ma... ma femme est morte samedi dernier. »

C'était la première fois que Bremen prononçait ces

paroles et elles lui semblèrent dépourvues d'émotion et mensongères. Il prit une autre petite gorgée et baissa les yeux, embarrassé.

Les pensées de Norm Sr. bouillonnaient, mais la chaleur rouge avait disparu. *Peut-être. Qu'est-ce qu'il… ce type a peut-être l'air drogué parce qu'il est bouleversé par la mort de sa bourgeoise. Au jour d'aujourd'hui, on se méfie de tout le monde. J'avais l'air comme ça quand Alma Jean est morte… il a une sale mine.*

« Vous avez l'intention de pêcher un peu ? demanda Norm Sr.

– Pêcher… » Bremen finit sa bouteille et regarda les étagères bourrées d'appâts, de vers dans des petites boîtes en carton, et de moulinets. Il aperçut des cannes à pêche en fibre de verre entassées contre le mur du fond. « Oui, dit-il lentement, surpris le premier par sa réponse. J'aimerais bien pêcher un peu. »

Norm Sr. hocha la tête. « Besoin d'équipement ? D'appâts ? Il vous faut un permis ? Où vous l'avez déjà ? »

Bremen se passa la langue sur les lèvres en sentant quelque chose se retourner à l'intérieur de son crâne. Son crâne lessivé, meurtri. « J'ai besoin de tout ça », dit-il presque dans un soupir.

Norm Sr. sourit d'une oreille à l'autre. « Eh bien, monsieur, vous avez de quoi. » Il s'affaira, présentant à Bremen tout un choix d'équipement, d'appâts et de cannes de location. Bremen n'avait pas envie de choisir. Il prit chaque fois la première chose proposée par Norm Sr. Les articles s'empilaient sur le comptoir.

Bremen revint à la glacière et sortit une deuxième bouteille, se sentant comme libéré à l'idée que cela allait faire grossir son addition.

« Vous avez besoin d'un endroit où loger ? Si vous voulez pêcher dans le lac, vaudrait mieux vous installer sur l'une des îles. »

Est-ce que ce marécage qu'il avait pris pour les Everglades était un lac ? « Un endroit où loger ? » répéta-t-il en lisant dans le verre réfléchissant les lentes pensées du commerçant, qui était maintenant certain que si Bremen se conduisait comme un arriéré mental, c'était à cause de son chagrin. « Oui. J'aimerais bien rester ici quelques jours. »

Norm Sr. se tourna vers l'homme silencieux. Bremen ouvrit son esprit à cette sombre silhouette, mais presque aucun langage n'en émergeait. Les pensées de cet homme tournoyaient comme une machine à laver infiniment lente brassant quelques haillons et ballots d'images, mais pour ainsi dire aucun mot. Bremen faillit hoqueter devant cette nouveauté.

« Verge, est-ce que ce type de Chicago n'a pas réglé sa note pour la 2 de l'île Copely ? »

Verge hocha la tête et, dans un brusque changement de luminosité venu de l'unique fenêtre, Bremen vit que c'était un vieil homme édenté dont les taches brunes rayonnaient presque sous l'effleurement errant de la lumière du jour.

Norm Sr. se retourna vers lui. « Verge a du mal à parler depuis sa dernière attaque… Le docteur Myers appelle ça de l'aphasie… mais il a gardé toute sa tête. Il y a une cabane de libre. Quarante-deux dollars par jour, sans compter la location du hors-bord. À moins que Verge vous emmène… ce sera gratuit. Y a de bons coins près de l'île. »

Bremen hocha la tête. Oui. Oui à tout.

Norm Sr. lui rendit son signe de tête. « D'accord, trois nuits minimum, ça fait cent dix dollars d'arrhes. Vous allez rester trois nuits ? »

Bremen hocha la tête. Oui.

Norm Sr. se tourna vers une caisse enregistreuse électronique étonnamment moderne et commença à faire le total. Bremen tira plusieurs billets de cinquante de sa liasse.

« Oh… », dit Norman en se frottant la joue. Bremen sentit sa répugnance à poser une question personnelle. « Je suppose que vous avez des vêtements pour la pêche, mais si… euh… si vous avez besoin de quelque chose. Ou bien d'épicerie…

– Attendez une seconde », dit Bremen, et il sortit du magasin. Il remonta l'étroit sentier, passa devant l'endroit où il avait vomi et rejoignit la Beretta de location. Il n'y avait qu'un seul bagage sur le siège du passager : son vieux sac de gym. Bremen n'avait aucun souvenir d'avoir été fouillé, mais il y avait dessus une étiquette estampillée qui en faisait foi. Il prit le sac, sentit qu'il ne contenait qu'un seul objet, qui était lourd, et ouvrit la fermeture Éclair.

À l'intérieur, il trouva, enveloppé dans un foulard rouge que Gail lui avait offert l'été dernier, un Smith and Wesson, calibre 38. C'était le frère de Gail, un policier, qui le lui avait donné l'année où ils habitaient Germantown car il y avait eu plusieurs cambriolages dans leur immeuble. Ni Bremen ni Gail ne s'en étaient servis. Il avait toujours eu l'intention de le jeter – ainsi que la boîte de cartouches que Carl lui avait fournie avec le pistolet – mais il l'avait laissé dans le dernier tiroir à droite, fermé à clé, de son bureau.

Bremen n'avait aucun souvenir de l'avoir mis dans le sac. Il défit le foulard, sachant qu'au moins il ne l'avait sûrement pas chargé.

Pourtant, il l'était. On voyait les cinq balles dans leurs alvéoles rondes, sphères grises grosses de mort. Bremen enveloppa le pistolet, le remit dans le sac qu'il referma. Il le rapporta au magasin.

Norm Sr. leva les sourcils.

« Je crois que je n'ai pas emporté les vêtements qu'il faut pour pêcher, dit Bremen en essayant de sourire. Je vais jeter un coup d'œil sur ce que vous avez. »

L'homme qui était derrière le comptoir hocha la tête.

« Et un peu d'épicerie, ajouta Bremen. Ce qu'il me faut pour trois jours, je pense. »

Norm Sr. se dirigea vers les étagères près de la porte et se mit à sortir des boîtes de conserve. « Il y a un vieux fourneau dans la cabane, dit-il. Mais la plupart des clients se servent du chauffe-plats. Des soupes, des haricots, et ce genre de trucs, ça vous va ? » Il semblait deviner que Bremen n'était pas en mesure de prendre des décisions.

« Oui », répondit Bremen, qui se dénicha un pantalon de travail et une chemise kaki qui n'étaient trop grands que d'une taille. Il les déposa sur le comptoir et regarda avec un froncement de sourcils désapprobateur ses pieds chaussés de légers mocassins. Un coup d'œil alentour lui apprit que cette miraculeuse boutique ne vendait ni bottes ni baskets.

Norm Sr. refit le total et Bremen ajouta quelques billets de vingt, en pensant qu'il y avait bien longtemps qu'il n'avait pas pris autant de plaisir à faire des achats. Le commerçant déposa la marchandise dans un carton, les boîtes de vers de terre à côté du pain et des assiettes anglaises enveloppées dans du papier blanc, et tendit à Bremen la canne à pêche en fibre de verre qu'il avait choisie pour lui.

« Verge va mettre le hors-bord en marche. Enfin, si vous êtes prêt à y aller…

– Je suis prêt.

– Vous pouvez laisser votre voiture dans le parking, derrière le magasin. »

Bremen fit alors quelque chose qui le surprit lui-même. Il tendit les clés à Norm Sr., sachant que la voiture serait en bonnes mains. « Cela ne vous ennuie pas de… ? » Il ne pouvait dissimuler sa hâte de partir.

L'homme leva les sourcils une seconde, puis sourit. « Pas de problème. Je vais le faire tout de suite. Vous trouverez les clés ici quand vous voudrez repartir. »

Bremen le suivit lorsqu'il sortit par la porte de derrière donnant sur un petit quai qu'on ne voyait pas du magasin. Le vieux, souriant de ses mâchoires édentées, était assis à l'arrière d'un petit bateau.

Bremen sentit une espèce de tristesse se déployer dans sa poitrine, un peu comme un oiseau tropical qui étire ses ailes en se réveillant et révèle son brillant plumage. Pendant une seconde épouvantable, il eut peur de pleurer.

Norm Sr. tendit le carton à Verge et attendit que Bremen embarque maladroitement au centre du bateau et dépose soigneusement sa canne à pêche en fibre de verre le long du banc de nage.

Le commerçant tira sur sa casquette en nylon. « Amusez-vous bien, d'accord ?

– Oui », chuchota Bremen en se carrant sur le siège grossier et en humant le lac, l'odeur âcre de l'essence du moteur et même, le relent de pétrole sur ses vêtements. « Oui, oui. »

Des yeux

Il est probable qu'aucun être vivant ne comprend mieux que Jeremy comment, réellement, le cerveau fonctionne. Non seulement il accède aux autres esprits depuis l'âge de treize ans, mais en plus il s'est lancé dans des recherches qui révèlent le véritable mécanisme de la pensée. Ou du moins une très bonne métaphore de celui-ci.

Cinq ans avant la mort de Gail, Jeremy vient de terminer sa thèse sur l'analyse des fronts d'onde lorsqu'un article de Jacob Goldmann arrive sur son bureau, à Haverford. Avec un petit mot de son vieux compagnon d'études, Chuck Gilpen : *J'ai pensé que tu aimerais prendre connaissance de la façon dont quelqu'un d'autre aborde ce problème.*

Jeremy revient à la maison si excité qu'il peut à peine parler. Gernisavien lui jette un regard furieux et s'enfuit de la pièce. Gail lui sert un verre et le fait asseoir à la table de cuisine. « Plus lentement, dit-elle. Parle plus lentement.

— D'accord, halète Jeremy qui s'étrangle presque avec son thé glacé. Tu connais ma thèse ? Sur les fronts d'onde ? »

Gail roule des yeux. Comment pourrait-elle ne pas connaître sa thèse ? Elle a rempli leurs vies et dévoré tout leur temps libre depuis quatre ans. « Oui, répond-elle patiemment.

— Eh bien, elle est complètement dépassée, dit Jeremy avec un sourire incongru. Chuck Gilpen m'a envoyé aujourd'hui un article d'un certain Goldmann, de Cambridge. Toute mon analyse de Fourier est dépassée.

– Oh, Jerry…, commence Gail d'une voix vraiment désolée.

– Non, non… c'est *formidable* ! crie presque Jeremy. C'est merveilleux, Gail. Le travail de Goldmann comble toutes les lacunes. J'ai fait un bon travail, mais je n'ai pas résolu le vrai problème. »

Gail secoue la tête. Elle ne comprend pas.

Il se penche en avant, son visage rayonne. Le thé glacé se répand sur la table en bois. Il pousse vers elle un tas de papiers. « Non, *regarde*, ma belle, là, ça va. Tu te souviens de mon sujet ?

– L'analyse du front d'onde de la fonction mémorielle, répond automatiquement Gail.

– *Oui*. Seulement, j'étais stupide de la limiter à la mémoire. Goldmann et son équipe sont en train de mener des recherches fondamentales sur les paramètres du front d'onde global de tous les analogues de la conscience humaine. Cela a commencé dans les années trente, avec les travaux d'un mathématicien russe liés à un truc sur les anomalies de la rééducation effectuée suite à une attaque d'apoplexie, et qui menaient tout droit à mon analyse de Fourier de la fonction mémorielle… » Malgré lui, Jeremy abandonne le langage et tente de communiquer directement avec Gail. Son contact mental empiète sur les mots, les images tombent en cascade comme le listing d'un terminal surchargé de travail. Les courbes illimitées de Schrödinger, leur tracé parlant un langage infiniment plus pur que la parole. Le fléchissement des courbes de probabilité en progression binomiale.

« Non, non, hoquette Gail en secouant la tête. Parle. Dis-moi cela en mots. »

Jeremy essaie tout en sachant que les mathématiques, qui sont pour elle autant de parasites crayeux, décriraient la chose plus clairement. « Des hologrammes. Le travail de Goldmann est basé sur des recherches holographiques.

– Comme ton analyse de la mémoire », dit Gail en fronçant un peu les sourcils ; elle le fait toujours quand ils discutent de son travail.

« Oui… c'est vrai… seulement le travail de Goldmann a dépassé l'analyse synaptique de la fonction mémorielle, il a poussé jusqu'à un analogue de la pensée humaine… bon dieu, toute la gamme de la conscience humaine. »

Gail respire un grand coup et Jeremy voit qu'elle commence enfin à comprendre. Il aimerait toucher son esprit et substituer les mathématiques pures aux structures souillées du langage qu'elle utilise pour arriver à comprendre, mais il résiste à son impulsion et tente de trouver d'autres mots.

« Est-ce que ce… » Gail s'arrête. « Est-ce que ce travail de Goldmann explique notre… faculté ?

– La télépathie ? » Jeremy sourit d'une oreille à l'autre. « Oui, Gail… *oui*. Bon dieu, ça explique presque tout ce que je cherchais à tâtons, comme un aveugle. » Il reprend son souffle, boit le reste de son thé glacé et continue. « L'équipe de Goldmann pratique toutes sortes d'études complexes d'électro-encéphalogrammes et de scanners. Il a obtenu une bonne quantité de données brutes, mais ce matin j'ai appliqué mon analyse de Fourier à son résultat, et je l'ai confronté aux différentes modifications de l'équation d'onde de Schrödinger pour voir si cela fonctionnait comme une onde stationnaire.

– Jerry, je ne vois pas bien… », dit Gail. Il capte les pensées de sa femme qui tente de mettre de l'ordre dans le fouillis mathématique de ses pensées à lui.

« Ça marchait vachement, ma belle. L'étude longitudinale par RMN des configurations de la pensée humaine que Goldmann a menée *peut* être décrite comme un front d'onde stationnaire. Pas seulement de la fonction mémorielle, à laquelle je me limitais sottement, mais de *toute* la conscience humaine. La partie de notre esprit qui *est* nous peut être exprimée presque parfaitement par un hologramme… ou peut-être, plus précisément, par une sorte de super-hologramme contenant quelques millions d'hologrammes plus petits. »

Gail se penche en avant, ses yeux commencent à briller. « Je crois voir… mais Jerry, où est l'esprit là-dedans ? Le cerveau lui-même ? »

Jerry sourit d'une oreille à l'autre, essaie de boire encore, mais seuls les cubes de glace cliquettent contre ses dents. Il repose bruyamment le verre. « La meilleure réponse, je crois, c'est que les Grecs et tous les cinglés religieux avaient raison de séparer les deux. Le cerveau peut être considéré comme un... eh bien, à la fois comme une espèce de générateur de front d'onde électrochimique et comme un interféromètre. Mais l'esprit... ah, *l'esprit*... c'est quelque chose de beaucoup plus beau que ce morceau de matière grise qu'on appelle le cerveau. » Malgré lui, Jeremy pense de nouveau en équations : des ondes sinusoïdales qui dansent sur l'air harmonieux de Schrödinger. Des ondes sinusoïdales éternelles mais sujettes à mutation.

Gail fronce de nouveau les sourcils. « Alors, l'âme existe... une partie de nous qui pourrait survivre à la mort ? » Les parents de Gail, surtout sa mère, étaient fondamentalistes, et maintenant sa voix prend ce ton légèrement querelleur qui intervient toujours lorsqu'elle discute de religion. L'idée d'une âme sous les espèces d'un petit chérubin flagorneur montant à tire-d'aile vers l'éternelle stase épouvante Gail.

C'est au tour de Jeremy de froncer les sourcils. « Survivre à la mort ? Eh bien, non... » Il est irrité d'avoir à penser de nouveau en mots. « Si le travail de Goldmann et l'analyse que j'en ai faite sont exacts, si la personnalité est bien un front d'onde complexe, une sorte de série d'hologrammes à basse énergie qui interprètent la réalité, elle ne pourrait certainement pas survivre à la mort du cerveau. Le schème serait détruit en même temps que le générateur holographique. Ce front d'onde complexe c'est *nous*... et quant à la complexité, eh bien, Gail, apprends que mon analyse montre plus de variations onde-particule qu'il n'y a d'atomes dans l'univers... ce front d'onde holographique a, comme toutes choses, besoin d'énergie pour exister. Lors de la mort du cerveau, le front d'onde s'effondre comme une montgolfière sans air chaud. »

Gail sourit d'un air résolu. « Charmante image », dit-elle doucement.

Jeremy ne l'écoute pas. Ses yeux ont pris cet air légèrement stigmatique qu'il adopte chaque fois qu'une pensée l'absorbe tout entier. « Mais l'important, ce n'est pas ce qui arrive au front d'onde lorsque le cerveau meurt, dit-il d'un ton qui laisserait entendre que sa femme est l'un de ses étudiants. C'est comment cette découverte capitale… et parbleu, c'en est une… comment cette découverte capitale s'applique à ce que tu appelles notre faculté. À la télépathie.

– Et comment s'y applique-t-elle, Jerry ? » La voix de Gail est douce.

« C'est assez simple si tu imagines la pensée humaine comme une série de fronts d'ondes stationnaires créant des configurations d'interférences qui peuvent être enregistrées et propagées en analogues holographiques.

– Euh-euh.

– Non, c'est vraiment simple. Tu te souviens, quand nous avons partagé nos impressions télépathiques juste après notre première rencontre ? Nous avons décidé qu'il serait impossible d'expliquer le contact mental à quelqu'un qui ne l'a pas expérimenté. Ce serait comme de décrire…

– Comme de décrire des couleurs à une personne aveugle de naissance.

– Parfait. Oui. Toi, tu sais que le contact mental n'a rien à voir avec ce que racontent ces stupides romans de SF que tu lis. »

Gail sourit. Lire de la science-fiction, c'est son vice secret, une manière de se délasser des « lectures sérieuses », mais elle y prend assez de plaisir pour reprocher à Jeremy de l'appeler « SF ».

« Ils disent généralement que c'est comme si on captait des émissions de radio ou de télévision, expliqua-t-elle. L'équivalent d'un récepteur mental. »

Jeremy hoche la tête. « Nous, nous savons que ce n'est pas vrai. Cela ressemble plus à… » De nouveau, les mots lui manquent et il essaie de partager les mathématiques avec elle : des ondes sinusoïdales déphasées qui convergent lentement tandis que les amplitudes se déplacent dans la représentation d'un espace de probabilité.

« Un peu comme si on avait une impression de déjà-vu avec les souvenirs de quelqu'un d'autre, dit Gail en refusant d'abandonner le piètre radeau du langage.

– Exact », répond Jeremy. Pourtant il fronce les sourcils, réfléchit, puis répète : « Exact. La question que personne n'a jamais pensé à poser – du moins jusqu'à Goldmann et son équipe – c'est : comment fait-on pour lire dans son propre esprit ? Les chercheurs en neurologie essaient bien de traquer la pensée, mais en étudiant les neurotransmetteurs et autres agents chimiques, ou en réfléchissant en termes de dendrites et de synapses… c'est un peu comme si on essayait de comprendre comment fonctionne une radio en démontant ses composants ou en regardant un transistor au microscope, sans jamais reconstituer la chose. »

Gail va chercher dans le réfrigérateur une cruche de thé glacé pour resservir son mari. « Et toi, tu as reconstitué la radio ?

– Goldmann l'a fait. » Jeremy sourit d'une oreille à l'autre. « Et je l'ai allumée à sa place.

– Comment est-ce que nous lisons dans notre propre esprit ? » demande Gail d'une voix douce.

Jeremy modèle l'air de ses mains. Ses doigts voltigent comme les fronts d'onde insaisissables qu'il décrit. « Le cerveau produit ces super-hologrammes qui contiennent tout l'ensemble… la mémoire, la personnalité, même les modules de traitement de fronts d'onde, afin que nous puissions interpréter la réalité… et pendant qu'il fait cela, le cerveau agit aussi comme un interféromètre et brise ces fronts d'onde en éléments au fur et à mesure que nous en avons besoin. Il "lit" notre propre esprit. »

Gail noue et dénoue ses mains tandis qu'elle résiste à l'envie de se mordre les ongles d'excitation. « Je crois que je vois… »

Jeremy lui saisit les mains. « Il faut que tu voies. Cela explique tant de choses, Gail… pourquoi des victimes d'une attaque d'apoplexie peuvent réapprendre à se servir des différentes parties de leur esprit, les terribles effets de l'Alzheimer, et même pourquoi les bébés ont tant besoin de rêver, et pas les personnes âgées. Tu vois, le front d'onde de la personnalité d'un bébé a un besoin tellement plus grand d'interpréter la réalité dans ce simulateur holographique... »

Jeremy se tait. Il n'a pas vu le tressaillement de douleur qui a traversé le visage de Gail lorsqu'il a parlé de bébé. Il lui serre les mains.

« N'importe comment, dit-il, tu vois comment cela explique la faculté que nous possédons. »

Elle lève les yeux, croise son regard. « Je crois, Jerry. Mais... »

Il boit la dernière goutte de thé glacé. « Peut-être, ma belle, sommes-nous des cas de mutation génétique, comme nous en avons discuté dans le passé. Mais alors, nous sommes des mutants dont le cerveau fait la même chose que celui de n'importe qui d'autre... décomposer les superhologrammes en configurations compréhensibles. *Seulement, nos cerveaux interprètent aussi les configurations des fronts d'onde des autres personnes.* »

Gail hoche rapidement la tête maintenant, elle voit. « C'est pour cela que nous sommes constamment parasités par les pensées des gens... ce que nous appelons la neuro-rumeur... hein, Jerry ? Nous décomposons constamment les ondes mentales des autres personnes. Comment as-tu appelé cette espèce d'hologramme qui fait ça ?

– Un interféromètre. »

Gail sourit de nouveau. « Alors, nous sommes nés avec un interféromètre défectueux. »

Jeremy lève la main de sa femme et lui baise les doigts. « Ou peut-être plus efficace. »

Gail va à la fenêtre et regarde la grange en essayant d'assimiler tout cela. Jeremy la laisse à ses pensées en élevant suffisamment son écran mental pour ne pas s'imposer. Au bout d'un moment, il dit : « Ce n'est pas tout, ma belle. »

Elle se détourne de la fenêtre et croise les bras.

« La raison pour laquelle Chuck Gilpen a eu connaissance de ces recherches, dit-il. Tu te souviens du travail qu'il a fait pour le groupe de physique fondamentale, aux laboratoires Lawrence de Berkeley ? »

Gail hoche la tête. « Et alors ?

– Depuis quelques années, ils traquent toutes ces particules de plus en plus petites et étudient les propriétés qui les déterminent pour mettre la main sur la nature du réel. Ce qui est *vraiment* réel. Et quand ils vont plus loin que les gluons et les quarks et le charme et la couleur, et qu'ils captent un aperçu de la réalité au niveau le plus fondamental et le plus convaincant, tu sais ce qu'ils obtiennent ? »

Gail secoue la tête et serre ses bras plus fort, voyant la réponse avant que Jeremy l'ait verbalisée.

« Ils ont une série d'équations de probabilité qui montre des fronts d'onde stationnaires, dit-il doucement tandis que sa peau se couvre de chair de poule. Ils trouvent les mêmes gribouillis que Goldmann obtient quand il va au-delà du cerveau et trouve l'esprit. »

La voix de Gail n'est qu'un chuchotement. « Qu'est-ce que cela *veut dire*, Jerry ? »

Jeremy abandonne son thé dont les cubes de glace sont en train de fondre et va se chercher une bière. Il fait sauter la capsule et boit à longs traits, s'interrompant une fois pour roter. Derrière Gail, la lumière vespérale peint de riches couleurs les cerisiers derrière la grange. *Là, dehors*, partage-t-il avec Gail. *Et dans nos esprits. Différent… et pareil. L'univers comme un front d'onde stationnaire aussi fragile et improbable que des rêves de bébé.*

Il rote de nouveau et dit à voix haute : « Chasse-moi toutes ces conneries de la tête, ma belle. »

Lasciate ogne speranza, voi ch'intrate

Le troisième jour, Bremen se leva et sortit dans la lumière matinale. Il y avait un petit quai derrière la cabane, rien que deux planches sur pilotis, et il resta là, clignant des yeux au soleil levant ; derrière lui, dans le marécage, les oiseaux faisaient un tapage monstre, et dans la rivière, devant lui, les poissons sautaient pour se nourrir.

Le premier jour, il avait été ravi de laisser Verge l'emmener en bateau pour lui montrer sa cabane de pêcheur. Les pensées du vieil homme constituaient un changement que l'esprit épuisé de Bremen accueillait avec plaisir : des pensées sans mots, des images sans mots, des émotions lentes sans mots, des pensées aussi rythmées et aussi apaisantes que les toussotements du vieux moteur qui propulsait le hors-bord dans le courant lent de la rivière.

Pour quarante-deux dollars par jour, Bremen ne s'était pas attendu à cela ; la petite construction arborait avec fierté un porche, une minuscule salle de séjour aux fenêtres garnies de grillage, meublée d'un canapé et d'un fauteuil à bascule, une petite cuisine pourvue d'un réfrigérateur modèle réduit – il y avait l'électricité ! –, d'un volumineux fourneau, du chauffe-plats promis et enfin d'une petite table recouverte de toile cirée délavée. Il y avait aussi une chambre à coucher guère plus grande que le lit encastré, et dont l'unique fenêtre donnait sur des cabinets rudimentaires. La douche et le lavabo avaient été bricolés dans une alcôve qui ouvrait sur l'extérieur, près de la porte de derrière. Mais les couvertures et les draps étaient propres, les trois lumières électriques de la cabane fonctionnaient, et Bremen se laissa tomber sur le canapé avec une émotion très proche de l'allégresse pour avoir trouvé cet endroit… si l'on pouvait parler d'allégresse quand on était plongé dans une tristesse si profonde qu'elle touchait au vertige.

Verge était entré et avait pris place sur le fauteuil à bascule. Rappelant à lui ses bonnes manières, Bremen fouilla les sacs d'épicerie, trouva le pack de six bières et offrit une bouteille à Verge. Le vieil homme ne refusa pas et Bremen se baigna dans la chaude lueur de ses pensées sans paroles pendant qu'ils sirotaient dans le crépuscule tiède leurs bières tout aussi tièdes.

Plus tard, lorsque son guide fut parti, Bremen s'installa sur le quai pour pêcher. Sans se soucier de choisir son appât ou sa longueur de fil, ni même quelle sorte de prise il désirait, il avait écouté dans la lumière mourante, jambes pendantes sur les planches grossières, les grosses grenouilles qui remplissaient peu à peu le marécage et la rivière, puis attrapé plus de poissons qu'il n'avait jamais rêver de le faire. Bremen reconnut à leurs moustaches des poissons-chats, sentit qu'un certain nombre étaient plus longs, plus minces et plus combatifs, et que l'un d'eux ressemblait vraiment à une truite arc-en-ciel, bien que cela parût peu probable… mais il les rejeta tous à l'eau. Il avait assez de provisions pour trois jours et nul besoin de poissons. C'était le *fait* de pêcher qui lui faisait du bien ; c'était *la pêche* qui calmait son esprit et lui apportait un semblant de paix après la folie des journées et des semaines précédentes.

Le soir de ce premier jour, peu après la tombée de la nuit (Bremen ne consulta pas sa montre), il rentra dans la cabane, se prépara un sandwich au bacon avec de la laitue et une tomate, arrosé d'une autre bière, fit la vaisselle, puis sa toilette et se mit au lit où il dormit pour la première fois depuis quatre jours, dormit sans rêves pour la première fois depuis des semaines.

Le second jour, Bremen se réveilla tard et pêcha toute la matinée ; il n'attrapa rien, ce qui lui apporta autant de satisfaction que son succès de la veille au soir. Après un déjeuner pris de bonne heure, il se promena sur la rive jusqu'à l'endroit où la rivière se déversait dans le marécage, ou vice versa... impossible de le dire, et il pêcha là plusieurs heures. De nouveau, il remit à l'eau tout ce qu'il avait pris. Il vit un serpent nager nonchalamment entre les branches d'un cyprès à demi submergé et, pour la première fois de sa vie, cet animal ne lui fit pas peur.

Le soir de cette seconde journée, Verge arriva en teuf-teufant, aborda au quai et fit savoir à Bremen par de simples signes qu'il était venu le chercher pour pêcher dans le marécage. Bremen avait hésité un instant – il ne savait pas s'il était prêt pour ce lieu – puis tendu sa canne à pêche et son moulinet au vieil homme, et sauté avec précaution à l'avant du bateau.

La mousse espagnole retombait sur le marécage obscurci, et Bremen passa moins de temps à surveiller son flotteur qu'à regarder les énormes oiseaux battre paresseusement des ailes au-dessus de leurs nids, à écouter les appels vespéraux d'un millier de variétés de grenouilles, et même à observer deux alligators qui se déplaçaient avec indolence dans l'eau aux teintes crépusculaires. Les pensées de Verge s'identifiaient presque aux rythmes du bateau et du marécage, aussi était-ce infiniment apaisant pour Bremen de renoncer à l'agitation de sa propre conscience et de s'abandonner à la clarté endommagée de cet esprit blessé. D'une étrange façon, il avait compris que son compagnon de pêche, bien que médiocrement instruit et pas du tout intellectuel, avait été autrefois une sorte de poète. Depuis l'attaque d'apoplexie, cette poésie s'exprimait dans l'aimable modulation de souvenirs sans mots, et dans une sorte d'empressement à livrer la mémoire elle-même à la cadence plus exigeante de l'*instant*.

Ni l'un ni l'autre n'avaient attrapé de poissons qui vaillent la peine d'être gardés, aussi abandonnèrent-ils le marécage pour émerger dans une obscurité moins profonde – la pleine lune s'élevait à l'est au-dessus des cyprès – et accostèrent-ils au petit quai de la cabane de Bremen. Une brise légère éloignait les moustiques du porche où ils restèrent en silence à boire les autres bières.

Aujourd'hui, en ce matin du troisième jour, Bremen se réveilla et sortit en clignant des yeux au soleil levant pour pêcher un peu avant le petit déjeuner. Il sauta du quai et parcourut une centaine de mètres le long de la rivière, jusqu'à un endroit herbu qu'il avait découvert la veille. La brume s'élevait de l'eau et les oiseaux remplissaient l'air de leurs cris impériaux. Bremen marchait en faisant attention aux serpents ou aux alligators cachés dans les roseaux ; l'atmosphère se réchauffa vite lorsque le soleil monta au-dessus des arbres. Quelque chose qui ressemblait beaucoup au bonheur tournait lentement dans sa poitrine.

La Grande Rivière aux Deux Cœurs. C'était une pensée qui venait de Gail.

Bremen s'arrêta et faillit trébucher. Il resta là, un peu haletant, fermant les yeux pour se concentrer. C'était Gail, mais ce n'était *pas* Gail : un écho fantôme, aussi glacial que si sa vraie voix lui avait chuchoté à l'oreille. Pendant une minute, le vertige empira et Bremen dut s'asseoir en toute hâte sur un tertre herbu. Il mit la tête entre les genoux et respira lentement. Au bout d'un moment, le bourdonnement diminua dans ses oreilles, son cœur battit moins vite et la vague de déjà-vu, presque nauséeuse, se retira.

Bremen leva le visage vers le soleil, essaya de sourire et fit le geste de reprendre sa canne à pêche et son moulinet.

Il n'avait ni l'une ni l'autre. Ce matin, à leur place, il avait emporté le revolver calibre 38.

Bremen resta assis sur la rive qui se réchauffait et examina l'arme. L'acier bleuté semblait presque noir en pleine lumière. Il trouva la détente qui libérait le barillet et regarda les six boules de cuivre. Il referma le magasin et leva l'arme presque au niveau de son visage. Le chien revint en arrière en cliquetant avec une facilité surprenante et se mit en place. Bremen posa le canon court contre sa tempe et ferma les yeux ; il sentait la chaude lumière du soleil sur son visage et écoutait le bourdonnement des insectes.

Bremen ne s'imaginait pas que la balle en pénétrant

dans son crâne le libérerait… pour l'expédier sur un autre plan d'existence. Ni Gail ni lui n'avaient cru dans une autre vie que celle-ci. Mais il se rendait compte que le revolver et cette unique balle étaient des instruments de délivrance. Son doigt avait trouvé la détente et maintenant, Bremen savait avec une certitude absolue que la plus légère pression mettrait fin au gouffre insondable de chagrin qui bâillait même sous ce bref éclair de bonheur. La plus légère pression mettrait fin à jamais à l'incessant empié*-ment des pensées des autres qui maintenant encore bourdonnaient à la périphérie de sa conscience comme un million de mouches bleues autour d'une viande pourrie.

Bremen commença à appliquer cette pression, sentit la perfection de l'arc de métal sous son doigt et, malgré lui, convertit cette impression tactile en construction mentale mathématique. Il se représenta l'énergie cinétique latente reposant dans la poudre, la brusque transformation de cette énergie en mouvement, et l'effondrement d'une structure bien plus complexe qui s'ensuivrait, la fin de la danse compliquée des ondes sinusoïdales et des fronts d'ondes stationnaires mourant avec la mort du cerveau qui les produisait.

L'idée de détruire cette belle construction mentale mathématique, de briser à jamais les équations du front d'onde, plus belles pour Bremen que la psyché imparfaite et blessée qu'elles représentaient, le poussa à baisser le pistolet, à désarmer le chien et à jeter l'arme au loin, par-dessus les grands roseaux, dans la rivière.

Il resta à regarder les rides s'élargir. Il ne ressentait ni allégresse ni tristesse, ni satisfaction ni chagrin. Il n'éprouvait rien du tout.

Il capta les pensées de l'homme quelques secondes seulement avant de se retourner et de l'apercevoir.

Debout dans un vieux skiff, à sept mètres à peine de Bremen, il se servait d'un aviron en guise de perche pour tirer son bateau plat des hauts-fonds où la rivière entrait dans le marécage (ou vice versa). Vêtu encore moins bien pour cette activité que Bremen trois jours auparavant, il portait un costume de ville blanc sur une chemise noire dont le col aux longues pointes balafrait les larges revers de sa veste comme des ailes de corbeau ; plusieurs chaînes en or descendaient sur sa mince poitrine jusqu'à l'endroit où ses poils noirs s'harmonisaient avec le satin de la chemise ; il était chaussé de coûteux escarpins noirs en cuir souple qui n'avaient jamais été conçus pour une surface plus hostile qu'un somptueux tapis ; une pochette en soie rose émergeait de la poche de sa veste blanche ; une ceinture blanche à grande boucle dorée maintenait son pantalon ; une Rolex en or brillait à son poignet gauche.

Bremen avait déjà ouvert la bouche pour dire bonjour quand il vit tout.

Il s'appelle Vanni Fucci. Il a quitté Miami peu après trois heures du matin. L'homme mort qui était dans le coffre portait le nom invraisemblable de Chico Tartugian. Vanni Fucci s'était débarrassé du cadavre à moins de six mètres de l'endroit où le skiff flottait maintenant, parmi les cyprès, là où le marécage était noir et relativement profond.

Bremen cligna des yeux et aperçut les ondulations qui émanaient encore de la place ombreuse où Chico Tartugian avait été poussé par-dessus bord avec une chaîne en acier de vingt-cinq kilos autour de la taille.

« Hé ! » cria Vanni Fucci qui faillit chavirer lorsqu'une de ses mains lâcha l'aviron pour prendre quelque chose sous sa veste blanche.

Bremen recula, puis s'arrêta. Un instant, il crut que le revolver que brandissait Vanni Fucci était *le sien*, le pistolet que son beau-frère lui avait donné, celui qu'il venait de jeter dans la rivière. Les rides s'élargissaient encore de l'endroit où l'arme était tombée, même si elles mouraient vite en rencontrant le courant et les petites vagues produites par le skiff de Vanni Fucci.

« Hé ! » cria celui-ci pour la seconde fois, et il arma le pistolet.

Bremen essaya de lever les mains, mais découvrit qu'il les avait seulement ramenées sur sa poitrine en un mouvement qui ne suggérait ni la supplication ni la prière, mais plutôt la contemplation.

« Qu'est-ce que tu fous là ? » cria Vanni Fucci, le skiff oscillant si fort que la gueule noire du revolver ne visait plus le visage de Bremen mais un point près de ses pieds.

Bremen savait que, s'il devait s'enfuir, c'était maintenant ou jamais. Il ne s'enfuit pas.

« J'ai dit *qu'est-ce que tu fous là*, putain de con ! » cria l'homme en costume blanc et chemise noire. Les bouclettes serrées de ses cheveux semblaient aussi noires et brillantes que sa chemise. Son visage était pâle sous le bronzage artificiel et sa bouche, une moue charnue de chérubin, se tordait pour ressembler à la gueule d'un chien qui montre les dents. Bremen vit un diamant scintiller au lobe de son oreille gauche.

Incapable de parler, plus sous l'effet d'une étrange excitation que de la peur, Bremen secoua la tête. Les extrémités de ses mains en coupe se touchaient presque.

« Viens là, putain de con », cria Vanni Fucci qui essayait de garder le pistolet stable tout en serrant l'aviron sous son bras droit ; il avança vers la rive en s'appuyant, de l'avant-bras gauche, sur la perche improvisée afin de garder son équilibre. L'embarcation oscilla de nouveau, mais continua sur sa lancée ; la gueule du revolver grossissait.

Bremen cligna des yeux pour éloigner les moustiques et regarda le skiff flotter jusqu'à la rive. Le 38, beaucoup plus stable, était maintenant à moins de deux mètres cinquante.

« Qu'est-ce que t'as vu, espèce de con ? Putain, qu'est-ce que t'as vu ? » Vanni souligna sa seconde question en brandissant le revolver comme s'il avait l'intention de lui enfoncer l'arme dans la figure.

Bremen ne dit rien. Une partie de lui restait très calme. Il pensait aux derniers jours, aux dernières nuits de Gail entourée d'appareils, dans le service de réanimation, à son corps violé par les cathéters, les tubes à oxygène et les perfusions intraveineuses. Toute pensée de l'élégante danse des ondes sinusoïdales s'était évanouie aux cris du gangster.

« Monte dans ce putain de bateau, espèce d'enfoiré », siffla Vanni Fucci.

Bremen cligna encore des yeux, il ne comprenait franchement pas. Les pensées incandescentes de Fucci étaient un torrent d'obscénités chauffées à blanc et de vagues de peur, et pendant un long moment, Bremen ne s'aperçut pas que Vanni Fucci avait parlé tout haut.

« J'ai dit *monte dans ce putain bateau*, espèce d'enfoiré ! » cria Vanni Fucci, et il tira en l'air.

Bremen soupira, baissa les bras et embarqua prudemment dans le skiff. Vanni Fucci lui fit signe d'aller s'asseoir à l'avant de l'embarcation à fond plat, puis il se remit à manœuvrer maladroitement l'aviron d'une main, pendant que, de l'autre, il tenait le pistolet.

Silencieusement, mis à part le cri des oiseaux troublés en plein vol par l'unique coup de feu, ils se dirigèrent vers la rive opposée.

Des yeux

La mort m'intéresse. C'est pour moi un concept nouveau. Qu'on puisse simplement *cesser* d'exister est la plus surprenante et la plus fascinante idée que Jeremy m'ait apportée.

Je suis à peu près certain que Jeremy a pris pour la première fois conscience de sa mortalité d'une manière particulièrement brutale, à l'âge de quatre ans, lors du décès de sa mère. Sa faculté télépathique est à cette époque très intermittente et indisciplinée – guère plus que l'intrusion de pensées et de cauchemars dont il comprendra plus tard que ce n'étaient pas les siens –, mais son talent acquiert une acuité rare et cruelle la nuit où sa mère meurt.

Elle s'appelle Elizabeth Susskind Bremen. Elle a vingt-neuf ans. Elle rentre chez elle d'une soirée « entre filles ». Ce groupe d'une dizaine d'amies se rencontre une fois par mois depuis des années, et la plupart ont commencé à le faire avant leur mariage. Ce soir-là, elles se sont rendues au musée de Philadelphie pour un vernissage, ensuite elles sont allées écouter un concert de jazz. Celle qui avait été désignée pour conduire, Carrie, l'amie de toujours d'Elizabeth, n'a pas bu d'alcool. Quatre des cinq amies vivent à une demi-heure de voiture l'une de l'autre, près de Bucks County où se trouve la maison des Bremen, et lors de leurs sorties, elles ne prennent qu'une seule voiture, à tour de rôle. Elles sont dans le break de Carrie la nuit où l'ivrogne franchit la bande médiane, sur la voie express de Schuylkill.

La circulation est intense, le break roule dans la file

de gauche lorsque, en deux secondes, un ivrogne circulant en sens inverse s'engage dans cette moitié de la route à un endroit où la barrière de sécurité est en travaux. La collision se produit à l'avant. La mère de Jeremy, son amie Carrie et une autre femme du nom de Margie Sheerson sont tuées sur le coup. La quatrième, une nouvelle amie de Carrie qui sort pour la première fois avec le groupe, est éjectée de la voiture et survivra, mais totalement paralysée. L'ivrogne – dont Jeremy ne pourra jamais se rappeler le nom malgré les nombreuses fois où il le verra écrit – n'est que légèrement blessé.

Jeremy se réveille en sursaut et se met à hurler. Son père monte en courant. Le petit garçon n'a toujours pas cessé de crier lorsque la gendarmerie téléphone, vingt-cinq minutes plus tard.

Jeremy se souvient dans les moindres détails de ce qui se passe ensuite. Il part avec son père à l'hôpital où personne ne semble savoir où se trouve le corps d'Elizabeth ; l'enfant est aux côtés de John Bremen lorsque, à la morgue, on l'oblige à regarder des cadavres de femmes afin d'identifier celle qui a disparu, Jane Doe ; puis on leur dit que le corps d'Elizabeth n'a pas été amené avec celui des autres victimes, mais transféré directement à la morgue d'un comté voisin. Jeremy se souvient du long trajet sous la pluie, au milieu de la nuit, du visage de son père qui, éclairé par le tableau de bord, se reflète dans le miroir, et de la chanson qui passe à la radio – Pat Boone interprétant « April Love ». Puis le mal que son père a pour trouver la morgue dans ce qui semble être un secteur industriel abandonné de Philadelphie.

Pour finir, Jeremy se souvient d'avoir contemplé fixement le visage et le corps de sa mère. Il n'y a pas de drap discret à soulever, comme dans les films que Jeremy regardera dans les années à venir – seulement un sac de plastique transparent ressemblant à un rideau de douche qui prête un reflet presque laiteux au visage meurtri et au corps brisé d'Elizabeth Susskind Bremen. Le gardien, encore moitié endormi, ouvre brutalement la fermeture Éclair du sac et expose accidentellement les seins de la mère morte. Ils sont maculés d'un sang encore humide. John Bremen remonte le plastique, d'un geste familier à Jeremy qu'il a bordé des centaines de fois, et, sans rien dire, hoche la tête lorsqu'on lui demande s'il s'agit bien d'elle. Les yeux de sa mère sont entrouverts, comme si, en train de jouer à cache-cache, elle les regardait en douce.

Bien sûr, son père ne l'a pas emmené avec lui cette nuit-là. Jeremy est parti chez une voisine, où il a couché sur le divan d'une chambre d'amis qui sent le shampooing pour moquette. Il a partagé chaque seconde de l'épreuve cauchemardesque de son père tout en restant étendu entre des draps propres à regarder, les yeux grands ouverts, les bandes de lumière dessinées au plafond de la pièce par les voitures qui passent en chuintant sur les pavés mouillés. Jeremy ne prend conscience de cela que vingt ans plus tard, après avoir épousé Gail. En réalité, c'est elle qui s'en rend compte – qui interrompt son récit amer de cette nuit-là –, c'est Gail qui a accès aux parties de la mémoire de Jeremy que lui-même ne peut pas atteindre.

Jeremy n'a pas pleuré quand il avait quatre ans, mais il pleure cette nuit-là, vingt et un ans plus tard : il pleure dans les bras de Gail pendant près d'une heure. Il pleure sur sa mère, et sur son père maintenant décédé, qui est mort d'un cancer sans que son fils lui ait pardonné. Jeremy pleure sur lui.

Je ne connais pas bien la première rencontre télépathique de Gail avec la mort. Il y a les souvenirs de l'enterrement de son chat Leo, quand elle avait cinq ans. Mais le contact mental maintenu plusieurs heures avec l'animal, qui avait été écrasé par une voiture, est peutêtre plus un chagrin dû à l'absence du ronron et de la chaleur de sa fourrure qu'un véritable lien avec la conscience du chat.

Les parents de Gail, chrétiens fondamentalistes, le sont de plus en plus au fur et à mesure qu'elle grandit, et elle entend rarement parler de la mort autrement que comme d'un « passage » dans le royaume du Christ. Quand elle a huit ans et que sa grand-mère meurt – une vieille dame guindée, formaliste, dont émane une drôle d'odeur et à laquelle la petite fille rend rarement visite –, son père la prend dans ses bras, au funérarium, pour qu'elle voie le cadavre, et il lui chuchote à l'oreille : « Ce n'est pas vraiment mamie… mamie est au ciel. »

Gail a déjà décidé, avant même que mamie trépasse, que tout cela, c'est de la blague. Ce sont les paroles mêmes de son grand-oncle, Buddy : « Toutes ces bondieuseries, Beanie, c'est des boniments. Le ciel et le chœur des anges… rien que des boniments. On meurt et on fertilise le sol, juste comme ton Leo dans la cour de derrière. La seule chose dont on soit sûr, après la mort, c'est qu'on aide l'herbe et les fleurs à pousser, tout le reste, ce sont des boniments. » Gail n'a jamais bien compris pourquoi il l'appelait Beanie, mais elle pense que c'est le petit nom d'une des sœurs de Buddy qui est morte lorsqu'ils étaient enfants.

La mort, c'est simple, décide-t-elle dès son plus jeune âge. On meurt et on fait pousser l'herbe et les fleurs. Tout le reste, c'est des boniments.

La mère de Gail l'entend révéler sa philosophie à une petite amie – elles sont en train d'enterrer un hamster. Elle renvoie l'autre enfant chez elle et sermonne Gail pendant plus d'une heure sur ce que dit la Bible, que la Bible est la Parole de Dieu sur terre, et qu'il est stupide de penser qu'un être humain cesse simplement d'exister. Gail, entêtée, l'écoute en la regardant fixement, mais refuse de se rétracter. Sa mère dit que Buddy est un alcoolique.

Toi aussi, pense la petite Gail de neuf ans, mais elle ne le dit pas tout haut. Elle ne le sait pas par télépathie – elle ne maîtrisera cette faculté que quatre ans plus tard, à la puberté – mais parce qu'elle a trouvé un tire-bouchon dissimulé sous les serviettes, dans la salle de bains, parce qu'elle entend sa mère, dont la diction est habituellement précise, parler fort le soir en articulant mal, et parce qu'elle écoute les voix qui s'élèvent dans l'escalier lorsque ses parents invitent leurs amis convertis.

Ironie du sort, le premier proche de Gail à mourir après qu'elle fut réellement entrée en possession de ses facultés télépathiques, c'est le grand-oncle Buddy. Elle a pris le car pour Chicago afin de lui rendre visite à l'hôpital où il agonise. Il ne peut pas parler car un cathéter introduit de l'air dans sa gorge débarrassée d'une tumeur cancéreuse et dans ses poumons dévorés par le cancer, mais la jeune fille de quinze ans reste là presque toute la journée, bien après les heures de visite, à lui tenir la main et à tenter de lui transmettre ses propres pensées au travers des voiles mouvants de la douleur et des analgésiques. Il y a peu de chances qu'il puisse capter ses messages mentaux, mais elle est bouleversée par la tapisserie complexe des souvenirs qu'il évoque tout éveillé, dans ses rêves. À travers eux, elle perçoit une tristesse, un sentiment de perte lié à sa sœur Beanie qui fut, dans un monde hostile, la seule amie d'oncle Buddy.

Oncle Buddy, ne cesse de transmettre Gail, *si ce ne sont pas des conneries... le ciel et tout le reste... fais-moi signe. Envoie-moi une pensée.* L'expérience l'enivre et la terrifie. Elle reste éveillée durant trois nuits, regrettant d'avoir transmis cette pensée à son ami mourant, espérant à demi que son fantôme la réveillerait, mais la quatrième nuit après la mort de Buddy, il ne se passe toujours rien – pas un chuchotement de sa voix rauque, pas d'amicales pensées, aucune impression de le sentir « ailleurs », seulement le silence et un vide.

Le silence et un vide. Gail reste convaincue, pendant le reste de sa vie, que c'est ainsi que la mort exerce son empire, y compris durant ces dernières semaines, quand elle ne peut pas cacher à Jeremy la tristesse morne de ses pensées. Il n'essaie pas de la faire changer d'avis, même s'il partage avec elle la lumière du soleil et l'espoir, alors qu'il ne voit guère la première et n'a rien du second.

Le silence et un vide. C'est ainsi que Gail se représente la mort.

Maintenant, il en est de même pour Jeremy.

Là, les morts abandonnent leurs os

Vanni Fucci fit passer Bremen du skiff au rivage, puis de là le conduisit, en traversant le rideau d'arbres, jusqu'à la route où était garée une Cadillac blanche. L'homme garda le revolver contre sa cuisse, mais bien visible, lorsqu'il ouvrit la portière du côté du passager et fit signe à Bremen de monter. Celui-ci n'émit aucune protestation, pas un mot. Entre les cyprès, il pouvait voir la petite boutique où Norm Sr. buvait sa deuxième tasse de café et où Verge, assis, était en train de fumer sa pipe.

Fucci se glissa sur le siège du conducteur, fit rugir le moteur et s'engagea en dérapant sur la chaussée, laissant derrière lui un nuage de poussière et le crépitement des graviers sur le feuillage. Il n'y avait pas d'autre véhicule sur la route. La lumière matinale effleurait le haut des arbres et des poteaux téléphoniques. À droite, le soleil étincelait sur l'eau. Le gangster posa le pistolet près de sa cuisse gauche, sur le somptueux siège en cuir. « Tu dis un seul putain de mot et je fais péter ta putain de tête », chuchota-t-il d'un ton pressant.

Bremen n'éprouvait aucune envie de dire quelque chose. Tandis qu'ils roulaient vers l'ouest à un petit quatre-vingt-dix kilomètres-heure bien pépère, il s'enfonça dans les coussins et regarda défiler le paysage. Ils quittèrent le marécage et la forêt pour pénétrer dans une région de prairies et de pins broussailleux. Des fermes exposées aux intempéries se terraient dans les champs et, plus près de la grande route, étaient perchées quelques rares boutiques vides de produits et de clients. Vanni Fucci murmura quelque chose et alluma la radio, tournant les boutons jusqu'à ce qu'il trouve une station émettant du bon rock and roll.

L'ennui, avec Bremen, c'est qu'il détestait le mélodrame. Il n'arrivait pas à y croire. C'était Gail qui aimait les romans, le cinéma et la télévision ; lui trouvait toujours les situations invraisemblables jusqu'à l'absurde, l'action et les réactions des personnages incroyables, et le mélodrame banal à l'extrême. De temps à autre, Bremen faisait remarquer que, dans la vie, les gens s'occupaient plutôt de sortir la poubelle, de mettre la table ou de regarder la télévision que de s'engager dans des courses-poursuites ou de menacer les autres avec une arme à feu. Gail hochait la tête, souriait et répondait pour la centième fois : « Jerry, tu as autant d'imagination qu'une poignée de porte. »

Bremen avait de l'imagination, mais il détestait le mélodrame et ne croyait pas aux mondes imaginaires dont ce genre se nourrit. Il ne croyait pas tant que ça à Vanni Fucci, bien que les pensées du gangster soient assez claires. Non structurées et délirantes, mais claires.

Quel dommage, pensait Bremen, que l'esprit des êtres humains ne soit pas comme un ordinateur, qu'il soit impossible de rappeler les informations à volonté. « Lire dans l'esprit des gens », c'était plus essayer de déchiffrer des gribouillis hâtifs sur des bouts de papier flottant à la surface de la mer que d'appeler des lignes d'informations claires sur un terminal d'affichage vidéo. Les gens ne pensaient pas à eux-mêmes en flash-back ordonnés pour le bénéfice d'un télépathe qui, éventuellement, pourrait capter leurs pensées ; du moins, pas les gens que Bremen avait rencontrés jusqu'ici.

Vanni Fucci non plus, bien que Bremen ait appris son nom relativement facilement. Fucci pensait à lui à la troisième personne, d'une manière totalement égocentrique mais curieusement abstraite, comme si la vie de l'insignifiant gangster était un film qu'il ne faisait que regarder. *Eh bien, Vanni Fucci s'est débarrassé de ce misérable con*, voilà quelle avait été la première pensée captée par Bremen sur l'île. À ce moment, les vêtements et les cheveux de Chico Tartugian envoyaient encore des bulles d'air à la surface de l'eau.

Bremen ferma les yeux et se concentra tandis qu'ils roulaient vers l'ouest, puis le nord, puis l'ouest de nouveau. C'était sûrement ce qu'il fallait faire, se concentrer, mais le cœur n'y était pas. Il détestait le mélodrame.

Les pensées de Vanni Fucci sautillaient comme un insecte sur une plaque brûlante. Il était troublé, mais pas du tout ému par l'immersion du cadavre de Chico ou par le fait qu'il faudrait aussi abattre cet étranger. Mais lui, Vanni Fucci, n'avait pas envie de jouer au tueur.

Fucci était un voleur. Bremen saisit assez d'images et de lambeaux d'images pour distinguer la différence. Dans sa longue carrière de voleur – Bremen capta dans un miroir l'image de Fucci avec les rouflaquettes et le costume en polyester des années soixante-dix –, Vanni Fucci n'avait jamais tiré sur quelqu'un, sauf la fois où Donni Capaletto, son soi-disant associé, avait essayé de l'arnaquer après l'affaire du joaillier de Glendale, et où Fucci s'était emparé du 45 de ce petit voyou pour lui tirer une balle dans le genou. Mais ce jour-là, Fucci était très en colère. Ce n'était pas une chose à faire quand on était un professionnel. Et Vanni Fucci s'enorgueillissait d'en être un.

Bremen cligna des yeux, refoula la nausée qu'il éprouvait à essayer de lire ces fragments voltigeant sur l'océan des pensées turbulentes de Fucci, et referma les paupières.

Bremen en apprit plus qu'il ne voulait en savoir sur la vie d'un gangster en cette dernière décennie du siècle. Il entrevit le profond et brûlant désir qu'avait Fucci d'arriver, glana ce que « arriver » voulait dire pour un petit gangster italien, et secoua la tête devant la méprisable petitesse de tout cela. Les années d'adolescence passées à courir porter des messages pour Hesso, à vendre des cigarettes tirées du coffre des camions que détournait le gros Ernie ; le premier boulot – une boutique de vins et spiritueux dans le quartier sud de Newark – et la lente intégration à cette bande d'hommes durs, astucieux mais peu instruits. Bremen entr'aperçut la profonde satisfaction de Fucci à se voir accepter par ces êtres stupides, méchants, violents, égoïstes et arrogants, et derrière tout cela, son ultime loyauté envers lui-même. Bremen vit que Fucci n'était fidèle qu'à lui-même. Tous les autres – Hesso, Carpezzi, Tutti, Schwartz, Don Leoni, Sal, et même Cheryl, sa compagne –, il pouvait s'en passer. Ils ne comptaient pas plus que Chico Tartugian, ce petit gangster propriétaire d'un night-club de Miami que Fucci n'avait rencontré qu'une seule fois dans celui, luxueux, de Don Leoni, à Brooklyn. C'était pour rendre service à ce dernier que Fucci était descendu dans le Sud ; il détestait Miami et il détestait l'avion.

Ce n'est pas Fucci qui avait appuyé sur la gâchette, mais le gendre de Don Leoni, Bert Cappi, un punk de vingt-six ans qui se prenait pour la réincarnation de Frank Sinatra. Tartugian l'avait engagé comme chanteur pour faire une fleur à Don Leoni ; les clients le sifflaient et même les barmen protestaient, mais Tartugian garda le gamin. Pourtant il savait que celui-ci l'espionnait. Mais tout en continuant à ratisser les meilleurs numéros des quartiers sud, il se disait que Cappi mettrait sa carrière musicale au-dessus de sa loyauté envers son oncle.

Il s'était trompé. Bremen eut un aperçu de Vanni Fucci attendant dans la ruelle pendant que Cappi allait parler à Chico Tartugian, après le dernier spectacle. Les coups du calibre 22 avaient été brefs et sourds, sans le moindre écho. Fucci avait allumé une cigarette et laissé passer encore une minute avant d'entrer avec le rideau en plastique et les chaînes. Le gamin avait obligé Tartugian à s'agenouiller dans la douche de sa salle de bains, juste comme Don Leoni le lui avait ordonné. Faire couler de l'eau pendant trente secondes suffit à nettoyer le peu de saleté que cela avait fait.

« Bordel, qu'est-ce que tu foutais là, hein ? Bordel, qu'est-ce que tu foutais dans ce putain de marécage à cette putain d'heure, hein ? » demanda Fucci.

Bremen le regarda. « Je pêchais », dit-il… ou crut-il dire.

Vanni Fucci secoua la tête d'un air dégoûté et monta le son de la radio. « Putain de pékin. »

Ils étaient en train de traverser une ville, plus grande que les quelques agglomérations des Everglades déjà franchies, et Bremen ferma les yeux sous l'assaut de la neuro-rumeur. Ce fut particulièrement dur lorsqu'ils passèrent devant des camps de vacances, des villages de caravanes et des résidences pour personnes âgées. Là, le grincement des pensées des vieillards frappa avec une force malveillante la conscience abrasée de Bremen ; c'était aussi déplaisant que d'entendre un vieux voisin expectorer ses innombrables crachats du matin.

Pas de lettre, pas de coup de téléphone. Shawnee attend que je sois mort pour appeler, ma parole...

Juste une petite grosseur, disait Marge. Le mois dernier, elle a dit ça. Juste une petite grosseur. Et maintenant, elle est morte, partie. Juste une petite grosseur, qu'elle disait. Et maintenant, avec qui je vais jouer au mah-jong ?

Jeudi. On est jeudi. Jeudi, c'est le soir où on joue à la belote, au club du troisième âge.

Pas toujours en mots, souvent pas en mots, les anxiétés, les tristesses et la hargne de la vieillesse, la faiblesse et les abandons tombèrent sur Bremen tandis que la Cadillac suivait lentement la grande route maintenant élargie. Jeudi, découvrit-il, c'était le soir où l'on jouait à la belote dans la plupart des résidences pour personnes âgées, dans cette ville et dans celle qu'ils traversèrent ensuite. Mais il y avait encore, pour tous ces gens, beaucoup d'heures de lumière, de douleur et de lourde chaleur de Floride avant la fraîcheur humide du soir et le refuge du club du troisième âge. Les images télévisées papillotaient dans des milliers et des milliers de caravanes et de résidences, l'air conditionné bourdonnait, tandis que les retraités et les largués reposaient leurs os et attendaient que cesse la chaleur du jour, dans l'espoir d'une autre soirée en compagnie d'amis dont le nombre se réduisait.

Bremen vit en un brusque éclair, hors du contexte des rêvasseries hachées de Vanni Fucci, que celui-ci était en colère contre Dieu. Terriblement en colère contre Dieu.

Ce putain de jour où Nicco...

Son plus jeune frère, vit Bremen, avec les mêmes yeux et les mêmes cheveux noirs, mais plus beau, à cause d'une certaine paix.

Ce putain de jour où Nicco a prononcé ses vœux, j'ai pénétré par effraction dans cette putain de chapelle St. Mary, et j'ai volé ce putain de calice. Ce même putain de calice que je tendais au père Damiano quand j'étais un con d'enfant de chœur. Le même putain de calice. Personne ne voulait de ce putain de truc. Aucun fourgue ne voulait toucher à ce putain de truc. Vachement dingue, mec... Nicco prononçant ses putains de vœux et moi errant dans les putains de rues d'Atlantic City avec ce putain de calice dans mon sac de gym. Personne voulait de ce putain de truc. Image de Vanni Fucci en larmes enterrant la coupe en argent dans un marais du littoral, au nord du casino. Image de Fucci, les bras levés vers le ciel, les poings serrés, le pouce de chaque main entre l'index et le majeur. *La figue... la fica...* Bremen comprit. Vanni Fucci « faisait la figue » à Dieu, le geste le plus obscène que connaissait le jeune voleur à l'époque.

Dieu, va te faire foutre. Va te faire enculer, le vieux.

Bremen cligna des yeux et secoua la tête pour échapper à la neuro-rumeur du camp de caravaning devant lequel ils passaient. Vanni Fucci n'allait pas le tuer, pensait-il. Pas tout de suite. Fucci ne voulait pas de complication, il regrettait déjà de ne pas avoir laissé ce con hébété sur son île. Ou de ne pas avoir amené Roachclip avec lui. Roachclip aurait tout de suite liquidé ce foutu dingue du skiff, sans un regard en arrière.

Bremen élaborait d'habiles stratégies. En se servant de ce qu'il avait déjà glané, il pourrait parler à Vanni Fucci, dire que lui – Bremen – avait aussi été envoyé dans le Sud par Don Leoni, qu'il savait que Bert Cappi avait descendu Chico Tartugian et que – holà ! – il était réglo. Don Leoni voulait juste une confirmation, c'était tout. Bremen s'imaginait en train de répondre à des questions. Roachclip ? Ouais, bien sûr, il connaissait ce putain de toqué de Portoricain. Il se rappelait la fois où il avait expédié les deux frères Armansi – le gros avec la jambe en plastique, tout ce qui lui était resté de la Deuxième Guerre mondiale, et le maigre, le plus jeune, avec son costume en peau d'ange. Roachclip ne s'était servi ni d'un fusil ni d'un couteau, simplement de ce putain de tuyau en plomb qu'il emportait toujours dans son coffre. Il s'était amené par-derrière, après avoir conduit les frères Armansi au lieu de rendez-vous, dans le Bronx, et il leur avait fracassé le crâne en pleine rue, sous les yeux de cette babouchka polonaise avec son visage blanc et plat, son châle noir, son petit filet à provisions en plastique dont les oranges s'étaient éparpillées sur le trottoir couvert de neige fondue…

Bremen secoua la tête. Il ne ferait pas cela.

Ils avaient traversé les pays des lacs et étaient entrés dans la région des prairies d'élevage où les aigrettes suivaient les troupeaux, guettant les insectes dérangés par les sabots des bovins, quand brusquement Vanni Fucci se rangea près d'un téléphone public, leva le pistolet jusqu'à ce que le canon soit à quelques centimètres des yeux de Bremen et dit d'une voix douce : « Descends de cette putain de voiture et je te jure que je te tue, ici même. Compris ? »

Bremen hocha la tête.

Il n'eut aucun mal à entendre la conversation, bien qu'elle ne fût pas audible. Lorsqu'ils téléphonaient, les gens avaient tendance à se concentrer sur les mots qu'ils prononçaient.

Écoute, je vais pas descendre ce minable con ici. C'est pas ma saloperie de boulot de…

Ouais, je sais qu'il m'a vu, mais c'est pas mon putain de boulot. C'est à Cappi et Leoni à régler ce putain de problème et je vais pas laisser un putain de con en train de pêcher me foutre dans…

Ouais… non… non, il pose pas de problème. Un putain de crétin. Je crois qu'il est arriéré ou quelque chose comme ça. Il a un putain de pantalon trop grand et une putain de chemise du genre safari et des putains de Florsheim, comme un débile habillé par un débile.

Bremen cligna des yeux et regarda ses vêtements. Il portait le pantalon de travail et la chemise kaki qu'il avait achetés trois jours avant à Norm Sr. Le pantalon *était* trop long et une couche de boue durcie recouvrait ses chaussures de ville. Brusquement Bremen tapota ses poches, mais la liasse de billets – la majeure partie des trois mille huit cent soixante-cinq dollars qu'il avait tirés de leur compte d'épargne – était restée dans la poche de sa veste, étalée sur le fauteuil de la minuscule chambre à coucher de la cabane. Bremen se souvint d'avoir mis quelques billets de vingt et peut-être un ou deux de cinquante dans son portefeuille en achetant les provisions, mais il ne vérifia pas pour voir combien il avait sur lui. Il sentait la bosse de son portefeuille sur sa fesse et cela lui suffisait pour l'instant.

Ouais, j'arriverai à l'heure pour la réunion, mais je vais amener l'arriéré. Du moment que... hé, ne m'interromps pas, bordel de merde... du moment que Sal sait que c'est à eux de s'occuper de ce con. Tu saisis?... Non, attends, j'ai dit tu saisis? D'ac. D'ac. J'arrive dans une heure ou deux alors. Ouais.

Vanni Fucci reposa bruyamment le récepteur et marcha le long de la route, les poings serrés, en envoyant le gravier dans l'herbe à coups de pied. Sa veste blanche était maintenant couverte de poussière. Fucci se retourna vivement et regarda Bremen au travers du pare-brise d'un air furieux ; la lumière du soleil brillait sur la soie noire de sa chemise et sur l'huile capillaire de ses cheveux noirs.

Faire ça maintenant. Maintenant. Pas de putain de voiture. Pas de putain de maison. Le liquider ici et en finir.

Bremen jeta un coup d'œil à l'allumage, sachant avant d'avoir regardé que Fucci en avait ôté les clés. Il pouvait ouvrir la portière, faire un roulé-boulé et courir à travers champs en zigzaguant, dans l'espoir d'arriver à distancer Fucci et la portée du 38 au canon court... dans l'espoir qu'une autre voiture viendrait à passer et que Fucci serait obligé d'abandonner la poursuite. Fucci fumait et pas lui. Bremen posa la main sur la poignée de la portière et respira à fond.

Merde et merde, y en a marre. Vanni Fucci avait pris

une décision. Il contourna la voiture, monta, posa la main sur le pistolet passé à sa ceinture et lança un regard furieux sur Bremen. « Si t'essaies de faire le malin, si tu dis quelque chose à quelqu'un là où on va, je te jure que je te descends devant tout le monde. Compris ? »

Bremen se contenta de le regarder fixement. Sa main abandonna la poignée de la portière.

Vanni Fucci mit la Cadillac en route et démarra dans un crissement de pneus. Un camion passa en cornant. Fucci lui fit un bras d'honneur.

Ils parcoururent encore quinze kilomètres en direction du nord sur l'Highway 27, puis accédèrent par une rampe à l'Interstate 4. Ils roulaient maintenant vers le nord-est.

Bremen entr'aperçut leur destination dans le bouillonnement des pensées de Vanni Fucci et sourit malgré lui.

Des yeux

Jeremy et Gail passent leur lune de miel à faire du canoë et de la randonnée.

Ni l'un ni l'autre n'ont jamais pratiqué ce genre d'activité, mais ils n'ont pas assez d'argent pour Maui, leur premier rêve. Ni pour Paris, leur second désir. Ni même pour la huitième possibilité, un motel à Boston. Aussi, par un jour ensoleillé d'août, quelques heures après leur mariage, Jeremy et Gail prennent congé de leurs amis, dans le jardin d'une auberge de campagne qu'ils adorent, et partent en voiture pour les Adirondacks.

Il y a des endroits plus proches où ils pourraient camper : pour se rendre à leur destination, ils devront traverser les Montagnes Bleues et passer devant une demi-douzaine de parcs nationaux et de forêts, mais Jeremy a lu un article sur les Adirondacks et c'est là qu'il veut se rendre.

La VW a des problèmes de moteur... elle a *toujours* des problèmes de moteur... et une fois la voiture réparée à Binghamton, dans l'État de New York, ils ont un trou de quatre-vingt-cinq dollars dans leur budget et quatre heures de retard sur leur planning. Ils passent cette nuit-là dans le parc national du lac Gilbert, à mi-chemin entre Binghamton et Utica.

Il pleut. Le camping est petit et surpeuplé, le seul emplacement libre avoisine les cabinets. Jeremy dresse sous la pluie la tente en nylon qu'il a payée vingt-quatre dollars, puis rejoint Gail pour voir comment elle s'en tire avec le dîner. Elle se sert de son poncho comme bâche pour empêcher la pluie de tremper les quelques brindilles qu'ils ont chipées pour leur feu, mais ce « feu », ce n'est rien de plus que du papier journal qui brûle et du bois mouillé qui fume.

« On aurait dû manger à Oneonta », dit Jeremy en plissant les yeux sous le crachin. Il n'est pas encore vingt heures, mais la lumière s'est perdue au travers des nuages gris. La pluie ne semble pas décourager les moustiques qui s'agitent sous le poncho. Jeremy attise le feu pendant que Gail les chasse du revers de la main.

Ils festoient de hot dogs à moitié réchauffés sur des petits pains détrempés, à genoux à l'entrée de leur tente, au lieu d'admettre la défaite en se retirant dans le confort relatif de la voiture.

« N'importe comment, je n'avais pas faim », dit Gail. Bremen sait par contact mental qu'elle ment, et Gail sait qu'il le sait.

Il voit aussi qu'elle a envie de faire l'amour.

À vingt et une heures ils sont dans leurs sacs de couchage zippés ensemble, même si la pluie a décidé de diminuer et que les campeurs, à droite et à gauche, déboulent de leurs Winnebago et de leurs Silverstream, et préparent leur dîner tardif dans le vacarme des radios. L'odeur des steaks grillés au feu de bois rejoint Jeremy et Gail dans la spirale de leurs préludes et tous deux pouffent en captant la distraction de l'autre.

Jeremy appuie la joue sur le ventre de Gail et chuchote : « Tu crois qu'ils nous en donneraient si on leur disait qu'on est des jeunes mariés ? »

Des jeunes mariés affamés. Gail fait courir ses doigts dans les cheveux de Jeremy.

Il baise le doux renflement de son mont de Vénus. *Ah, après tout… mourir un peu de faim n'a jamais tué personne.*

Gail glousse, puis cesse de rire et halète un peu. La pluie recommence, légère mais persévérante, à tambouriner sur la toile de nylon, chassant les insectes, le bruit et les odeurs de cuisine. Il n'y a bientôt rien d'autre dans l'univers que le corps de Gail, le corps de Jeremy… puis un seul corps possédé totalement par ni l'un ni l'autre.

Ils ont déjà fait l'amour... ils ont fait l'amour le soir de leur première rencontre chez Chuck Gilpen... mais c'est toujours aussi merveilleux, aussi étrange, et cette nuit-là, dans la tente, sous la pluie, Jeremy s'abandonne vraiment, Gail aussi, et le courant de leurs pensées s'unit et se mêle autant que le flux de leurs corps. Pour finir, après s'être perdus l'un dans l'autre pendant des éternités, Jeremy sent l'orgasme enveloppant de Gail et le célèbre comme sien, pendant que Gail s'élève sur la vague croissante de celui imminent de Jeremy, si différent de l'intensité sismique intime du sien, et pourtant sien également. Ils jouissent ensemble, et Gail éprouve un instant la sensation de son propre corps bercé dans ses bras à lui, puis Jeremy se détend dans son esprit à elle alors que les bras et les jambes de Gail le maintiennent en place.

Quand ils roulent chacun de leur côté sur les sacs de couchage aplatis, l'air de la tente en nylon est presque embrumé par la buée de leur souffle et de leurs ébats. Il fait nuit noire lorsque Gail défait l'abattant et qu'ils se glissent à mi-corps dehors, dans le crachin dont ils sentent les menues gouttelettes sur leurs visages et leurs poitrines ; ils respirent l'air froid et ouvrent la bouche pour boire l'eau du ciel.

Ils ne lisent pas dans leurs pensées, ils ne visitent pas mutuellement leurs esprits. Chacun *est* l'autre, conscient de chaque pensée, de chaque sensation, d'elle ou de lui. Non, ce n'est pas exact : il n'y a plus de « lui » ni d'« elle », et cette conscience de leur sexe ne revient que graduellement, comme une marée matinale se retire lentement en abandonnant des artefacts sur la plage fraîchement balayée par les vagues.

Refroidis et revigorés par la pluie, ils se glissent de nouveau à l'intérieur, se sèchent avec d'épaisses serviettes et se pelotonnent entre les couches de duvet d'oie. La main de Jeremy vient reposer au creux des reins de Gail, qui niche sa tête sur son épaule. C'est comme si sa main à lui avait toujours connu cette place.

Ils s'accordent parfaitement.

Le lendemain, ils prennent leur petit déjeuner à Utica

et poursuivent leur chemin vers le nord, dans les montagnes. À Old Forge, ils louent un canoë et remontent à la pagaie la chaîne des Lacs qui avait fait rêver Jeremy. Les plans d'eau sont plus aménagés qu'il ne l'imaginait ; le sifflement et le crépitement de la neuro-rumeur qui émanent des maisons, sur les rives, sont encore audibles, mais ils trouvent des îles isolées et des bancs de sable pour camper pendant les trois jours de canoë-kayac, jusqu'à ce qu'une averse de deux jours et un portage de trois kilomètres les amènent, le cinquième jour, au sortir du grand lac Long.

Gail et Jeremy trouvent un téléphone public et retournent à Old Forge avec un jeune homme barbu de l'entreprise de location des canoës. De retour dans la VW toussotante, ils s'enfoncent au cœur des montagnes en parcourant une boucle d'une centaine de kilomètres en amont du lac Saranac jusqu'au village de Keene Valley. Là, Jeremy achète un guide des sentiers, ils chargent leurs sacs à dos pour la première fois et s'enfoncent dans la nature vers une montagne appelée la Grande Glissade.

Le guide affirme que c'est une étape de six kilomètres seulement, par une piste relativement facile, mais l'expression est mal appropriée car le sentier passe par des rochers, des chutes d'eau, des corniches et franchit quelques cimes. En outre Jeremy jure et sacre bientôt que les six kilomètres ont été mesurés d'avion, et non par un bipède. Il reconnaît aussi qu'il s'est peut-être trop chargé. Gail lui suggère d'abandonner le sac de charbon de bois ou le second pack de six bières, mais Jeremy se débarrasse de plusieurs sacs de muesli aux fruits secs et insiste pour garder ce qui constitue les éléments essentiels d'une randonnée civilisée.

Au bout de trois kilomètres et demi, ils traversent un beau bosquet de bouleaux blancs et gravissent tant bien que mal le sommet du Troisième Frère, un pic peu élevé qui réussit tout juste à dresser son museau rocheux au-dessus de l'océan ondoyant des feuilles. De là-haut, ils ont un aperçu de leur destination – la montagne de la Grande Glissade – et tout en reprenant leur souffle, Jeremy et Gail échangent un grand sourire.

Ce mont est une version plus petite et plus secrète d'El Capitan, du Yosemite National Park. Alors qu'un versant s'élève en un arc doux et boisé, l'autre est une falaise rocheuse qui monte à pic et culmine en un amas de rochers gros comme des maisons.

« C'est ça notre destination ? » demande Gail pantelante.

Jeremy hoche la tête, trop hors d'haleine pour parler.

« Est-ce qu'on ne peut pas se contenter de prendre une photo et dire que nous y sommes ? »

Jeremy fait non de la tête et soulève son sac avec un gémissement. Pendant cinq cents mètres, ils descendent vers un col ; la piste serpente parfois en douces épingles à cheveux, mais plus fréquemment, elle dévale tout droit des formations rocheuses ou des pentes à pic. Juste au pied des escarpements de la Grande Glissade, ils trouvent la dernière partie du sentier et, sur cinquante mètres, celui-ci semble monter tout droit.

Jeremy se rend compte qu'ils ont atteint le sommet lorsque ses yeux baissés ne voient plus de rocher devant lui, rien que l'air. Il se laisse tomber en arrière et s'affale sur son sac, bras et jambes de guingois. Gail dépose gentiment le sien avant de s'effondrer sur le ventre de Jeremy.

Ils restent ainsi presque un quart d'heure, faisant des commentaires sur les formations nuageuses et quelque rare faucon lorsqu'ils ont suffisamment retrouvé leur souffle pour chuchoter. Puis la brise se lève et Gail se redresse ; Jeremy regarde le vent ébouriffer ses cheveux courts et pense : *Je me souviendrai toujours de ce moment*, et Gail se retourne pour lui sourire en voyant son reflet dans les pensées de son époux.

Ils plantent leur tente à distance de l'épaulement sud, parmi les arbres que le vent a rendus rachitiques, le long d'un surplomb rocheux, mais ils étendent leurs matelas pneumatiques et leurs sacs de couchage au bord de l'à-pic. Ils préparent le foyer au charbon de bois dans un creux de rocher, en bordure des arbres ; la grille s'adapte parfaitement. Gail sort des steaks de la petite glacière et Jeremy décapsule l'une des trois bières glacées. Gail a déjà déposé l'épi de maïs en papillote dans les braises et, maintenant, Jeremy surveille la cuisson pendant qu'elle dispose les radis, la salade et les chips sur les deux assiettes. Elle sort un emballage renforcé, soigneusement enveloppé dans des serviettes bourrées de papier, et en tire avec précaution deux verres à vin et une bouteille de cabernet-sauvignon. Elle met la bouteille à rafraîchir avec la bière qui reste.

Le soir d'été tourne au coucher de soleil, et tous deux dînent, perchés sur l'épaulement, bottes pendantes dans le vide. Il y a juste assez de nuages pour embraser le ciel à l'ouest en une flambée de roses et de pourpres intenses. La corniche longe le versant sud de la montagne et ils regardent dans cette direction tandis que le véritable crépuscule sombre dans la nuit. Il y a beaucoup de viande et ils la mangent lentement, en remplissant souvent leurs verres. Gail a apporté pour dessert deux grosses tranches de gâteau au chocolat.

Un vent nocturne se lève pendant qu'ils nettoient l'endroit où ils ont fait la cuisine et rangent les assiettes en carton dans le sac poubelle. Jeremy ne veut pas de feu de camp et éparpille les tisons éteints dans les crevasses des rochers, laissant aussi peu de signes que possible de leur foyer. Ils enfilent des gilets en peau de mouton avant de se laver les dents et de faire leurs besoins entre les arbres, le long de l'épaulement nord, mais ils se retrouvent dans leurs sacs de couchage, au bord du versant sud, à l'heure où les étoiles apparaissent.

C'est bien. L'image jaillit et, durant un moment, ni l'un ni l'autre ne sait lequel des deux l'a pensée le premier. Au sud, il n'y a, aussi loin qu'ils puissent voir, que la forêt et les montagnes et le ciel qui s'obscurcit. Aucune grande route, aucune lumière électrique ne vient gâter l'étendue pourpre de la vallée, bien que maintenant quelques rares feux de camp soient visibles. En dix minutes le ciel devient plus clair que le vallon à mesure que les étoiles remplissent le dôme, au-dessus d'eux. Leur éclat n'est pas amoindri par l'éclairage urbain.

Les deux sacs de couchage sont zippés ensemble,

mais il reste peu de place à Jeremy et Gail pour se déshabiller. Ils rangent leurs vêtements en piles bien nettes sous leur couche improvisée afin que leur linge ne s'envole pas au cas où la brise forcirait pendant la nuit ; puis ils s'enfoncent complètement dans les duvets et se pelotonnent l'un contre l'autre, rien que chair satinée et souffle chaud défiant le vent froid, au-dehors. Ce soir, ils commencent par faire lentement l'amour, avec une douceur extrême qui promet une extase plus violente que jamais.

Toujours. Cette fois, Jeremy peut dire que c'est Gail qui a envoyé cette pensée.

Toujours, chuchote-t-il, ou ne chuchote-t-il pas.

Ils se glissent encore plus au fond, entrelacés, au chaud, loin du vent, pendant qu'au-dessus de leurs têtes, les étoiles semblent flamboyer de la confirmation absolue de l'univers.

Au royaume du crépuscule

Ils se garèrent dans une rangée marquée GRINCHEUX et empruntèrent la grande navette jusqu'aux portes du parc. Vanni Fucci avait ôté sa veste blanche et s'en servait pour dissimuler le revolver calibre 38. « Si tu fais la moindre connerie, dit-il à voix basse à Bremen pendant qu'ils attendaient la navette, je te descends illico. Je te jure que je le ferai. »

Bremen regarda le voleur et sentit qu'en lui la détermination luttait contre l'irritation.

Vanni Fucci prit son expression pour de l'incrédulité. « Putain, tu me crois pas, je peux te descendre dans ce putain de parking et me retrouver dans cette putain de Géorgie avant que quelqu'un se soit aperçu que t'étais plombé !

– Je vous crois », dit Bremen en sentant monter l'excitation de Vanni. Un meurtre public, surtout *ici*, cela tentait le petit voleur, même s'il aurait préféré que ce dingue de Bert Cappi, ou son copain tout aussi dingue, Ernie Sanza, se charge de le faire. Mais que ce soit lui, Bert ou Ernie, cela ferait une sacrée belle histoire… abattre ce type *ici*.

La navette arriva. Tous deux s'y frayèrent une place, le canon du 38 pressé au travers de la veste contre le flanc de Bremen. Durant le court trajet jusqu'aux portes du parc, il put lire ce qui allait se passer dans l'esprit de Vanni.

La rencontre en ce lieu avait été fixée à l'avance pour d'autres raisons que son enlèvement ; plus précisément, elle avait été arrangée entre le représentant de Don Leoni dans la région, Sal Empori, assisté par Bert et Ernie, et ces putains de dingues de Colombiens – c'est en ces termes que Vanni Fucci pensait à eux : ces putains de dingues de Colombiens – pour échanger une valise de fric fournie par Don Leoni, contre une valise de la meilleure héroïne apportée par ces putains de dingues de Colombiens pour la clientèle des négros du Nord, dans le territoire de Vanni Fucci. Cet échange s'effectuait depuis plusieurs années à Disneyland.

Sal va s'occuper de ce putain d'enculé. Du gâteau, pas de merde d'embrouilles, pas d'embrouilles de merde.

« Paie ta putain d'entrée », chuchota Vanni Fucci en achetant son ticket, et il lui planta son arme dans les côtes.

Bremen se fouilla. Trois jours auparavant, il *avait* mis quelques billets de cinquante dans sa poche. Six, pour être exact. Il en glissa un sous le guichet, dut spécifier qu'il ne voulait qu'une seule entrée pour un seul jour, attendit sa monnaie et reçut moins qu'il ne l'aurait pensé.

Le voleur l'entraîna dans la foule en le tenant par le bras, son autre main hors de vue sous la veste. Bremen estimait que ce geste avait l'air terriblement louche, mais personne ne parut le remarquer.

Il leva à peine les yeux lorsque Vanni Fucci le poussa à bord d'un monorail qui les emporta autour de quelques lagons, vers un lointain aggloméré de flèches, d'édifices et d'au moins une montagne artificielle. Le véhicule s'arrêta, le voleur le mit debout et lui fit franchir la porte, puis les deux hommes fendirent la foule de plus en plus nombreuse. Autour de Bremen, la neuro-rumeur s'était élevée du chuchotement aux cris, et des cris à un incessant rugissement. Celui-ci avait un timbre particulier et bizarre, aussi différent du grincement de la neuro-rumeur normale que la ruée des chutes du Niagara doit l'être du bruit d'une simple cascade. Il était empreint d'une espèce de tristesse frénétique et largement partagée, aussi puissante et aussi pénétrante que l'odeur de la chair pourrissante.

Bremen trébucha, porta les mains à ses tempes et se couvrit les oreilles, vaine tentative pour se protéger contre les vagues de non-sons, de non-paroles. Vanni Fucci le poussa brutalement en avant.

Pas comme je croyais que ce serait… attendu trente-cinq ans pour ça… pas du tout comme j'espérais.

Encore plein d'endroits à voir ! Encore plein d'attractions ! Pas assez de temps ! On n'aura jamais assez de temps ! Dépêchez-vous… bouscule-les un peu, Sarah ! Vite !

Bon, c'est pour les gosses. Pour les gosses. Pour ces sacrés gosses qui la moitié du temps semblent hystériques et l'autre moitié hébétés comme des zombies… Dépêchez-vous ! Tom, dépêche-toi ou on va être les derniers…

Bremen ferma les yeux et laissa Vanni Fucci le guider dans la foule pendant que des vagues successives de désespoir le submergeaient comme un puissant ressac. Toute cette hâte – il faut s'amuser, *bon dieu, faut s'amuser !* – le frappait comme de lourds brisants s'abattant sur une petite plage.

« Ouvre les yeux, espèce de con », lui chuchota Vanni Fucci à l'oreille. La gueule du pistolet s'enfonça dans le flanc de Bremen.

Il ouvrit les yeux, mais la douleur de la neuro-rumeur le rendait presque aveugle, le désir pressant, frénétique, affolé, harcelant – dépêche-toi-bon-dieu-on-va-être-les-derniers – de s'amuser en dépit de tout. Bremen haletait la bouche ouverte et refoulait une forte envie de vomir.

Vanni Fucci le pressait d'avancer. Sal, Bert et Ernie avaient certainement déjà pris contact avec ces putains de dingues de Colombiens, et Vanni Fucci était censé passer l'héroïne dans un putain d'endroit appelé la Montagne de l'Espace. Sauf que Vanni Fucci n'était pas cent pour cent sûr de l'endroit où se trouvait cette Montagne de l'Espace. L'échange se faisait habituellement pendant ce putain de Circuit de la Jungle ; aussi, les autres fois, il était allé tout droit à la Terre d'Aventure prendre la valise des mains de Sal, et avait pu repartir aussitôt par le monorail. Il ne savait pas pourquoi Sal avait changé ce putain de lieu de rencontre pour cette putain de Montagne de l'Espace, mais il savait qu'elle était dans ce putain de Monde de Demain.

Vanni Fucci essayait de s'orienter. *Très bien, on est dans cette putain de Grand-Rue tirée de l'enfance de ce cher macchabée de Walt. Bon... c'est l'éjaculation nocturne d'une enfance imaginaire, mec. Une putain d'éjaculation nocturne. Aucune Grand-Rue n'a jamais ressemblé à ce putain d'endroit. La Grand-Rue où je suis né, c'étaient des putains d'usines et des putains de concessions et des putains de Mercedes 1957 sur des putains de blocs parce que leurs putains de pneus avaient été piqués par des putains de nègres.*

Bon, on est sur cette putain de Grand-Rue. Ce putain de château est au nord. La putain de pancarte dit que ce putain de Pays Imaginaire est de l'autre côté de ce putain de château. Comment aller du Pays Imaginaire à ce putain Monde de Demain, hein ? Ils pourraient donner un putain de plan tout de même.

Vanni Fucci fit le tour du grand château en fibre de verre, aperçut un vaisseau spatial et d'autres conneries futuristes sur leur droite et poussa Bremen dans cette direction. Dans cinq minutes, il donnerait la marchandise à Sal et aux garçons.

Bremen s'arrêta. Ils étaient dans le Monde de Demain, presque à l'ombre de l'édifice vaguement démodé qui abritait le manège de la Montagne de l'Espace, et Bremen s'arrêta pile.

« Avance, fils de pute », siffla Vanni Fucci tout bas. Il enfonça encore plus le 38 dans les côtes de Bremen.

Bremen cligna des yeux, mais ne bougea pas. Il n'avait pas l'intention de défier Vanni Fucci ; simplement, il n'arrivait plus à concentrer ses pensées sur cet homme. La violente migraine de la neuro-rumeur le soulevait hors de lui-même, en une avalanche d'altérité, sur la crête d'une vague d'aliénation.

« Avance ! » Les postillons de Vanni Fucci frappèrent l'oreille de Bremen. Il l'entendit faiblement armer le chien du revolver. Sa dernière pensée claire fut : *Mon destin n'est pas de mourir ici. La pente fatale continue.*

Bremen se vit par les yeux d'une femme mûre lorsqu'il s'écarta de Vanni Fucci.

Le voleur jura et recouvrit le pistolet de sa veste.

Bremen continua à s'éloigner à reculons.

« Putain, je blague pas ! » cria Vanni Fucci qui leva les deux mains sous la veste.

Une famille d'Hubbard, dans l'Ohio, s'arrêta pour regarder, les yeux plissés, l'étrange spectacle – Bremen qui s'éloignait lentement à reculons, le petit homme qui le suivait les deux bras levés, la bosse sous la veste pointée vers la poitrine du premier – et Bremen observait tout cela sans curiosité, par leurs yeux curieux. La plus jeune fille mordit à pleines dents dans sa barbe à papa sans cesser de regarder fixement les deux hommes. Un petit filament de sucre blanc resta accroché à sa joue.

Bremen continua à s'éloigner à reculons.

Vanni Fucci s'élança, fut bloqué par trois religieuses qui passaient en riant, et se mit à courir lorsqu'il vit Bremen traverser un carré de gazon devant un bâtiment. Le voleur libéra la gueule du pistolet. Il n'allait foutre pas abîmer une veste en excellent état pour ce putain de débile.

Bremen se voyait reflété dans une douzaine de miroirs déformants. Thomas Geer, dix-neuf ans, aperçut le pistolet et s'arrêta pile en sortant la main de la poche revolver de son Terri.

Mrs. Frieda Hackstein et son petit-fils Benjamin heurtèrent Thomas Geer et le ballon Mickey Mouse de Bennie s'envola. L'enfant se mit à pleurer.

Par leurs yeux, Bremen vit qu'il était acculé au mur. Vanni Fucci brandit le pistolet. Bremen ne pensait à rien, ne sentait rien.

Par les yeux du petit Bennie, Bremen aperçut derrière lui une porte avec une pancarte où était écrit : RÉSERVÉ AU PERSONNEL HABILITÉ et, en dessous : LES EMPLOYÉS SONT PRIÉS DE SE SERVIR DE LEUR CARTE D'ACCÈS DE SÉCURITÉ. Sur le mur, il vit une boîte métallique avec une fente, probablement destinée aux cartes d'accès de sécurité, mais la porte était maintenue légèrement entrouverte par un petit bout de bois.

Mrs. Hackstein s'avança pour reprocher violemment à Thomas Geer la perte du ballon de Benjamin. Durant une seconde, elle obstrua le champ de vision de Vanni Fucci.

Bremen entra, repoussa la cale d'un coup de pied et

la porte se referma derrière lui en cliquetant. Le faible éclairage révélait un escalier en béton. Bremen descendit vingt-cinq marches, tourna à droite, emprunta encore une douzaine de degrés. L'escalier aboutissait à un long couloir. On entendait au loin des bruits mécaniques.

Les Morlocks, pensa Gail.

Bremen hoqueta comme s'il avait reçu un coup de poing dans l'estomac, s'assit quelques instants sur la troisième marche et se frotta les yeux. *Pas Gail. Non.* Il avait lu quelque chose sur les douleurs fantômes dont souffraient les amputés. Cela, c'était pire. Bien pire. Il se releva et s'engagea dans le couloir en essayant de se conduire comme si sa présence ici était normale. Le reflux de la neuro-rumeur le laissait encore plus vide qu'il ne l'avait été un moment auparavant.

Le couloir en croisait d'autres, passait devant d'autres escaliers. Des signes mystérieux, sur les murs, étaient accompagnés de flèches pointant vers LABOS-AUDIO-ANIM 6-10 ou TRANS-ORDURES 44-66 ou SALLES-PERSON-NAGES 2-5. Brusquement un bourdonnement d'insecte géant s'éleva d'un couloir transversal et Bremen dut reculer à la hâte d'une douzaine de pas et remonter un escalier désert pour laisser passer un petit chariot de golf. Ni l'homme ni le robot partiellement démonté qui étaient dedans ne regardèrent de son côté.

Il revint dans le couloir et avança lentement, l'oreille tendue pour capter le bruit d'un autre chariot. Un brusque éclat de rire résonna au-delà du tournant suivant, Bremen descendit cinq marches, tourna et ne découvrit qu'un corridor encore plus étroit là où il espérait trouver un autre escalier.

Il le parcourut les mains dans les poches en résistant à une forte envie de siffloter. Le rire et la conversation se rapprochèrent lorsque quelqu'un s'engagea dans le couloir qu'il venait de quitter. Il comprit en même temps où ces gens se rendaient et l'erreur qu'il avait commise.

Le corridor aboutissait à une porte double sur laquelle était écrit : N'OUBLIEZ PAS D'ÔTER VOTRE TÊTE AVANT D'ENTRER. Il y avait aussi, peint au pochoir, l'indication SALLE DES PERSONNAGES 3 avec, en dessous, le signe d'interdiction de fumer. Bremen entendit parler de l'autre côté des portes. Il disposait d'environ trois secondes avant que les voix, derrière lui, ne pénètrent dans le couloir.

Sur sa gauche, il y avait une porte grise non vitrée avec un seul mot : HOMMES. Bremen la franchit juste au moment où trois hommes et une femme surgissaient dans le couloir, derrière lui.

Les toilettes étaient vides, mais une grande silhouette, sur le mur le plus éloigné, le fit sursauter. Bremen cligna des yeux. C'était un costume de Goofy, d'au moins deux mètres de haut, suspendu à une patère, près des lavabos.

Dehors, les voix se rapprochèrent. Bremen se glissa dans l'une des cabines, referma la porte et poussa le verrou avec un soupir de soulagement. Personne ne viendrait lui demander son insigne ici. Des portes s'ouvrirent et les voix entrèrent dans la Salle des Personnages.

Bremen posa les coudes sur ses genoux, baissa la tête, qu'il soutint entre ses mains, et essaya de se concentrer.

Bon dieu, qu'est-ce que je suis en train de faire ? La voix de son esprit était à peine audible dans le constant rugissement de la neuro-rumeur de dizaines de milliers d'âmes affamées de divertissement.

Je me sauve, se répondit-il à lui-même. *Je me cache. Pourquoi ?*

La neuro-rumeur siffla et déferla.

Pourquoi ? Pourquoi ne pas me contenter de dire aux autorités ce qui m'est arrivé ? Ramener la police au bord du lac ? Leur parler de Vanni Fucci ?

Dépêchez-vous, dépêchez-vous, amusons-nous, bon sang, ces trois jours me coûtent une fortune…

Bremen appuya les doigts sur ses tempes.

Parler aux autorités. Laisser les flics téléphoner pour confirmer ton identité et découvrir que tu es le type qui vient de mettre le feu à sa maison et de disparaître… et comme par hasard tu te trouves sur les lieux lorsqu'un gangster se débarrasse d'un cadavre. Et comment, monsieur, avez-vous appris le nom du gangster et celui de la victime ?

Pourquoi ai-je mis le feu à ma maison ?

Non, plus tard. Plus tard. Penser à cela plus tard.

Pas de flics. Pas d'explications. Si tu penses que cet

endroit, c'est l'enfer, essaie de passer une nuit ou deux en garde à vue. Demande-toi ce qu'il y aurait dans les petits crânes de tes compagnons de cellule... tu veux vraiment une nuit ou deux de cela, mon vieux Jeremy ?

Bremen ouvrit la porte, se dirigea vers l'un des urinoirs alignés le long du mur, essaya en vain de soulager sa vessie, referma sa braguette et se pencha au-dessus d'un lavabo. L'eau froide lui ferait du bien. Il tressaillit en voyant dans le miroir la pâleur maladive de son visage.

Que les flics aillent se faire foutre ! Que Vanni Fucci et ses copains aillent se faire foutre ! Contente-toi de filer d'ici. De t'en aller.

D'autres voix dans le couloir. Bremen pivota sur ses talons, la porte des toilettes des dames, de l'autre côté du couloir, s'ouvrit bruyamment, mais personne n'entra dans celle des hommes. Pas pour le moment.

Bremen resta là une seconde, l'eau s'égouttant de ses joues. Le problème se dit-il, ce n'était pas seulement de sortir de ce labyrinthe sans être interpellé, mais de quitter le parc lui-même. Vanni Fucci avait dû rejoindre les autres gangsters – Sal, Bert et Ernie, se souvint Bremen – et ils feraient le guet aux sorties.

Bremen tira une serviette en papier et s'essuya la figure. Brusquement, il se figea et abaissa la serviette. Deux visages se reflétaient dans le miroir et l'un d'eux lui souriait.

Le petit chariot de golf s'arrêta derrière Bremen, dans l'un des grands couloirs. L'homme trapu qui était au volant dit : « Voulez monter ? »

Bremen hocha la tête et se hissa. Le chariot reprit sa route en bourdonnant ; il suivait une bande bleue sur le sol en béton. D'autres les croisèrent, sur une bande jaune. Le second qui passait transportait trois vigiles.

Le conducteur transféra le cigare non allumé de l'autre côté de sa bouche et dit : « Vous savez, ici vous êtes pas obligé de porter votre tête. »

Bremen hocha la tête et haussa les épaules.

« C'est votre problème, dit l'homme. Vous sortez ou vous rentrez ? »

Bremen montra le plafond du doigt.

« Quelle sortie ?

– Le château », dit Bremen en espérant que sa voix serait suffisamment étouffée.

Le conducteur fronça les sourcils. « Le château ? Vous voulez dire : la cour B-4 ? ou le côté A ?

– B-4 », répondit Bremen qui réprima une forte envie de se gratter la tête au travers de l'épais tissu.

« Bon, je vais passer par là », dit le conducteur, et il tourna à droite pour emprunter un autre couloir. Une minute plus tard, il arrêta le chariot devant un escalier. Marqué COUR B-4.

Bremen descendit et adressa à l'homme un salut amical.

Le conducteur hocha la tête, déplaça son cigare et dit : « Laissez pas ces petits cons vous piquer avec des épingles comme ils l'ont fait à Johnson », et puis il disparut ; le chariot lança sa plainte stridente dans la pénombre lointaine. Bremen monta l'escalier aussi vite que sa visibilité limitée et ses souliers gigantesques le lui permettaient.

Il y était presque, il n'avait plus qu'à descendre la fausse Grand-Rue et sortir lorsque les enfants commencèrent à s'assembler autour de lui.

D'abord, il continua à marcher en les ignorant, mais leurs cris et sa peur d'être remarqué par les adultes le poussèrent à s'arrêter et à s'asseoir sur un banc, à se laisser encercler par eux.

« Salut, Goofy, salut ! » criaient-ils en se bousculant. Bremen fit ce que les personnages étaient censés faire… il chargea son rôle, resta silencieux et porta les trois doigts de sa grosse main gantée à son nez protubérant de clebs comme s'il était embarrassé. Cela ravit les enfants. Ils se rapprochèrent, essayèrent de s'asseoir sur ses genoux, de le serrer dans leurs bras.

Bremen les étreignit et agit comme l'aurait fait Goofy. Les parents prirent des photos et le filmèrent. Bremen leur envoya des baisers, serra encore quelques enfants dans ses bras, se leva sur ses gigantesques pieds en carton et s'avança vers les sorties en saluant et en envoyant des baisers.

Les enfants et leurs parents s'éloignèrent en riant et en lui faisant de grands signes. Bremen pivota sur ses talons pour se retrouver face à un groupe d'enfants bien différents.

Ils étaient au moins une douzaine. Le plus jeune avait environ six ans, le plus âgé pas plus de quinze. Peu d'entre eux avaient encore leurs cheveux, bien que la plupart soient coiffés de casquettes ou de foulards, et une fille – Melody – portait une coûteuse perruque. Leurs visages étaient aussi pâles que celui de Bremen dans le miroir des toilettes. Leurs yeux étaient immenses. Certains souriaient. D'autres essayaient de sourire.

« Salut, Goofy », dit Terry, le petit garçon de neuf ans, au dernier stade d'un cancer des os. Il était dans un fauteuil roulant.

« Bonjour, Goofy ! » cria Sestina, la petite fille noire de six ans qui venait de Bethesda. Elle était très belle, ses grands yeux et ses pommettes saillantes soulignaient sa fragilité. Ses cheveux, bien à elle, étaient coiffés en une multitude de petites tresses ; elle portait des rubans bleus, verts et roses. Elle avait le sida.

« Dis quelque chose, Goofy ! » chuchota Lawrence, le garçon de treize ans qui avait une tumeur au cerveau. Quatre opérations. Deux de plus que Gail. Lawrence, couché dans l'obscurité de la salle post-opératoire et qui entend le docteur Graynemeir dire à maman, dans le couloir, que les pronostics sont mauvais, trois mois au maximum. Il y a de cela sept semaines.

La petite Melody, sept ans, ne dit rien, mais s'avança et serra si fort Bremen dans ses bras que sa perruque en resta de travers. Bremen – Goofy – lui rendit son étreinte.

Les enfants s'avancèrent tous vers lui en un mouvement orchestré dont la chorégraphie semblait avoir été préparée longtemps à l'avance. Il était humainement impossible, même pour Goofy, de les serrer tous ensemble sur son cœur, de trouver pour eux assez de place dans ses bras, pourtant il y arriva. Goofy les étreignit tous et envoya un message de bien-être et d'espoir et d'amour à chacun d'eux ; Bremen le lança en vagues télépathiques denses comme un laser, semblable à ceux envoyés à Gail quand la douleur et les médicaments rendaient le contact mental plus difficile. Il était sûr qu'ils ne pouvaient pas l'entendre ni capter les messages, mais il les émit tout de même, en les entourant de ses bras et en chuchotant de douces choses dans chaque oreille – pas des absurdités comme en aurait dit Goofy, bien qu'il fît de son mieux pour imiter sa voix – mais des choses secrètes, personnelles.

« Melody, tout va bien, ta maman sait que tu n'aurais pas dû essayer le piano. Elle s'en moque. Elle t'aime. »

« Lawrence, cesse de te faire du souci au sujet de l'argent. Ce n'est pas important, l'argent. L'assurance, ce n'est pas important. La seule chose qui compte, c'est *toi*. »

« Sestina, ils ont *vraiment* envie d'être avec toi, mon minou. Toby a seulement peur de te serrer dans ses bras parce qu'il s'imagine que *toi*, tu ne l'aimes pas. Il est timide. »

Les parents, les infirmières et les commanditaires du voyage – une femme de Green Bay qui avait travaillé à la réalisation de ce Rêve pendant deux ans – restèrent à l'écart pendant que cette étrange étreinte et ces curieux chuchotements se prolongeaient.

Dix minutes plus tard, Goofy caressa une dernière fois les joues des enfants, les salua d'un air désinvolte et parcourut le reste de la Grand-Rue ; il resta dans le monorail pendant tout son circuit, descendit au centre de transport et des billets, franchit les guichets, salua Sal Empori et Bert Cappi et un Vanni Fucci au visage cramoisi qui le regardaient perdus dans la foule, sortit d'un pas nonchalant sur le parking et monta à bord d'un car-charter partant pour le Hyatt Regency Grand Cypress. Les touristes âgés acclamèrent Goofy et lui tapèrent dans le dos.

Bert Cappi se tourna vers Vanni Fucci. « Tu crois qu'on est au bon endroit ? »

Vanni Fucci ne quittait pas des yeux la foule qui s'écoulait vers les navettes. « Ferme ta putain de gueule et continue à regarder, bordel », dit-il.

Derrière eux, le car pour le Hyatt démarra en sifflant et en grondant.

Avec un peu plus de la moitié de ce qui lui restait, Bremen s'acheta un billet de car pour Denver. Il dormit dans le parc, en face de l'hôtel où il s'était débarrassé de son costume de Goofy. Le car quittait Orlando à vingt-trois heures quinze. Il attendit la dernière minute, pénétra dans la gare par une entrée réservée à l'entretien et se dirigea droit vers le véhicule, tête baissée, col remonté. Il ne vit personne qui ressemblait à un gangster ; mieux encore, les vagues et le grincement de la neuro-rumeur ne furent pas ponctués par le choc qu'aurait éprouvé un passant en le reconnaissant.

À une heure du matin, ils étaient à mi-chemin de Gainesville et Bremen commença à se détendre et à regarder par la fenêtre les boutiques fermées et les lampes à vapeur de mercure qui bordaient les rues d'Ocala et d'une douzaine de villes plus petites. La neuro-rumeur s'apaisait à cette heure de la nuit. Cela faisait des années que Bremen et Gail avaient compris que l'effet du prétendu rythme circadien sur les êtres humains n'était rien d'autre qu'une télépathie latente chez la plupart des gens sentant autour d'eux le sommeil paradoxal de la nation. Il eut beaucoup de mal à rester éveillé cette nuit-là ; pourtant ses nerfs sursautaient et se convulsaient sous les pensées ricochantes des deux douzaines de passagers pas encore endormis. Les rêves des autres s'ajoutaient au tumulte mental, même s'ils étaient des théâtres plus intimes, plus profonds, et beaucoup moins accessibles.

Dieu merci, pensa Bremen.

Ils roulaient sur l'Interstate 75 et s'éloignaient de Gainesville par le nord lorsqu'il commença à réfléchir à sa situation.

Pourquoi n'était-il pas retourné à la cabane de pêcheur ? Cette maison où il avait passé les trois jours précédents semblait constituer l'unique havre que le monde pût maintenant lui réserver. Pourquoi n'y était-il pas retourné… au moins pour récupérer son argent ?

En partie, et Bremen le savait, parce qu'il était presque certain que Vanni Fucci ou Sal Empori ou l'un de leurs copains devait surveiller l'endroit. Il n'avait aucune envie que Norm ou le vieux Verge ait des ennuis avec les gangsters à cause de lui.

Il pensait à la voiture de location garée là-bas. Verge et Norm avaient dû s'apercevoir de sa disparition. Et trouvé l'argent dans la cabane. Cette somme suffirait certainement à régler la facture de la location. Est-ce que Norm avertirait la police ? C'était peu probable. Et s'il le faisait ? Bremen ne lui avait pas dit son nom, ne lui avait pas montré son permis de conduire. Les deux hommes avaient suffisamment respecté son désir de solitude pour n'avoir que peu de choses à raconter à la police, sauf son signalement.

Bremen avait une raison d'ordre plus pratique. Il n'était pas retourné là-bas simplement parce qu'il ne connaissait pas le chemin. Il savait seulement que la cabane était quelque part au bord d'un lac et d'un maré-cage, plus près de Miami que d'Orlando. Il pensa qu'il devrait téléphoner à Norm de Denver pour lui demander d'envoyer l'argent poste restante, mais il ne se souvenait pas d'avoir vu un patronyme sur la façade du petit magasin, et Norm n'avait jamais pensé à son propre nom de famille lorsque Bremen était à l'écoute. Ce refuge lui avait échappé à jamais.

Il y avait environ quatre cents kilomètres d'Orlando à Tallahassee, mais il était plus de cinq heures du matin lorsque le car traversa les rues pleines de silence et de pluie, puis s'arrêta avec un chuintement. « Arrêt toi-lettes ! » cria le conducteur en se hâtant de débarquer. Bremen resta sur son siège à sommeiller jusqu'à ce que les autres passagers remontent. Il les connaissait déjà très bien et leur retour résonna dans son crâne comme des cris dans un tuyau en métal. Le car repartit à cinq heures quarante-deux et poursuivit son chemin sans se presser sur l'Interstate 10 tandis que Bremen appuyait les doigts sur ses tempes et essayait de se concentrer sur ses propres rêves.

Deux rangées derrière lui, il y avait un jeune marin, Burk Stemens, et une jeune femme, sergent dans les WAF, du nom d'Alice Jean Dernitz. Ils ne se connaissaient pas avant de monter dans le car à Orlando, mais étaient rapidement devenus plus qu'amis. Ils n'avaient pas beaucoup dormi durant les sept heures précédentes ; chacun avait révélé plus de choses sur sa propre vie qu'à aucun de ses partenaires sexuels passés ou présents. Burk venait de purger quatorze mois de prison pour avoir menacé un sous-officier avec un couteau. Il avait négocié un renvoi à la vie civile pour cause de manquement à l'honneur contre les derniers quatre mois de sa sentence et se rendait à Fort Worth pour rejoindre sa femme Debra Anne et ses deux enfants en bas âge. Il ne parla pas de Debra Anne à Alice Jean.

Le sergent Dernitz était à deux mois d'un départ honorable de l'Air Force et passait la plus grande partie de ce temps en permission. Elle s'était mariée deux fois, la dernière fois au frère de son premier époux. Elle avait divorcé de l'aîné, Warren Bill, et perdu le second, William Earl, quatre mois auparavant ; il était mort lorsque sa Mustang, roulant à cent trente-cinq kilomètres à l'heure, avait dérapé sur une route de montagne du Tennessee. Alice Jean ne s'était pas sentie très concernée. Cela faisait presque un an qu'ils étaient séparés. Elle ne parla à Burk ni de Warren Bill ni du défunt William Earl.

Depuis Gainesville, Burk et Alice Jean Dernitz étaient devenus de plus en plus intimes et, aux approches de Lake City, juste avant que l'I-75 croise l'I-10, ils cessèrent d'échanger des histoires de chambrées pour parler avec leurs mains. Tandis qu'ils traversaient cette dernière ville, Alice Jean fit semblant de s'endormir et sa tête glissa sur l'épaule de Burk pendant que celui-ci passait le bras autour d'elle et laissait sa main tomber « par hasard » sur son sein gauche.

Arrivés dans la banlieue de Tallahassee, tous deux pantelaient, la main de Burk était dans le corsage de la jeune femme et celle d'Alice Jean posée sur la cuisse du marin, sous la veste qu'il avait étalée sur eux en guise de couverture. Elle venait juste d'ouvrir sa braguette lorsque le conducteur annonça l'arrêt toilettes.

Bremen était prêt à passer l'arrêt dans la minuscule gare routière plutôt que de supporter le stade suivant de leurs lents et pénibles préludes amoureux, mais heureusement le marin chuchota quelque chose à l'oreille d'Alice Jean et tous deux descendirent, Burk tenant gauchement sa veste devant lui. Ils pensaient pouvoir tenter leur chance dans un débarras ou, si tout le reste échouait, dans les toilettes des femmes.

Bremen tenta de sommeiller comme les autres passagers restés à bord du car, mais les contorsions de Burk et d'Alice Jean – ils avaient dû se rabattre sur les toilettes – l'agressaient, même à distance. Leur étreinte fut aussi banale et aussi brève que leur fidélité à leurs ex-époux et actuelle épouse.

Lorsque le car arriva aux approches de Pensacola, il était presque dix heures du matin et personne ne dormait plus ; les bruits de l'autoroute avaient adopté un nouveau timbre. Des nuages orageux s'amassaient à l'ouest, mais une vive lumière rasante prêtait aux champs de riches nuances et projetait l'ombre du car devant eux. La neuro-rumeur était bien plus forte que le sifflement des pneus sur l'asphalte.

De l'autre côté de l'allée, trois rangs devant Bremen, il y avait un couple du Missouri. Autant que Bremen avait pu le percevoir, ils s'appelaient Donnie et Donna. Il était ivre ; elle était enceinte jusqu'aux yeux. Tous deux avaient entre vingt et vingt-cinq ans même si, d'après ce que Bremen entrevoyait par-dessus les dossiers – et captait des perceptions de Donnie –, Donna paraissait au moins cinquante. Ils n'étaient pas mariés, bien que Donna considérât leur collage de quatre années comme un mariage de droit coutumier. Donnie ne voyait pas les choses ainsi.

Cela faisait dix-sept jours qu'ils parcouraient le pays à la recherche d'un endroit où l'on pouvait accoucher gratuitement. Sur les conseils d'une amie du Missouri, ils avaient quitté Saint Louis pour se rendre à Columbus, dans l'Ohio, et découvert que cette ville n'avait pas une politique sociale plus généreuse que la première. Alors avait commencé une série interminable de trajets en car – payés sur la carte de crédit empruntée au mari de la sœur de Donna –, de Columbus à Pittsburgh, de Pittsburgh à Washington – où ils avaient été choqués de voir la capitale traiter aussi mal ses citoyens méritants –, puis de Washington à Huntsville parce qu'ils avaient lu dans le *National Enquirer* que c'était l'une des dix cités les plus accueillantes des États-Unis.

Huntsville avait été abominable. L'hôpital ne voulait même pas *recevoir* Donna ; ce n'était pas une urgence, alors ils devaient fournir à l'avance la preuve qu'ils pouvaient payer. Donnie avait commencé à boire pour de bon à Huntsville et avait tiré Donna de l'hôpital en brandissant le poing et en hurlant des injures aux médecins, aux employés de l'administration, aux infirmières, et même à un groupe de patients qui, assis dans leurs fauteuils roulants, les regardaient fixement.

Le séjour à Orlando avait été pénible, car la carte de crédit allait s'épuiser et Donna disait que maintenant, elle était sûre d'avoir des contractions. Mais Donnie n'avait jamais vu Disneyland et il pensait qu'ils étaient à côté, alors, qu'est-ce qu'il en avait à foutre ?

La carte de Dickie, le beau-frère, dura assez longtemps pour les introduire dans le Royaume Magique, et Bremen remarqua dans les souvenirs avinés de Donnie que tous deux étaient présents lorsqu'il avait échappé à Vanni Fucci. Le monde est petit. Bremen appuya de toute sa force la joue et la tempe sur la vitre pour chasser la neuro-rumeur, pour former une barrière entre ces nouvelles longueurs d'onde de pensées étrangères et son propre esprit blessé.

En vain.

Donnie ne s'était pas amusé tant que ça dans le Royaume Magique, bien que toute sa vie il eût désiré y aller, parce que Donna, cette putain de rabat-joie, refusait de monter avec lui sur les manèges. Elle lui avait gâché son plaisir en restant plantée là, pesante et solennelle comme une vache grosse de deux génisses, à lui faire signe de la main pendant qu'il s'embarquait pour la Montagne de l'Espace et la Water-Chute et toutes les attractions amusantes. Elle disait que c'était parce qu'elle avait perdu les eaux une heure après leur entrée dans le parc, mais Donnie savait que c'était surtout pour le contrarier.

Elle avait insisté pour aller à Orlando ce soir-là, prétendant que les douleurs avaient commencé pour de bon, mais Donnie l'avait laissée dans l'un des fauteuils de la gare routière, avachie devant la télévision, pendant qu'il téléphonait aux hôpitaux. Ils étaient pires qu'à Huntsville ou Atlanta ou Saint Louis pour le règlement des frais.

Donnie avait dépensé ce qui restait sur la carte de crédit de Dickie pour acheter deux billets d'Orlando à Oklahoma City. Un vieux schnock édenté, assis près des téléphones, avait entendu les questions coléreuses de Donnie et – après que ce dernier eut violemment raccroché le combiné pour la dernière fois – il avait conseillé Oklahoma City. « Le meilleur endroit dans ce putain de pays pour naître gratuitement, avait dit le croulant en montrant ses gencives. J'ai deux sœurs et l'une de mes femmes qu'ont vêlé là. Les hôpitaux d'Oklahoma City font rentrer ça dans l'assistance médicale aux personnes âgées et vous embêtent plus. »

Aussi s'étaient-ils embarqués pour Houston avec des billets de correspondance pour Forth Worth et Oklahoma City. Donna pleurnichait en disant que l'intervalle entre les contractions n'était plus que de quelques minutes, mais plus Donnie ingérait de moût de whisky au citron, plus il s'imaginait qu'elle mentait rien que pour gâcher son voyage.

Donna ne mentait pas.

Bremen sentait la douleur de la jeune femme comme si c'était la sienne. Il avait minuté l'intervalle entre les contractions : sept minutes quand ils étaient à Tallahassee et moins de deux lorsqu'ils pénétrèrent dans l'Alabama. Donna geignait en tirant Donnie par la manche, dans l'obscurité, et sifflait des invectives, mais il la repoussait. Il était en train de parler avec Meredith Soloman, assis de l'autre côté de l'allée, le vieux schnock édenté qui lui avait conseillé Oklahoma City. Donnie avait partagé son moût de whisky avec lui jusqu'à Gainesville et, depuis, Meredith Soloman partageait maintenant avec Donnie une bouteille d'un alcool encore plus fort.

Juste avant le tunnel menant à Mobile, Donna dit, très haut pour que tout le car l'entende : « Bordel de merde, Donnie Ackley, si tu veux m'obliger à pondre ce putain de gosse dans le car, au moins donne-moi une lampée de ce que t'es en train de boire avec ce vieux schnock édenté. »

Donnie lui ordonna de se taire, sachant qu'ils seraient éjectés du car si le conducteur s'apercevait qu'ils étaient ivres ; il s'excusa auprès de Meredith Soloman et laissa Donna boire longuement à la bouteille. Chose incroyable, les contractions s'espacèrent et revinrent au rythme qu'elles avaient avant Tallahassee. Donna s'endormit, sa conscience affaiblie s'élevant et retombant sur les vagues des spasmes.

Donnie continua à s'excuser auprès de Meredith Soloman, mais le vieux sourit en montrant ses gencives, fouilla dans son sac de marin dégoûtant et sortit une autre bouteille de foudre blanche sans étiquette.

Donnie et Meredith buvaient à tour de rôle la cruelle boisson et échangeaient leur point de vue sur la plus horrible manière de mourir.

Meredith Soloman était sûr qu'un éboulement ou un coup de grisou constituait la pire des morts. Si cela ne vous tuait pas tout de suite… Rester coincé à attendre, dans le noir, le froid, l'humidité, à deux kilomètres sous terre avec la lumière du casque qui faiblit et l'air qui devient irrespirable… c'était la plus terrible manière de mourir. Il le savait bien, Meredith Soloman, lui qui avait travaillé dès l'enfance dans les mines de l'ouest de la Virginie longtemps avant la naissance de Donnie. Le papa de Meredith était mort dans la mine, ainsi que son frère Tucker et son beau-frère, Phillip P. Argent. Meredith convenait que pour son papa et son frère Tucker, c'était vraiment dommage, mais aucun éboulement n'avait mieux servi l'humanité que celui qui, en 1972, engloutit Phillip P., cet homme aux mœurs grossières, à l'esprit borné, et qui parlait comme un charretier. Quant à lui, Meredith Soloman, soixante-huit ans, il avait été pris trois fois dans un éboulement et deux fois dans un coup de grisou, mais on l'en avait toujours tiré. Chaque fois, il s'était juré de ne plus jamais descendre dans la mine... que personne ne le ferait jamais redescendre. Ni ses épouses... il en avait eu quatre, l'une après l'autre, tu comprends, même les jeunes durent pas longtemps dans les corons de l'ouest de la Virginie, à cause des pneumonies et des accouchements et de tout le reste... ni ses épouses ni sa famille... sa vraie famille, pas une putain de pièce rapportée comme Phillip P... ni même ses enfants, les grands ou ceux qui marchaient encore pieds nus, pourraient le convaincre de redescendre.

Mais pour finir, il redescendait, s'obligeait à redescendre. Et il avait continué jusqu'à ce que la compagnie en personne lui accorde une retraite anticipée à cinquante-neuf ans parce que ses poumons étaient pleins de poussière de charbon. Enfin, *merde alors*, expliqua-t-il à Donnie Ackley tandis que la bouteille continuait son va-et-vient, tous ceux qui travaillaient en bas avaient les poumons encrassés de noir comme un sac à poussière de son vieil Hoover qu'on n'aurait pas changé depuis des années, tous ils avaient ça.

Donnie n'était pas d'accord. Il pensait que mourir sous terre dans un éboulement ou un coup de grisou, ce n'était pas la pire des morts. Il se mit à faire la liste des plus horribles qu'il avait vues ou dont il avait entendu parler. Le motard, Jack Coe, celui qu'on appelait, et qui s'appelait lui-même, le Porc, il s'était mis à travailler à l'entretien des autoroutes, et un jour, en tombant de sa faucheuse sur un plan incliné, il était passé sous les lames. Jack Coe avait survécu à l'hôpital pendant trois mois jusqu'à ce que la pneumonie l'emporte, mais Donnie n'appelait pas ça vivre quand on est paralysé et qu'on radote et qu'on a plein de tuyaux pour se nourrir et pour pisser.

Et puis il y avait eu la première petite amie de Donnie, Farah, qui était allée dans un bar du quartier nègre de la ville pour se faire violer par une bande de Noirs qui avaient fini par se servir d'autres choses que de leurs pines – leurs poings et des manches à balai et des bouteilles de Coca et même un démonte-pneu, d'après ce qu'avait dit la sœur de Farah – et...

« Vous n'allez pas me faire croire qu'elle est morte d'avoir été violée », dit Meredith Soloman en se penchant dans l'allée pour reprendre la bouteille. Il parlait bas et articulait mal, mais Bremen l'entendait comme dans une chambre d'échos... d'abord la lente élaboration des mots dans l'esprit embrumé de Meredith, puis les mots eux-mêmes exprimés d'une manière lente et avinée. « Bon dieu non, elle est pas morte d'avoir été violée, dit Donnie, que cette idée fit rire. Farah s'est tuée avec la carabine à canon scié de Jack Coe, deux mois plus tard... elle vivait avec le Porc, à l'époque... et c'est pour ça que Jack est parti et a pris un boulot dans l'entretien des autoroutes. Ils n'ont pas eu de chance, ces deux-là.

– Eh bien, une carabine à canon scié, c'est pas une mauvaise manière de partir », chuchota Meredith Soloman, puis il essuya le goulot de la bouteille, but, s'essuya la bouche car un filet d'alcool de contrebande coulait sur son menton pointu. « Le démonte-pneu et le reste, ça compte pas parce que ça pouvait pas la tuer. Rien de ce que vous me racontez là est aussi horrible que de rester couché dans le noir, à deux kilomètres sous terre, avec l'air qui se met à manquer. C'est comme d'être enterré vivant et de survivre pendant des jours. »

Donnie commença à protester, mais Donna gémit et lui tira le bras. « Donnie, chéri, les douleurs sont vraiment très rapprochées, maintenant. »

Donnie lui tendit la bouteille, la reprit après qu'elle eut bu une longue gorgée, et se pencha sur l'allée pour continuer sa conversation. Bremen nota qu'une minute seulement séparait les spasmes.

Il s'avéra que la quête de Meredith Soloman ne différait guère de celle de Donnie et Donna. Le vieil homme essayait de trouver un endroit convenable pour mourir : une ville où la municipalité accorderait un enterrement décent à ses vieux os, aux frais de la commune. Il avait essayé de rentrer chez lui, en Virginie, mais la plupart des membres de sa famille étaient morts, ou partis, ou ne voulaient pas le voir. Ses enfants – onze en tout en comptant les deux illégitimes qu'il avait eus avec la petite Bonnie Maybone – se rangeaient dans la dernière catégorie. Soloman cherchait un État hospitalier où un vieux type dont les poumons ressemblaient à deux sacs pleins de poussière noire pût passer quelques semaines ou quelques mois, gratuitement, dans un hôpital en sachant que, quand le temps viendrait, ses os seraient traités avec le respect qu'on doit à un chrétien de race blanche.

Donnie se mit à discuter sur ce qu'il advient de l'âme après la mort – il avait des idées arrêtées sur la réincarnation, empruntées au beau-frère de Donna, celui de la carte de crédit – et les chuchotements passionnés des deux hommes devinrent des cris lorsque Meredith expliqua que le ciel était le ciel, interdit aux animaux, aux insectes et aux nègres.

Quatre rangs devant les ivrognes en train de discuter, un homme tranquille appelé Kushwat Singh lisait un livre de poche à la lumière de la petite veilleuse. Il ne prêtait guère d'attention au texte ; il pensait au massacre du Temple d'Or, quelques années auparavant – aux soldats indiens déchaînés qui avaient tué sa femme, son fils de vingt-trois ans et ses trois meilleurs amis. Le gouvernement avait dit que les révolutionnaires sikhs conspiraient pour le renverser. Et c'était vrai. Maintenant l'esprit de Kushwat Singh, fatigué par vingt heures de voyage précédées de plusieurs nuits d'insomnie, répétait la liste des choses qu'il allait acheter à cet entrepôt près de l'aéroport de Houston : du plastic Semtex, des grenades offensives, des mouvements d'horlogerie électroniques japonais et s'il avait de la chance – plusieurs engins sol-air de type Singer qu'on pouvait tirer avec un bazooka. Suffisamment de matériel pour raser un commissariat, pour abattre un troupeau de politiciens, telle une lame aiguisée fauchant du blé... assez de technologie meurtrière pour descendre un 747 lourdement chargé...

Bremen se boucha les oreilles de ses poings serrés, mais le murmure continua et grandit tandis que les lampes à vapeur de mercure s'allumaient le long des routes que l'obscurité envahissait. Donna entra pour de bon en travail juste au moment où ils pénétraient au Texas et la dernière image que Bremen emporta du couple, ce fut la gare routière de Beaumont, peu après minuit, Donna pelotonnée sur un banc, torturée par les douleurs, Donnie planté à côté d'elle, titubant sur ses pieds bottés largement écartés, la bouteille vide d'alcool de contrebande de Meredith dans la main droite. Bremen plongea dans les pensées de Donnie en étendant sa sonde télépathique à la neuro-rumeur avoisinante, mais il la retira rapidement. Sauf quelques fragments avinés de la discussion avec Meredith qui s'y entrechoquaient encore, l'esprit de Donnie Ackley ne contenait rien. Aucun projet. Aucune idée de ce qu'il allait faire de sa femme et de l'enfant qui essayait de naître. Rien.

Bremen sentit la panique et la douleur du bébé... de la petite fille... qui allait entamer son ultime lutte pour naître. La conscience de l'enfant brûlait au sein des gris changeants de la neuro-rumeur comme un phare au travers d'un brouillard épais.

Bremen, trop épuisé pour fuir le chaudron d'images et d'émotions qui bouillonnait autour de lui, resta de nouveau dans le car. Au moins, Burk et Alice Jean, le marin en rut qui venait de sortir de prison et la WAF non moins excitée, étaient descendus pour trouver une chambre quelque part, près de la gare routière. Bremen leur souhaitait bien du plaisir.

Meredith Soloman ronflait, ses gencives brillant sous les reflets des lampes à vapeur de mercure, lorsqu'ils s'ébranlèrent de Beaumont, à minuit. Le vieil homme rêvait de la mine, d'hommes criant dans l'air froid et humide, d'une mort propre, blanche, sans douleur. Les souffrances de Donna s'estompaient dans l'esprit de Bremen tandis qu'ils laissaient derrière eux le centre ville et gravissaient la rampe d'accès à l'autoroute. Kushwat Singh caressa sa ceinture-portefeuille où les cent trente mille dollars en monnaie sikh attendaient d'être convertis en vengeance.

Le siège à côté de Bremen était libre. Il replia l'accoudoir et se pelotonna en position fœtale, les poings serrés sur les tempes. Il aurait souhaité posséder encore le 38 de son beau-frère ; il aurait souhaité que Vanni Fucci ait réussi à le livrer à Sal, Bert et Ernie.

Bremen aurait bien voulu – sans mélodrame, sans la moindre miette de gêne ou de regret – être mort. Le silence. La paix. La tranquillité parfaite.

Mais, pour le moment, il était piégé dans ce corps vivant, dans cet esprit torturé, et le viol mental continua, même lorsque le car, ses pneus sifflant sur la chaussée mouillée, s'engagea sur les digues surplombant les marécages et les forêts de pins pendant que la pluie des premières heures du matin tombait pour de bon. Maintenant que les autres passagers dormaient, Bremen s'abandonna lentement au sommeil. Ce petit univers d'humanité dormante s'enfonçait avec lui dans la nuit, leurs rêves muets vacillant comme les fragments d'un vieux film projeté sur un mur que personne ne regarde, le car tout entier hermétiquement fermé tombant comme la navette fracassée de Challenger en chute libre, au milieu de la nuit, vers Houston, Denver et des régions de ténèbres plus profondes encore que Bremen, pour une raison qu'il ne comprenait pas, devait voir et à cause desquelles il était condamné à vivre.

Des yeux

De tous les nouveaux concepts que Jeremy m'a apportés, les deux plus fascinants sont l'amour et les mathématiques.

Ces deux ensembles semblent avoir peu d'éléments communs mais, en réalité, les comparaisons et les similitudes sont frappantes pour quelqu'un qui n'a expérimenté ni l'un ni l'autre. Les mathématiques pures et l'amour pur dépendent complètement de l'observateur – on pourrait dire de l'observateur généré – et bien que j'aie vu dans la mémoire de Jeremy que quelques mathématiciens, Kurt Gödel par exemple, ont affirmé que les entités mathématiques existent indépendamment de l'esprit humain, comme les étoiles qui continuent à briller lorsque aucun astronome ne les étudie, j'ai choisi de rejeter le *platonisme* de Gödel pour le système de Jeremy, le *formalisme* : c'est-à-dire que les nombres et leurs relations mathématiques ne sont qu'une série d'abstractions créées par l'homme, et il en est de même pour les lois qui permettent de manipuler ces symboles. L'amour me semble être une série similaire d'abstractions et de relations entre abstractions, en dépit de leurs fréquents rapports avec les choses du monde réel. (2 pommes + 2 pommes font bien = 4 pommes, mais les pommes ne sont pas nécessaires pour que l'équation soit vraie. De même, la série complexe d'équations qui gouvernent l'épanchement amoureux ne dépend ni de la personne qui donne ni de celle qui reçoit cet amour. J'ai rejeté l'idée *platonique* de l'amour, au sens originel du terme, en faveur d'une approche *formaliste* du sujet.)

Les nombres sont pour moi une étonnante révélation. Dans mon existence antérieure, avant Jeremy, je comprends le concept de *chose* mais ne rêve jamais qu'une chose – ou plusieurs choses – puisse avoir un écho fantôme de valeurs numériques lié à elle comme l'ombre de Peter Pan. Si, par exemple, l'on m'accorde trois verres de jus de pomme au déjeuner, pour moi c'est seulement un jus… un jus… un jus, sans la moindre trace de quantification. Mon esprit ne compte pas plus les jus que mon estomac le ferait. De même, l'ombre de l'*amour*, si attaché à un objet physique et cependant tellement séparé de lui, ne me vient jamais à l'esprit. Dans mon univers, cette propriété n'est liée qu'à une seule chose – mon ours en peluche – et ma réaction envers cette unique chose ne s'est présentée que sous la forme de la réaction plaisir/douleur, accompagnée d'une inclination pour ce qui est agréable, si bien que mon ours me « manque » quand il est perdu. Le concept d'« amour » n'apparaît simplement pas dans l'équation.

Les mondes des mathématiques et de l'amour, tellement imbriqués chez Jeremy avant qu'il vienne à moi, me frappent comme de puissants éclairs illuminant de nouveaux accès à mon propre univers.

Depuis la simple correspondance biunivoque et l'acte de compter, jusqu'aux équations fondamentales telles que $2 + 2 = 4$, jusqu'à l'équation d'ondes de Schrödinger également fondamentale (pour Jeremy) et qui a été le point de départ de son évaluation des études neurologiques de Goldmann :

$$i\hbar\partial\psi/\partial t = \hbar^2/2\mu\nabla^2\psi + V(r,t)\psi \text{ ou } z\hbar\partial\psi/\partial t = H\psi$$

tout m'est révélé simultanément. Les mathématiques descendent sur moi comme un coup de tonnerre, comme la Voix de Dieu dans l'histoire biblique de Saül de Tarse précipité à bas de son cheval. Plus important encore, peut-être, est le fait que je peux utiliser ce que Jeremy sait pour apprendre des choses que Jeremy ne sait pas consciemment. Ainsi, les connaissances fondamentales de Jeremy sur le calcul logique des réseaux neuraux, presque trop élémentaires pour qu'il s'en souvienne, me permettent de comprendre comment les neurones « apprennent » :

$$N_3(+) = .S[N_1(t)VN_b(t)] \equiv .S\{N_1(t)VS[SN_2(t).\sim N_2(t)]\}$$

Pas mes neurones, peut-être, étant donné la compréhension un peu effrayante qu'a Jeremy des fonctions holographiques de l'apprentissage dans l'esprit humain, mais les neurones de… disons… d'un rat de laboratoire : une forme de vie rudimentaire qui réagit presque exclusivement au plaisir et à la douleur, à la récompense et à la punition.

Moi. Ou, du moins, moi avant Jeremy.

Les mathématiques, Gail s'en fiche pas mal. Non, ce n'est pas tout à fait exact, je le comprends maintenant, parce que Gail s'intéresse infiniment à Jeremy, et qu'une grande partie de la vie, de la personnalité et des rêveries les plus profondes de Jeremy tiennent aux mathématiques. Gail adore ce côté-là de l'amour que *Jeremy* éprouve pour les mathématiques, mais le royaume des nombres lui-même ne l'attire pas foncièrement. Gail exprime mieux sa perception de l'univers par le langage et la musique, la danse et la photographie, et par son évaluation réfléchie et souvent clémente des êtres humains.

Celle de Jeremy – lorsqu'il prend le temps d'évaluer les personnes – est beaucoup moins clémente et souvent empreinte d'un mépris catégorique. En général, les pensées des autres l'ennuient… non par arrogance ou par égotisme, mais par le simple fait que la plupart des gens pensent à des choses ennuyeuses. Quand son écran mental – le sien et celui de Gail combinés – pouvait le séparer de la neuro-rumeur aléatoire qui les entourait, il l'utilisait. Ce n'était pas plus un jugement de valeur de sa part que si une autre personne, plongée dans une réflexion profonde et féconde, s'était levée pour fermer une fenêtre afin d'éliminer les bruits de la rue qui distrayaient son attention.

Un jour, Gail partage avec Jeremy son analyse de la distance qu'il maintenait avec la plèbe des pensées. Il est en train de travailler dans son bureau, par un soir d'été ; Gail, allongée sur le divan, devant la fenêtre, lit une biographie de Bobby Kennedy. La vive lumière vespérale dessine, au travers des rideaux de coton blanc, de somptueuses raies sur le canapé et sur le parquet en bois.

Jerry, voilà quelque chose que je voudrais que tu voies.

??? Légère irritation d'être tiré du flot d'équations qu'il gribouille au tableau. Il s'arrête.

Robert McNamara, l'ami de Bobby Kennedy, dit que le président pensait que le monde était divisé en trois sortes de gens —

Le monde est divisé en deux sortes de gens, l'interrompt Jeremy. *Ceux qui pensent que le monde est divisé en différents groupes, et ceux qui sont assez intelligents pour s'en garder.*

Tais-toi une minute. Image des pages feuilletées et de la main gauche de Gail qui recherche le passage. La brise sent l'herbe fraîchement tondue. La lumière magnifie les nuances de la chair de ses doigts et étincelle sur son simple bracelet d'or. *C'est ici… non, ne le lis pas !* Elle ferme le livre.

Jeremy lit les phrases dans sa mémoire lorsqu'elle se met à structurer ses pensées en mots.

Jerry, arrête ! Elle se concentre avec acharnement sur le souvenir de la dévitalisation d'une dent qu'elle a subie l'été précédent.

Jeremy bat un peu en retraite, permettant que s'installe le léger flou des perceptions qui passe, entre eux, pour un bouclier mental, et attend qu'elle ait fini de formuler son message.

McNamara assistait généralement aux « séminaires » de fin d'après-midi, à Hickory Hill… tu sais, la maison de Bobby ? Le président les organisait. Cela ressemblait un peu à des sessions de discussions informelles… des discussions entre hommes… seul Kennedy pouvait y rassembler les meilleurs spécialistes dans les différents domaines qu'ils abordaient.

Jeremy jette un coup d'œil sur son équation, gardant à l'esprit la prochaine transformation.

Ce ne sera pas long, Jeremy. En tout cas, Robert McNamara dit que Bobby avait l'habitude de classer les gens en trois groupes...

Jeremy fait la grimace. *Il n'y a que deux groupes, ma belle. Ceux qui –*

Tais-toi, vieux sage. Où en étais-je ? Ah, oui, McNamara dit que ces trois groupes, c'étaient : les gens qui parlaient plutôt des choses, ceux qui parlaient plutôt des gens, et ceux qui parlaient plutôt des idées.

Jeremy hoche la tête et envoie l'image d'un hippopotame bâillant largement. *C'est profond, ma belle, profond. Et les gens qui parlent des gens parlant des choses, alors ? Est-ce un sous-ensemble, ou pouvons-nous créer un nouveau –*

Tais-toi. L'essentiel, c'est que McNamara dit que Bobby Kennedy n'avait pas de temps à accorder aux deux premiers groupes. Il ne s'intéressait qu'à ceux qui parlaient des... qui pensaient aux... idées. Aux idées importantes.

Pause. *Et alors ?*

C'est ce que tu fais, idiot.

Jeremy note la transformation avant d'oublier l'équation qui la suit. *Ce n'est pas vrai.*

Si. Tu –

Je passe la plus grande partie de mon temps à enseigner les mathématiques à des étudiants qui n'ont jamais eu une seule idée depuis l'enfance. CQFD.

Non... Gail rouvre le livre et tapote la page de ses doigts fuselés. *Tu leur apprends des choses. Tu les fais pénétrer dans le monde des idées.*

Je peux à peine les faire sortir dans le couloir à la fin de l'heure de cours.

Jerry, tu sais très bien ce que je veux dire. Ton éloignement des choses... des gens... c'est plus que de la timidité. Ce n'est pas seulement à cause de ton travail. C'est que les gens qui passent une grande partie de leur temps à penser à des choses moins élevées que le théorème de l'incomplétude de Cantor t'ennuient... te sont

étrangers... tu veux des choses cosmologiques, épisté-
mologiques et tautologiques, pas l'argile du quotidien.

Jeremy transmet : *Gödel.*

Quoi ?

Le théorème de l'incomplétude de Gödel. Cantor,
c'est le problème du continu. Il trace à la craie quelques
nombres cardinaux transfinis, regarde en fronçant les
sourcils ce qu'ils ont fait à son équation d'onde, les
efface et les griffonne sur un tableau noir mental. Il
commence à formuler une description des arguments de
Gödel défendant le problème du continu de Cantor.

Non, non, l'interrompt Gail, *la question c'est seule-*
ment que tu es un peu comme Bobby Kennedy... impa-
tient... que tu t'attends à ce que tout homme s'intéresse
comme toi aux abstractions...

Jeremy commence à s'impatienter. La transformation
qu'il garde à l'esprit est en train de filer. Les mots font
cela à la pensée claire. *Les Japonais, à Hiroshima, n'ont*
pas trouvé E = mc^2 particulièrement abstrait.

Gail soupire. *J'abandonne. Tu n'es pas comme Bobby*
Kennedy. Tu n'es qu'un snob insupportable, arrogant,
éternellement distrait.

Jeremy hoche la tête et complète la transformation. Il
passe à l'équation suivante, voyant précisément, maintenant, comment l'onde de probabilité va se réduire à
quelque chose qui ressemble beaucoup à une valeur
propre. *Oui,* transmet-il, s'esquivant déjà, *mais je suis*
un gentil snob insupportable, arrogant et éternellement
distrait.

Gail ne fait aucun commentaire et regarde par la
fenêtre le soleil qui se couche derrière la rangée
d'arbres, par-delà la grange. La chaleur des coloris fait
écho à l'ardeur de ses pensées informulées tandis qu'elle
partage la soirée avec lui.

Dans la ruelle des rats

Bremen fut rossé et dévalisé un quart d'heure après sa descente du car, au centre ville de Denver.

Le troisième jour du voyage, ils étaient arrivés en retard, à minuit passé, et Bremen s'éloignait des lumières de la gare routière, sans but, les mains dans les poches et la tête rentrée dans les épaules sous les rafales de neige et le vent glacé venus de l'ouest, en se demandant comment il pouvait faire aussi froid ici à la mi-avril lorsque, brusquement, la bande l'encercla.

Ce n'était pas une vraie bande, seulement cinq jeunes gens, noirs et hispaniques – tous avaient moins de vingt ans – mais avant que leurs poings et leurs pieds ne se mettent de la partie, Bremen comprit leurs intentions, sentit leur panique et leur faim de son argent, mais – plus encore – leur désir ardent de faire mal. C'était presque une excitation sexuelle, et s'il avait été attentif au ton de la neuro-rumeur nocturne déferlant autour de lui, il aurait senti l'intensité de leur jouissance anticipée. Au lieu de cela, il fut pris par surprise lorsqu'ils l'entourèrent et le poussèrent vers une ruelle. Dans la cascade de leurs pensées à moitié formulées et d'une impatience nourrie d'adrénaline, Bremen vit leur plan – le faire entrer dans la ruelle pour le frapper et le dévaliser, le tuer s'il criait trop fort – mais il ne pouvait rien faire que reculer et pénétrer dans l'obscurité.

Bremen tomba vite lorsque les poings se déchaînèrent contre lui et il leur jeta les billets qui lui restaient en se roulant en boule. « C'est tout ce que j'ai ! » cria-t-il, mais il n'avait pas fini de parler qu'il comprenait déjà combien ils s'en moquaient. L'argent n'avait qu'un intérêt secondaire. C'était faire souffrir qui les intéressait.

Et ils le faisaient bien. Bremen essaya de rouler sur lui-même pour s'éloigner du jeune garçon au couteau… même si l'arme était toujours dans sa poche revolver… mais chaque fois qu'il essayait, il tombait sur une botte implacable. Bremen tenta de se protéger le visage et ils lui donnèrent des coups de pied dans les reins. La douleur dépassait tout ce que Bremen avait connu. Il roula sur le dos et ils lui donnèrent des coups de pied dans la figure. Le sang jaillit de son nez cassé et Bremen leva une main pour se protéger de nouveau le visage. Ils lui donnèrent des coups de pied dans le scrotum. Puis leurs poings se remirent de la partie, lui tapant sur le crâne, le cou, les épaules et les côtes.

Bremen entendit un os craquer, puis un autre, alors ils lui arrachèrent sa chemise et déchirèrent les poches de son pantalon. Il sentit la lame balafrer son bas-ventre, mais le jeune garçon qui maniait le couteau le fit en reculant et la blessure ne fut que superficielle. Cela, Bremen ne le savait pas. Il ne savait plus grand-chose à ce moment-là… et ce fut le noir.

On ne le découvrit qu'au bout d'une heure, et deux autres s'écoulèrent avant que quelqu'un se donne la peine d'appeler la police. Elle arriva au moment où Bremen revenait difficilement à une sorte de semi-conscience ; les policiers s'étonnèrent qu'il soit encore vivant. Bremen entendit leur radio répondre en beuglant quand l'un d'eux appela une ambulance. Il ferma les yeux une seconde et lorsqu'il les rouvrit, des ambulanciers l'entouraient ; ils le soulevèrent pour le mettre sur un brancard roulant. Ils portaient des gants de plastique transparent et Bremen remarqua qu'ils veillaient à ce que son sang ne tache pas leurs blouses. Il ne garda aucun souvenir de son transport à l'hôpital.

La salle des urgences était bondée. L'équipe composée d'un médecin pakistanais et de deux internes épuisés s'occupa de son coup de couteau, lui fit en toute hâte une piqûre et commença à le recoudre avant que l'anesthésie locale ait fait son effet. Puis ils le laissèrent pour s'occuper d'autres patients. Bremen perdit plusieurs fois conscience pendant l'heure et demie où il attendit qu'ils reviennent à son chevet. Quand ils le firent, le médecin pakistanais était parti, remplacé par une jeune Noire aux yeux cernés et aux paupières lourdes, mais c'étaient les mêmes internes.

Ils confirmèrent que son nez était cassé, mirent en place une petite barre en métal et la fixèrent avec un sparadrap, découvrirent les deux côtes fracturées et les bandèrent, tâtèrent ses reins tuméfiés jusqu'à ce qu'il s'évanouisse de douleur, puis le firent uriner dans un bassin. Bremen ouvrit les yeux assez longtemps pour voir que son urine était rose. L'un des internes lui dit que son bras gauche était démis et demanda qu'il le tienne levé pendant qu'il le mettait en écharpe. Le médecin revint et regarda dans sa bouche. Ses lèvres étaient si enflées que l'abaisse-langue lui fit pousser un cri de douleur. Le médecin annonça qu'il avait eu de la chance – une seule dent de déchaussée. Avait-il un dentiste ?

Bremen grommela une réponse rendue plus vague encore par l'enflure de ses lèvres. On lui fit une autre piqûre. La fatigue des carabins était palpable ; il la sentait comme une tente épaisse qui les recouvrait. Aucun des trois n'avait dormi plus de cinq heures depuis une trentaine d'heures. Leur épuisement donna encore plus sommeil à Bremen que les piqûres.

Lorsqu'il rouvrit les yeux, une femme policier lui parlait. Elle était impassible ; son ceinturon auquel étaient suspendus un revolver, une radio et une lampe électrique se balançait sur ses hanches larges. Elle avait les yeux chassieux et une peau marbrée. Elle lui redemanda son nom et son adresse.

Bremen cligna des yeux, pensant aux autorités et à Vanni Fucci, mais dans les vapeurs des analgésiques, il dut faire un effort pour se rappeler qui était Vanni Fucci. Il donna à la femme policier le nom et l'adresse de Frank Lowell, le directeur de son département à Haverford. Son copain qui se donnait tant de mal pour lui garder son poste.

« Vous êtes loin de chez vous, Mr. Lowell », dit-elle. L'œil gauche de Bremen était fermé par l'enflure et le droit voyait trop flou pour qu'il puisse lire le nom sur son badge. Il marmonna quelque chose.

« Pouvez-vous décrire vos agresseurs ? » demandat-elle en fouillant dans la poche de sa blouse, à la recherche d'un crayon. Bremen dut accommoder pour discerner les gribouillages enfantins de son carnet. Elle dessinait des petits cercles sur ses i, comme ses étudiants les moins mûrs. Il décrivit ses agresseurs.

« J'ai entendu l'un d'eux en appeler un autre… le plus grand… Red », dit-il en sachant qu'ils ne s'étaient rien dit durant l'attaque. Mais l'un d'eux se nommait bien Red, il avait recueilli ce renseignement dans ses pensées.

Brusquement, Bremen s'aperçut que la neuro-rumeur environnante s'était éloignée. Même les vagues de douleur et de panique des autres patients de la salle de réanimation, les cris et les gémissements mentaux venant des salles sombres, au-dessus de lui, remplies comme des cageots de misère… tout était muet. Bremen sourit à la femme policier et bénit l'analgésique, quel qu'il fût.

« Votre portefeuille a disparu, dit la femme policier. Votre carte d'identité, votre permis de conduire, tout… » Elle l'observait et, même au travers des vapeurs de l'analgésique, Bremen sentit sa suspicion : il avait l'air d'une épave, mais ils avaient regardé attentivement ses bras, ses cuisses et ses pieds – aucune marque de piqûre – et si son urine contenait beaucoup de sang, il n'y avait aucune trace de drogue ou d'alcool. Bremen sentit qu'elle avait décidé de lui accorder le bénéfice du doute.

« Vous passerez la nuit ici en observation. Vous avez dit au docteur Chalbatt que vous n'aviez personne à prévenir dans la région de Denver, aussi le docteur Elkhart n'a pas très envie de vous laisser partir ce soir sans surveillance. On va vous mettre dans une chambre dès qu'il y en aura une de libre, on surveillera l'évolution de l'état de vos reins pendant la nuit et on verra comment vous serez demain matin. Nous enverrons quelqu'un dans la matinée pour reparler de l'agression avec vous. »

Bremen ferma les yeux et hocha lentement la tête,

mais quand il rouvrit les paupières, il était seul sur une civière dans un couloir sonore. Là pendule marquait quatre heures vingt-trois du matin. Une femme en tricot rose passa, ajusta sa couverture et dit : « Il va bientôt y avoir une chambre de libre. » Puis elle disparut et Bremen lutta contre l'envie de se rendormir.

Il avait été idiot de donner le nom et l'adresse de Lowell à la femme policier. Quelqu'un allait téléphoner chez Frank dans la matinée, donner son signalement, et Bremen allait être arrêté, questionné sur sa maison incendiée… et peut-être sur le corps trouvé dans un marécage de Floride.

Bremen gémit et s'assit en faisant passer ses jambes par-dessus le bord de la civière. Il faillit tomber. Il regarda fixement ses pieds nus et s'aperçut qu'il portait une chemise mince comme du papier ; il avait un bracelet en plastique au poignet gauche.

Gail. Oh, mon dieu, Gail.

Il se mit debout, puis à genoux et se servit de sa bonne main pour tâter le plateau sous le chariot. Ses vêtements, tout tachés de sang et déchirés, y étaient empilés. Bremen observa le couloir… il était toujours vide, mais des semelles de caoutchouc crissaient, encore invisibles… il clopina jusqu'à un placard contenant des fournitures, tenta de s'habiller… finit par renoncer et drapa la chemise sur son bras en écharpe, comme une cape… puis sortit. Avant de quitter le placard, il fouilla dans un panier de vêtements sales, trouva une blouse d'interne en coton blanc et l'en tira, sachant qu'elle le protégerait fort peu du froid qui régnait dans les rues.

Il regarda dans le couloir, attendit qu'il n'y ait plus de bruit et marcha aussi vite qu'il le pouvait jusqu'à une porte de service.

Dehors, il neigeait. Bremen se précipita dans une ruelle, ne sachant ni où il était ni où il allait. Au-dessus de sa tête, entre les façades noires des immeubles, le ciel ne montrait aucun signe avant-coureur de l'aube.

Des yeux

Je n'ai pas l'intention de faire croire que Jeremy et Gail forment un couple parfait, qu'ils sont toujours d'accord, ne se disputent jamais, ne se déçoivent jamais. C'est vrai que parfois leur contact mental est plus une invitation à la discorde qu'une force solidaire.

Leur intimité agit sur leurs plus petits défauts comme un miroir grossissant. Gail est soupe au lait et se met vite en colère ; Jeremy se fatigue vite de ce trait de caractère. Elle ne supporte pas sa sérénité lente, scandinave, face à la provocation, même la plus absurde. Parfois ils se querellent à propos de son refus à lui de se quereller.

Chacun d'eux estime, au tout début de leur union, que les couples devraient subir avant le mariage non pas une analyse de sang mais un examen des rythmes biologiques. Gail, couchée tôt, levée tôt, jouit plus que tout de la matinée. Jeremy, qui adore la nuit, est au maximum de ses capacités devant le tableau noir passé une heure du matin. Le réveil est pour lui un supplice et les jours où il ne donne pas de cours, il se lève rarement avant neuf heures et demie. Gail n'apprécie guère le contact mental avec lui avant qu'il ait bu sa seconde tasse de café, et même alors il ressemble, dit-elle, à un ours revêche à moitié sorti d'hibernation.

Leurs goûts, complémentaires dans certains domaines, divergent catégoriquement sur d'autres tout aussi importants. Gail adore lire et vit pour la chose écrite ; Jeremy lit rarement en dehors de son domaine et considère les romans comme une perte de temps. Il descendra de son bureau à trois heures du matin pour s'installer, tout heureux, devant un documentaire ; Gail leur accorde peu de temps. Elle aime le sport et consacrerait volontiers tous les week-ends d'automne au football ; le sport rase Jeremy qui est d'accord avec la définition du football qu'en donna George Will : « une profanation de l'automne [1] ».

Gail joue du piano, du cor d'harmonie, de la clarinette et de la guitare ; Jeremy est incapable de chanter juste. Quand il écoute de la musique, Jeremy apprécie les mathématiques baroques de Bach ; Gail aime l'humanité de Mozart, impossible à informatiser. Ils aiment tous deux l'art, mais les musées et les galeries d'art deviennent des champs de bataille télépathiques ; Jeremy admire l'exactitude abstraite des études de Joseph Albers intitulées l'*Hommage au carré* ; Gail a un faible pour les impressionnistes et la période bleue de Picasso. Une fois, pour l'anniversaire de sa femme, Jeremy a dépensé toutes ses économies et une grande partie de celles de Gail pour lui acheter une petite toile de Fritz Glarner – *Peinture relationnelle n° 57* – et, tandis qu'il la ramène dans le coffre de sa Triumph, Gail, en la voyant dans son esprit, s'écrie mentalement : *Mon dieu, Jerry, tu as dépensé tout notre argent pour ces... ces... carrés ?*

En politique, Gail est optimiste et Jeremy cynique. Sur les questions sociales, elle est plutôt socialiste, au plus beau sens originel du mot, et lui, indifférent.

Tu n'as pas envie de finir comme un sans-abri, n'est-ce pas, Jerry ? demande Gail un jour.

Pas spécialement.

Pourquoi pas ?

Écoute, ce n'est pas moi qui ai fait de ces gens des sans-abri, je ne le pourrais pas. Et puis, n'importe comment, la plupart d'entre eux sortent d'un asile psychiatrique... virés par un réformisme bien intentionné mais inefficace qui les condamne à vivre dans la rue.

1. Aux États-Unis, les grands matches ont toujours lieu en automne (*N.d.T.*).

112

Certains d'entre eux ne sont pas fous, Jerry. Ils n'ont simplement pas de chance.

Allons, ma belle. Tu parles à un expert en probabilités. J'en sais plus sur le manque de chance que n'importe qui d'autre.

Peut-être, Jer... mais tu ne comprends pas grand-chose aux gens.

D'accord, ma belle. Et je n'en ai pas envie. Veux-tu vraiment *pénétrer plus profond dans ce marécage de confusion mentale que la plupart des gens appellent pensées ?*

Ce sont des êtres humains, Jerry. Comme nous.

Euh, euh, ma belle. Pas comme nous. Et même s'ils l'étaient, je n'ai pas envie de passer mon temps à ruminer sur leur sort.

Et tu voudrais passer ton temps à ruminer sur quoi ?

$$\overset{\Sigma}{\underset{\beta}{}}[\overset{\Sigma}{\underset{\mu}{}}(\gamma\mu)\ \alpha\beta\partial/\partial_x\mu + {}^{mc/\hbar}\delta\alpha\beta]\psi\beta = 0,$$

$$X^\mu = \vec{X}, ict$$

Gail glane quelques informations sur cette équation en attendant patiemment qu'une traduction en mots traverse l'esprit de Jeremy. *C'est drôlement important,* transmet-elle, sincèrement en colère, *que toi et ce type du nom de Dirac vous établissiez une équation d'onde relativiste. En quoi cela va-t-il aider quelqu'un ?*

Cela nous aide à comprendre l'univers, ma belle. Et tu ne peux pas en dire autant des rabâchages confus du « commun des mortels » que tu es si avide de comprendre.

La colère de Gail n'est plus filtrée, maintenant. Elle souffle sur Jeremy comme un vent noir. *Mon Dieu, comme tu te montres parfois arrogant, Jeremy Bremen. Pourquoi penses-tu qu'il est plus intéressant d'étudier les électrons que les êtres humains ?*

Jeremy s'arrête. *C'est une bonne question.* Il ferme les yeux une seconde et médite sur cette pensée, excluant Gail le plus possible de ses réflexions. *Les gens sont prévisibles,* transmet-il enfin. *Les électrons ne le sont pas.* Avant que Gail puisse répondre, il poursuit. *Je ne dis pas que les actions des gens sont toutes prévisibles, ma belle… nous savons combien elles peuvent être perverses… mais les* motivations *de leurs actions forment une série très limitée, tout comme l'étendue des actions résultant de ces motivations. En ce sens, le principe d'incertitude s'applique infiniment moins aux gens qu'aux électrons. Les gens sont ennuyeux, au vrai sens du terme.*

Gail compose une réponse irritée, puis la retient. *Tu es sérieux, Jerry ?*

Il forme une image de lui-même en train de hocher la tête.

Gail dresse son écran mental pour y penser. Elle ne se coupe pas complètement de Jeremy, mais le contact est moins intime, moins immédiat. Il envisage de donner suite à la discussion, de tenter de mieux s'expliquer, peut-être même de se justifier, mais il sent qu'elle s'absorbe dans ses propres pensées et décide de remettre la conversation à plus tard.

« Mr. Bremen ? »

Il ouvre les yeux et regarde sa classe d'étudiants en mathématiques. Le jeune homme – il s'appelle Arnie – s'écarte du tableau. C'est une équation différentielle simple, mais il s'est totalement planté.

Jeremy soupire, pivote sur son fauteuil et continue à expliquer la fonction.

La fourrure du rat, la peau du corbeau, stances croisées

Bremen vivait dans une caisse en carton, sous le pont autoroutier de la 23e Rue, et apprenait la litanie de la survie : lever avant le soleil, attente, petit déjeuner à l'Armée du Salut, sur la 19e Rue, après avoir attendu au moins une heure que le pasteur se pointe pour les baratiner et une autre demi-heure avant que le petit déjeuner préchauffé arrive… puis, aux alentours de dix heures et demie, parcourir vingt pâtés de maisons en traînant les pieds jusqu'à Lighthouse où Bremen devait d'abord faire la queue pour le travail avant de la refaire pour le déjeuner. Généralement, sur les soixante hommes et femmes, seuls cinq ou six sont inscrits pour le travail, mais en avril, Bremen a été choisi plus d'une fois. Peut-être parce qu'il est relativement jeune. C'est habituellement un boulot stupide, ne nécessitant aucune qualification professionnelle – par exemple, nettoyer autour du Palais des Congrès ou balayer Lighthouse – et Bremen s'exécute sans se plaindre, content d'avoir autre chose à faire pour passer le temps que d'attendre et d'errer de repas en repas.

Le dîner, c'est à JéSus Sauveur ! près de la gare, ou de nouveau à l'Armée du Salut de la 19e Rue. JéSus Sauveur ! est en réalité le Centre des services d'entraide de la communauté chrétienne, mais tout le monde le connaît par le nom inscrit sur l'enseigne en forme de croix où le S du milieu du mot horizontal *Jésus* est aussi le S du mot vertical *Sauveur !*

Bremen regarde souvent le blanc après le dernier S, sur la tige verticale de la croix, et voudrait y écrire quelque chose.

La nourriture est bien meilleure à JéSus Sauveur, mais le prêche est plus long et s'éternise tellement que, parfois, la plus grande partie de l'auditoire s'endort, les ronflements se mêlant aux borborygmes des estomacs, avant que le révérend Billy Scott et les sœurs Marvell leur permettent de faire la queue pour le dîner.

Généralement, Bremen se joint à quelques autres pour une promenade dans la 16e Rue, une voie piétonne, avant de retourner à sa caisse vers onze heures du soir. Il ne mendie jamais, mais en restant à proximité de Soul Dad, ou de Mister Paulie, ou de Carrie T. et ses gamins, il profite parfois de leur mendicité. Un jour, un Noir vêtu d'un luxueux pardessus en laine mérinos lui a donné un billet de dix dollars.

Ce soir-là, comme la plupart des autres, il s'arrête à AlNite Liquor et s'achète une bouteille de Thunderbird qu'il ramène à sa caisse.

Avril a été vachement dur, dans le quartier de Mile High City. Bremen se rendit compte plus tard qu'il avait failli mourir pendant ces dernières semaines d'hiver, à Denver, surtout durant la nuit où il s'était enfui de l'hôpital. Il avait erré dans un paysage urbain de passages noirs et de rues remplies de neige fondue, d'immeubles où ne brillait aucune lumière. Pour finir, il se retrouva dans un pâté de maisons détruites par l'incendie et rampa entre les madriers noircis pour trouver un endroit où dormir. Il souffrait de partout, mais sa bouche meurtrie, ses côtes cassées et son épaule démise étaient comme des pics volcaniques de douleur s'élevant d'un océan de souffrance généralisée. La piqûre reçue quelques heures plus tôt ne le soulageait plus, mais le rendait somnolent.

Bremen découvrit un recoin entre une cheminée en briques et une poutre noircie par le feu et s'y blottit ; il venait juste de s'endormir lorsqu'il fut réveillé par quelqu'un qui le secouait vigoureusement.

« Mec, t'as pas de putain de manteau. Si tu restes ici, tu vas mourir, moi je te le dis. »

Émergeant dans une semi-conscience, Bremen plissa les yeux pour distinguer un visage à peine éclairé par un lointain réverbère. Un visage noir, ridé et marqué, une barbe à double pointe, des yeux noirs à peine visibles sous la casquette en jersey souillée. L'homme portait au moins quatre couches de vêtements, qui puaient tous. Il était en train de remettre Bremen sur ses pieds.

« Fichez-moi la paix », parvint-il à dire. Ses quelques instants de sommeil sans rêve avaient constitué le temps le plus dénué de neuro-rumeur qu'il eût connu depuis la mort de Gail. « Merde, foutez-moi la paix. » Il libéra son bras et essaya de se pelotonner de nouveau dans son recoin. La neige tombait doucement par un trou dans le plafond.

« Non, non, pas question que Soul Dad te laisse mourir juste parce que t'es un pauvre petit con de Blanc. » La voix du Noir, curieusement gentille, s'accordait étrangement à la nuit lénifiante et aux poutres noires silencieusement fouettées par les flocons de neige.

Bremen se laissa relever et entraîner vers les planches branlantes de la porte d'entrée.

« T'as un endroit où crécher ? » demanda et redemanda l'homme plusieurs fois. Ou peut-être ne le demanda-t-il qu'une fois et ses pensées résonnaient-elles en écho dans leurs deux crânes… Bremen n'en savait rien. Il fit non de la tête.

« Bon, ce soir, tu vas rester avec Soul Dad. Mais seulement jusqu'à ce que le soleil se lève et que tu retrouves toute ta tête. D'accord ? »

Bremen longea avec lui, en titubant, d'innombrables pâtés de maisons, passa devant des immeubles en briques illuminés par la diabolique lumière orange de la ville que réfléchissaient les nuages bas. Pour finir, ils arrivèrent au pont d'une route et descendirent en glissant une pente herbue et gelée. Dans les ténèbres, sous l'arche, il y avait des caisses d'emballage avec des morceaux de plastique en guise de bâches, et les cendres d'un feu de camp entre des autos abandonnées. Soul Dad introduisit Bremen dans l'une des plus grandes structures – une véritable cabane faite d'une caisse recouverte de plastique appuyée contre le contrefort en béton, avec une plaque en fer-blanc faisant office de porte.

Il conduisit Bremen jusqu'à une pile de couvertures et de chiffons malodorants. Bremen tremblait si fort maintenant qu'il n'arriva pas à se réchauffer, même en s'enterrant sous la pile. En soupirant, Soul Dad enleva ses deux couches extérieures de manteaux, en recouvrit Bremen et se pelotonna contre lui. Il sentait le vin et l'urine, mais sa chaleur humaine traversait les haillons.

Toujours tremblant, mais moins violemment, Bremen se réfugia de nouveau dans les rêves.

Avril avait été cruel, pourtant mai ne fut guère mieux. L'hiver semblait ne quitter Denver qu'à contrecœur, et même par le temps le plus clément, l'air nocturne restait froid à mille cinq cents mètres d'altitude. À l'ouest, entrevu parfois entre les immeubles, les vraies montagnes s'élevaient à pic, leurs arêtes et leurs contreforts de jour en jour moins blancs, mais leurs sommets encore neigeux en juin.

Et puis, brusquement, l'été arriva et Bremen fit ses rondes alimentaires, avec Soul Dad, Carrie T et les autres, dans la légère brume des vagues de chaleur qui s'élevaient du trottoir. Certains jours, ils restaient tous à l'ombre des ponts, à proximité de leur village improvisé, de l'autre côté des rails, près de la Platte River – à la mi-mai, les flics avaient renversé à coups de pied celui plus confortable installé sous le pont de la 23e Rue, le « nettoyage de printemps » comme l'avait appelé Mister Paulie – et ils ne s'aventuraient à l'extérieur qu'à la nuit tombée, pour l'une des missions ouvertes tard, derrière la mairie.

L'alcool n'éliminait pas la malédiction du contact mental amplifié, mais il l'atténuait un peu. Du moins, Bremen le croyait-il. Le vin lui donnait d'horribles migraines, mais peut-être étaient-ce elles qui, justement, affaiblissaient la neuro-rumeur. Vers la fin du mois d'avril, il était constamment ivre – genre d'autodestruction dont ne semblait pas se soucier Soul Dad, ni Carrie T.

pourtant pleine de sollicitude – mais, selon le raisonnement illogique qui veut que si un peu de stupéfiant est bénéfique, une grande quantité le serait plus encore, il s'était presque tué, physiquement et psychiquement, en achetant du crack à l'un des adolescents qui en vendaient près du campus d'Auraria.

Bremen avait gagné l'argent grâce à deux journées de travail à Lighthouse et il revint à sa caisse plein d'une jouissance anticipée.

« Pourquoi que tu souris dans ta minable barbe de sale Blanc ? » lui demanda Soul Dad, mais Bremen fit comme s'il n'avait pas entendu le vieux et il se précipita dans sa caisse. Bremen, qui n'avait pas fumé depuis l'adolescence, alluma la pipe achetée au gamin, cassa, comme celui-ci le lui avait dit, la bulle de verre qui en fermait l'extrémité, et inhala profondément.

Pendant quelques secondes, ce fut la paix. Puis un véritable enfer.

Jerry, je t'en supplie… tu m'entends ? Jerry !

Gail ?

Aide-moi, Jerry ! Aide-moi à sortir d'ici. Images de la dernière chose qu'elle avait vue : la chambre d'hôpital, l'appareil à perfusion, la couverture bleue au pied du lit. Plusieurs infirmières étaient rassemblées autour d'elle. La douleur était pire que Bremen ne s'en souvenait… pire que les heures et les jours qui avaient suivi son lynchage, quand ses os guérissaient mal et que les hématomes saignaient dans sa chair… la douleur de Gail était impossible à décrire.

Aide-moi, Jerry ! Je t'en prie.

« Gail ! » Bremen hurla tout haut dans sa caisse. Il se tordit de long en large, frappant les parois de carton avec ses poings jusqu'à ce qu'elles se déchirent et qu'il cogne le béton. « Gail ! »

Bremen hurla et se débattit pendant près de deux heures, en ce jour déclinant d'avril. Personne ne vint voir ce qui se passait. Le lendemain matin, tandis qu'ils parcouraient la 19e Rue en traînant les pieds, aucun des autres ne croisa son regard.

Bremen ne reprit plus jamais de crack.

Les pensées de Soul Dad étaient un havre de douce harmonie dans un océan de chaos mental. Bremen demeurait autant que possible auprès du vieil homme en s'efforçant de ne pas écouter les pensées des autres, mais il se calmait toujours quand les songeries lentes, rythmées, presque dépourvues de mots, de Soul Dad traversaient son écran mental inefficace et les rideaux d'une stupeur induite par l'alcool.

Bremen découvrit que le Noir devait son sobriquet à une prison où il avait passé plus d'un tiers de siècle. Dans sa jeunesse, Soul Dad était plein d'une violence sauvage – il appartenait à un gang des rues en avance de plusieurs décennies sur son temps : des porteurs de couteaux, pleins d'animosité, qui cherchaient les affrontements. L'un de ceux-ci s'était terminé, à la fin des années quarante, à Los Angeles, par la mort de trois garçons et la condamnation à vie de Soul Dad.

Une condamnation à vie dans le vrai sens du terme : conférer la vie de force. Soul Dad se libéra de ses anciennes manières : les fausses bravades, la futilité du déguisement, l'impression d'être inutile et l'apitoiement sur soi. Tout en acquérant rapidement la profonde endurance nécessaire pour survivre dans le quartier le plus dur du pénitencier le plus impitoyable d'Amérique – prêt à lutter jusqu'à la mort si l'on tentait le moins du monde d'empiéter sur ses droits –, Soul Dad avait acquis au milieu de la folie de cette prison une paix qui touchait presque à la sérénité.

Pendant cinq ans, Soul Dad ne parla à personne. Ensuite, il ne le fit que lorsque c'était nécessaire, préférant garder ses pensées pour lui. Et elles étaient vives. Même dans les fragments d'un contact mental accidentel, Bremen vit les restes de ces jours, de ces mois, de ces années, où Soul Dad travailla à la bibliothèque de la prison et lut dans sa cellule : la philosophie qu'il avait étudiée – commençant par une brève conversion au christianisme suivie, dans les années soixante, avec l'afflux d'une nouvelle sorte de délinquants noirs, par une seconde conversion à la foi musulmane, et la plongée au-delà du dogme dans la vraie théologie, la véritable philosophie. Soul Dad avait lu et étudié Berkeley et Hume, Kant et Heidegger. Il avait concilié Thomas d'Aquin avec les impératifs éthiques des quartiers chauds et rejeté Nietzsche considéré comme un simple zazou qui pigeonnait les pleutres et cherchait des crosses tout en s'autojustifiant.

La philosophie personnelle de Soul Dad se situait au-delà des images et des mots. Elle était plus proche du zen, ou de l'élégant non-sens des mathématiques non linéaires, que tout ce que Bremen avait jamais connu. Soul Dad rejeta un monde où sévissaient le racisme, le sexisme et des haines de toutes sortes, mais il le fit sans colère. Il s'y déplaçait même avec une sorte de grâce majestueuse – un élégant chaland égyptien flottant dans le carnage d'une féroce bataille navale entre Grecs et Perses – et tant qu'on ne troublait pas sa rêverie paisible et dépourvue de mots, il laissait le monde tranquille et cultivait son jardin.

Soul Dad avait lu *Candide*.

Bremen cherchait parfois le havre des pensées lentes du vieil homme comme un petit bateau s'abriterait sous le vent d'une île quand la mer se déchaîne.

Et généralement, la mer se déchaînait. Trop violemment pour que même les songeries solipsistes de Soul Dad lui offrent longtemps un abri.

Bremen savait mieux que quiconque que l'esprit n'était pas un appareil de radio – ni récepteur ni transmetteur –, mais tandis que l'été s'écoulait dans le ventre de Denver, il lui semblait que quelqu'un réglait son esprit sur des longueurs d'onde de plus en plus sombres. Des longueurs d'onde de peur et de fuite. Des longueurs d'onde de pouvoir et de forces auto-induites.

Des longueurs d'onde de violence.

Il but plus encore lorsque la neuro-rumeur tourna aux neuro-cris. L'ivresse le soulageait un peu car les migraines l'empêchaient de se concentrer. La présence flegmatique de Soul Dad constituait un écran bien meilleur que la boisson.

Mais les cris éperdus continuaient autour de lui et au-dessus de lui.

Les Crips et les Bloods, exhibant leurs couleurs, maraudaient en camions, hors de leur territoire, en quête de bagarres, ou se pavanaient sous le pont par groupes de trois à cinq. Armés. Portant de petits revolvers calibre 32, de gros automatiques 45, des fusils à canon scié et même des Uzi et des Mac-10 lisses comme du plastique. En quête d'une bagarre, cherchant une excuse pour se mettre en rage.

Bremen se glissa dans sa caisse, but et prit sa tête douloureuse entre ses mains, mais la violence l'envahit comme une piqûre néfaste d'adrénaline.

Le désir sexuel d'infliger de la douleur. La terrible faim d'action. L'intensité pornographique de la violence dans la rue, captée en une ruée d'images et de hurlements, rejouée au ralenti comme une cassette vidéo favorite.

Bremen partagea l'impuissance devenue puissance par le simple geste d'appuyer sur la gâchette, de glisser une lame dans sa paume. Il sentit, par procuration, le frisson de la peur d'une victime, le goût de la douleur d'une victime. La douleur était quelque chose qu'on offrait aux autres.

La plupart des êtres violents que Bremen contactait mentalement étaient stupides... beaucoup l'étaient extraordinairement, beaucoup pactisaient avec leur stupidité grâce à des drogues... mais l'incertitude des pensées et des centres de la mémoire n'était rien comparée à la clarté, puant le sang, du *moment présent*, l'*immédiateté* – cœur battant, érection du pénis – de ces secondes de violence qu'ils avaient cherchées et savourées. Le souvenir de ces actes ne résidait point tant dans leur esprit que dans leurs mains, leurs muscles, leurs reins. La violence *validait* le reste. Elle compensait la banalité de la longue attente, les insultes et l'inaction, les heures passées à regarder la télévision en sachant qu'on ne pourrait pas posséder les brillantes babioles qui s'y étalaient... ni les voitures, ni les maisons, ni les vêtements, ni les belles femmes, pas même la peau blanche... et, plus important encore, ces secondes de violence étaient l'*envie* de ces visages de la télé et de ceux des vedettes de cinéma... des visages qui pouvaient seulement feindre la violence, seulement interpréter les mouvements anodins de la violence édulcorée de la télévision et du chiqué des sacs de sang du cinéma.

Dans ses rêves intermittents, Bremen se rengorgeait comme souteneur dans les ruelles sombres, le pistolet à la ceinture, cherchant quelqu'un qui n'aurait pas la bonne couleur de peau, ou l'expression qu'il ne fallait pas sur son visage. Il devint le Donneur de Douleur.

Les autres habitants du village aux bâches de plastique faisaient semblant de ne pas entendre les cris et les gémissements de Bremen pendant la nuit.

Les pauvres et les voyous des quartiers chauds n'étaient pas les seuls à alimenter les cauchemars de Bremen. Assis dans l'ombre fraîche de l'entrée d'une ruelle, par un soir de la fin juin, Bremen subissait les pensées des gens qui faisaient leurs courses, sans se presser, dans la zone piétonne de la 16e Rue.

Des Blancs. De la classe moyenne. Névrosés, psychotiques, paranoïdes, nourris d'une colère et d'une frustration aussi réelles que la rage impuissante des Bloods ou des Crips bourrés de crack. Tout le monde était en colère contre tout le monde et cette rage couvait, embrumait les esprits comme la fumée d'une flamme lente.

Bremen, pour entretenir son éternelle migraine, buvait du vin dont la bouteille était cachée dans un sac en papier kraft, et de temps à autre, il jetait un coup d'œil sur les formes qui passaient devant l'entrée de la ruelle. C'était parfois difficile d'apparier le fanal étincelant de leurs pensées coléreuses aux ombres grises de leurs corps.

Maxine, cette femme blanche, d'âge mûr, en short et corsage trop collants, avait tenté par deux fois d'empoisonner sa sœur pour hériter du domaine inhabité et en friche de leur père, dans les montagnes. Deux fois, la sœur avait survécu, et deux fois Maxine s'était précipitée au chevet de son lit d'hôpital, en déplorant la malchance qui lui valait cette crise de botulisme. La prochaine fois, pensait Maxine, elle emmènerait sa sœur dans la vieille maison de papa, mettrait trente grammes d'arsenic dans son chili et ne la quitterait pas jusqu'à ce qu'elle soit froide.

Le petit homme dans l'ascenseur, chaussures et costume d'Armani, s'appelait Charles Ludlow Pierce. Un avocat, défenseur des droits civils des minorités, membre du bureau d'une demi-douzaine d'institutions charitables de Denver, dont le visage apparaissait fréquemment à côté de celui, rayonnant, de son épouse Deirdre sur les photos des pages du *Denver Post* consacrées à la haute société de la ville. Charles Ludlow Pierce battait aussi son épouse, éteignant périodiquement son bûcher de rage à grands coups de poing. Le visage de Deirdre ne présentait aucune meurtrissure parce que Charles Ludlow Pierce ne lui administrait jamais une de ses « leçons » à la veille d'un bal de bienfaisance ou de tout autre événement public... ou s'il devait alors donner une leçon à Deirdre c'était en utilisant, avec son consentement tacite, une chaussette pleine de sable, et uniquement sur le corps.

Mais Charles Ludlow Pierce était convaincu que tous ces coups dans la figure, ces orgasmes induits, ces énergiques « leçons » sauvaient leur mariage et maintenaient sa santé mentale. À ces occasions-là, Deirdre faisait « retraite » pendant une semaine ou plus dans leur résidence secondaire au-dessus d'Aspen.

Bremen baissa les yeux et but une gorgée de vin.

Brusquement, il releva la tête et étudia la foule des passants jusqu'à ce qu'il ait repéré un homme marchant d'un bon pas. Bremen laissa sa bouteille et son sac derrière lui pour le suivre.

L'homme poursuivit son chemin sur la 16e Rue, en direction de l'est, puis fit une pause devant le hall tout en verre et en acier du Tabor Center. Il envisagea d'y entrer pour regarder les costumes de Brooks Brothers, décida que non et continua en traversant Lawrence Street et en parcourant le centre commercial à ciel ouvert. La brise du soir venue des contreforts de la montagne agitait les arbustes le long de la voie réservée aux autobus et rafraîchissait un peu la ville. L'homme flânait, sans remarquer le mendiant barbu qui le suivait à cinquante mètres en traînant les pieds.

Bremen n'apprit pas son nom. Cela, il s'en moquait. Le reste était suffisamment clair.

Bonnie va avoir onze ans en septembre, mais elle a l'air d'en avoir treize. Merde, seize, oui ! Ses tétons deviennent joliment ronds. Ça a fait un an en mai que sa chatte est poilue. Carla dit que Bonnie est formée depuis le mois dernier… « maintenant notre petite fille est une femme »… pour ce qu'elle en sait !

L'homme portait un costume gris froissé. Il était sorti d'un des immeubles de bureaux de la 15e Rue et attendait l'heure de son car pour Cherry Creek. Il disposait encore de dix-huit minutes avant de le prendre au petit terminus, à deux pâtés de maisons de là. Il était grand, un mètre quatre-vingt-cinq ou quatre-vingt-dix, et portait bien son excès de poids. Ses cheveux étaient attachés sur la nuque, coiffure que Gail appelait une petite quéquette.

Il entra dans Brass Rail, un bar de yuppies tout en bois et cuivre, en face de l'extrémité nord du Tabor Center. Bremen trouva un recoin discret, entre deux immeubles, d'où il pouvait surveiller les hautes fenêtres. Une lumière chaude ruisselait dans la rue et rendait le verre opaque.

Ce n'était pas grave. Bremen savait avec précision où l'homme s'était assis et ce qu'il buvait.

Ça fait deux ans maintenant, avec Bonnie, et cette crétine de Carla qui ne se doute de rien. Les maux de ventre et les larmes de la gamine, elle met ça sur le compte de l'adolescence. L'adolescence ! Vive l'adolescence ! Il leva son second verre de Dewar's. Il spécifiait toujours « du Dewar's », afin de ne pas se retrouver avec ce scotch minable qu'on essaie toujours de vous refiler dans ce genre d'endroit.

Ce soir, encore une nuit spéciale. Une nuit avec la gamine. Une nuit avec la bonne petite gamine. Il rit et fit signe qu'on le resserve. *Bien sûr, ce sera pas comme la*

première fois, mais quoi ? Ah, cette première fois…
Image d'une peau de velours, d'un poil cuivré court et
raide sur le petit mont de sa fille, les seins… des œufs
sur le plat à l'époque… et elle qui pleurait sans bruit
dans l'oreiller. Il avait chuchoté : « Si tu ne dis rien, tout
ira bien. Si tu le dis, on te mettra dans un orphelinat. »

*Ce sera pas comme la première fois, mais elle
apprend des trucs… ma Bonnie… ma Bonnie chérie. Ce
soir, je vais le faire encore dans sa bouche…*

Il finit son second scotch, jeta un coup d'œil sur sa
montre et sortit en toute hâte du Brass Rail, marchant
d'un pas rapide, mais sans courir. Il était presque arrivé
au terminus du car lorsqu'un poivrot sortit des ombres,
en face de Gart Brothers, et fonça sur lui. L'homme
s'écarta sur la droite, en fronçant les sourcils, pour
l'avertir. Il n'y avait personne d'autre et ils étaient en
partie dissimulés aux regards par l'accotement d'herbe
et de béton s'élevant au-dessus de l'escalier, à l'arrêt du
car.

« Tire-toi, mon vieux », dit-il d'un ton sec en éloignant l'ivrogne d'un geste lorsqu'il arriva suffisamment
près pour tendre la main. Le mendiant avait une barbe
blonde hirsute, des yeux farouches derrière des lunettes
réparées avec du scotch, et portait un imperméable malgré la chaleur. Le poivrot ne s'écarta pas.

L'homme secoua la tête et essaya de le contourner.

« Pressé ? » demanda le clochard d'une voix graillon-
neuse. On aurait dit qu'il n'avait pas parlé depuis des
jours.

« Va te faire foutre », répondit l'homme en tournant
vers la gare routière.

D'une saccade, le clochard le tira en arrière, dans
l'ombre de l'escalier. Pierce pivota sur ses talons, arracha le pan de sa veste au poing souillé de l'ivrogne.
« Qu'est-ce que… commença-t-il.

– Pressé de rentrer pour violer Bonnie, hein ? dit
l'ivrogne d'une voix rauque, mais douce. Ce soir, tu vas
encore la baiser ? »

L'homme resta les yeux fixes, la mâchoire pendante.
Une griffe glacée glissa le long de son dos. Il sentit la

sueur perler à ses aisselles et couler sous sa chemise en coton bleue. « Quoi ?

– Tu m'as entendu, espèce de salaud. On est au courant. Tout le monde le sait. La police aussi, probablement. Les flics sont en train de t'attendre, avec Carla, dans la cuisine, espèce de salaud. »

Il continua à le regarder fixement, sentant le choc se changer en colère pure et brûler comme du kérosène. Ce minable d'enculé, même si... même s'il savait... était plus petit que lui et pesait quarante kilos de moins. Il pouvait tuer ce putain d'ivrogne avec une main attachée dans le dos...

« Pourquoi tu n'essaies pas de me tuer, hein, violeur d'enfant ? » chuchota le clochard. Curieusement, l'escalier et le bout de trottoir, en dessous, étaient toujours déserts. Les ombres étaient longues.

« Bordel de dieu, je vais te... », commença-t-il, et il s'arrêta. La flamme de colère grandit encore et s'épanouit en une explosion de pure haine lorsque le poivrot se mit à lui sourire largement dans sa barbe emmêlée. L'homme serra ses énormes poings et fit trois pas vers le clochard en se disant qu'il lui faudrait s'arrêter avant de l'achever. Il avait failli tuer un gamin, au lycée. Il faudrait qu'il s'arrête avant que ce putain de clodo cesse de respirer, mais ce serait *tellement* bon d'écrabouiller cette figure sale et pleine de croûtes...

Jeremy Bremen recula lorsque l'homme fonça sur lui, les poings levés. Il fouilla sous son imperméable, en sortit une planche de cinq centimètres sur dix de section et l'abattit en un swing de la main gauche qui l'avait bien aidé pendant sa dernière année au lycée.

À l'ultime seconde, l'homme avait levé les bras pour protéger son visage. Bremen tapa dessus avec sa planche et revint à la charge contre ses épaules lorsqu'il glissa sur les marches.

Le gros homme lança quelque chose d'une voix hargneuse et se remit tant bien que mal sur ses pieds. Bremen le frappa de nouveau au plexus solaire, puis sur la nuque lorsqu'il se plia en deux. L'homme commença à dégringoler l'escalier à petits bonds maladroits.

Quelqu'un près de la gare routière se mit à pousser des cris aigus. Bremen ne regarda pas derrière lui. Il se rapprocha en prenant son temps, leva le morceau de bois d'un mètre de long et l'abattit comme une canne de golf, en plein sur la bouche ouverte du gros homme. Les dents réfléchirent les derniers rayons du soleil en décrivant un arc de cercle au-dessus de la rue.

Le gros homme cracha, se redressa et leva les avantbras devant son visage.

« Ça, c'est pour Bonnie », dit Bremen, ou du moins essaya-t-il de le dire entre ses dents serrées, et il abattit l'extrémité de la planche, de toutes ses forces, entre les jambes de l'homme.

Qui hurla. Quelqu'un, en bas, sur la voie piétonne, continuait à pousser des cris.

Bremen s'avança et tapa de nouveau l'homme sur la tête en faisant éclater le bois. Le gros homme commença à s'effondrer ; Bremen recula et lui donna un coup de pied, une seule fois, de toutes ses forces, imaginant son entrejambe comme un ballon posé juste où il fallait pour marquer un but.

Quelque part, tout près, sur Larimer Street, une sirène hurla puis le silence retomba. Bremen recula, laissa le dernier morceau de bois brisé tomber de ses mains sales, regarda l'homme qui pleurnichait sur le trottoir, tourna les talons et s'enfuit en courant.

Il y eut le bruit d'au moins deux personnes lancées à ses trousses et qui criaient.

L'imperméable volant, la barbe flottant, les yeux si écarquillés qu'ils semblaient aveugles, œufs blancs enchâssés dans un visage brun de crasse, Bremen courait vers les ombres du pont du chemin de fer.

Des yeux

Gail et Jeremy veulent un enfant.

Au début, durant l'année que dura leur lune de miel, Gail, supposant qu'un enfant viendrait bien assez tôt, prend des précautions contre une grossesse non désirée – d'abord la pilule, puis un diaphragme quand des ennuis de santé surviennent. Dix-huit mois après leur mariage, ils décident d'abandonner tout contrôle des naissances et de laisser la nature suivre son cours.

Pendant huit mois environ, ils ne s'inquiètent pas. Ils font fréquemment l'amour avec passion, et le désir d'engendrer ne vient qu'en second. Puis Gail commence à se faire du souci. Ils ne se sont pas mariés très jeunes – Jeremy avait vingt-sept ans et Gail vingt-cinq – mais leur médecin affirme qu'elle dispose encore de dix années d'excellentes possibilités reproductrices. Pourtant, trois ans après leur mariage, dans la semaine qui suit le trentième anniversaire de Jeremy – célébré avec d'anciens camarades d'université venus pour un match de baseball –, Gail suggère qu'ils devraient consulter un spécialiste.

Tout d'abord, Jeremy est surpris. Elle lui a, autant que possible, dissimulé son inquiétude, c'est-à-dire qu'il en connaissait l'existence mais l'avait sous-estimée. Étendus l'un à côté de l'autre par cette nuit d'été, le clair de lune ruisselant entre les rideaux de dentelle, ils écoutent entre les pauses de leur conversation les stridulations des insectes et les cris des oiseaux de nuit, derrière la grange, et décident qu'il est temps de faire le point.

Tout d'abord, Jeremy subit un rituel un peu embarrassant qui consiste à donner de sa semence pour un spermogramme. Dans un grand ensemble moderne de Phila-delphie, le bureau du médecin est signalé par une plaque discrète apposée sur l'ascenseur de service : GÉNÉTICIEN CONSEIL. Le cabinet comprend au moins dix médecins qui essaient d'aider les couples stériles à réaliser leur rêve de maternité/paternité. Tout cela leur donne à réflé-chir, mais ils rient quand Jeremy doit se rendre aux toi-lettes pour effectuer son « prélèvement ».

Jeremy transmet ce qu'il voit : des exemplaires de *Penthouse, de Playboy* et d'une demi-douzaine d'autres magazines sur papier glacé, légèrement pornos, dans un porte-revues en plastique, près des toilettes. Un petit message tapé à la machine sur une fiche pliée en deux et posée à côté de la pile recommande : *À cause des dépenses qu'occasionne le remplacement des magazines disparus, nous vous demandons de bien vouloir les lais-ser dans cette pièce.*

Dans la petite salle où elle attend de voir son médecin, Gail se met à rire. *Puis-je regarder ?*

Va-t'en.

Tu plaisantes ? Tu veux me faire manquer cette fasci-nante expérience indirecte ? Ça va peut-être me donner des idées.

Je vais t'en donner une… un bâton pointu dans l'œil si tu ne me laisses pas seul ici. C'est sérieux.

Oui… sérieux. Gail s'efforce de réprimer un fou rire. Jeremy voit l'image qu'elle a de son médecin entrant dans la salle d'examen et trouvant sa patiente pliée en deux d'hilarité, des larmes ruisselant sur son visage. *Sérieux,* émet Gail puis, regardant par les yeux de Jeremy les photos du premier magazine qu'il a pris : *Ciel, comment ces jeunes femmes peuvent-elles poser ainsi ?* Elle recommence à rire.

Agacé, Jeremy ne répond pas. La conversation l'empêche de se concentrer. Il tourne les pages.

Tu as un petit problème, Jeremy ?

Va-t'en.

Laisse-moi t'aider. Elle tire un paravent entre elle et la porte, puis commence à se déshabiller en se regardant dans un miroir en pied.

Hé ! Que diable…

Gail défait le dernier bouton de son corsage et le plie soigneusement sur le dos de la chaise. Elle montre du doigt une chemise d'hôpital posée sur la table d'examen. *L'infirmière m'a dit que j'allais subir un examen.*

Écoute…

Tais-toi, Jeremy. Regarde ton magazine.

Jeremy repose la revue sur la pile et ferme les yeux.

Gail Bremen est petite, un mètre cinquante-sept pieds nus, mais son corps est bien proportionné, vigoureux et infiniment sensuel. Elle sourit à Jeremy dans le miroir et il pense, mais ce n'est pas la première fois, qu'une grande part de cette sensualité tient à ce sourire. Le seul sourire de femme équivalent qu'il ait jamais vu, aussi attirant et provocant mais d'une manière totalement saine, est celui de la gymnaste Mary Lou Retton. Celui de Gail met en jeu, d'une manière irrésistible, des mâchoires, des lèvres et des dents parfaites ; c'est une invitation à commettre quelque petite coquinerie, communiquée directement à l'observateur.

Gail capte les pensées de Jeremy et cesse de sourire, feint de froncer les sourcils et de le regarder du coin de l'œil. *Ne t'occupe pas de moi. Continue ce que tu es en train de faire.*

Idiote.

Elle sourit de nouveau, ôte sa jupe noire et sa combinaison et les dispose sur la chaise. En sous-vêtements, Gail semble à la fois vulnérable et infiniment désirable. Elle lève les bras pour détacher son soutien-gorge avec cette grâce féminine naturelle qui ne manque jamais d'exciter Jeremy. Le léger fléchissement de ses épaules rapproche ses seins tandis que le tissu qui les recouvrait se détend et glisse. Gail pose le soutien-gorge sur la chaise et enlève son slip.

Encore en train de me regarder ?

Oui, Jeremy la regarde. Voir sa femme aussi séduisante l'émeut d'une manière presque mystique. Une raie sur le côté divise sa courte chevelure brune dont une mèche retombe doucement sur son front haut. Ses épais sourcils – les sourcils d'Annette Funicello, a-t-elle dit un jour d'un air de regret – soulignent d'une manière spectaculaire ses yeux noisette. Un artiste qui a dessiné son portrait au pastel quelques années auparavant, lors d'une excursion sur l'île Monhegan, a dit à Jeremy qui le regardait faire : « J'ai lu plusieurs fois l'expression : "des yeux lumineux", mais j'ai toujours pensé que c'était de la poésie de bazar. Jusqu'à aujourd'hui. Monsieur, votre femme a des yeux lumineux. »

Les traits de Gail sont à la fois fins et bien marqués : pommettes finement ciselées, nez fort, jolies pattes-d'oie au coin des yeux lumineux, menton volontaire et un teint ravissant qui réagit au plus léger soupçon de soleil ou de gêne. Elle ne paraît pas embarrassée, bien qu'un peu de rouge rehausse ses pommettes tandis qu'elle lance son slip sur la chaise et reste debout, une seconde, face au miroir.

Jeremy Bremen n'a jamais montré un goût excessif pour les seins des femmes. Peut-être parce qu'il a entendu, involontairement, les pensées des jeunes filles durant son adolescence, peut-être à cause de sa tendance à regarder l'équation tout entière – ou dans ce cas, l'organisme tout entier – plutôt que ses éléments constitutifs, mais en tout cas, depuis l'inévitable crise sexuelle de l'adolescence, les seins semblent à ses yeux un élément normal de l'anatomie humaine. Séduisants, certes… mais pas une source constante d'excitation sexuelle.

Les seins de Gail constituent une exception. Ils sont gros pour une femme de sa taille, mais ce n'est pas leur volume qui l'excite à ce point. Les filles des magazines étalés là pour aider les donneurs de sperme ont en général d'énormes seins, mais leurs dimensions semblent la plupart du temps anormales ou carrément ridicules à Jeremy. Les seins de Gail sont…

Jeremy secoue la tête, découvrant qu'il est incapable d'exprimer cela en mots, même *in petto*.

Essaie.

Les seins de Gail sont sensuels au possible. Tout en étant proportionnés à son corps de sportive et à son dos puissant, ils sont… « parfaits » est le seul mot que Bremen puisse trouver : hauts mais lourds de la promesse

132

d'une caresse, plus pâles que le reste de sa peau bronzée – là où le hâle s'arrête, on voit de petites veines sous la peau blanche – et couronnés d'aréoles qui sont restées aussi roses que celles d'une jeune fille. Ses mamelons se dressent légèrement dans l'air frais et, bientôt, ses seins sont de nouveau comprimés et relevés car Gail croise inconsciemment les bras pour lutter contre le froid, le duvet brun de ses avant-bras se dessinant sur les courbes blanches et lourdes de sa poitrine.

Le regard de Gail ne vacille plus, mais Jeremy se permet de changer sa propre perspective par rapport à l'image de sa femme dans le miroir, tout en pensant en lui-même : *Je vois se refléter dans mon esprit la vision mentale qu'elle a de son reflet. Un fantôme admirant les ombres d'un fantôme.*

Les hanches de Gail sont larges, mais pas trop, ses cuisses fortes, le V de ses poils bruns s'élève jusqu'au renflement de son ventre avec l'abondance touffue que promettent ses sourcils noirs et le pointillé ombreux de ses aisselles. Ses genoux et ses mollets sont élégants, non seulement comme on l'attend d'une sportive, mais selon les proportions classiques des plus belles sculptures de Donatello. Jeremy baisse les yeux et se demande pourquoi les hommes ont abandonné leur fascination pour une série d'arcs et de courbes aussi excitants sexuellement que ceux d'une cheville aussi fine que celle-ci.

Gail repousse le paravent, glisse son bras gauche dans la chemise – pas la grossière chemise d'hôpital normale, mais une coûteuse pièce de lingerie en coton peigné destinée à une clientèle huppée –, s'arrête, se tourne à demi vers lui, son sein et sa hanche gauche captant la douce lumière filtrée par les stores vénitiens. *Tu as toujours des difficultés, Jeremy ?* Un sourire. *Non, je vois que non.*

Tais-toi, je t'en prie.

Elle entend les pas du médecin, de l'autre côté de la porte, et leurs écrans mentaux se dressent ensemble sans éliminer leur contact, mais en l'atténuant un peu.

Jeremy n'ouvre pas les yeux.

Je dois intervenir ici pour dire que mon premier aperçu de cette sexualité franche de Jeremy et de Gail fut pour moi une révélation. Littéralement une révélation : l'éveil d'une dimension presque religieuse. Elle m'ouvrit l'accès à de nouveaux mondes, de nouveaux systèmes de pensée et de compréhension.

J'avais connu le plaisir sexuel, bien entendu… ou, du moins, le plaisir de la friction. La tristesse suivant l'orgasme. Mais ces réactions physiologiques n'étaient rien hors du contexte de l'amour partagé et de l'intimité sexuelle de ce couple.

Ma crainte révérencielle en découvrant cet aspect de l'univers n'était pas moindre que celle qu'éprouverait un savant en tombant par hasard sur la grande théorie unifiée du cosmos. En réalité, l'amour et le sexe entre Gail et Jeremy *étaient* la grande théorie unifiée du cosmos.

Les résultats du spermogramme sont bons. Jeremy en a fini avec les examens.

Mais pas Gail. Pendant neuf mois, elle subit toute une série de tests – les uns douloureux, la plupart gênants –, tout cela en vain. Elle endure une laparoscopie et de nombreux examens aux ultrasons, à la recherche d'une obstruction des tubes, d'anomalies utérines, de tumeurs fibroïdes, de kystes ovariens, de lésions utérines ou d'une endométrite. On ne trouve rien. On vérifie si elle n'a pas de déficiences hormonales ou d'anticorps qui rejetteraient le sperme. Rien de tout cela n'est confirmé. On lui fait prendre de la Clomide et on l'envoie acheter des kits qui permettent de prédire l'ovulation – coûteux et renouvelables tous les mois – afin de déterminer les jours et les heures de fécondité maximale. La vie sexuelle de Gail et de Jeremy se met à ressembler à une campagne militaire ; pendant trois ou quatre périodes de vingt-quatre heures par mois, la journée commence par des examens d'urine avec un papier chimiquement traité et finit par une série d'unions sexuelles intensives suivies d'un temps où Gail doit reposer sur le dos, les hanches légèrement surélevées et les genoux pliés afin que les spermatozoïdes qui nageraient lentement aient le maximum de chances d'arriver au bout de leur périple.

Rien. Neuf mois d'échec ; puis six autres mois semblables.

Gail et Jeremy consultent deux autres spécialistes. Chaque fois, Jeremy est mis hors de cause après un simple spermogramme et Gail subit d'autres séries d'examens. Elle devient experte en la matière et sait avec précision *quand* elle doit boire les deux litres d'eau afin de tenir pendant les ultrasons sans mouiller sa chemise d'hôpital.

Les résultats ne révèlent toujours rien, n'éclaircissent rien. Gail et Jeremy s'acharnent et finissent par renoncer aux feuilles de température journalière et aux kits, de crainte de perdre toute spontanéité. On leur parle d'une éventuelle insémination artificielle et ils disent qu'ils vont y réfléchir, mais rejettent tacitement cette solution avant de quitter la clinique. Si le sperme et les œufs sont sains, si l'appareil reproducteur de Gail est sain, ils s'en remettront à la chance et à la nature.

La nature les trahit. Pendant les années qui suivent, Gail et Jeremy continuent à désirer des enfants, mais cessent d'en parler. Lorsqu'ils sont en contact mental, il suffit que Gail y songe pour les plonger tous deux dans un état dépressif. De temps à autre, lorsqu'elle tient dans ses bras le nouveau-né d'une amie, Jeremy est bouleversé par ses réactions à l'odeur et au contact du bébé ; elle a le cœur brisé de désir... cela, il le sait... mais en plus tout son corps réagit : ses seins deviennent douloureux, elle a des élancements dans l'utérus. C'est une réaction physiologique inconnue de Jeremy et il s'émerveille que deux sortes d'êtres humains – mâles et femelles – puissent habiter la même planète, parler la même langue, et croire qu'ils ont tout en commun alors que des différences aussi profondes et aussi essentielles les séparent en silence.

Gail sait que Jeremy désire avoir des enfants, mais elle connaît aussi ses arrière-pensées. Elle a toujours perçu dans son esprit des bribes d'inquiétude : la peur des malformations congénitales, l'hésitation à introduire un autre cœur et un autre esprit dans la constellation binaire de leur relation, la jalousie primordiale que quelqu'un ou quelque chose d'autre puisse retenir l'attention et l'affection de Gail comme lui le fait aujourd'hui.

Elle a perçu tout cela, mais sans en tenir compte, estimant qu'il s'agissait d'une attitude typiquement mâle. Mais ce qu'elle n'a pas vu est important.

Jeremy est terrifié à l'idée d'avoir un enfant qui ne soit pas parfait. Au début de leur épreuve, lorsque la grossesse semblait possible dans les semaines ou les mois à venir, il restait éveillé la nuit à répertorier ses peurs.

De ses brèves recherches sur la génétique et le calcul des probabilités effectuées pendant ses études, il tirait les conséquences possibles de ce coup de dés génétique : le syndrome de Down, la chorée d'Huntington, la maladie de Tay-Sachs, l'hémophilie, etc. Jeremy connaissait leurs risques avant même que le médecin n'en parle lors de leur première consultation : une chance sur cent pour qu'un couple ait un enfant avec une malfaçon génétique grave ou qui mettrait sa vie en danger. À vingt ans, Gail avait eu une chance sur deux mille de donner naissance à un enfant ayant le syndrome de Down et une sur cinq cent vingt-six de le voir souffrir d'un grave désordre chromosomique. S'ils attendent jusqu'à ce que Gail ait trente-cinq ans, les chances sont de une sur trois cents pour le syndrome de Down et une sur cent soixante-dix-neuf pour une anomalie chromosomique importante. À l'âge de quarante ans, la courbe de probabilité monte en flèche : une sur cent pour le Down et une sur soixante-trois pour d'autres malformations graves.

La crainte d'avoir un bébé difforme ou arriéré gèle le cœur de Jeremy. La certitude qu'un enfant transformerait ses relations avec Gail lui fait horreur, d'une manière moins violente mais tout aussi inquiétante. Elle a perçu la première peur et l'a écartée ; elle ne saisit qu'un très faible reflet de la terreur que la seconde possibilité éveille en Jeremy. Lorsqu'ils abordent ce sujet, il la lui cache – ainsi qu'à lui-même – du mieux qu'il peut, en se livrant à de fausses orientations, en utilisant les parasites qui brouillent son écran mental durant leurs échanges télépathiques. C'est l'un des deux seuls secrets qu'il s'est refusé à partager avec Gail durant leur vie commune.

L'autre tient aussi à leur stérilité. Seulement, ce secret-là est une bombe à retardement qui tictaque entre eux, prête à détruire tout ce qu'ils ont eu ou espéreront jamais avoir ensemble.

Mais Gail meurt avant de découvrir le second secret… avant qu'il puisse le partager avec elle et le désamorcer.

Jeremy en rêve encore.

Dans cette vallée creuse

Soul Dad tira Bremen d'affaire.

La police avait la description de l'agresseur de la zone piétonne et ratissait les cités des cabanes, sous les ponts de la Platte River. La nouvelle courait que la victime n'était pas grièvement blessée, mais les commerçants de la 16e Rue se plaignaient depuis des mois de la prolifération des mendiants et des sans-abri. Cet attentat avait été la goutte d'eau faisant déborder le vase et les flics mettaient en pièces, au sens littéral du terme, toutes les cabanes provisoires et les appentis de Market Street, au centre ville, jusqu'au quartier latino-américain, dans les parages de Stonecutter Row, sur la colline au-dessus de l'I-25, à la recherche d'un jeune poivrot blond avec une barbe en pointe et des lunettes.

Soul Dad le tira d'affaire. Bremen était revenu en courant à sa cabane, avait pénétré en rampant sous la tente en bâche goudronnée, fouillé dans un coin, sous les chiffons, et sorti sa bouteille de Night Train. Il avait bu à longs traits, dans l'espoir de se réinstaller dans les ténèbres floues aux marges de l'indifférence et de la neuro-rumeur qui constituaient sa vie. Mais l'adrénaline se déversait encore dans son système, agissant comme un vent fort qui dispersait des mois de brouillard.

J'ai attaqué cet homme! fut sa première pensée cohérente. Puis : *Qu'est-ce que je fais ici?* Brusquement, Bremen ne voulait plus jouer dans cette farce où il se retrouvait plongé, il avait envie de téléphoner à Gail qu'elle vienne le chercher, envie de rentrer chez lui pour dîner. Il voyait la longue allée déboucher sur la route et, tout au bout, la ferme à la charpente blanche – les pêchers qu'il avait plantés de chaque côté, certains encore soutenus par des tuteurs et des fils de fer, les ombres des arbres alignés au bord du ruisseau qui rampaient vers la maison à la tombée des soirs d'été – sentait l'odeur de l'herbe fraîchement tondue entrant par les vitres ouvertes de la Volvo…

Bremen gémit, prit une autre lampée de l'abominable vin, jura et jeta la bouteille par l'ouverture de sa tente rudimentaire. Elle s'écrasa sur le béton et quelqu'un, plus loin, sous le pont routier, cria quelque chose d'inintelligible.

Gail ! Oh, bon dieu, Gail ! Le désir de Bremen devint une douleur physique qui le frappa comme un tsunami déboulant sans avertissement du bord du monde. Il fut battu, soulevé, lancé et ballotté par des vagues qu'il lui était impossible de contrôler. *Ah, Gail… Mon dieu, j'ai besoin de toi, ma belle.*

Pour la première fois depuis que sa femme était morte, Jeremy Bremen appuya son front contre ses poings serrés et pleura. Il sanglota, s'abandonna aux terribles convulsions de douleur qui remontaient en lui comme de grands et douloureux tessons de verre qu'il aurait avalés longtemps auparavant. Inconscient de la terrible chaleur qui régnait sous la tente bricolée avec du plastique et de la toile goudronnée, inconscient des bruits de la circulation sur l'autoroute, au-dessus de lui, et des hurlements des sirènes dans les rues qui gravissaient la colline, inconscient de tout, sauf de sa perte et de son chagrin, Bremen pleurait.

« Magne-toi le cul, mon garçon, ou tu es foutu », dit la voix lente et mélodieuse de Soul Dad dans l'air épaissi.

Bremen lui fit signe de partir et se pelotonna dans ses chiffons, le visage contre le béton que l'ombre rafraîchissait. Il continua à pleurer.

« C'est pas le moment de faire ça, dit Soul Dad. T'auras tout le temps plus tard. » Il le saisit sous les bras et le releva de force. Bremen se débattit pour se libérer, pour rester dans sa tente, mais le vieil homme était curieusement fort, son étreinte irrésistible, et Bremen se retrouva à la lumière du soleil, cligna des yeux pour chasser ses larmes et cria quelque chose d'obscène pendant que Soul Dad l'entraînait dans les ombres plus épaisses, sous le viaduc, aussi facilement qu'un père emmène un enfant récalcitrant.

Il y avait là une Pontiac des années 78 ou 79, au toit en vinyle rugueux, dont le moteur tournait au ralenti. « Je ne sais pas tripoter l'allumage des modèles plus récents », dit Soul Dad en installant Bremen derrière le volant et en refermant la portière. Le vieil homme se pencha, l'avant-bras sur la vitre baissée du conducteur, et sa barbe de prophète de l'Ancien Testament balaya l'épaule de Bremen. Il fourra un morceau de papier dans la poche de la chemise de Bremen. « Ça devrait te suffire pour l'avenir immédiat... tel qu'il se présente. Maintenant, tu vas sortir de la ville, tu m'entends ? Et trouver un coin où on accepte les Blancs dingues qui crient dans leur sommeil. Ou, du moins, un endroit où tu pourras rester jusqu'à ce qu'ils en aient assez de te chercher. Compris ? »

Bremen hocha la tête en se frottant vigoureusement les yeux. L'intérieur de la voiture sentait la cendre de cigarette et la bière évaporée par la chaleur. Le cuir déchiré empestait l'urine. Mais le moteur tournait normalement, comme si tous les efforts et l'attention de son propriétaire s'étaient nichés sous le capot. *C'est une voiture volée !* pensa Bremen. Puis : *Et alors ?*

Il se retourna pour remercier Soul Dad, lui dire adieu, mais le vieil homme avait replongé dans les ombres et Bremen n'aperçut qu'un imperméable en route vers les cabanes. Les sirènes se rapprochaient en grondant, quelque part au-dessus du fossé envahi par les mauvaises herbes où la Platte coulait en un filet brun.

Bremen posa ses doigts crasseux sur le volant que le soleil avait chauffé. Il ôta vivement les mains et les replia comme s'il s'était brûlé. *Et si je ne savais plus conduire ?* Puis il répondit à sa question. *Peu importe.*

Bremen mit le moteur en prise et enfonça l'accélérateur presque au plancher, projetant les gravillons jusque dans la Platte ; il dut tourner deux fois le volant avant d'avoir le contrôle du véhicule et traversa en cahotant une bretelle de raccordement couverte de boue et une bande médiane herbue avant de trouver la rampe d'accès à l'I-25.

Arrivé là, il se glissa dans la circulation et jeta un coup d'œil à droite, sur les toits des usines, les entrepôts, la tache grise de la gare, et même le modeste profil d'acier et de verre que Denver dessinait dans le ciel. Il y avait des voitures de police dans la cité des tentes, des voitures de police dans les chemins de terre et le long de la rivière, des voitures de police dans les rues qui filaient est-ouest vers le terminus des cars, mais aucune ici, en haut, sur l'Interstate. Bremen regarda l'aiguille du compteur qui frôlait le rouge, comprit qu'il faisait presque du cent trente dans la circulation fluide du milieu de journée, releva son pied de la pédale de l'accélérateur, ralentit jusqu'à la vitesse permise, et se plaça derrière une camionnette. Il s'aperçut avec un sursaut qu'il approchait de l'intersection avec l'I-70. Les pancartes lui donnaient le choix : I-70 EST-LIMON, I-70 OUEST-GRAND JUNCTION.

C'était de l'est qu'il était arrivé ici. Bremen suivit l'échangeur en forme de trèfle et prit place dans la circulation animée de l'I-70 ouest. Des contreforts bruns se profilaient devant lui et, plus loin, il aperçut les montagnes couvertes de neige.

Bremen ne savait pas où il allait. Il jeta un coup d'œil sur la jauge d'essence et vit que le réservoir était aux trois quarts plein. Il fouilla dans la poche de sa chemise et en sortit le papier que Soul Dad y avait fourré : un billet de vingt dollars. Il n'avait pas de monnaie – pas un centime. Le réservoir aux trois quarts plein et les vingt dollars devraient le conduire quelque part, n'importe où.

Bremen haussa les épaules. L'air chaud qui entrait en tournoyant par la fenêtre ouverte et par les déflecteurs poussiéreux l'apaisait autant que tout ce qu'il avait essayé depuis un mois ou plus. Il ne savait pas où il se rendait ni ce qu'il allait faire. Mais il était en route. Il partait enfin.

Dans cette vallée d'étoiles mourantes

Bremen marchait à l'orée du désert, sur la route de campagne, lorsque la voiture de police vint rouler à sa hauteur. Il n'y avait pas de circulation, aussi le véhicule marron et blanc avança-t-il au pas pendant un certain temps. Bremen jeta un coup d'œil sur le conducteur – un visage carré, tanné par le soleil, d'énormes lunettes de soleil réfléchissantes –, puis il regarda de nouveau à ses pieds, attentif à ne pas marcher sur les yuccas ou les petits cactus qui parsemaient le désert.

La voiture de police le dépassa d'une quinzaine de mètres, s'engagea sur le bas-côté de la route asphaltée en soulevant un petit nuage de poussière et s'arrêta d'un coup de frein brutal. Le conducteur, qui était seul, descendit, défit la courroie qui maintenait son revolver et resta près de la portière ; ses lunettes réfléchissaient Bremen approchant à pas lents. Apparemment, cet homme n'était pas un agent de la sécurité routière mais un gendarme du coin.

« Amène-toi », ordonna-t-il.

Bremen s'arrêta à deux mètres de lui. « Pourquoi ?

– Magne-toi le cul jusqu'ici », dit le flic d'une voix encore basse et dépourvue de toute expression. Il avait maintenant la main posée sur son revolver.

Bremen leva les siennes, paumes bien visibles, en un geste d'acquiescement et de conciliation. Il voulait aussi que le gendarme voie qu'il n'avait rien dans les mains. Ses baskets trop grandes de l'Armée du Salut faisaient un petit bruit sur l'asphalte tandis qu'il contournait l'arrière de la voiture de police. À deux kilomètres de là, sur la route vide, les vagues de chaleur ondulaient et créaient sur le macadam un mirage de mare.

« Mets-toi en position », dit le gendarme en reculant et en montrant le coffre.

Bremen s'arrêta et cligna des yeux, ne voulant pas lui montrer qu'il comprenait trop aisément l'expression. Le flic recula encore d'un pas, montra de nouveau d'un geste impatient le couvercle du coffre et sortit le revolver de son étui.

Bremen se pencha en avant, écarta un peu les jambes et posa les paumes sur le coffre. Le métal était brûlant et il leva les doigts comme un pianiste sur le point de commencer.

Le flic s'avança et, se servant uniquement de la main gauche, tapota rapidement le côté gauche de Bremen. « Bouge pas », dit-il. Il se déplaça un peu et, de la même main, tapota le côté droit de Bremen. Celui-ci sentait la présence du revolver chargé derrière lui et la tension du corps de l'homme, prêt à sauter en arrière s'il se retournait. Bremen resta penché sur la voiture pendant que le gendarme reculait de quatre pas.

« Tourne-toi. »

Il tenait toujours son pistolet, mais ne visait plus directement Bremen. « C'est ta voiture qui est là-bas, sur l'aire de repos de l'Interstate ? »

Bremen fit non de la tête.

« Une Plymouth de 79 ? continua le policier. Numéro minéralogique du Colorado MHW 751 ? »

Bremen fit de nouveau signe que non.

Les lèvres minces du flic se crispèrent très légèrement. « Apparemment, tu n'as pas de portefeuille. Pas de carte d'identité ? Pas de permis de conduire ? »

Pensant qu'un autre mouvement de tête pourrait passer pour une provocation, Bremen répondit : « Non.

– Pourquoi ? »

Bremen haussa les épaules. Il voyait son image dans les verres réfléchissants – sa silhouette mince comme un roseau dans des vêtements sales et flottants, la chemise kaki déchirée et déboutonnée à cause de la chaleur, sa poitrine pâle et creuse, son visage aussi pâle qu'elle, sauf le nez, les joues et le front rougis par un coup de soleil. Il avait dû s'arrêter à la première station-service du Colorado pourvue d'un petit supermarché pour acheter un rasoir et de la crème, mais il les avait laissés dans la malle de la voiture. Son visage nu lui paraissait étrange maintenant, comme une vieille photographie sur laquelle on tombe par hasard, dans un endroit invraisemblable.

« Où vas-tu ?

– Vers l'ouest », répondit Bremen en faisant attention à ne plus hausser les épaules. Sa voix était rauque.

« D'où viens-tu ? »

Bremen plissa les yeux contre l'éclat du soleil. Un camion les croisa, dans un rugissement et un nuage de gravillons, ce qui lui fit gagner une seconde. « Je suis resté un temps à Salt Lake City.

– Comment tu t'appelles ?

– Jeremy Goldmann, répondit Bremen sans hésiter.

– Comment es-tu arrivé ici, sur cette route, sans voiture ? »

Bremen fit un geste vague. « Hier soir, j'ai été pris en stop par un semi-remorque. Je dormais, ce matin, quand le type m'a réveillé et m'a dit qu'il fallait que je descende. C'était loin derrière, sur la route là-bas. »

Le gendarme remit son revolver dans l'étui, mais ne se rapprocha pas. « Oui, oui. Et je parie que tu ne sais même pas dans quel coin tu es, hein, Jeremy Goldstein ?

– Goldmann », dit Bremen. Et il hocha la tête.

« Et tu ne sais rien d'une auto volée avec une plaque minéralogique du Colorado, là-bas, sur l'aire de repos de l'Interstate, hein ? »

Bremen ne se donna même pas la peine d'acquiescer d'un signe de tête.

« Eh bien, ici, on a des lois contre le vagabondage, Mr. Goldstein. »

Bremen hocha la tête. « Je ne suis pas un vagabond, monsieur. Je cherche du travail. »

Le gendarme fit un petit signe de tête. « Monte. »

Malgré sa migraine et une gueule de bois de deux jours, Bremen avait capté quelques aperçus des pensées pire que d'avouer qu'il est venu en stop. Si vous persistez dans cette attitude, Mr. Goldmann pensera que nous agissons comme ces ploucs de flics montagnards, ces rustres de la frontière qu'on voit dans les films. Est-ce que je me trompe, Mr. Goldmann ? »

Bremen ne dit rien. Quelque part derrière eux, sur la route, un camion fit une bruyante reprise.

« Décidez-vous, dit Miz Morgan. Il faut que je rentre au ranch et Mr. Goldmann voudra probablement contacter son avocat. »

Howard sortit d'un bond, déverrouilla la portière de l'extérieur et retourna derrière son volant avant que le camion n'apparaisse, à cinq cents mètres derrière eux. Le gendarme démarra sans un mot d'excuse.

« Montez », dit Miz Fayette Morgan.

Bremen hésita seulement une seconde avant de contourner la Toyota et d'y monter. Il y avait l'air conditionné. Miz Morgan remonta sa vitre et le regarda. De près, Bremen s'aperçut combien elle était grande – entre un mètre quatre-vingt-cinq et un mètre quatre-vingt-dix, à moins qu'elle ne fût assise sur un annuaire du téléphone. Le camion les dépassa en cornant. Miz Morgan salua le conducteur de la main sans quitter Bremen des yeux. « Vous voulez savoir pourquoi j'ai raconté toutes ces conneries à Howard ? » demanda-t-elle.

Bremen hésita. Il n'était pas certain d'en avoir envie. Il fut pris de l'envie irrésistible de descendre de voiture et de se remettre à marcher.

« Je n'aime pas les petits cons qui se comportent comme des grands cons juste parce qu'ils ont un peu de pouvoir », dit-elle. Le dernier mot – pouvoir – jaillit de ses lèvres comme une obscénité. « Surtout quand ils se servent de ce *pouvoir* pour s'en prendre à quelqu'un qui a eu assez d'ennuis comme ça, ce qui semble être votre cas. »

Bremen posa la main sur la poignée de la portière, puis hésita. Il était au moins à treize kilomètres de l'Interstate et à quelque trente de la ville la plus proche, d'après la carte floue qu'il avait vue dans les pensées du policier. Il n'avait rien à attendre de bien de cette ville,

de cet homme. La certitude que cette grande perche de poule mouillée était le voleur de voiture qui avait abandonné la Plymouth du Colorado sur l'aire de repos. Il s'était probablement fait prendre en stop jusqu'à la sortie 239 et avait marché sur cette route dans l'obscurité, sans savoir que la ville la plus proche était à une quarantaine de kilomètres de là. « À l'arrière. »

Bremen soupira et monta à l'arrière. Là, il n'y avait pas de poignée aux portières. Les vitres comportaient plus de grillage que de verre et une double cloison le séparait des sièges avant. Le grillage était si serré que Bremen se dit qu'il n'aurait même pas pu y glisser un doigt. Il faisait très chaud et le vinyle qui recouvrait le plancher sentait le vomi.

L'homme s'était réinstallé et parlait à la radio quand un 4x4 Toyota qui se dirigeait vers l'est s'arrêta près d'eux. Une femme se pencha à la portière. « Comment ça va, Collins. Vous en avez attrapé un en chair et en os ?

– Avec pas beaucoup de chair, Miz Morgan. »

La femme examina Bremen. Elle avait un visage chevalin dont les os saillaient et une peau plus tannée que celle du policier. Ses yeux étaient d'un gris si clair qu'ils semblaient presque transparents. Le roux foncé de ses cheveux tirés en arrière ne semblait pas naturel. Bremen supposa qu'elle était proche de la cinquantaine.

Pourtant, son apparence n'était que secondaire. Bremen s'était permis de la contacter mentalement, mais il ne captait rien. Les pensées du gendarme étaient là… solides, empreintes d'une certaine colère, impatientes… et Bremen entendait la neuro-rumeur de la grand-route, même celle de l'autoroute, à une dizaine de kilomètres de là, mais de la femme, rien. Ou plutôt, là où il aurait dû percevoir un mélange d'impressions, de mots et de souvenirs, il n'y avait qu'un fort grincement… une sorte de son neural blanc, aussi bruyant qu'un vieux ventilateur électrique dans une petite pièce. Bremen sentait *quelque chose* dedans, ou derrière ce rideau de bruit mental, mais les pensées étaient aussi indistinctes que des silhouettes mouvantes sur un écran de télévision plein de neige électronique.

« Dites, Howard, est-ce que vous n'êtes pas en train d'arrêter le journalier qui vient pour l'annonce que j'ai passée ? » La voix de la femme était curieusement grave et pleine d'assurance. On n'y décelait qu'un soupçon de badinage.

Le gendarme leva les yeux. Le soleil étincela sur ses lunettes pendant qu'il regardait la femme. La Toyota était plus haute que la voiture de police et il devait lever la tête. « J'en doute, Miz Morgan. C'est probablement le type qui a laissé une voiture volée sur l'Interstate, hier soir, tard. On va l'emmener au commissariat et envoyer ses empreintes. »

Miz Morgan ne regardait pas Howard. Elle contemplait toujours Bremen du coin de l'œil. « Comment vous avez dit qu'il s'appelait ?

— Goldmann, intervint Bremen. Jeremy Goldmann.

— Ferme-la, putain de merde ! dit le gendarme d'un ton sec en se tournant sur son siège.

— Bon dieu, s'exclama la femme, c'est le nom de l'homme qui a répondu à mon annonce. » Puis à Bremen : « Où vous l'avez vue ? Dans le journal de Denver ?

— À Salt Lake », répondit Bremen. Cela faisait près de vingt-quatre heures qu'il n'avait pas mangé et la tête lui tournait un peu après la longue marche dans l'obscurité, puis au soleil levant.

« C'est exact. Salt Lake. » Elle finit par regarder le gendarme. « Bon dieu, Howard, c'est mon journalier que vous avez là. Il m'a écrit la semaine dernière en disant que les gages lui convenaient et qu'il allait s'amener pour une entrevue. Salt Lake. Jeremy Goldmann. »

Howard pivota sur le siège avant et son ceinturon craqua. Une voix grinçante sortit en crépitant de la radio pendant qu'il réfléchissait. « Vous êtes sûr que cet homme s'appelait Goldmann, Miz Morgan ?

— Bien sûr que oui. Comment aurais-je pu oublier un nom aussi juif que ça ? C'est le genre de truc qui me fait plaisir, de penser qu'un juif va soigner mon bétail. »

Le flic tapota le grillage. « Eh bien, c'est probablement lui qui a abandonné la voiture volée avec les plaques du Colorado. »

La femme avança la Toyota d'une trentaine de centimètres pour dévisager Bremen. « Vous êtes venu dans une voiture volée ?

— Non, madame », dit Bremen en se demandant depuis combien de temps il n'avait pas appelé une femme « madame ». « J'ai fait du stop et un type m'a laissé descendre à la dernière bretelle d'accès.

— Vous lui avez dit que vous alliez à Two-M Ranch ? » demanda-t-elle.

Bremen n'hésita qu'une seconde. « Oui, madame. »

Elle recula la Toyota de près d'un mètre. « Howard, c'est mon journalier que vous avez là derrière. Il aurait dû arriver il y a trois jours. Demandez au shérif William si je n'ai pas dit que j'attendais un gars de la ville qui devait arriver pour m'aider à la castration. »

Howard hésita. « Je ne doute pas que vous ayez dit cela à Garry, Miz Morgan. C'est seulement que j'ai entendu personne parler d'un certain Goldmann qui devait arriver.

— Je me rappelle avoir dit son nom à Garry », répondit la femme. Elle jeta un coup d'œil sur la route, comme si elle s'attendait à voir arriver des véhicules d'un moment à l'autre. « Et puis, j'estime que cette histoire ne concerne que moi, un point c'est tout. Maintenant, pourquoi est-ce que vous ne laissez pas Mr. Goldmann monter avec moi afin que je puisse lui parler. Il y a peut-être une loi qui interdit de marcher au bord des routes, au jour d'aujourd'hui ? »

Bremen sentait la résolution d'Howard glisser sur des sables incertains. Miz Morgan était l'un des plus gros contribuables et propriétaires terriens du coin, et Garry — le shérif William — était sorti quelquefois avec elle. « Ce type ne me dit pas grand-chose de bon », répliqua Howard en ôtant ses lunettes réfléchissantes, peut-être en un geste tardif de respect envers la dame qui le regardait de haut. « Je me sentirais mieux si on vérifiait son nom et ses empreintes. »

Miz Fayette Morgan pinça les lèvres d'impatience. « Allez-y, faites-le, Howard. En attendant, vous détenez un citoyen qui... autant que je le sache... n'a rien fait de

en dehors d'une seconde arrestation. Il ne lui restait plus que quatre-vingt-cinq cents, depuis qu'il avait fait le plein dans l'Utah. Pas assez pour s'acheter à manger.

« Je voudrais juste savoir une chose, dit la femme. Avez-vous volé la voiture dont parlait Howard ?

– Non. » Le ton de Bremen n'aurait même pas réussi à le convaincre lui. *C'est quasiment vrai*, pensa-t-il avec lassitude. *C'est Soul Dad qui l'a fait démarrer en court-circuitant l'allumage*. Soul Dad, le village aux bâches goudronnées. Denver, l'homme qui rentrait chez lui pour baiser sa fille… tout cela semblait à des années-lumière de Bremen. Il était très fatigué, n'ayant dormi la veille qu'une heure ou deux dans l'Utah. L'écran mental du bruit blanc de la femme… le neuro-blocage… ou quoi que ce fût d'autre, remplissait de parasites la tête de Bremen. Cela se mêlait à la migraine causée par la privation d'alcool pour lui fournir la meilleure manière d'échapper à la neuro-rumeur qu'il eût trouvée depuis quatre mois.

Le désert n'avait pas constitué un refuge. Même sans personne en vue, avec un ranch tous les six ou huit kilomètres, il ressemblait à une vaste chambre d'échos remplie de chuchotements et de cris à moitié audibles. La sinistre longueur d'onde de pensées avec laquelle Bremen semblait être maintenant en résonance n'avait manifestement pas de limites dans l'espace ; les crépitements et l'afflux de violence, de cupidité et de désir sexuel avaient rempli l'Interstate de bruit mental, résonné tout le long de la route départementale vide et rebondi contre le ciel qui ne s'était illuminé que pour submerger Bremen de la laideur qu'il lui renvoyait.

Il n'y avait aucun moyen d'y échapper. Au moins, en ville, les vagues plus proches du contact mental lui avaient apporté un peu de clarté ; ici, en pleine campagne, il avait l'impression d'écouter un millier de stations de radio très mal réglées. Et maintenant, le bruit blanc émanant de l'esprit de Miz Fayette Morgan l'enveloppait comme un brusque vent désertique et lui apportait une certaine paix.

« … si vous le souhaitez », disait la femme.

Bremen se secoua pour retrouver sa vigilance. Il était tellement fatigué et perturbé que le soleil de fin de matinée entrant par le pare-brise teinté de la Toyota semblait une sorte de sirop qui les traversait, lui, la femme et le cuir noir… « Excusez-moi, dit-il. Que disiez-vous ? »

Miz Morgan lui livra son sourire impatient. « Je disais que vous pouviez venir avec moi au ranch et tâter de ce travail, si vous le souhaitez. J'ai besoin d'un journalier. Le type qui m'a écrit de Denver ne s'est jamais pointé.

– D'accord », dit Bremen en hochant la tête. Chaque fois que son menton s'inclinait sur sa poitrine, il avait tendance à y rester. Il luttait pour garder les yeux ouverts. « Oui, j'aimerais bien essayer. Mais je ne connais rien à…

– Quand on s'appelle Goldmann, ça ne m'étonne pas », dit Miz Morgan avec un bref sourire. Elle appuya sur le champignon pour effectuer un tournant en épingle à cheveux qui envoya la Toyota rebondir sur le sable du désert avant de revenir sur le macadam où la femme accéléra en direction de l'ouest et du Two-M Ranch, quelque part au-delà des vagues de chaleur et des mirages qui flottaient comme des rideaux fantômes devant eux.

Des yeux

Les recherches de Jacob Goldmann excitent tellement Jeremy – et Gail, par l'entremise de Jeremy – qu'ils prennent le train pour Boston afin d'aller le voir.

C'est un peu moins de cinq ans avant que Gail sache qu'une tumeur va la tuer. Chuck Gilpen, chercheur au Lawrence Livermore Labs de Berkeley, avait envoyé à Jeremy un papier non publié sur les travaux de Goldmann parce qu'il y voyait un rapport avec la thèse de son ami sur la mémoire humaine analysée comme un front d'onde en propagation. Jeremy perçoit aussitôt son importance, téléphone au chercheur deux jours après avoir reçu l'article, et se retrouve trois jours plus tard dans le train en compagnie de Gail.

Au téléphone, Jacob Goldmann s'est montré méfiant et a voulu savoir comment Bremen avait pris connaissance d'une communication pas encore présentée pour une publication éventuelle. Jeremy lui a affirmé qu'il n'avait pas l'intention d'empiéter sur son terrain, mais que les composantes mathématiques de son travail étaient si importantes qu'il fallait qu'ils en parlent. Goldmann a accepté à contrecœur.

Gail et Jeremy prennent un taxi à la gare pour se rendre au laboratoire situé à plusieurs kilomètres de Cambridge, dans une zone industrielle en déconfiture.

« J'ai cru qu'il disposait d'un laboratoire ultramoderne à Harvard, dit Gail.

– Il est chargé de cours à la faculté de médecine, répond Jeremy. Mais il mène des recherches personnelles, d'après ce que j'ai compris.

– C'est ce qu'on disait du docteur Frankenstein. »

Le laboratoire est pris en sandwich entre les bureaux d'un distributeur de manuels religieux et le quartier général de Kayline Picnic Supplies. Jacob Goldmann est seul – on est vendredi en fin d'après-midi – et il ressemble à un savant, presque à un savant fou. Septuagénaire depuis peu, il est petit avec une très grande barbe. Ce sont ses yeux dont Jeremy et Gail se souviendront ensuite : Grands, bruns, tristes et enfoncés sous des arcades sourcilières qui rendent presque simiesque son regard intelligent. Le visage, le front et le cou à fanons de Goldmann sont sillonnés de rides que seules une personnalité indomptable et une vie de tragédie intériorisée peuvent imprimer sur une physionomie humaine. Il porte un costume trois-pièces marron fait sur mesure à un prix exorbitant, dix ou vingt ans auparavant.

« J'aurais voulu vous offrir du café, mais la machine ne semble pas vouloir marcher aujourd'hui », dit Goldmann en se frottant le nez et en parcourant distraitement du regard le petit box encombré qui constitue visiblement son sanctuaire. Le bureau et la salle des classeurs que Gail et Jeremy viennent de traverser sont méticuleusement rangés. Cette pièce et l'homme qui l'occupe rappellent cependant à Jeremy la célèbre photo d'Albert Einstein regardant d'un air éperdu le fouillis de son bureau.

Il ressemble à Einstein, émet Gail. *L'as-tu sondé ?*

Jeremy fait signe que non aussi discrètement que possible. Il a élevé son écran mental pour se concentrer sur ce que Goldmann est en train de dire.

« … en général, c'est ma fille qui prépare le café. » Le chercheur tire sur l'un de ses sourcils. « C'est elle aussi qui s'occupe du dîner, mais elle est à Londres pour une semaine. Chez des amis… » Goldmann les regarde attentivement, sous ses sourcils broussailleux. « Vous n'avez pas faim, j'espère ? J'ai tendance à oublier des choses comme le dîner.

– Oh, non… nous n'avons besoin de rien, dit Gail.

– Nous avons dîné dans le train », précise Jeremy.

Si on peut appeler dîner le fait de grignoter une barre de friandise, émit Gail. *Je meurs de faim.*

Oui, oui.

« Vous avez dit, je crois, que les mathématiques étaient très importantes, jeune homme. Sachez que l'article que vous avez lu a été *envoyé* à Cal Tech afin que des mathématiciens y jettent un coup d'œil. Cela m'intéressait de savoir si les fluctuations dont nous avons la courbe sont comparables à…

– Des hologrammes. Oui, dit Jeremy. Un Californien de mes amis sait que je mène des recherches en mathématiques pures sur le phénomène du front d'onde et ses applications éventuelles à la conscience humaine. C'est lui qui m'a envoyé l'article.

– Eh bien… » Goldmann s'éclaircit la voix. « Il a pour le moins enfreint la déontologie… »

Même au travers de son écran mental, Jeremy sent la colère du vieil homme, tempérée par le profond désir de ne pas se montrer impoli. « Tenez », dit Jeremy, et il cherche sur le bureau un endroit où mettre la chemise qu'il a apportée. Il n'y a pas de place. « Tenez », répète-t-il, et il ouvre le dossier sur un gros livre posé lui-même sur une montagne de papiers. « Regardez. » Il tire Jacob Goldmann par la manche.

Celui-ci s'éclaircit encore la voix, mais regarde les documents au travers de ses verres à double foyer. Il se met à feuilleter la thèse, s'arrêtant parfois pour étudier une page ou une équation. « Est-ce des transformations courantes ? », demande-t-il à un moment.

Le cœur de Jeremy s'emballe. « C'est une application de l'équation d'onde relativiste de Dirac qui modifie celle de Schrödinger. »

Goldmann fronce les sourcils. « Dans l'hamiltonienne ?

– Non… » Jeremy revient en arrière d'une page. « Vous voyez ces deux éléments, ici ? J'avais démarré avec les matrices de spin de Pauli avant de m'apercevoir qu'on pouvait s'en passer… »

Jacob Goldmann recule d'un pas et ôte ses lunettes. « Non, non, dit-il, et son accent se fait plus perceptible. Vous ne pouvez pas appliquer ces transformées du champ relativiste de Coulomb à une fonction d'onde holographique… »

Jeremy reprend haleine. « Si, répond-il tout net. C'est possible. Quand la fonction d'onde holographique fait partie d'une onde stationnaire plus vaste. »

Goldmann se frotte le front. « Une onde stationnaire plus vaste ?

— La conscience humaine », répond Jeremy, et il jette un coup d'œil à Gail. Elle observe le vieil homme.

Goldmann reste un moment sans bouger, sans cligner des yeux. Puis il recule encore de deux pas et s'assoit lourdement sur un fauteuil couvert de revues et de papiers. « *Mein Gott*, dit-il.

— Oui », confirme Jeremy. C'est presque un murmure.

Goldmann tend une main tachée par la vieillesse et caresse la thèse de Jeremy. « Et vous avez appliqué cela aux données de l'imagerie RMN et des scanographies que j'ai envoyées à Cal Tech ?

— Oui, répond Jeremy en se penchant encore plus. Cela s'intègre. *Tout* s'intègre. » Il se met à marcher de long en large puis s'arrête pour tapoter la chemise contenant sa thèse, maintenant dépassée. « À l'origine, je travaillais seulement sur la *mémoire*... comme si le reste de l'esprit n'était que le hardware d'un système de recherche DOSSRAM. » Il rit et secoue la tête. « Votre travail m'a *éclairé*...

— Oui, chuchote Jacob Goldmann. Oui, oui. » Il se retourne pour contempler sans la voir une bibliothèque encombrée. « *Mein Gott.* »

Plus tard, ils découvrent qu'aucun d'eux n'a vraiment dîné et décident d'aller manger quelque part quand Jeremy et Gail auront fait un rapide tour du laboratoire. Ils repartent de Boston cinq heures plus tard, bien après minuit. Pendant ce laps de temps, entre les présentations et leur repas tardif, certaines réalités ont été complètement remises en question.

Les bureaux sont la partie visible d'un laboratoire de recherches plutôt important. Au bout de leur enfilade, dans ce qui avait été une petite zone d'entrepôts, se trouve la pièce dans une pièce, reliée à la terre, blindée, et entourée d'un non-conducteur équivalant à une cage de Faraday. Là, il y a les sarcophages curieusement aérodynamiques de deux appareils d'imagerie par résonance nucléaire et un ensemble beaucoup moins ordonné de quatre scanners TI qui paraissent avoir été modifiés. À l'encontre de la netteté habituelle d'une pièce contenant une installation de RMN, le labo est jonché d'autres appareils blindés et de câbles disgracieux serpentant sur le sol, au plafond et le long des murs.

La pièce suivante est encore plus encombrée par une demi-douzaine de moniteurs affichant des données sur une console maîtresse devant quatre fauteuils roulants vides. Les bouquets de câbles, les composants d'ordinateurs empilés, les multiples équipements d'électro-encéphalographes et les oscilloscopes empilés laissent à penser qu'il s'agit d'un projet de recherches auquel les esprits méthodiques de la NASA n'ont jamais touché.

Pendant les quelques heures qui suivent, Jacob Goldmann explique les origines de son travail basé sur des expériences rudimentaires de neurochirurgie effectuées pendant les années cinquante, au cours desquelles le cerveau des patients était soumis à une sonde électrique. Ceux-ci se rappelaient alors certains événements de leur vie avec toutes leurs données sensorielles. Ils avaient l'impression de les « revivre ».

Goldmann ne fait pas de neurochirurgie, mais en mesurant en temps réel les champs électriques et électromagnétiques des cerveaux des sujets et en utilisant toutes les possibilités actuelles de l'imagerie médicale expérimentale du laboratoire, il a établi – lui, sa fille et ses deux assistants – les graphiques d'avenues de l'esprit que les neurochirurgiens n'imaginaient même pas.

« La difficulté, dit Jacob Goldmann dans la salle de contrôle silencieuse, c'est de mesurer les aires du cerveau pendant que le sujet est engagé dans une activité quelconque. La plupart des scanners par RMN ne fonctionnent, comme vous le savez, que lorsque le patient est immobilisé sur la table roulante de la machine.

– Cette immobilité n'est-elle pas nécessaire au processus même de la scanographie ? demande Gail. N'est-ce pas comme de prendre une photo avec un de ces vieux appareils où le moindre mouvement produirait un flou ?

– Précisément, répond Goldmann en lui adressant un grand sourire, mais notre défi, c'était d'amener tout un ensemble de techniques d'imagerie à accepter un sujet en train d'effectuer une tâche… lire, peut-être, ou rouler à bicyclette. » Il désigne d'un geste l'image télévisée de la salle des scanners. Dans un coin, il y a un home-trainer surmonté de pupitres et de câbles convergeant tous vers un dôme noir dans lequel le sujet peut introduire la tête. Un collier de serrage pour le cou prête à l'appareil l'apparence d'un instrument de torture médiéval.

« Nos sujets l'appellent le casque de Dart Vador », dit Goldmann avec un petit rire. Puis, d'un air presque absent : « Je n'ai jamais vu ce film. Un jour, il faudra que je loue la cassette. »

Jeremy se penche sur le moniteur télé pour étudier le casque de Dart Vador. « Et cela vous donne toutes les données des plus gros scanners à résonance magnétique ?

– Il me donne bien plus que cela, répond Goldmann d'une voix douce. Infiniment plus. »

Gail se mord la lèvre. « Et quels sujets avez-vous, monsieur ?

– Appelez-moi Jacob, je vous prie, dit le vieil homme. Les volontaires habituels – des étudiants de l'École de médecine qui souhaitent se faire un peu d'argent de poche. Plusieurs sont, je l'avoue, mes propres étudiants de troisième cycle – des jeunes femmes et des jeunes gens brillants qui désirent soutirer quelques points à leur vieux professeur. »

Gail regarde ce déploiement d'instruments effrayants. « Y a-t-il un danger ? »

Les sourcils broussailleux de Goldmann tremblent lorsqu'il fait non de la tête. « Absolument pas. Ou plutôt, pas plus que celui encouru par n'importe lequel d'entre nous s'il doit subir une tomographie ou une radio par RMN. Nous nous assurons qu'aucun des sujets n'est exposé à des champs magnétiques plus intenses ou plus étendus que ceux permis à l'hôpital. » Il glousse.

« Et cela n'a rien de méchant. Sauf l'ennui qu'ils endurent pendant que nous tripotons ou trifouillons l'équipement, les sujets ne subissent pas les inconvénients des recherches habituelles où l'on vous fait des prises de sang et où vous risquez d'être exposé à des situations gênantes. Non, nous avons une longue liste de volontaires impatients.

– Et en échange, chuchote Jeremy en touchant la main de Gail, vous dressez les cartes des régions inexplorées de l'esprit… vous captez un instantané de la conscience humaine. »

Jacob Goldmann semble de nouveau se perdre dans une profonde rêverie tandis que ses yeux bruns et tristes observent quelque chose qui n'est pas dans la pièce. « Cela me rappelle, dit-il d'une voix douce, la photographie de l'âme en vogue au siècle dernier.

– La photographie de l'âme, répète Gail qui est elle-même une photographe pleine de talent. Vous voulez dire, quand les Victoriens essayaient de photographier les fantômes, les lutins et des choses comme ça ? Le genre de canular qui a complètement déboussolé ce pauvre Arthur Conan Doyle ?

– *Ja*, répond Goldmann tandis que ses yeux se fixent de nouveau sur eux et que son sourire subtil refleurit. Seulement notre photo de fantôme n'est que trop réelle. Nous avons découvert le moyen de capter une image de l'âme humaine. »

Gail fronce les sourcils à ce mot d'« âme », mais Jeremy hoche la tête. « Jacob, dit-il d'une voix vibrante d'émotion, vous voyez les ramifications de mes analyses de la fonction d'onde ?

– Bien sûr. Nous nous attendions à l'équivalent grossier d'un hologramme. Une représentation analogique, rudimentaire et floue, des configurations que nous étions en train d'enregistrer. Ce que vous nous avez donné, c'est un millier de milliers d'hologrammes – tous clairs comme du cristal et à trois dimensions ! »

Jeremy se penche vers lui, leurs visages ne sont plus qu'à quelques centimètres l'un de l'autre. « Pas seulement de leurs *esprits*, Jacob… »

Les yeux sont infiniment tristes sous les arcades sourcilières simiesques. « Non, Jeremy, mon ami, pas seulement de leurs esprits… mais de leurs esprits en tant que miroirs de l'univers. »

Jeremy hoche la tête, scrute le visage de Goldmann pour s'assurer que le savant le comprend. « Oui, des miroirs, mais plus que des miroirs… »

Jacob Goldmann l'interrompt, mais il se parle à lui-même en oubliant la présence du jeune couple. « Einstein est descendu dans la tombe en croyant que Dieu ne jouait pas aux dés avec l'univers. Il insistait tellement là-dessus que Jonny von Neumann… un ami commun… lui a dit un jour de se taire et de cesser de parler de Dieu. » Goldmann penche sa grosse tête d'un air de défi. « Si vos équations sont exactes…

– Elles le sont.

– Si elles sont exactes, alors Einstein et tous ceux qui rejetaient la physique quantique avaient incroyablement, terriblement, magnifiquement, tort… et triomphalement raison ! »

Jeremy s'écroule dans l'un des fauteuils, au pupitre. Ses bras et ses jambes sont en caoutchouc, comme si quelqu'un en avait coupé les tendons. « Jacob, connaissez-vous les travaux théoriques de Hugh Everett ? Je pense qu'ils ont été publiés en 56 ou 57… puis oubliés pendant des années jusqu'à ce que Bryce DeWitt, de l'université de Caroline du Nord, les reprenne à la fin des années soixante. »

Goldmann hoche la tête et se laisse tomber dans un fauteuil. Gail est la seule à rester debout. Elle essaie de suivre la conversation par contact mental, mais maintenant les deux hommes pensent surtout en formules mathématiques. Jacob Goldmann pense aussi en phrases, mais celles-ci sont en *allemand*. Elle se trouve un fauteuil disponible. La conversation lui donne la migraine.

« Je connais John Wheeler, à Princeton, dit Goldmann. C'était le conseiller pédagogique de Hugh Everett. Il a poussé celui-ci à donner un fondement mathématique à ses théories. »

Jeremy respire à fond. « Cela résout tout, Jacob. L'interprétation de Copenhague. Le chat de Schrödinger. Les nouveaux travaux effectués par des gens comme Raymond Chiao à Berkeley et Herbert Walther à Francfort…

– Munich, le reprend doucement Goldmann. Walther est à l'Institut Max-Planck de Munich.

– Peu importe, dit Jeremy. Soixante-cinq ans après l'interprétation de Copenhague, ils sont encore en train de perdre leur temps avec elle. Et de découvrir que l'univers, quand on l'observe directement, semble fonctionner grâce à la magie. Les lasers, les supraconducteurs, et ce sacré IQS de Claudia Tesche… et c'est toujours la magie qu'ils trouvent.

– L'X de Claudia Tesche ? » s'exclame Gail se raccrochant à un concept plus sérieux que « magie ». « Quel X ?

– IQS, l'interférence du quantum supraconducteur, récite Jacob Goldmann de sa voix grinçante de vieillard. Une façon de laisser le génie du quantum sortir de sa micro-bouteille pour entrer dans le macro-monde que nous croyons connaître. Mais ils découvrent encore de la magie. On ne peut pas ouvrir le rideau. Regardez derrière… et l'univers change. Instantanément. Totalement. D'un bout à l'autre. On ne peut pas voir les rouages des choses. Ou la particule ou l'onde… jamais les deux, Gail, ma jeune amie. L'un ou l'autre, jamais les deux. »

Jeremy se frotte le visage et reste penché en avant, les mains sur les yeux. La pièce semble bouger autour de lui comme s'il avait bu. Il boit rarement. « Vous savez, Jacob, que l'on peut toucher à la folie… au pur solipsisme… à l'ultime catatonie. »

Goldmann hoche la tête. « Oui. Et aussi… peut-être… à l'ultime vérité. »

Gail se redresse. Depuis son enfance, où ses parents devinrent des chrétiens convertis, des hypocrites convertis, elle déteste les termes du genre « ultime vérité ».

« Quand allons-nous manger ? » dit-elle.

Les deux hommes émettent un bruit entre le rire et une toux de gêne.

« Tout de suite », s'écrie Jacob Goldmann en jetant un

coup d'œil à sa montre et en se remettant sur ses pieds. Il s'incline devant elle. « Bien sûr, les discussions sur la réalité ne peuvent jamais égaler l'incontestable réalité d'un bon repas.

– Amen », conclut Jeremy.

Gail croise les bras. « Vous vous moquez de moi, tous les deux ?

– Oh non », dit Jacob Goldmann. Il y a des larmes dans ses yeux.

Non, ma belle, affirme Jeremy. *Non.*

Tous trois sortent ensemble et Jacob ferme la porte à clé derrière lui.

C'est la terre des cactus

Two-M Ranch n'était pas vraiment dans le désert, mais occupait plusieurs kilomètres d'un cañon peu profond qui s'élevait vers des contreforts boisés. Au-delà de ceux-ci, dans la brume de chaleur et la vapeur des lointains, on apercevait des sommets couverts de neige.

Le terme de « ranch » ne s'appliquait pas vraiment à la propriété foncière de Miz Fayette Morgan. La maison principale, une hacienda perchée sur une corniche entre deux rochers gros comme un petit immeuble, surplombait les prairies et les peupliers de Virginie du cañon alimenté par un ruisseau et, plus loin, le désert. Une demi-douzaine de gros chiens aboyèrent à l'arrivée de la Toyota ; leurs grondements et leurs hurlements ne cessèrent que lorsque Miz Morgan descendit de voiture et les appela. Ils vinrent ramper à ses pieds et elle les caressa tous, chacun à leur tour. « Entrez dans la maison pour boire une bière, dit-elle. C'est la seule fois où vous y serez invité. »

Il y avait là de coûteux meubles anciens du Sud-Ouest et un art accompli de la décoration intérieure qui auraient été à leur place dans une propriété de l'*Architectural Digest*. L'air était climatisé et Bremen dut lutter contre une irrésistible envie de se coucher sur l'épais tapis et de sombrer dans le sommeil. Miz Morgan lui fit traverser une cuisine équipée pour un grand chef et entra dans une petite salle à manger dont les larges baies donnaient sur le rocher sud et, plus loin, sur les granges et les champs. Elle décapsula deux Coor bien fraîches, en tendit une à Bremen en désignant d'un signe de tête le banc, de l'autre côté de la table, puis s'affala sur un robuste fauteuil ancien. Ses jambes semblaient très longues sous son pantalon en denim, ses pieds étaient chaussés de bottes de cow-boy en peau de serpent. « Pour répondre à la question que vous n'osez pas me poser, c'est oui. Je vis seule, sauf les chiens. » Elle but une gorgée à la bouteille. « Et non, je ne me sers pas de mes journaliers comme d'étalons. » Ses yeux étaient d'un gris tellement clair qu'elle semblait étrangement aveugle. Aveugle, mais absolument pas vulnérable.

Bremen hocha la tête et goûta la bière. Son estomac gronda.

Comme une réaction à ce bruit, Miz Morgan dit : « Vous préparerez vous-même vos repas. Il y a des provisions et une cuisine équipée dans le baraquement des ouvriers saisonniers. S'il vous manque quelque chose… un aliment de base, pas de boissons alcoolisées… vous pouvez le mettre sur la liste quand vous irez faire des courses, tous les jeudis. »

Bremen prit une autre gorgée ; la bière agressait son estomac vide. Ajouté à la fatigue, l'alcool entoura toute chose d'un faible halo lumineux et flou. Les cheveux teints en roux de Miz Morgan semblaient flamber et danser dans le soleil de midi qui ruisselait au travers des rideaux jaunes. « Vous avez besoin d'un journalier pour combien de temps ? demanda-t-il en énonçant chaque mot avec application.

— Combien de temps avez-vous l'intention de rester dans la région ? »

Bremen haussa les épaules. Le rugissement mental semblable à un bruit blanc la nimbait, tel le crépitement incessant d'un appareil électrique qui s'emballe – un générateur de Van de Graaff, peut-être. Bremen trouvait cela apaisant ; c'était comme un vent incessant qui étouffait les autres bruits. Être ainsi libéré des chuchotements et des marmonnements de la neuro-rumeur lui donnait envie de pleurer de gratitude.

« Eh bien, en attendant que Howard Collins placarde un avis de recherche contre vous, on va voir si vous pouvez faire du travail utile par ici. Il se prend pour un dur, mais il n'a même pas l'intelligence de Lettie… Lettie, c'est le plus nigaud de mes chiens.

– À propos de chiens… », commença Bremen. Il se mit sur ses pieds sans terminer sa bouteille à moitié pleine.

« Oh, ils vous arracheraient volontiers un bras ou une jambe, c'est vrai. » Miz Morgan sourit. « Mais seulement sur un ordre de moi, ou si vous êtes dans un lieu interdit. Je vais vous présenter à eux en allant au baraquement, pour qu'ils commencent à vous connaître.

– Quels sont les endroits où je ne dois pas aller ? » demanda Bremen en tenant sa bouteille comme si elle pouvait l'aider à garder son équilibre. La lueur qui entourait les choses s'était mise à palpiter et il sentait la bière s'agiter dans son estomac d'une manière alarmante.

« Restez à distance de la maison principale, dit-elle sans sourire. Surtout la nuit. Les chiens attaqueraient tout ce qui se pointerait ici de nuit. Mais je serais vous, je me tiendrais à distance le jour aussi. »

Bremen hocha la tête.

« Il y a d'autres endroits dont l'accès vous est interdit. Je vous les montrerai quand je vous ferai faire le tour de la propriété. »

Bremen hocha de nouveau la tête ; il n'avait pas envie de poser la bouteille de bière sur la table, mais il se sentait gêné de la tenir à la main. Il n'était pas certain de pouvoir accomplir un après-midi de travail dans l'état où il se trouvait. Il n'était même pas sûr de pouvoir rester sur ses pieds.

Il la suivait dehors lorsque Miz Morgan s'arrêta sur le seuil. « Ça n'a pas l'air d'aller, Jeremy Goldmann. »

Jeremy hocha la tête.

« Je vais vous montrer le baraquement, comme ça vous pourrez vous faire quelque chose à manger et vous installer. On se mettra au travail à sept heures demain matin. Tuer un journalier, c'est pas une manière de le roder. »

Bremen fit non de la tête. Il émergea à sa suite dans la chaleur et le soleil, dans un monde que l'épuisement et le soulagement rendaient lumineux et presque transparent.

Des yeux

Le dimanche, Gail et Jeremy quittent Boston pour rentrer chez eux. Dans le train, ils ne parlent pas de leur week-end avec Jacob Goldmann, mais communiquent mentalement à ce sujet pendant presque tout le voyage.

As-tu contacté la partie de son esprit touchant sa famille morte dans l'Holocauste ?

L'Holocauste ? Jeremy avait senti la puissance intellectuelle de Jacob Goldmann et parfois abaissé son écran mental, au cours de leurs longues causeries, pour entrevoir un concept ou un protocole expérimental et mieux comprendre, mais la plupart du temps il avait respecté l'intimité du vieil homme. *Non.*

Ahhhh, Jerry… La tristesse de Gail est comme une ombre abandonnée glissant furtivement sur un paysage ensoleillé. Elle regarde par la fenêtre défiler le désert urbain. *Je n'avais pas l'intention d'être indiscrète, mais chaque fois que j'essayais de comprendre ce que vous disiez en le sondant, je tombais sur des images, des souvenirs.*

Quelles images, ma belle ?

Un ciel gris, des bâtiments gris, une terre grise, des miradors gris… les fils de fer barbelés, noirs sur le ciel gris. Les uniformes rayés, les têtes rasées, les silhouettes squelettiques flottant sous l'étoffe grossière. Les files matinales dans la lumière laiteuse de l'aube, le souffle des prisonniers s'élevant comme un brouillard au-dessus d'eux. Les gardes SS avec leurs chaudes capotes de laine, leurs ceinturons et leurs bottes de cuir, riches et gras dans la lumière blafarde. Des hurlements. Des cris.

Les pieds nus qui défilent pour la corvée du travail forestier.

Sa femme et son fils sont morts là-bas, Jerry.

C'est Auschwitz ?

Non, un endroit appelé Ravensbrück. Un petit camp. Ils y ont passé cinq hivers. Séparés, mais communiquant par de petits mots transmis grâce à un réseau de correspondance clandestin. Sa femme et son fils ont été abattus deux semaines avant la libération du camp.

Bremen cligne des yeux. Le claquement des roues en métal sur les rails est vaguement hypnotique. *Je ne savais pas. Et sa fille... Rebecca, alors ?... celle qui était à Londres ce week-end ?*

Jacob s'est remarié en 1954. Sa seconde épouse était anglaise... elle faisait partie de l'équipe médicale qui a libéré le camp.

Où est-elle maintenant ?

Elle est morte d'un cancer, en 1963.

Mon dieu.

Jerry, c'est si triste ! Tu ne l'as pas senti ? Je n'ai jamais capté chez quelqu'un une tristesse aussi profonde.

Bremen ouvre les yeux et se frotte les joues. Il ne s'est pas rasé ce matin et sa barbe commence à le démanger. *Oui... je veux dire, j'ai eu une impression générale de tristesse. Mais Gail, son exaltation est tout aussi réelle. Ses recherches le passionnent vraiment.*

Comme toi.

Oui, c'est vrai... Il lui transmet une image de Jacob et de lui à Stockholm, en train de recevoir le prix Nobel. Le trait d'humour fait long feu.

Jerry, je n'ai pas compris tout ce que vous avez dit sur la physique quantique. Je veux dire, j'ai compris comment une partie de cette théorie de la relativité se rattachait à ta thèse... un peu ce qu'étaient la probabilité et la théorie de l'incertitude, aussi... mais en quoi cela concerne-t-il le travail de représentation graphique du cerveau qu'effectue Jacob ?

Bremen se tourne pour la regarder. *Je peux te réexpliquer en mathématiques plus simples.*

Je préfère que tu te serves de mots.

Bremen soupire et ferme les yeux. *D'accord... Tu as compris comment on peut traduire les recherches de Jacob en langage mathématique ? Comment les actions des ondes neurologiques qu'il enregistre donnent des sortes d'hologrammes ? Des champs interactifs complexes ?*

Oui.

Eh bien, il y a une étape suivante. Et je ne sais pas bien à quoi elle va nous mener. Pour traiter convenablement les données, je vais devoir apprendre pas mal de choses sur les nouvelles équations non linéaires, les mathématiques du chaos. Cela et la géométrie fractale. J'ignore encore pourquoi les fractales sont importantes ici, mais les données le suggèrent...

Ne t'écarte pas du sujet, Jerry.

D'accord. Le problème, c'est que les clichés que Jacob a pris de l'esprit humain... de la personnalité humaine... en action évoquent l'expérience classique « des deux trous » dans la mécanique quantique. Tu as vu cela au lycée, tu t'en souviens ? Elle a conduit à ce qu'on appelle l'interprétation de Copenhague.

Redis-le-moi.

Eh bien, la mécanique quantique dit que l'énergie et la matière se comportent – dans leurs manifestations les plus minimes – tantôt comme des ondes, tantôt comme des particules. Cela dépend de la manière dont on les observe. Mais l'élément angoissant de la mécanique quantique... l'aspect vaudou qu'Einstein n'a jamais accepté... c'est que l'acte même d'observer fait de l'objet observé tantôt l'un, tantôt l'autre.

Qu'est-ce que les deux trous viennent faire là-dedans ?

Depuis un demi-siècle, les chercheurs ont reproduit une expérience où l'on envoie des particules... des électrons, par exemple... contre une paroi qui comporte deux fentes parallèles. Derrière, sur un écran, on peut voir par où les électrons, ou les photons, ou d'autres particules sont passées...

Gail se redresse et regarde Jerry d'un air désapprobateur. Les yeux fermés, il voit dans l'esprit de sa femme son propre visage, les yeux clos, les sourcils un peu froncés. *Jerry, es-tu sûr que cela a quelque chose à voir avec l'imagerie RMN que Jacob Goldmann a prise de la tête des gens?*

Bremen ouvre les yeux. *Ouais. Sois patiente avec moi.* Il décapsule deux bouteilles de jus d'orange qu'ils ont emportées et en tend une à Gail. *L'expérience des deux trous, c'est la meilleure manière de tester la discrétion de la nature, ou sa flagrante perversité.*

Continue... Le jus d'orange est tiède. Gail fait la grimace et le remet dans le sac.

Bon. Il te faut deux trous... si l'un est fermé, les électrons ou les particules passent à toute vitesse par l'autre. Qu'est-ce que tu auras sur l'écran, derrière la barrière?

Avec un seul trou?

Oui.

Eh bien... Gail déteste les énigmes. Elle les a toujours détestées. Elle considère qu'elles ont été inventées par des gens qui se plaisent à plonger les autres dans l'embarras. Si elle détectait la moindre condescendance dans le ton mental de Jeremy, elle lui donnerait un coup de poing dans l'estomac. *Eh bien, je suppose que tu as une ligne d'électrons. Un rai de lumière ou quelque chose comme ça.*

Exact. Le courant de pensées de Jeremy a pris ce ton légèrement pédant qu'il adopte avec ses étudiants en mathématiques, mais il n'est empreint d'aucune condescendance. Seulement d'un désir ardent de partager un concept excitant. Gail ne lui donne pas de coup de poing dans l'estomac.

Bon, continue Jeremy, *maintenant, qu'est-ce que tu auras si les deux trous sont ouverts?*

Deux rais de lumière... ou d'électrons.

Jeremy émet l'image du chat de Cheshire en train de sourire. *Faux. C'est ce que le sens commun du macro-univers ordinaire prescrirait, mais il s'avère que ce n'est pas le cas quand tu effectues l'expérience. Avec les deux trous ouverts, tu obtiens toujours des rayures alternativement brillantes et noires sur l'écran.*

Gail se ronge un ongle. *Des rayures alternativement brillantes et noires… oh, je comprends.* Elle le fait, rien qu'en apercevant, brièvement, les phrases et les images que Jeremy est en train de formuler pour elle. *Lorsque les deux trous sont ouverts, les électrons se comportent comme des ondes, pas comme des particules. Là où les ondes se recouvrent partiellement et se cachent mutuellement, il y a des plages sombres.*

Tu as compris, ma belle. C'est la configuration classique d'une interférence.

Mais où est le problème ? Tu dis que la mécanique quantique prédit que les petits fragments de matière et d'énergie agiront comme des ondes ou comme des particules. Alors, ils font ce qui est prédit. La science est sauve… non ?

Bremen émet l'image d'un diable qui jaillit de sa boîte en hochant la tête. *Oui… la science est sauve, mais la raison est en danger. Ce qui se passe, c'est que… après toutes ces années… l'acte même d'observer fait passer ces particules/ondes d'un état à l'autre. On a tenté des expériences incroyablement complexes pour « jeter » un simple coup d'œil sur l'électron durant son passage… fermer l'un des trous pendant que l'électron passe par l'autre… on a tout essayé. L'électron… ou le photon, ou n'importe quelle particule utilisée dans l'expérience… semble toujours « savoir » si le second trou est ouvert ou non. En fait, les électrons se comportent précisément comme si, non seulement ils savaient combien il y a de trous, mais aussi comme s'ils les surveillaient ! D'autres expériences… celle de l'inégalité de Bell, par exemple…, produisent la même réaction chez des particules séparées s'éloignant l'une de l'autre à la vitesse de la lumière. Une particule « connaît » l'état de sa jumelle.*

Gail émet l'image d'une rangée de points d'interrogation. *Une communication plus rapide que la vitesse de la lumière ?* émet-elle. *C'est impossible. Les particules ne pourraient pas échanger de l'information si elles s'éloignaient l'une de l'autre à la vitesse de la lumière. Rien ne peut voyager plus vite que la lumière… non ?*

Exact, ma belle. Jeremy transmet les élancements de sa migraine bien réelle. *Et cela fait des décennies de migraines pour les physiciens. Non seulement ces connes de petites particules réalisent des choses impossibles... comme savoir ce que leurs jumelles font dans l'expérience des deux trous, dans celle de Bell et dans bien d'autres... mais on n'a toujours pas pu jeter un coup d'œil sur la véritable substance de l'univers. La particule nue derrière le rideau.*

Gail essaie de se représenter la chose. Impossible. *La particule nue ?*

Malgré toute notre hypertechnologie et nos prix Nobel, on n'a pas trouvé moyen de jeter un coup d'œil furtif sur le véritable tissu de l'univers lorsqu'il se présente sous ses deux aspects.

Ses deux aspects ? Le ton mental de Gail est presque querelleur. *Tu veux dire : à la fois onde et particule ?*

Oui.

Mais en quoi toutes ces âneries quantiques t'aident-elles à comprendre que l'esprit humain... la personnalité... ressemble à un super-hologramme ?

Bremen hoche la tête. Une partie de son esprit pense à la famille de Jacob Goldmann dans les camps de la mort. *Gail, ce que Jacob obtient... les configurations d'ondes que j'ai traduites par les transformations de Fourier et tout le reste... ce sont des reflets de l'univers.*

Gail respire à fond. *Des miroirs. Tu as parlé de miroirs vendredi soir. Des miroirs de... l'univers ?*

Oui. Les esprits dont Jacob a tracé les graphiques... ces structures holographiques incroyablement complexes, rien que des esprits d'étudiants de troisième cycle... ce à quoi ils aboutissent vraiment, c'est à une sorte de coup d'œil furtif jeté sur la structure fractale de l'univers. Je veux dire que c'est comme une expérience à deux trous... on a beau regarder le plus intelligemment possible derrière le rideau, c'est la même magie.

Gail hoche la tête. *Ondes ou particules. Jamais les deux.*

Exact, ma belle. Mais là, on a dépassé les ondes et les particules. L'esprit humain semble gauchir les struc-

tures de probabilité dans le macro-univers comme dans le micro-univers...

Ce qui veut dire ?

Bremen essaie de trouver le moyen de réduire la puissance du concept en mots. Il n'y arrive pas. *Cela signifie... cela signifie que les gens... nous... toi et moi, n'importe qui... nous ne faisons pas que refléter l'univers, nous traduisons les séries de probabilité en séries de réalité, c'est-à-dire que... nous... mon Dieu, Gail, nous le créons à chaque minute, à chaque seconde.*

Gail le regarde fixement.

Bremen la prend par les avant-bras pour essayer de lui transmettre par ce geste et par la force de sa volonté l'énormité et l'importance du concept. *Nous sommes les observateurs, Gail. Chacun de nous. Et sans nous... d'après les calculs qu'il y a sur mon tableau, à la maison... sans nous, l'univers ne serait que pure dualité, séries de probabilités infinies, modalités infinies...*

Le chaos, émet Gail.

Oui. C'est exact. Le chaos. Il s'affale contre le dossier de son siège. La sueur a collé sa chemise à son dos et à ses flancs.

Gail reste en silence à digérer ce que Jeremy vient de dire. Le train ferraille en direction du sud. Un moment il n'y a plus que les ténèbres, lorsqu'ils pénètrent dans un petit tunnel, puis ils se retrouvent dans la lumière grise. *C'est un solipsisme.*

Pardon ? Jeremy s'était plongé dans des équations.

Jacob et toi, vous parliez de solipsismes. Pourquoi ? Parce que ces recherches suggèrent que l'homme n'est que la mesure de toutes choses ? Gail n'hésite jamais à employer le mot « homme », au lieu de dire « l'humanité » ou « les gens ». Elle affirme toujours qu'elle tient plus à la clarté qu'aux impératifs féministes.

En partie... Jeremy pense de nouveau aux transformations de Fourier, mais plus pour cacher quelque chose à Gail que pour résoudre un problème mathématique.

Pourquoi es-tu... Qui est cet Everett auquel tu penses ? Et qu'est-ce que c'est que cet arbre que tu essaies de me cacher ?

Jeremy soupire. *Tu te souviens que nous avons parlé, Jacob et moi, de recherches théoriques menées par un certain Hugh Everett, il y a trente-cinq ans ?*

Gail hoche la tête, voit les yeux fermés de Jeremy et émet l'image mentale de son hochement de tête.

N'importe comment, dit Jeremy, *les travaux d'Everett... et les recherches menées par Bryce DeWitt et quelques autres, plus récemment... c'est des trucs bizarres. Cela résout la plupart des paradoxes apparents de la mécanique quantique, mais en plongeant dans une eau vraiment profonde, aussi loin que peut aller une théorie. Et...*

Impatiente, Gail va au-delà des mots et des images mathématiques pour regarder au cœur de ce que Jeremy tente de lui expliquer. « Des mondes parallèles ! » Elle s'aperçoit qu'elle a parlé tout haut, presque crié. Un homme assis de l'autre côté de l'allée lui jette un coup d'œil, puis se replonge dans son journal. *Des mondes parallèles*, émet-elle de nouveau en un chuchotement télépathique.

Jeremy fait la grimace. *C'est un terme de SF.*

De science-fiction, corrige Gail. *Mais cet Hugh Everett, il a posé comme principe que la réalité se divisait en mondes parallèles égaux et distincts... en univers parallèles... oui ou non ?*

Jeremy fronce encore les sourcils devant ce langage, mais entrevoit qu'elle a compris le concept. *Si tu veux. Euh... prends par exemple l'expérience des deux trous. Quand on essaie d'observer l'élongation onde/électron, la particule sait que nous l'observons et s'aplatit en une particule définie. Quand nous n'observons pas, l'électron garde ses options ouvertes... particule et onde. Et ce qui est intéressant, c'est que lorsqu'il agit comme une onde... tu te souviens de la configuration d'interférence ?*

Oui.

Eh bien, c'est une configuration d'interférence en forme d'onde, d'accord, mais selon Born, ce ne sont pas les électrons *passant par les trous qui produisent une interférence en forme d'onde, mais la* probabilité *des*

171

ondes. Ce qui interfère ce sont des ondes de probabilité !

Gail cligne des yeux. *Tu m'as embrouillée, kès aco ?*

Jeremy essaie d'énoncer un exemple concret, mais finit par émettre des équations primitives :

$$I = (H + J)^2$$
$$I = H^2 + J^2 + 2HJ$$

et pas

$$I = I_1 + I_2$$

Il voit qu'elle fronce les sourcils, il émet *Merde !* et efface le tableau noir mental.

Ma belle, cela signifie que les particules sont des particules, mais qu'en les observant, on les oblige à choisir… ce trou-là ? ce trou-ci ? il y a tant de choix !… et puisque la probabilité de passer par un trou est égale à celle de passer par un autre, on enregistre les ondes de probabilité *qui créent ce diagramme de diffraction sur l'écran, derrière les trous.*

Gail, qui commence à comprendre, hoche la tête.

Tu piges, ma belle ? insiste Jeremy. *On voit les structures de probabilité s'effondrer. Les alternatives pétiller. On voit ce putain d'univers passer d'un registre fini de* probabilités *à une série encore plus finie de* réalités.

Gail se souvient de l'arbre auquel Jeremy pensait. *Et cette théorie d'Hugh Everett…*

Exact ! Jeremy est aux anges. Cela faisait des années qu'il voulait partager tout cela avec Gail, mais il avait craint de paraître pédant. *La théorie d'Everett dit que lorsque nous obligeons un électron à choisir, il ne* choisit *pas vraiment quel trou ou quelle probabilité, il se contente de diviser la réalité en deux pour en créer une* vraiment *réelle dans laquelle nous… enfin l'observateur le voit passer par* l'un *des trous pendant que son partenaire d'une probabilité égale et distincte passe par* l'autre.

Gail fait tant d'efforts pour comprendre le concept que la tête lui tourne. *Pendant que les observateurs du « second univers » le voient passer par l'*autre *trou !*

« C'est ça ! » s'écrie Jeremy. Conscient d'avoir crié, il jette un regard autour de lui. Personne ne semble s'en être aperçu. Il referme les yeux pour mieux visualiser les images. *C'est ça ! Everett résout les paradoxes quantiques en affirmant que, chaque fois qu'un fragment d'énergie ou de matière quantique est forcé de faire un choix de ce type – c'est-à-dire, quand on tente de le surprendre en train de choisir –, une nouvelle branche pousse sur l'arbre de la réalité. Deux réalités égales et distinctes se mettent à exister !*

Gail se concentre pour évoquer les couvertures bleu et blanc de ses vieux romans de science-fiction. *Des mondes parallèles ! C'est exactement ce que je disais.*

Pas vraiment parallèles, émet Jeremy. *Les mots et les images ne peuvent pas décrire cela, mais imagine un arbre qui grandit et se ramifie constamment :*

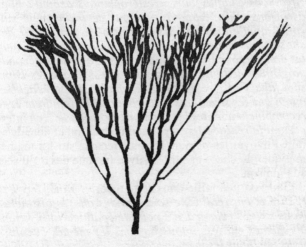

Gail est épuisée. *D'accord… et ce qui vous excitait et vous troublait, Jacob et toi, c'était que ton analyse de ces hologrammes – ces bidules d'ondes stationnaires qui, pensez-vous, représentent la conscience humaine – ressemble en quelque sorte à la théorie d'Everett ?*

Jeremy pense aux centaines d'équations qui remplissent son tableau noir, et couvrent assez de feuilles de papier pour constituer une seconde thèse. *Le relevé graphique que Jacob a dressé de l'esprit holographique le montre en train de décomposer les fonctions de probabilité de la réalité... en train de « choisir »... comme le font les électrons.*

Gail s'irrite de la simplicité grossière de son explication. *Ne me prends pas pour une idiote, Jerry. Les gens ne sont pas obligés de choisir par quel trou ils vont passer. Les gens ne finissent pas par étaler leurs ondes de probabilité comme des barres d'interférences sur un mur !*

Jeremy émet sans mots ses excuses, mais il insiste et ne revient pas sur ce qu'il a dit. *Ils le font ! Nous le faisons ! Pas seulement dans les millions de choix que nous effectuons chaque jour... resterons-nous debout ? nous assoirons-nous ? prendrons-nous ce train ou le suivant ? quelle cravate vais-je mettre ?... mais pour des choses plus importantes : comme interpréter vraiment les données que l'univers nous envoie à chaque seconde par l'intermédiaire de nos sens. C'est là que les choix sont faits, Gail... c'est là où les maths disent à Jacob et à moi que les structures de probabilité s'effondrent et se recombinent à toutes les fractions de seconde... en interprétant la réalité !* Jeremy prend mentalement note de se faire envoyer les papiers les plus récents sur les mathématiques du chaos et sur l'analyse fractale dès qu'il sera à la maison.

Gail voit une faille dans cette théorie. *Mais, Jerry, ta réalité et ma réalité ne sont pas des choses distinctes. Nous savons cela grâce à notre télépathie. Nous voyons les mêmes choses... nous humons les mêmes odeurs... nous touchons les mêmes objets.*

Jeremy lui prend la main. *C'est ce nous devons étudier, Jacob et moi, ma belle. Les structures de probabilité s'effondrent constamment... en passant de séries presque infinies à des séries bien finies... dans tous les fronts d'onde stationnaires observés... les esprits photographiés par RMN ... mais on dirait qu'il y a un facteur dominant qui décide pour tout le monde ce que la réalité observée doit être de seconde en seconde.*

Gail se mord les lèvres. ????????????????????

Jeremy essaie de nouveau. *C'est comme si un agent de la circulation disait à tous les électrons par quel trou ils doivent passer, ma belle. Une... force... un traceur de probabilité moins qu'aléatoire disant à toute la race humaine... ou du moins aux quelques centaines d'humains que Jacob a testés jusqu'à maintenant...* comment *percevoir une réalité qui serait follement perméable. Chaotique.*

Ni l'un ni l'autre n'émettent pendant longtemps. Puis Gail propose – *Dieu ?*

Jeremy va pour sourire, puis ne le fait pas. Il sent combien elle est mortellement sérieuse. *Peut-être pas Dieu*, émet-il, *mais au moins Son dé.*

Gail se retourne vers la fenêtre. Les immeubles gris, en briques, devant lesquels ils passent lui rappellent les longues rangées de baraques de Ravensbrück.

Aucun des deux ne tente d'établir un contact mental avant d'arriver à la maison. Avant d'être au lit.

Le vent dans l'herbe sèche

Les corvées de Bremen étaient légion.

Il n'avait jamais visité un ranch de sa vie, jamais imaginé l'étendue et la variété des tâches dans un domaine de trois mille hectares entouré, comme celui-ci, par deux cent cinquante mille hectares de « forêt nationale », bien qu'il n'y eût guère d'arbres au-dessus des terres relativement humides du cañon. Ce labeur n'était pas seulement décourageant, comme il le découvrit dans les semaines suivantes, c'était un travail qui vous cassait le dos et les rotules, vous donnait des ampoules, torturait vos poumons, vous faisait suer et vous mettait dans la bouche un goût de sang et de bile. Quand on était, comme Bremen, l'ombre pâle et terreuse d'un alcoolique squelettique, inactif et sous-alimenté, le travail exigé représentait un véritable défi.

Les rares fois où il y avait pensé, il s'était imaginé la vie dans une ferme sous la forme de romantiques promenades à cheval durant lesquelles on menait parfois un troupeau de vaches ou de chevaux – en réparant peut-être, de temps à autre, un fil de fer détendu. Il n'avait pas tenu compte de l'entretien du ranch lui-même, de la nourriture à donner avant l'aube aux animaux, qui allaient des oies, sur les bords du lac, aux lamas exotiques dont Miz Morgan faisait collection, ni des longs parcours en jeep pour ramener les animaux errants, du bricolage sans fin sur les machines – véhicules, pompes, moteurs électriques, installation de l'air conditionné du baraquement –, sans parler d'autres glorieuses ou sanglantes tâches comme castrer les animaux, tirer hors du

176

ruisseau les carcasses gonflées des agneaux après une inondation survenue pendant la nuit, ou enlever à la pelle le fumier de la grande étable. Il y avait beaucoup à faire avec une pelle : creuser les trous des pieux, creuser des tranchées pour un nouvel égout, creuser une autre rigole d'amenée de vingt mètres pour le canal d'irrigation, bêcher le jardin de trois cent cinquante mètres carrés. Bremen passait des heures à marcher, chaussé de bottes de travail que Miz Morgan lui avait achetées la première semaine, et plus d'heures encore au volant de la jeep sans toit, cahotante et poussiéreuse, mais il ne montait jamais à cheval.

Bremen survécut. Les jours lui paraissaient encore plus longs qu'à Harvard, quand il essayait de réduire à trois ans des études qui en duraient normalement quatre, mais la poussière et le sable et le fil de fer barbelé et la fatigue musculaire prenaient fin, tôt ou tard, avec le coucher du soleil derrière les montagnes ; et alors, quand les ombres indigo s'allongeaient sur le cañon et coulaient jusque dans le désert comme un vin lent, il retournait à son dortoir, se douchait pendant une demi-heure, se préparait un repas chaud et s'effondrait sur son lit tandis que les coyotes commençaient à hurler dans les collines, au-dessus du ranch. Bremen survécut. Les jours devinrent des semaines.

Il régnait ici un calme qui ne ressemblait en rien au véritable calme intérieur de la cabane de pêcheur de Floride ; ce silence, c'était le calme trompeur de l'œil de la tempête. Le rugissement de l'étrange écran mental de Miz Morgan, fait de pur bruit blanc, donnait l'impression à Bremen d'émerger sous des cieux ballottés, dans le calme trompeur du centre d'un cyclone, là où l'on n'entend que le grondement de fond des grands vents tournant comme des soleils dans leur vortex de destruction.

Pour Bremen, ce bruit était le bienvenu. Il excluait le dôme de la neuro-rumeur qui semblait s'élever maintenant au-dessus de tout le continent : chuchotements, supplications, cris et déclarations, confessions de minuit à l'âme elle-même, et violentes justifications. L'univers était plein de ces mouvements terre de Sienne et de ces égoïstes dégoûts de soi, chaque longueur d'onde plus sombre que la précédente, mais maintenant il n'y avait plus que le bruit blanc de la puissante personnalité de Miz Fayette Morgan.

Bremen en avait besoin. Il ne pouvait plus s'en passer. Même les courses du jeudi, à la ville distante de trente kilomètres, devinrent pour lui une punition, un exil insupportable. Lorsque les remous protecteurs du bruit mental de Miz Morgan s'affaiblissaient, la neuro-rumeur affluait de toutes parts ; les pensées, les appétits, les désirs et les vilains petits secrets individuels s'en prenaient à ses yeux et à son palais comme autant de lames de rasoir.

Le baraquement constituait un foyer plus que suffisant : un climatiseur luttait contre les excès de chaleur du mois d'août ; son lit était confortable, la cuisine impressionnante, la mare de la ferme, à un kilomètre en amont, alimentait la douche, si bien que l'eau ne manquait jamais. De plus, le bâtiment était dans un cul-de-sac entre de gros rochers et, de là, les lumières de l'hacienda n'étaient pas visibles. Il y avait même le téléphone, bien que Bremen ne puisse s'en servir ; la ligne n'aboutissait qu'à l'hacienda et sonnait lorsque Miz Morgan voulait qu'il effectue quelque tâche qu'elle avait oublié de mettre sur la liste des travaux établie la veille au soir – une feuille de papier jaune lignée qu'elle fixait avec un trombone au tableau d'affichage, sur le porche étroit du baraquement.

Bremen apprit rapidement quels étaient les endroits interdits. Il ne devait pas approcher de l'hacienda. Les six chiens bien dressés arrivaient dès que Miz Morgan leur lançait un ordre, mais ils étaient vicieux. Le troisième jour de son séjour au ranch, Bremen les regarda abattre un coyote qui avait commis l'erreur de pénétrer dans le pré qui longeait le ruisseau. Les chiens avaient fait équipe, comme des loups, entourant et mordant aux pattes le pauvre coyote déconcerté avant de le faire tomber et de l'achever.

Il ne devait pas approcher de « la maison froide », un

bâtiment bas en parpaings construit derrière les gros rochers, près de l'hacienda. Il y avait un réservoir d'eau cylindrique sur le toit et, le premier jour, Miz Morgan lui avait expliqué que les six mille litres ne servaient qu'en cas d'incendie ; elle attira son attention sur les tuyaux à gros débit et leurs emmanchements, qui couraient sur l'un des côtés du bâtiment. Cet endroit était interdit aux journaliers, à moins qu'ils n'y soient introduits par Miz Morgan en personne.

Depuis la visite du premier jour, Bremen savait que la chambre froide disposait de son propre générateur et la nuit il entendait parfois son *teuf-teuf*. Miz Morgan lui avait expliqué qu'elle aimait bien congeler elle-même son bœuf et le gibier qu'elle rapportait de ses chasses dans les collines, et que le bâtiment contenait pour plusieurs milliers de dollars de viande de premier choix. Elle avait eu des ennuis – d'abord avec les coupures de courant qui lui faisaient perdre une fortune en viande, puis avec les journaliers qui croyaient pouvoir s'approprier un quartier ou deux de bœuf avant de partir, en pleine nuit. Miz Morgan ne laissait plus personne approcher de son installation frigorifique, et les chiens étaient dressés à attaquer tout intrus qui se permettrait simplement de remonter le chemin empierré vers les portes soigneusement cadenassées.

Les jours se muèrent en semaines, et bientôt Bremen sombra dans un cycle abrutissant de labeur et de sommeil, ponctué seulement par ses repas silencieux et son unique rite, qui consistait à regarder le coucher de soleil du porche du baraquement. Les quelques incursions en ville devinrent de plus en plus déplaisantes, parce qu'il se retrouvait hors de portée du bruit blanc de sa patronne et que les lames de rasoir des pensées aléatoires entaillaient son esprit. Comme si elle l'avait senti, Miz Morgan se mit à faire les courses du jeudi et, après sa troisième semaine, Bremen ne quitta plus le ranch.

Un jour, en cherchant l'un des puissants Galloways qui ne s'était pas pointé dans le grand pré, Bremen tomba sur la chapelle abandonnée. Elle se dressait derrière la crête en dos d'âne et ses murs couleur chair étaient presque invisibles parmi les rochers rosâtres. Il n'y avait plus de toit – il ne s'était pas simplement effondré, mais volatilisé – et les volets, les portes et les bancs en bois ne formaient plus qu'une poussière sèche dont le vent avait emporté la plus grande partie.

Ce dernier s'y engouffrait par les fenêtres sans vitres. Une amarante traversait des os empilés à l'endroit où avait dû se trouver l'autel.

Des ossements.

Bremen s'accroupit dans la poussière mouvante pour étudier l'entassement blanc et brillant. Des os, friables, percés de trous, presque pétrifiés. Bremen était sûr qu'il s'agissait surtout d'os de bêtes – il identifia une cage thoracique de génisse, une vertèbre en forme de xylophone qui avait dû appartenir à une vache, et vit même le crâne représentatif des photos de Georgia O'Keeffe, enfoui sous l'amas – mais il y en avait *tellement*. On aurait dit que quelqu'un avait empilé les carcasses sur l'autel jusqu'à ce qu'il s'effondre sous le poids de tant de viande pourrissante.

Bremen secoua la tête et revint à la jeep. Le vent faisait bruire les brindilles sèches sur les tombes anonymes, derrière la chapelle.

En revenant des pâturages, ce même soir de fin de l'été, Bremen aperçut une silhouette près de la maison froide. Pris de curiosité, il ralentit en passant devant la grange, mais n'osa s'approcher du lieu interdit. Les chiens semblaient absents.

Sur le côté de la maison où les tuyaux descendaient du réservoir, Miz Fayette Morgan se lavait sous une douche improvisée avec un tuyau d'incendie au bout duquel était fixée une pomme d'arrosoir. Tout d'abord, Bremen ne la reconnut pas avec ses cheveux mouillés, plaqués en arrière, et son visage levé vers le jet d'eau. Ses bras et sa gorge étaient bronzés, le reste de son corps très, très blanc. Les gouttelettes d'eau ruisselant sur sa peau pâle et ses poils pubiens noirs reflétaient la lumière vespérale. Tandis qu'il la regardait, Miz Morgan ferma l'eau et tendit la main vers une serviette. Elle aperçut

Bremen dans sa jeep et se figea, à demi tournée vers lui. Elle ne dit rien. Elle ne se couvrit pas.

Gêné, Bremen la salua de la tête et poursuivit sa route. Dans le rétroviseur latéral de la jeep, il aperçut Miz Morgan toujours immobile, sa peau très blanche se détachant sur le vert écaillé de la maison froide. Elle était toujours nue et le regardait.

Bremen poursuivit sa route.

Cette nuit-là, Bremen glissa dans le sommeil, le climatiseur arrêté, les fenêtres ouvertes pour laisser entrer l'air sec du désert, et la première de ses visions le réveilla.

Un bruit de cordes de violon que l'on tend et que raclent des dents cariées le réveilla. Il s'assit sur son séant et cligna des yeux sous la lumière violette inondant la pièce au travers des volets qui battaient.

Les ombres, au niveau du plafond, chuchotaient. Tout d'abord, Bremen crut que c'était la neuro-rumeur qui traversait la couverture protectrice du bruit blanc de Miz Morgan, mais ce n'était pas un son mental, simplement… un *son*. Au niveau du plafond, les ombres chuchotaient.

Bremen tira sur lui le drap mouillé de sueur ; ses articulations étaient blanches sur le coton blanc. Les ombres se déplaçaient, se séparant des chuchotements et glissant le long des murs, devenues brusquement et totalement noires sous les violents éclairs entrant par les fenêtres.

Des chauves-souris descendaient le long des murs. Des chauves-souris au visage de bébé et aux yeux d'obsidienne. Elles sifflaient et battaient des ailes.

Dehors, dans la rage violette, des cloches sonnaient et une multitude de voix chantaient des hymnes funèbres dans des citernes vides. Quelque part, tout près, peut-être sous le lit de Bremen, un corbeau croassa, puis le son mourut sous des cliquetis d'ossements dans une tasse vide.

Les chauves-souris au visage de bébé rampèrent tête la première jusqu'à ce qu'elles dégringolent avec leurs ailes de cuir et leurs vifs sourires d'enfant sur le lit de Bremen, comme autant de rats frétillants.

Il cria lorsque la foudre éclata et que le tonnerre se traîna devant la pluie comme un lourd rideau frottant contre de vieilles planches.

Le lendemain, Bremen ne mangea pas, comme si le jeûne pouvait guérir son esprit fiévreux. Il n'y eut pas de coup de téléphone de Miz Morgan, ni de note matinale punaisée sur le panneau d'affichage.

Bremen se rendit à la limite sud du ranch, le plus loin possible de l'hacienda, et creusa des trous pour les pieux d'une nouvelle barrière entre les bois et la mare. Le bruit blanc rugissait autour de lui.

Au onzième trou, à presque un mètre de profondeur, son excavatrice mordit dans un visage.

Bremen tomba à genoux. Entre les mâchoires de l'outil, l'argile était rouge et tendre. Il y avait aussi un peu de chair brune et d'os blanc. Bremen prit sa pelle et agrandit le trou, creusant un cratère en forme de cône.

Le visage et le crâne étaient arqués en arrière, presque séparés des os blancs du cou et des clavicules, comme si l'homme enterré avait essayé de monter vers l'air en nageant dans le sol. Bremen ouvrit la tombe aussi soigneusement qu'un archéologue élargit une excavation. Il y avait des lambeaux de tissu marron accrochés à la cage thoracique écrasée. Bremen trouva des fragments de la main gauche que l'homme avait levée ; la droite manquait.

Bremen posa le crâne à l'arrière de la jeep et revint au ranch, puis changea d'avis juste avant d'arriver en vue de l'hacienda et remonta vers la corniche en dos d'âne pour s'y arrêter un moment et écouter le vent souffler par les fenêtres de la chapelle.

Quand il rentra au baraquement, au coucher du soleil, le téléphone sonnait.

Bremen se glissa dans son lit et tourna son visage vers le mur grossier. Au bout de plusieurs minutes, la sonnerie s'arrêta.

Bremen se couvrit les oreilles de ses paumes mais le

bruit mental continua à souffler comme un grand vent blanc venu de nulle part. Lorsque la nuit tomba et que les bruits d'insectes au bord du ruisseau et près de l'installation frigorifique commencèrent pour de bon, Bremen se retourna, s'attendant presque à ce que le téléphone sonne de nouveau.

Il resta silencieux. À côté de l'appareil, étrangement luminescent dans le clair de lune argenté filtrant par les volets, le crâne posé sur la table en planches le regardait. Bremen ne se souvenait pas de l'avoir rapporté.

Le téléphone sonna, plus près de minuit que de l'aube. À moitié réveillé, Bremen l'étudia un moment, pensant durant une seconde que c'était le crâne qui l'appelait.

Il marcha pieds nus, à pas de loup, sur le plancher rugueux. « Allô ?

– Venez chez moi », chuchota Miz Morgan. À l'arrière-plan, Bremen entendait une stéréo étouffée qui résonnait comme des voix chantant dans une citerne à sec. « Venez tout de suite chez moi », dit-elle.

Bremen reposa le combiné, franchit la porte et monta au clair de lune vers les chiens qui aboyaient.

Des yeux

Jeremy et Gail s'aiment avec une passion qui parfois les effraie.

Un jour, Jeremy dit à sa femme que leur relation ressemble à l'un des grains de plutonium qui, dans les Lawrence Livermore Labs, sont amenés à l'implosion par le feu d'une centaine de lasers en une coquille sphérique tirant simultanément vers l'intérieur, rabattant les molécules de plutonium de plus en plus près les unes des autres jusqu'à ce qu'il n'y ait plus de place entre les atomes discrets ; alors, le grain commence par imploser, puis explose dans la fusion de l'hydrogène. En théorie, souligne-t-il. On n'a pas encore vraiment réalisé la fusion prolongée.

Gail lui suggère de trouver une métaphore plus romantique.

Mais plus tard, en y réfléchissant, elle voit la justesse de la comparaison. Sans la télépathie, leur amour aurait pu être une chose volatile, instable, qui serait morte après une courte demi-vie, mais l'ultime communion du contact mental et la « poussée interne » d'un millier d'expériences partagées chaque jour a fait imploser leur passion avec une intensité qu'on ne peut guère trouver qu'au cœur des étoiles.

Cette proximité excessive pose un nombre infini de gageures : il y a le besoin ardent de liberté que chacun d'eux doit sacrifier, le difficile équilibre entre la personnalité émotive, artistique, intuitive de Gail et la conception stable, parfois lourdement méthodique, que Jeremy a des choses, et les frictions que provoque une connaissance trop profonde de la personne qu'on aime.

Jeremy voit une belle jeune femme sur le campus, un jour de printemps – elle se penche pour ramasser des livres lorsqu'une bouffée de vent soulève sa jupe – et cet unique instant d'érotisme aigu est aussi tangible à Gail, quatre heures plus tard, que la traînée de rouge à lèvres ou le parfum persistant sur un col de chemise le serait pour une autre épouse.

Ils en rient. Mais ils ne plaisantent pas quand Gail éprouve l'hiver suivant une attirance brève, mais obsédante, pour un poète prénommé Timothy. Elle essaie d'exorciser ses sentiments, ou du moins de les garder derrière les vestiges d'écran mental possibles entre Jeremy et elle, mais son petit écart émotionnel ressemble à une enseigne au néon dans une pièce obscure. Jeremy le perçoit immédiatement et ne peut dissimuler ses propres sentiments – il est d'abord blessé puis, en deuxième lieu, pris d'une espèce de fascination morbide. Pendant plus d'un mois, la brève attirance que Gail éprouve pour le poète, et qui s'évanouit rapidement, demeure entre son mari et elle comme une froide lame d'épée dans la nuit.

La liberté émotionnelle de Gail a peut-être sauvé la santé mentale de Jeremy – il le prétend souvent –, mais d'autres fois, cet afflux de sentiments le distrait de son enseignement, de ses pensées, de son travail. Elle s'en excuse, mais Jeremy se sent malgré tout comme un petit bateau sur l'océan turbulent des fortes émotions de sa femme.

Incapable d'extraire de la poésie de ses propres souvenirs, Jeremy fouille les pensées de Gail à la recherche d'images pour la décrire. Il les trouve souvent.

Quand elle meurt, c'est l'une de ces images empruntées qu'il partage silencieusement tandis qu'il disperse ses cendres dans le verger, près du ruisseau. Elle est tirée d'un poème de Theodore Roethke :

Je me souviens des frisons, souples et moites comme
  des vrilles, sur sa nuque ;
De son regard vif, d'un sourire oblique de brocheton ;

Comment, une fois piégées par la parole, les syllabes
    légères sautaient pour elle,
Et elle se balançait dans les délices de sa pensée,
Roitelet, heureux, la queue dans le vent,
Dont le chant secoue les brindilles et les petites
    branches.
L'ombre chantait avec elle ;
Les feuilles, leurs soupirs changés en baisers,
Et l'humus chantaient dans les vallées décolorées
    sous la rose.

Oh, quand elle était triste, elle se jetait dans une pro-
    fondeur si pure,
Que même un père n'aurait pu la trouver :
Grattant sa joue contre la paille,
Agitant l'eau la plus pure.

Mon moineau, tu n'es pas là,
En attente comme une fougère, formant une ombre
    épineuse,
Les parois de pierres mouillées ne peuvent me
    consoler,
Ni la mousse, serpentant avec la dernière lueur du
    jour.

Si seulement je pouvais, avec douceur, te tirer de ce
    sommeil,
Mon amour mutilé, mon espiègle pigeon.
Sur cette tombe humide, j'énonce les paroles de mon
    amour…

Les recherches neurales de Jacob Goldmann plongent
Jeremy dans des domaines mathématiques que, sans
elles, il n'aurait explorés que superficiellement, peut-
être pas du tout, et qui, durant les mois qui précèdent la
maladie de Gail, remplissent sa vie et la modifient.

Les mathématiques du chaos et les fractales.

Comme la plupart des mathématiciens modernes,
Jeremy s'est adonné en amateur aux mathématiques non
linéaires ; comme eux encore, il préfère le mode linéaire

classique. Le champ trouble des mathématiques du chaos, qui en tant que discipline sérieuse ne comptent pas plus de deux décennies, semblait expérimental et étrangement stérile à Jeremy avant que l'interprétation des données holographiques de Jacob Goldmann ne l'y plonge. Les fractales, c'étaient pour lui des objets astucieux que les praticiens des mathématiques appliquées utilisaient pour leurs graphiques sur ordinateur – une brève scène dans l'un des films de *Star Trek* où Gail avait réussi à le traîner, quelques rares illustrations du *Scientific American* ou du *Mathematical Intelligencer*.

Maintenant, il rêve des mathématiques du chaos et des fractales.

L'application des équations d'ondes de Schrödinger et des analyses de Fourier aux modèles de la pensée holographique humaine l'avait conduit dans cette forêt du chaos et maintenant Jeremy se trouve très bien dans ces bois. Pour la première fois de sa vie et de sa carrière, Jeremy a un besoin forcené d'heures d'ordinateur : il finit par apporter un puissant PC 486 suréquipé d'un CD-ROM dans le sanctuaire de son bureau, à la ferme, et se met à demander avec insistance du temps de calcul sur l'unité centrale de l'université. Ce n'est pas suffisant.

Jacob Goldmann dit qu'il peut faire tourner le programme de Jeremy sur l'un des Cray X-MP du MIT et Jeremy reste éveillé pendant des nuits, à attendre. Quand le passage est terminé – quarante-deux minutes d'ordinateur, une véritable éternité pour le temps précieux d'un Cray –, les solutions sont partielles, incomplètes, passionnantes et terrifiantes dans leurs potentialités. Jeremy s'aperçoit qu'ils auront besoin de plusieurs Cray et qu'un seul programmeur doué ne suffira pas. « Accordez-moi trois mois », dit Jacob Goldmann.

Le savant réussit à convaincre quelqu'un de l'administration de Bush que son travail sur les parcours neuraux et la fonction mémorielle holographique a un rapport avec les recherches d'amélioration du cockpit par « réalité virtuelle » menées par l'Air Force et, en dix semaines, Jeremy et lui ont accès aux Cray interconnectés et disposent de programmeurs pour préparer les données.

Les résultats sont codés en mathématiques pures – les diagrammes sont indéchiffrables pour un mathématicien qui n'a pas le statut de chercheur – et Jeremy passe les soirées d'été dans son bureau à comparer ses propres équations aux élégants diagrammes des attracteurs étranges de Kolmogorov fournis par le Cray, et qui ressemblent à des dissections de vers tubicoles de la fosse de Mindanao, mais montrent les mêmes configurations quasi périodiques d'interféromètre, les mêmes mers de chaos, les mêmes îles de résonance prédites par ses faibles calculs.

Jeremy fait s'écraser et s'effondrer les sections d'ondes de probabilité de Poincaré, puis les Cray – en traversant des régions de fractales que Jeremy n'espère en rien comprendre – renvoient par paquets les résultats codés, et des images d'ordinateur qui ressemblent aux photos de quelque lointain monde aquatique où des mers indigo se pommellent d'îles en forme d'hippocampe, de différentes couleurs et d'une complexité topographique infinie.

Jeremy commence à comprendre. Mais au moment où tout cela est en train de se combiner dans son esprit… au moment où les données de Jacob, les images fractales du Cray, et les belles et terribles équations du chaos sur son tableau noir se mettent à converger… dans le monde « réel », les catastrophes commencent. D'abord Jacob. Puis Gail.

Trois mois après les premières investigations concernant leur stérilité, Jeremy va consulter son propre médecin pour un bilan de santé périodique. Jeremy parle des examens qu'a subis Gail et de leur tristesse de ne pas avoir d'enfant.

« Et ils ne vous ont fait qu'un seul spermogramme ? demande le docteur Leman.

– Hein ? dit Jeremy en reboutonnant sa chemise. Oh, oui… ils m'ont conseillé de revenir pour en refaire un ou deux, mais je n'ai vraiment pas eu le temps. En outre, le premier était joliment concluant. Je n'ai aucun problème. »

Le docteur Leman hoche la tête, mais ses sourcils sont légèrement froncés. « Vous vous souvenez du nombre des spermatozoïdes ? »

Jeremy baisse les yeux, inexplicablement gêné… « Euh… trente-huit, je crois. Oui.

— Trente-huit millions par millilitre ?

— Oui. »

Le docteur Leman hoche encore la tête et fait un geste. « Pourquoi avez-vous remis votre chemise, Jerry ? Je vais prendre encore une fois votre tension.

— Il y a un problème ?

— Non, répond le docteur Leman en ajustant le brassard. Vous a-t-on appris que la norme était de quarante millions par millilitre avec au moins soixante pour cent de spermatozoïdes doués d'une bonne mobilité ? »

Jeremy hésite. « Je crois. On m'a expliqué que c'était un petit peu en dessous de la moyenne parce que Gail et moi… eh bien, nous n'avions pas réussi à nous abstenir complètement cinq jours pleins avant l'examen, et…

— Les spécialistes vous ont dit qu'il fallait revenir pour subir quelques examens ordinaires, mais qu'en ce qui vous concernait, vous n'aviez pas à vous faire de souci et que le problème venait probablement de Gail, n'est-ce pas ?

— C'est exact.

— Baissez votre slip, Jerry. »

Jeremy obéit, en proie à la légère gêne que les hommes éprouvent lorsqu'un médecin manipule leur scrotum.

« Pincez-vous le nez et fermez la bouche, ordonne le docteur Leman. Oui, c'est cela… que l'air ne passe plus… maintenant, poussez comme si vous vouliez aller à la selle. »

Jeremy va pour ôter sa main afin de dire une plaisanterie, mais décide de ne pas le faire. Il pousse.

« Encore », dit le docteur Leman.

Jeremy tressaille sous la pression que le médecin exerce.

« Bon, détendez-vous. Vous pouvez remonter votre slip. » Le médecin ôte le gant en plastique, le jette dans la poubelle et se lave les mains.

« Pourquoi tout cela, John ? »

Leman se retourne lentement. « C'était l'épreuve de Valsalva. Vous avez senti la pression exercée quand j'appuyais le doigt sur la veine, de chaque côté de votre testicule ? »

Jerry sourit et hoche la tête. Il l'avait senti, ça oui.

« Eh bien moi, en appuyant à cet endroit, je pouvais sentir le sang refluer dans vos veines… aller dans le mauvais sens, Jerry.

– Le mauvais sens ? »

Le docteur Leman acquiesce d'un signe de tête. « Je suis à peu près sûr que vous avez une varicocèle des veines du cordon spermatique des testicules gauche et droit. Je suis étonné qu'on n'ait pas vérifié cela à la clinique. »

Jeremy sent sa peau devenir moite. Il pense à tous les examens embarrassants que Gail a subis dans les semaines passées… et à tous ceux qui l'attendent. Il s'éclaircit la voix. « Est-ce que cette… varicocèle peut… peut avoir affecté nos chances d'avoir un enfant ? »

Le docteur Leman s'appuie contre le lavabo et croise les bras. « C'est peut-être la seule cause, Jerry. Si c'est une varicocèle bilatérale, elle peut très bien diminuer la vitalité des spermatozoïdes, ainsi que leur nombre.

– Vous voulez dire que les trente-huit millions qu'ils ont comptés à la clinique, c'était anormal ?

– Probablement. Et je parie que l'étude de la mobilité a été mal faite. Que seuls moins de dix pour cent de vos spermatozoïdes se déplacent normalement. »

Jeremy sent la colère monter en lui. « Pourquoi ?

– Une varicocèle – de l'une des veines de vos testicules – c'est une défaillance d'une valve de la veine spermatique qui fait refluer le sang allant, normalement, des reins et des surrénales aux testicules. Ce qui élève la température du scrotum…

« – Et diminue la production de spermatozoïdes », conclut Jeremy.

Le docteur Leman hoche la tête. « Le sang transporte également une grande quantité de métabolites toxiques, comme les stéroïdes, qui inhibent encore plus la spermatogenèse. »

Jeremy regarde fixement le mur où il n'y a qu'une reproduction bon marché d'une œuvre de Norman Rockwell où un médecin de campagne ausculte les battements de cœur d'un enfant. Tous deux sont des caricatures aux joues roses. « Ça se soigne, une varicocèle ?

– On peut opérer. On est en droit d'attendre une amélioration spectaculaire pour les hommes qui ont plus de dix millions de spermatozoïdes par millilitre… catégorie à laquelle vous semblez appartenir. Je pense que le chiffre s'élève à quatre-vingt-cinq ou quatre-vingt-dix pour cent de réussite. Il va falloir que je vérifie. »

Les yeux de Jeremy quittent le Rockwell pour se fixer sur le médecin. « Pouvez-vous me recommander un chirurgien ? »

Le docteur Leman décroise les bras et tient ses paumes à quelques centimètres l'une de l'autre, comme s'il allait modeler quelque chose. « Je crois que le mieux, Jerry, est de retourner à la clinique, de leur parler de notre hypothèse d'une varicocèle bilatérale, de faire faire d'autres spermogrammes, et de les laisser vous recommander un bon chirurgien. » Il jette un coup d'œil à sa fiche médicale. « Je vous ai fait une prise de sang aujourd'hui, aussi je vais demander au labo d'établir un bilan hormonal – de la testostérone, bien sûr, mais aussi des hormones hypophysaires qui stimulent la sécrétion de la folliculine et de la progestérone. Je suppose que les chiffres seront médiocres, voire inférieurs à la normale. » Il tapote le dos de Jeremy. « Ce sont des paroles difficiles à entendre, mais également de bonnes nouvelles parce que la fécondité est généralement excellente après l'opération. Bien meilleure qu'après la plupart des traitements de la stérilité féminine. »

Le docteur Leman hésite et Jeremy lit télépathiquement que cet homme n'aime pas critiquer ses confrères, mais il finit par dire : « L'ennui, Jeremy, c'est que beaucoup de médecins spécialisés dans les problèmes de stérilité savent que, dans quatre-vingt-dix pour cent des cas, c'est la femme qui est responsable. Ils ont perdu l'habitude d'ausculter soigneusement l'homme, une fois qu'il a subi un spermogramme. C'est une sorte de myopie professionnelle. Mais maintenant qu'ils vont être au courant de votre varicocèle... » Il s'arrête à la porte, regardant Jeremy qui reboutonne sa chemise. « Vous voulez que je leur téléphone ? »

Jeremy hésite une seconde seulement. « Non. Je vais le leur dire. Ils vous appelleront probablement pour avoir votre diagnostic.

– Bien », dit le docteur Leman, prêt à recevoir le patient suivant. « Jan vous communiquera le résultat de l'examen du sang demain après-midi. On devrait avoir tous les chiffres pour pouvoir les envoyer à la clinique quand ils les réclameront. »

Jeremy hoche la tête, enfile sa veste sport, traverse la salle d'attente et se retrouve à l'air libre. En rentrant à la maison, il prépare déjà son écran mental afin d'enterrer l'histoire de la varicocèle. *Seulement provisoirement*, se dit-il tout en rendant l'écran hermétique et en le recouvrant de pensées et d'images aléatoires, comme un trappeur qui dissimule la fosse sous des feuilles et des branches. *Seulement provisoirement, jusqu'à ce que j'y aie sérieusement réfléchi.*

Il sait, tandis qu'il s'efforce d'oublier ce qu'il vient d'apprendre, qu'il est en train de mentir.

Ici, il n'y a pas d'yeux

Bremen gravit la colline dans l'obscurité, vit que la jeep était garée à quelques mètres de l'endroit où il l'avait laissée, passa devant les rottweillers aboyant dans leur chenil – ils y étaient enfermés pendant la nuit – et franchit la porte ouverte de l'hacienda.

La pénombre y régnait, mais pas l'obscurité ; la lumière, provenant de l'unique lampe d'un chandelier en cuivre, éclairait le couloir menant à la chambre à coucher de Miz Morgan. Bremen sentit sa présence, la chaude ruée du bruit blanc s'élevant comme le volume d'une radio mal réglée dont on monte le son. Il lui donna le vertige et une légère nausée. Bremen traversa comme un somnambule la pièce silencieuse et emprunta le couloir. Dehors, les chiens avaient cessé d'aboyer sauvagement.

Dans la chambre à coucher de Miz Morgan, les lumières étaient éteintes, sauf l'ampoule de vingt-cinq watts d'une lampe de chevet recouverte d'un tissu qui diffusait une faible lueur rose. Bremen resta un moment sur le seuil, en équilibre instable, comme au bord d'un trou circulaire et profond. Puis il fit un pas en avant et se laissa couler dans le torrent du bruit blanc.

C'était un lit à colonnes dont le baldaquin de gaze diaphane captait la lumière rose avec des miroitements de toile d'araignée argentée. Il la vit, couchée du côté le plus éloigné ; la lumière saignait au passage sur son doux corps que révélaient les minces plis de la dentelle filet. « Viens », chuchota-t-elle.

Bremen entra, posant les pieds d'une manière hésitante comme si sa vue et son sens de l'équilibre étaient tous deux affaiblis. Il allait contourner le lit lorsque la voix de Miz Morgan jaillit de nouveau de la pénombre. « Non, arrête-toi là un moment. »

Bremen hésita, déconcerté, sur le point de se réveiller. Puis il vit son geste – elle entrouvrit les rideaux de dentelle, se pencha sur un verre ou un petit récipient posé sur la table de nuit, fit un bref mouvement de la main vers sa bouche, puis recula en hâte. Les ombres de son visage semblaient différemment distribuées.

Elle porte un dentier, pensa-t-il, sentant un élan d'émotion tout à fait étranger à ses sentiments pour Miz Morgan. *Elle avait oublié de le mettre.*

Elle lui fit signe d'avancer avec un mouvement du poignet plus que de la main. Bremen se dirigea vers l'autre bord du lit, son corps projetant une ombre sur Miz Morgan, puis il s'arrêta de nouveau, tout aussi incapable d'avancer que de reculer. La femme parla peut-être de nouveau, mais le rugissement incandescent de son bruit mental submergea les sens de Bremen. Il le frappa comme un torrent d'une chaleur de sang jaillissant d'une bouche d'incendie cachée, et le désorienta encore plus qu'il ne l'était auparavant.

Bremen allait ouvrir les rideaux du lit lorsque les longs doigts vigoureux de la femme éloignèrent ses mains d'une tape. Elle se pencha, appuyée sur les coudes, en un mouvement à la fois féminin et félin, et approcha son visage des cuisses de Bremen. Lorsque, d'un mouvement d'épaules, elle écarta les rideaux, il aperçut distinctement ses seins au travers des jours de sa chemise, mais pas son visage dissimulé par les ombres et la cascade de sa chevelure.

C'est aussi bien, pensa-t-il en fermant les yeux. Il essaya de penser à Gail, de se remémorer Gail, mais le flot du bruit blanc chassa ses pensées, ne laissant que lassitude et capitulation. Les ombres de la pièce se mirent à tourner autour de lui juste avant qu'il baisse les paupières.

Miz Morgan posa une main à plat sur son ventre,

l'autre sur sa cuisse. Bremen tremblait comme un pur-sang nerveux inspecté par un vétérinaire brutal.

Elle déboucla sa ceinture, ouvrit sa braguette.

Bremen allait se pencher vers elle, mais la main gauche de la femme revint sur son ventre pour le retenir, l'arrêter sur place. Le bruit mental était maintenant un ouragan de parasites blancs qui le souffletait de toutes parts. Il vacilla sur ses pieds.

D'un geste presque rageur, Miz Morgan tira sur son pantalon. Il sentit l'air plus froid, puis son souffle chaud, mais n'ouvrit pas les yeux. Le bruit blanc lui martelait le cerveau comme d'invisibles poings.

Elle le caressa, prenant ses testicules dans ses mains jointes comme pour les élever jusqu'à un baiser, puis fit courir une main chaude aux ongles glacés du haut en bas de son pénis toujours flasque. Il ne s'excita que légère-ment, pourtant son scrotum se contractait comme s'il voulait rentrer dans son ventre. Les mouvements de la femme devinrent plus fluides, plus pressants, sous l'effet de son besoin à elle plus que du sien. Bremen sentit sa tête, plus bas, la joue contre sa cuisse, la douceur soyeuse des cheveux et la chaleur du front contre le ren-flement de son bas-ventre, puis l'assaut du bruit mental diminua, cessa, et il se retrouva au centre de l'ouragan.

Alors Bremen vit.

La chair à nu et les côtes cerclées de rouge pendues aux crochets. Le rictus et les yeux gelés sous le givre blanc. Les petits enfants de la famille itinérante dans leur propre rangée de crochets de boucherie, tournant un peu dans les brises glaciales…

« Grands dieux ! » Il recula instinctivement en ouvrant les yeux au moment où la bouche de la femme se refer-mait brusquement avec un claquement métallique. Bre-men vit la lueur d'acier d'un rasoir entre les lèvres rouges et recula encore en titubant pour aller s'écraser contre la table de chevet dont il renversa la lampe et envoya voltiger les ombres au plafond.

Miz Morgan ouvrit ses mâchoires bordées de lames et plongea de nouveau, ses épaules arquées en avant, telle une antique tortue luttant pour se libérer de sa coquille.

Bremen se jeta sur la droite et heurta le mur en se retournant, si bien que la morsure de cette bouche grande ouverte manqua ses organes génitaux, mais arracha un gros morceau de sa cuisse gauche, juste au-dessus de l'artère fémorale. Il regarda fixement le sang asperger les rideaux, dans la lumière rose, et retomber en gouttelettes sur le visage renversé de Miz Morgan.

Elle arqua le cou, plongée dans ce qui ressemblait à un orgasme, à une extase, ses yeux grands ouverts et aveugles, sa bouche formant un cercle presque parfait ; Bremen vit le rose sain des gencives de la prothèse dentaire, ainsi que les lames de rasoir fixées dans le plastique. Son sang avait éclaboussé les lèvres rouges et l'acier bleu. Comme elle ouvrait la bouche encore plus largement pour une autre morsure, il remarqua que les lames étaient disposées en rangées concentriques, comme des dents de requin.

Bremen bondit vers la gauche, aveuglé par les images mentales qui tourbillonnaient maintenant dans l'œil de la tempête du bruit mental, s'écrasa de nouveau sur la table et la lampe, et fut brusquement ramené en arrière lorsque les dents en acier de Miz Morgan traversèrent son pan de chemise flottant, sa ceinture de cuir, la chair plus maigre de son flanc et raclèrent l'os avant de se retirer ; elle secouait la tête comme un chien tenant un rat dans sa gueule.

Bremen sentit un froid de glace, mais pas la douleur, puis il remonta son jean et sauta de nouveau – pas sur le côté où elle le piégerait certainement, mais droit sur elle – plantant un pied au creux de son dos comme un marcheur qui trouve une pierre dans des rapides traîtres, rabattant les rideaux après lui, puis battant l'air pour écarter ceux de l'autre côté, il plongea, atterrit sur les coudes et rampa vers la porte au moment où elle s'affalait, se tortillait et cherchait à saisir ses jambes qui avaient de la peine à suivre.

C'est alors que la douleur de sa cuisse et de son flanc se réveilla, aiguë comme un choc électrique transmis jusqu'aux nerfs de son épine dorsale.

Il n'en tint pas compte et se traîna vers la porte en regardant derrière lui.

Miz Morgan s'était frayé à coups de dents un chemin dans les rideaux de gaze et rampait maintenant vers lui avec des grincements d'ongles vernis sur le bois nu du plancher. La prothèse projetait ses mâchoires vers l'avant en une avidité presque lycanthropique.

Bremen avait laissé une traînée sanglante sur le parquet et la femme parut la renifler lorsqu'en se jetant sur lui, elle glissa sur le bois mouillé.

Il se remit debout et s'enfuit en se cognant contre les murs du couloir et les meubles du salon ; il trébucha sur le divan, tomba dessus en le souillant de rouge, se releva et bondit vers la porte. Il se retrouva dehors, dans la nuit, aspira l'air froid et, tenant son pantalon fermé d'une main, l'autre appuyée contre sa blessure, il descendit la colline en courant, la jambe raide.

Les rottweillers devenus fous derrière le haut grillage sautaient en montrant les dents. Bremen entendit un rire et se retourna sans cesser de courir ; Miz Morgan était dans l'embrasure faiblement éclairée de la porte, son grand corps vigoureux bien visible sous la chemise transparente.

Le rire jaillissait entre les lames de rasoir.

Elle tenait un objet longiforme que Bremen aperçut juste au moment où elle exécutait le geste familier, et il entendit le bruit bien reconnaissable d'une carabine calibre 16 que l'on arme. Il essaya de courir en zigzags, mais sa blessure le ralentissait et transformait ses tentatives en une série d'embardées maladroites, comme si l'Homme en Fer-Blanc, à moitié rouillé, tentait un sprint désespéré. Bremen avait envie de pleurer et de rire, mais ne fit ni l'un ni l'autre.

Il jeta un coup d'œil derrière lui et vit Miz Morgan se pencher à l'intérieur de la maison ; le générateur démarra là-haut, derrière la maison froide, et brusquement l'allée sous l'hacienda, le baraquement, la grange et cent mètres de pré furent baignés d'une lumière éblouissante au moment où d'énormes lampes à arc transformaient la nuit en jour.

Elle a déjà fait cela. Bremen courait aveuglément vers le baraquement et la jeep lorsqu'il se souvint que le véhicule avait été déplacé ; Miz Morgan avait dû enlever la tête du delco ou quelque chose d'aussi indispensable. Il essaya de lire les pensées de la femme – aussi repoussante qu'en fût l'idée – mais le bruit blanc était revenu, plus fort que jamais. Il se retrouvait au sein de l'ouragan.

Elle a déjà fait cela. Tant de fois. S'il courait vers la rivière ou la route, elle le rattraperait facilement en jeep ou en Toyota. Et le baraquement constituait un piège évident.

Bremen s'arrêta en dérapant sur le gravier brillamment illuminé et rouvrit sa braguette. Il se pencha pour inspecter les blessures de sa jambe, de sa hanche, et faillit s'évanouir ; son cœur tapait si fort qu'il entendait comme des pas déchaînés derrière lui. Il respira lentement, à fond, pour chasser les points noirs qui dansaient devant ses yeux.

Son jean était trempé ; ses deux blessures continuaient à saigner, mais ni l'une ni l'autre ne vomissaient le sang comme l'aurait fait une artère. *Si c'était une artère, je serais déjà mort.* Bremen lutta contre un vertige, et regarda l'hacienda, à soixante mètres derrière lui.

Miz Morgan avait enfilé son jean et ses hautes bottes de travail et était sortie sur le porche. En haut, elle ne portait que la chemise de nuit éclaboussée de sang. Sa bouche et ses mâchoires semblaient différentes, mais Bremen était trop loin pour voir si elle avait ôté sa prothèse.

Elle ouvrit la boîte d'un disjoncteur, à l'extrémité sud du porche, et d'autres lampes à arc s'illuminèrent une par une, près du ruisseau et le long de l'allée principale.

Bremen se dit qu'il était dans un colisée vide, éclairé pour des jeux nocturnes.

Miz Morgan leva sa carabine et tira avec désinvolture. Bremen sauta sur le côté, tout en sachant qu'il était hors de portée. Des plombs martelèrent le gravier, tout près de là.

Il regarda de nouveau autour de lui, combattant la

panique qui s'alliait au bruit blanc rugissant pour obscurcir sa pensée, puis il tourna à gauche, vers les gros rochers, derrière l'hacienda.

D'autres lampes à arc s'allumèrent là-haut, mais Bremen continua à grimper ; la blessure recommençait à saigner. On aurait dit que quelqu'un creusait dans la chair de sa hanche avec une cuillère à glace en lames de rasoir.

Derrière lui, un second coup de fusil retentit, puis il entendit des grondements féroces et des hurlements lorsque Miz Morgan lâcha les chiens.

Des yeux

Quelques semaines avant d'apprendre que les migraines de Gail sont le symptôme d'une tumeur au cerveau, Jeremy reçoit cette lettre de Jacob Goldmann :

Très cher Jeremy,

J'essaie encore de me remettre de votre dernière visite à tous deux et des suites de l'offre que vous m'aviez faite de servir de « cobayes » pour la cartographie du cortex profond. Les résultats – dont nous avons discuté au téléphone, jeudi dernier – continuent d'être stupéfiants. Il n'y a pas d'autre mot.

Je respecte votre désir de préserver le secret et ne ferai pas d'autre tentative pour vous convaincre d'étudier avec moi ce prétendu contact mental que tous deux auriez pratiqué, dites-vous, depuis la puberté. Si vos simples démonstrations de cette télépathie n'avaient pas été assez convaincantes, les données de la CCP qui continuent à affluer suffiraient à transformer n'importe qui en « croyant ». En tout cas, moi, j'y crois. En un sens, j'éprouve beaucoup de soulagement à l'idée de ne pas emprunter ce détour particulier dans le champ de nos recherches, même si cette révélation est tombée comme une bombe sur le vieux neurologue-devenu-physicien que je suis.

Entre-temps, il s'est avéré que votre dernier courrier d'analyses mathématiques, qui me dépassent complètement, était une bombe encore plus explosive. À côté de cela, le projet Manhattan n'est plus que de la petite bière [1].

Si je comprends bien vos analyses fractales et vos équations du chaos (et, comme vous le dites, les données ne laissent guère de place à une autre hypothèse), l'esprit humain surpasse, et de loin, nos rêves de complexité les plus délirants.

Si votre tracé en deux dimensions de la conscience holographique humaine, via la méthode Packard-Takens, est fiable – et je suis sûr qu'il l'est –, alors l'esprit n'est pas seulement l'organe de la conscience de l'univers, mais (pardonnez-moi cette simplification excessive) son ultime arbitre. Je comprends votre usage du terme « attracteur étrange », emprunté à la théorie du chaos, pour décrire le rôle de l'esprit dans la création d'« îles de résonances » fractales au sein de la mer chaotique des ondes de probabilité en train de s'effondrer, mais il m'est encore difficile de concevoir un univers en grande partie dépourvu de formes, sauf celles qui lui sont imposées par l'observation humaine.

C'est le scénario de la probabilité-alternée que vous abordez à la fin de votre lettre qui m'a fait hésiter. (À tel point qu'en fait, j'ai interrompu les expériences de cartographie des zones corticales profondes pour me donner le temps de réfléchir aux implications tautologiques de cette fort possible plausibilité.)

Jeremy, je me pose des questions sur la capacité que vous partagez, Gail et vous : quelle est sa fréquence, combien de degrés comprend-elle, en quoi est-elle essentielle à l'expérience humaine ?

Vous vous souvenez, quand nous avons bu mon scotch vieux de vingt ans après l'arrivée des premiers résultats de la cartographie de vos CP et que vous avez alors expliqué le fondement des anomalies : j'ai suggéré – après quelques verres, si je me souviens bien – que

---

1. Programme militaire secret, créé en 1942, qui avait pour but d'isoler des isotopes radioactifs afin de produire une bombe atomique ; les recherches initiales furent menées à la Columbia University de Manhattan (N.d.T.).

peut-être certains grands hommes de l'Histoire avaient eu ce type d'esprit, cet « interféromètre universel ». Ainsi, Gandhi et Einstein, Jésus et Newton, Galilée et mon vieil ami Jonny von Neumann ont pratiqué une forme similaire (mais évidement, légèrement différente !) de « contact mental » par lequel ils pouvaient entrer en résonance avec les différents aspects de l'existence – les soutènements physiques de l'univers, les soutènements psychologiques et moraux de notre petite part humaine de l'univers – quels qu'ils soient.

Je me souviens que cela vous a déconcerté. Ce n'est pas ce que je voulais en suggérant cette possibilité, et ce n'est pas ce que je souhaite aujourd'hui en répétant cette hypothèse.

Nous sommes – nous tous – les yeux de l'univers. Ceux d'entre vous qui possèdent cette incroyable capacité, le don béni de voir dans le cœur de l'être humain ou de sonder le cœur de l'univers lui-même, sont les mécanismes par lesquels nous « focalisons » ces yeux et dirigeons notre regard.

Réfléchissez, Jeremy : Einstein accomplit ses *Gendanken Experimente* et l'univers créa une nouvelle ramification de probabilités pour s'adapter à notre vision ainsi améliorée. Les ondes de probabilité s'effondrant avec fracas sur la plage sèche de l'éternité.

Moïse et Jésus perçurent de nouveaux mouvements de ces étoiles qui gouvernent notre vie morale, et l'univers fit croître d'autres réalités pour valider l'observation. Des ondes de probabilité en train de s'effondrer. Ni particule ni onde jusqu'à ce que l'observateur inscrive l'équation.

Incroyable. Et plus incroyable encore votre interprétation des travaux d'Everett, Wheeler et DeWitt. Chaque moment d'une telle « contemplation profonde » crée des univers différents et de probabilité égale. Il en est que nous ne pourrons jamais visiter, mais que nous amenons à l'existence réelle aux moments des grandes décisions de nos propres vies dans ce continuum. Quelque part, Jeremy, l'Holocauste n'a pas eu lieu. Quelque part, ma première femme et notre fils vivent peut-être encore. Je

202

dois réfléchir à tout cela. Je reprendrai bientôt contact avec vous deux. Il faut que je réfléchisse.

Votre ami sincère.

Jacob.

Cinq jours après l'arrivée de cette lettre, Jeremy et Gail reçoivent dans la nuit un coup de téléphone de Rebecca, la fille de Jacob. Il a dîné avec elle, tôt ce soir-là, puis s'est retiré dans son bureau « pour finir un travail ». Rebecca est allée faire quelques courses et n'est revenue qu'aux alentours de minuit.

Jacob Goldmann s'était suicidé avec le luger qu'il gardait dans le dernier tiroir de son bureau.

Les yeux ne sont pas là

Claudiquant, titubant, saignant toujours, Bremen gravissait le coteau vers la maison froide et les rochers. Les lumières à arc illuminaient maintenant toute la propriété et il n'y avait plus d'ombre dans les crevasses et les interstices entre les pierres. Derrière lui, les rottweillers libérés fonçaient, et Bremen percevait l'effet Doppler de leurs hurlements.

Pas les rochers… c'est là qu'elle veut que j'aille.

Bremen s'arrêta à l'ombre de la maison froide ; il respirait bruyamment et, de nouveau, luttait contre les points noirs qui dansaient devant ses yeux. *Les souvenirs… la famille mexicaine d'immigrés clandestins qu'elle avait recueillie lorsque leur camion était tombé en panne… les chiens les avaient immobilisés entre les grosses pierres… Miz Morgan sur la corniche, au-dessus, avait terminé la besogne avec son fusil de chasse.*

Bremen secoua la tête. Les chiens avaient maintenant quitté la route et grimpaient vers lui dans les broussailles épineuses et les schistes argileux branlants. Bremen se força à évoquer les images démentes qui l'avaient assailli pendant les secondes où il s'était trouvé dans l'œil de la tempête… tout ce qui pouvait l'aider.

Des yeux bordés de givre… des côtes rouges perçant la chair gelée… les douzaines de sépultures accumulées au cours des ans… la jeune fugueuse qui avait pleuré et supplié durant l'été 81 avant que la lame descende vers sa gorge tendue… la préparation rituelle de la maison froide.

Les chiens montaient la côte en bondissant ; l'urgence

et la proximité de la curée rendaient leurs hurlements plus graves. Maintenant, Bremen voyait distinctement leurs yeux. Plus bas, en pleine lumière, Miz Morgan leva son fusil et suivit les chiens.

27-9-11. Durant quelques secondes éternelles, Bremen vit seulement les chiffres flotter, ils faisaient partie du rituel, c'était important… mais il ne comprenait pas leur signification. Les chiens étaient à une quinzaine de mètres de lui et grondaient comme une seule bête à six têtes.

Bremen se concentra, puis tourna les talons et se mit à courir vers la maison froide. La lourde porte métallique était hermétiquement fermée par un gros loquet, une lourde chaîne, et une serrure massive à combinaison. Bremen tapa le code tandis que les chiens accéléraient vers le sommet de la colline, derrière lui. *27-9-11.*

Le premier bondit juste au moment où Bremen libérait la chaîne du loquet et de la serrure, maintenant ouverte. Il fit un saut de côté tout en décrivant un moulinet avec la chaîne. Le rottweiller alla voltiger pendant que les autres se précipitaient pour empêcher Bremen de fuir, formant un demi-cercle parfait qui le clouait contre la porte. Il fut étonné de découvrir que lui aussi grondait et montrait les dents tout en les tenant à distance avec la chaîne. Ils reculèrent et firent mine, chacun à leur tour, de s'en prendre à ses jambes et à ses bras. L'air était plein de leur salive et de la cacophonie des grognements humains et canins.

Elle les a dressés à ne pas tuer, pensa Bremen au travers des vagues d'adrénaline. *Pas tout de suite.*

Il regarda par-dessus la tête du plus grand rottweiller et vit Miz Morgan s'avancer à grands pas parmi les sauges, le fusil déjà épaulé. Elle cria aux chiens : « Couchés, bon dieu, couchés ! » Elle tira quand même et les chiens s'écartèrent d'un bond tandis que la chevrotine s'enfonçait dans le béton et ricochait jusqu'au tiers supérieur de la porte en acier.

À quatre pattes, Bremen indemne poussa le lourd vantail et pénétra en rampant dans l'obscurité froide. Derrière lui, un autre coup de feu claqua contre la porte.

Il se releva dans les ténèbres glacées de la chambre froide, oscilla sur sa jambe tailladée et chercha un moyen de fermer la porte... une barre, une poignée, quelque chose à quoi attacher la chaîne. Il n'y avait rien. Bremen comprit que la porte devait s'ouvrir d'une simple poussée si la chaîne était défaite. Il tâtonna à la recherche d'un interrupteur, mais n'en trouva pas sur les murs bordés de glace, ni sur les côtés ni au-dessus de la porte.

À peine audibles au travers de l'acier et des murs épais, les hurlements cessèrent lorsque Miz Morgan, survenant, leur cria de se taire et les mit en laisse. La porte s'ouvrit.

Bremen avança en chancelant dans l'obscurité, se heurta à des quartiers de bœuf, ses bottes de travail glissant sur le sol couvert de givre. La chambre froide était grande – au moins douze mètres sur quinze – et des douzaines de carcasses étaient suspendues à des crochets glissant sur des barres de fer fixées au plafond. À six mètres de la porte, Bremen s'arrêta, appuyé à un quartier de bœuf dont sa respiration embuait la chair pâle, et il se retourna vers la porte.

Miz Morgan l'avait presque refermée, ne laissant qu'une flèche argentée de lumière éclairer ses jambes et ses hautes bottes. Deux des rottweillers tiraient en silence sur les laisses de cuir et les trois respirations combinées s'élevaient en un nuage épais dans l'air congelé. Le fusil fourré sous le bras tendu par les laisses, Miz Morgan leva quelque chose qui ressemblait à la télécommande d'un appareil de télévision.

De brillantes rampes fluorescentes s'allumèrent dans tout le bâtiment.

Bremen cligna des yeux, vit Miz Morgan le mettre en joue et se jeta derrière le quartier de bœuf au moment où le coup partait. Des grains de plomb s'enfoncèrent dans la chair gelée ou empruntèrent l'étroite allée entre les carcasses dont certaines se balançaient, là où il était passé une seconde auparavant.

Bremen sentit un impact sur son bras droit et regardant, y vit des traînées sanglantes. Il haletait, presque en hyperventilation, et s'appuya contre une carcasse évidée pour reprendre son souffle.

Mais ce n'était pas une carcasse de bœuf. De chaque côté des côtes séparées, exposées, il vit des seins blancs. Le crochet d'acier pénétrait juste un peu plus bas que la nuque et ressortait sous la clavicule ; le torse avait été fendu et ouvert de force. Les yeux, sous la couche de glace, étaient marron.

Bremen, titubant, s'éloigna en zigzaguant, traversant d'un bond les allées, essayant de garder les carcasses entre Miz Morgan et lui. Les rottweillers aboyaient et grondaient ; les sons étaient altérés par l'air froid et la grande salle en parpaings.

Il savait qu'il n'y avait pas de fenêtre et une seule porte. Arrivé presque au mur du fond, il se dirigea vers la gauche car c'est là que les carcasses étaient les plus nombreuses, mais en entendant les griffes des chiens gratter le sol glacé, il comprit que Miz Morgan allait, elle aussi, de ce côté en restant près du mur de devant.

Bremen tenait toujours la chaîne, mais ne savait comment l'employer contre elle, à moins que la femme ne s'engage dans la forêt des cadavres suspendus. Près du mur du fond, les corps gelés qui se balançaient doucement étaient petits – toute une rangée d'enfants et de bébés – et il ne pouvait guère s'abriter derrière.

Un moment, le silence régna puis, au travers des vagues et du rugissement du bruit blanc de la folie, Bremen vit la femme se pencher et partagea la vue qu'elle avait de ses propres jambes, à dix mètres d'elle, sous une rangée de carcasses blanc et rouge.

Il sauta à l'instant où le fusil rugissait. Quelque chose frappa son talon gauche au moment où il se suspendait par la main droite à un crochet de fer traversant le cadavre d'un Noir d'âge mûr. Le mort avait les yeux fermés. Sa gorge était entaillée si grossièrement et si profondément que les bords gelés de la blessure ressemblaient au sourire d'un requin. Bremen s'efforça de ne pas lâcher la chaîne qu'il tenait dans sa main gauche.

Miz Morgan cria quelque chose d'inintelligible et lâcha l'un des chiens.

Bremen se hissa sur le cadavre instable alors que le chien arrivait en bondissant dans l'allée glissante et que Miz Morgan le mettait en joue.

Des yeux

Au même moment, à plus de mille cinq cents kilomètres à l'est de là, le petit garçon aveugle, sourd et arriéré, appelé Robby Bustamante, est sauvagement battu par un « oncle » qui vit avec eux depuis quatre mois. Celui-ci couche avec sa mère qu'il fournit en crack et en héroïne contre différents services rendus.

Le crime de Robby, c'est de n'être pas encore propre à treize ans et d'avoir souillé son pantalon alors que l'« oncle » est à la maison, seul avec lui. Sortant d'un mauvais trip à la marijuana, l'homme pique une colère à la vue et à l'odeur de Robby. Il l'arrache au coin tapissé de coussins de la petite chambre où l'enfant se balançait avec son nounours en hochant silencieusement la tête dans l'obscurité, et se met à le frapper en pleine figure avec un poing que le petit aveugle ne peut même pas voir venir.

Robby se met à chantonner doucement de sa voix de tête et, pour parer les coups invisibles, lève devant son visage des mains qu'agite un tremblement maladif.

Cela rend l'oncle encore plus furieux, et l'homme grand et fort se met à marteler Robby pour de bon ; écartant d'une tape les mains tordues et inefficaces, il le frappe en pleine bouche d'un coup de poing qui broie les grosses lèvres molles, brise les incisives cariées, casse le nez aplati, écrase les pommettes et les yeux fermés.

Robby tombe en projetant un jet de sang sur le papier mural moisi, mais il continue à chantonner de sa voix de tête et tape de ses paumes le linoléum déchiré. L'oncle ne le sait pas, mais l'enfant essaie de retrouver son ours en peluche.

Les bruits inhumains font franchir à l'oncle le dernier millimètre qui le séparait de l'envie de tuer et il se met à bourrer l'enfant de coups de pied, avec ses bottes Redwin renforcées de bouts métalliques, d'abord dans les côtes, puis dans le cou et, quand Robby maintenant silencieux se recroqueville dans le coin, en pleine figure.

L'oncle émerge de l'endroit rouge où il avait sombré et regarde l'enfant aveugle et sourd, toujours pelotonné dans le coin, mais selon des angles impossibles – poignets et genoux retournés, un doigt dressé verticalement en arrière, son cou plein d'ecchymoses tordu dans le mauvais sens par rapport au corps dodu revêtu du pyjama Tortues Ninja trempé d'urine –, et l'oncle s'arrête. Ce n'est pas la première fois qu'il tue.

Il attrape Robby par une touffe de cheveux noirs et raides et le tire dans le couloir, puis traverse la petite salle de séjour où la télé noir et blanc continue à beugler.

Plus de voix de tête en train de chantonner. Les lèvres en marmelade de Robby marquent le carrelage d'une traînée de salive et de sang. L'un de ses yeux aveugles est encore ouvert, l'autre est fermé par l'enflure sous un sourcil balafré. Ses doigts ballants font un bruit mou en franchissant le chambranle des portes et tracent des lignes pâles dans les taches rouges laissées par son visage.

L'oncle ouvre la porte de derrière, sort, jette un coup d'œil alentour, rentre de nouveau et, d'un coup de pied, pousse Robby en bas des marches du porche. Cela fait le bruit d'un sac de jute rempli de cent kilos de Jell-O et de pierres en vrac qui déboulerait les six marches de bois.

L'oncle attrape Robby par le devant de son pyjama trop petit et le tire sur l'herbe mouillée de la cour. Les boutons sautent et la flanelle se déchire. L'homme jure, empoigne Robby par ses longs cheveux et recommence à le traîner.

Derrière le garage inutilisable, passé la barrière effondrée et la parcelle de terre abandonnée, sous les ormes dégouttant de pluie, hors de la zone de lumière, là où autrefois se dressait une cabane dans les hautes herbes, non loin de la rivière, il y a des cabinets. Personne ne s'en sert plus. Sur la feuille de carton décoloré, clouée sur la porte, on peut lire : FENCE ENTR. On a attaché les poignées de la porte avec une corde pourrie, à cause des gamins.

L'oncle l'arrache, pénètre dans l'obscurité nauséabonde, enlève les planches qui couvrent le trou, traîne Robby jusque-là et le met en position assise, puis soulève en grognant la masse apparemment dépourvue d'os et la fait passer par-dessus le rebord où aurait dû être le siège. La veste du pyjama orné de Tortues Ninja s'accroche à un clou où elle reste suspendue pendant que le corps glisse dans la fosse obscure. Les pieds nus de l'enfant semblent lui dire au revoir avant de disparaître. Un bruit sourd et liquide remonte du trou profond de trois mètres.

L'oncle sort dans la nuit, respire l'air frais avec soulagement, regarde autour de lui, ne voit rien, entend seulement un chien aboyer au loin, trouve une grosse pierre sous ses pieds et revient dans les cabinets pour essuyer ses mains et sa chemise avec la veste de pyjama. Après, il la laisse tomber dans le trou rectangulaire et puant, puis remet en place les planches du siège en les martelant avec la pierre, du mieux qu'il peut, dans l'obscurité.

Aucun bruit n'émerge des cabinets pendant l'heure où l'oncle attend, dans la maison, que la mère de Robby revienne avec la voiture.

Bien sûr, Robby n'entend pas les voix, puis les cris, ni les brefs sanglots, ni les bruits de bagages que l'on fait à la hâte et les portières de voiture qui claquent.

Il ne voit pas s'éteindre les lumières de la maison et du porche.

Il n'entend pas le rugissement du moteur ni le bruit des pneus écrasant les graviers de l'allée quand sa mère l'abandonne pour la dernière fois.

Robby ne peut pas entendre les aboiements du chien qui enfin se taisent, comme un disque rayé qui finit par s'arrêter, ni le silence envahissant le voisinage tandis que la pluie crépite doucement sur les feuilles et goutte par les déchirures du toit en tôle ondulée des cabinets, sous les arbres.

Tout ce que je vous ai dit est vrai. Tout ce que j'ai encore à vous dire est vrai.

Et il vit le crâne sous la peau

Le rottweiler sauta trois secondes avant que Miz Morgan fasse feu.

Bremen enfourcha les épaules du Noir et enroula la chaîne autour du cou du gros chien lorsque l'animal enfonça ses griffes dans la chair gelée pour se hisser jusqu'à lui. Le rottweiler hurla. Bremen resserra la chaîne d'une saccade et la leva. Miz Morgan, apercevant le chien qui semblait l'éviter entre Bremen et elle, releva le canon de son fusil au moment où elle appuyait sur la gâchette.

Bremen sursauta, faillit perdre l'équilibre et lâcher le chien lorsque les grains de plomb s'écrasèrent sur le tube fluorescent et sur le plafond. Des étincelles et des morceaux de verre s'envolèrent. L'animal avait dû recevoir quelques chevrotines perdues car il se mit à hurler plus frénétiquement et, rejetant la tête en arrière, essaya de mordre les mains de Bremen. Celui-ci resserra la chaîne jusqu'à ce que le chien suffoque et que son hurlement ne soit plus qu'un gémissement prolongé.

Miz Morgan arma le fusil, assura sa prise sur la laisse du second rottweiler et s'engagea dans l'allée glacée, entre les quartiers de viande qui se balançaient doucement.

Bremen haletait si fort qu'il craignait de s'évanouir. Les maillons d'acier de la chaîne étaient glacés et la chair de ses mains pelait chaque fois qu'il la tirait plus fort ou changeait de position. Le rottweiler émettait maintenant un bruit qui ressemblait plus à celui d'un vieil homme en train de se gargariser qu'à un hurlement de chien. Bremen savait que Miz Morgan le rejoindrait dans quelques secondes ; il lui suffirait alors de poser le canon de son arme contre la poitrine de Bremen et de tirer à bout portant.

Le premier coup de fusil avait brisé une double rangée de tubes fluorescents et la lumière qui tombait sur la tête sombre du chien était comme pommelée. Il leva les yeux, aperçut le renfoncement dans le plafond, au-dessus du support d'un des tubes, et une douzaine de points lumineux qui le firent cligner des yeux. Des trous dans du bois, pas dans du parpaing. Des trous qui laissaient pénétrer la lumière de la grande lampe à arc, derrière le bâtiment.

Miz Morgan se déplaçait entre les cadavres, à deux mètres cinquante de lui. Ses yeux brillaient et paraissaient très grands ; sa respiration embrumait l'air autour d'elle. Le rottweiller pendu à la chaîne ne se débattait plus et des spasmes agitaient ses longues pattes osseuses. Cette vue sembla rendre fou l'autre chien et Miz Morgan dut serrer le fusil à deux mains pour retenir l'animal lorsqu'il bondit vers le cadavre du Noir et les jambes pendantes de Bremen.

Celui-ci lança le rottweiller mort sur Miz Morgan et, décidé à grimper, posa sans hésitation les pieds sur les épaules du cadavre, puis sur sa tête. Il s'accrocha au support du tube qui bougea d'une manière alarmante et des morceaux de verre recommencèrent à tomber dans les vapeurs du froid. Bremen, en équilibre sur la tige glacée, fourra la tête et les épaules dans l'étroite ouverture et s'appuya contre le bois moucheté de lumière.

Miz Morgan lâcha la laisse et épaula. Elle ne pouvait pas le manquer de si près. Pour attraper Bremen, le rottweiller se servit du cadavre de son camarade pour sauter et se hisser sur le corps oscillant du Noir.

La clavicule sous laquelle passait le crochet céda ; le cadavre dégringola dans l'allée en entraînant le rottweiller et tomba comme un quartier de bœuf gelé sur Miz Morgan et le chien mort.

Le coup de fusil manqua l'orifice étroit, mais s'enfonça

dans le parpaing bordé de givre à quelques centimètres du bras gauche de Bremen. Il sentit quelque chose déchirer sa manche gauche et un filet froid couler comme un brusque courant électrique sur la chair tendre de l'intérieur de son bras. Alors il se plia en deux et poussa, si fort qu'il faillit glisser de la tige.

La trappe, si c'en était une, était fermée de l'extérieur. Bremen sentait la résistance du moraillon métallique, il l'entendait crisser.

Miz Morgan cria et donna un coup de pied au rottweiller qui grognait, à deux mètres cinquante en dessous de lui. Le chien se retourna et essaya de le mordre. Sans hésiter une seconde, elle leva la carabine et lui défonça le crâne avec la lourde crosse. Le rottweiler s'effondra d'une manière presque comique sur le cadavre de son camarade.

Bremen avait utilisé ces six secondes de répit pour reprendre son équilibre et pousser de nouveau ; il sentit quelque chose se déchirer dans son dos, mais aussi que les planches pourries par l'âge et affaiblies par le coup de fusil cédaient un peu. Les tendons de son cou ressortaient et son visage était rouge brique : il poussait avec assez de volonté et d'énergie pour déplacer des montagnes, pour arrêter des oiseaux en plein vol.

Bremen crut que Miz Morgan avait de nouveau tiré sur lui – le bruit fut assourdissant – mais c'était seulement trois des grosses planches qui venaient de se fendre et de s'envoler au-dessus de sa tête.

Bremen perdit l'équilibre et tomba car ses chaussures avaient glissé du montant métallique, mais sa main gauche engourdie par le froid s'accrocha aux planches brisées tandis que la droite jetait la chaîne par l'ouverture et s'assurait une prise. Il entendit Miz Morgan crier quelque chose, mais il était déjà en train de se hisser en déchirant sa chemise aux échardes et en poussant des pieds contre le support du tube.

L'éclat éblouissant de la lampe à arc plantée sur le réservoir, à l'arrière du toit plat, l'aveugla, mais il roula sur lui-même pour s'éloigner de l'ouverture juste au moment où Miz Morgan tirait de nouveau. Deux autres planches explosèrent et des échardes retombèrent en pluie sur Bremen.

Sans tenir compte de sa cuisse, de sa hanche et de son bras gauche qui saignaient, ni de la douloureuse gelure de ses mains recroquevillées, Bremen se releva, récupéra la chaîne et courut sur le toit couvert de gravillons jusqu'à l'avant du bâtiment, en sautant par-dessus l'épais tuyau d'incendie qui descendait le long du mur. Quatre des rottweilers étaient restés près de la porte, attachés à un tuyau métallique. Ils devinrent fous de rage lorsque Bremen sauta du toit. Le mur faisait trois mètres cinquante de haut. L'impact fut rude, ses jambes le trahirent et il roula lourdement sur le gravier et les petites pierres.

Les chiens sautèrent pour l'attraper, arrêtés par les laisses à vingt centimètres de leur proie.

Bremen se mit à genoux, se releva, puis s'avança en chancelant vers la porte. Elle n'était qu'entrouverte ; l'air froid et rance s'en échappait, telle la respiration d'un démon mourant. Bremen entendit le bruit des bottes de Miz Morgan sur le sol encroûté de givre ; elle courait vers la porte.

Il se précipita et la claqua au moment où la femme se jetait dessus, de l'autre côté. La pression diminua et Bremen l'imagina en train de reculer et d'armer son fusil. Les quatre rottweilers bondirent si violemment vers lui qu'ils en tombèrent sur le dos. Bien qu'à trois mètres d'eux, il fut éclaboussé de salive et d'écume.

Bremen passa la chaîne dans le moraillon, ramassa le gros cadenas et le referma juste à l'instant où Miz Morgan tirait.

C'était une porte en acier de quinze centimètres d'épaisseur bien encastrée dans son chambranle métallique. Elle ne fut même pas ébranlée. Même le bruit de la carabine n'eut qu'un écho creux, lointain.

Bremen recula et sourit, puis jeta un coup d'œil sur le toit. Il faudrait à la femme moins d'une minute pour faire glisser un autre cadavre au bon endroit et grimper comme il l'avait fait. Il n'avait pas le temps de trouver une échelle et rien pour couvrir le trou. Il doutait de pouvoir arriver avant elle à l'hacienda, étant donné ses blessures. Il s'avança en clopinant et en boitant vers le côté sud de la maison froide.

L'un des rottweillers, une chienne, réussit alors à se libérer et fonça sur lui, apparemment si surprise de sa soudaine liberté qu'elle en oublia de hurler. Bremen, arrivé au coin du bâtiment, se laissa tomber sur un genou pour éviter ses mâchoires qui claquaient et lui donna un coup de poing dans le ventre, droit sous les côtes, aussi fort qu'il le put.

Le souffle jaillit de sa gueule comme l'air d'un pneu crevé. La chienne tomba, mais tenta aussitôt, tant bien que mal, de se remettre debout en grattant le sol de ses griffes.

Bremen s'agenouilla en pleurant sur le dos de la grande bête, saisit les mâchoires dans ses mains enflées qui l'élançaient et il lui brisa les vertèbres cervicales. Derrière lui, les trois survivants devinrent fous de rage.

Bremen tourna le coin en boitillant. La douche bricolée avec un jerricane, dont Miz Morgan s'était servie la veille, était encore en place, le bidon de vingt litres suspendu à deux mètres de haut, le gros tuyau d'incendie remontant jusqu'au réservoir de six mille litres, sur le toit. Bremen courut jusque-là, sauta pour attraper la pomme de douche, se hissa suffisamment haut pour prendre appui sur le jerricane, et se balança jusqu'à ce que sa main ensanglantée se referme sur le gros tuyau d'incendie.

Ébranlé par son poids, le réservoir se détacha et tomba sur le rectangle de pierre, en dessous, mais Bremen était déjà plus haut et grimpait au tuyau maintenant décroché.

Il franchit le bord du toit et resta couché une seconde, haletant, sur le gravier, aveuglé une fois de plus par la lampe à arc du réservoir d'eau de cinq mille litres. Des bruits se firent entendre, en provenance du trou ou de la vieille trappe brisée par laquelle il était sorti. Bremen s'y rendit, regarda en bas et aperçut, juste à temps, le canon du fusil qui s'élevait vers l'ouverture.

Le coup passa par-dessus son épaule. L'effort de lever

l'arme avait fait perdre prise à Miz Morgan et elle retomba sur les épaules d'un cadavre de jeune femme. Bremen l'entendit jurer tandis qu'elle recommençait à grimper, d'une seule main. Le léger support cria lorsque la grande et forte femme se hissa dessus.

Bremen, sur le point de s'évanouir, dut s'asseoir et mettre la tête entre les genoux. Le monde éclairé par la lampe à arc se réduisait à un étroit tunnel entre des murs de noirceur. Au loin, si loin, il entendit Miz Morgan se hisser, trouver son équilibre, appuyer le fusil contre le mur intérieur de la lucarne et se relever. Bremen ferma les yeux.

Allons, Jerry. Debout! Lève-toi, maintenant. Pour moi.

Épuisé, Bremen ouvrit les yeux en soupirant et rampa sur la tôle goudronnée vers le tuyau d'incendie. Il laissait derrière lui des empreintes sanglantes et une traînée qui coulait de sa jambe gauche.

Avec ce qui lui restait de force – non, avec une force qui n'était pas la sienne, mais qu'il tirait de quelque endroit secret – il leva le tuyau, retraversa le toit à pas chancelants et se tint, vacillant, au bord du trou.

La tête et les épaules de Miz Morgan émergeaient déjà. Avec ses yeux si grands et si blancs, ses cheveux ébouriffés brillant de givre et ses lèvres retroussées en un sourire de tueur, elle ressemblait à quelque chose qui n'avait plus rien d'humain. Le bruit blanc de sa soif psychotique de sang était presque surpassé par le brusque sentiment de triomphe qui s'écoulait d'elle comme une urine chaude. Toujours souriante, elle s'efforça de lever la carabine hors du trou.

Bremen, qui ne souriait pas du tout, ouvrit le robinet et tint fermement le tuyau tandis qu'une pression de trois cents kilos d'eau rejetait la femme à l'intérieur et frappait les planches arrachées. Il se rapprocha et un geyser de dispersion, jailli de l'ajutage pivotant, frappa le gravier à quinze mètres en dessous de lui, dans la nuit.

Le fusil avait disparu lorsque la femme était retombée. Bremen ferma l'eau et regarda avec précaution par-dessus le bord du trou où des glaçons commençaient à se former.

Miz Morgan remontait déjà, silhouette couronnée de givre et nappée de glace. Elle souriait toujours comme une folle. Sa main droite, d'une blancheur de lait, n'avait pas lâché le fusil.

Bremen recula en soupirant, posa le tuyau sur l'ouverture et ouvrit tout grand le robinet. Il revint en titubant vers l'avant du bâtiment et se laissa tomber sur le gravier à peu de distance du muret qui courait autour du toit. Il décida de fermer les yeux une seconde.

Juste une seconde ou deux.

Des yeux

L'ennui, c'est que Gail souffre de terribles migraines depuis la puberté, aussi lorsque les maux de tête deviennent plus fréquents et plus douloureux, ni elle ni Jeremy n'y prêtent suffisamment attention pendant plusieurs mois. Un choc émotionnel déclenche souvent des maux de tête, et tous deux supposent que le suicide de Jacob Goldmann est la cause de cet accès plus récent de migraines. Pour finir, lorsque Jeremy se voit obligé de quitter un colloque en titubant sous l'effet de la douleur émise par Gail, pour la retrouver, aveuglée par la souffrance, en train de vomir dans la salle de bains, ils consultent un médecin. Celui-ci les envoie chez un spécialiste, le docteur Singh, qui prend aussitôt rendez-vous pour lui faire passer une tomographie et un scanner.

Gail est perplexe. *Ce sont les mêmes tests que ceux de Jacob…*

Non, émet Jeremy qui lui tient la main, dans le bureau du docteur Singh, *ce sont des moyens d'investigation… semblables aux rayons X… les scanners de Jacob captaient les actions du front d'onde.*

Les examens ont lieu un vendredi et Singh ne les recevra pas avant lundi. Tous deux voient les éventualités les plus sombres derrière les paroles rassurantes du médecin. Le samedi, la migraine de Gail a disparu, comme si les examens étaient un remède. Jeremy propose de laisser tomber le travail autour de la ferme et d'aller passer le week-end à la plage. On fêtera Thanksgiving Day dans une semaine, mais il fait chaud, le ciel est bleu, second été indien de cette saison généralement la plus morne en Pennsylvanie.

Barnegat Light est pratiquement désert. Les sternes et les goélands tournoient et crient au-dessus de la longue étendue de sable que domine le phare. Gail et Jeremy étalent leurs couvertures dans les dunes et, gambadant comme de jeunes mariés, se poursuivent au bord fluctuant de l'Atlantique, jouent à chat, se chatouillent – utilisant le moindre prétexte pour se toucher l'un l'autre dans leurs maillots mouillés par les embruns – et reviennent enfin épuisés, couverts de chair de poule, s'allonger pour regarder le soleil se coucher derrière les dunes et les maisons érodées par le vent marin.

Un vent froid se lève avant la tombée du jour et Jeremy tire sur eux la moins dépenaillée des couvertures, enveloppe Gail et lui dans un nid chaud tandis que les herbes des dunes et les étroites barrières réfléchissent les bruns roux et les ors somptueux de la lumière automnale. Le phare blanc luit au sein d'indescriptibles nuances de rose et de lavande pâle pendant les deux minutes d'un coucher de soleil parfait ; ses vitres et ses lampes agissent comme un prisme et transforment l'orbe du soleil en un rayon d'or pur qui traverse la plage.

L'obscurité survient avec la soudaineté stupéfiante d'un rideau qu'on ferme. Il n'y a personne sur la grève et seules quelques villas sont allumées. Le vent de mer fait bruire les herbes sèches au-dessus d'eux et fouette les dunes avec un bruit qui ressemble aux soupirs d'un bébé.

Jeremy remonte la couverture et dégage les épaules de Gail du maillot mouillé. Il le fait glisser plus bas et ses seins se dressent, libérés du tissu collant. Jeremy sent leur chair de poule, aussi dure que ses mamelons, puis continue à dégager du maillot la courbe de ses hanches, ses jambes et ses petits pieds. Puis, il ôte son slip de bain.

Gail ouvre les bras, écarte les jambes et l'attire à elle. Brusquement le vent froid et la montée des ténèbres sont choses lointaines, oubliées dans la brusque chaleur de leur étreinte et de leur contact mental. Bremen bouge lentement, avec une infinie lenteur ; il sent qu'elle partage ses pensées et ses sensations – puis, uniquement ses sensations. Ils ont l'impression de chevaucher la brise et le bruit des vagues, de plus en plus fort, vers quelque noyau des choses qui s'éloigne rapidement.

Ils jouissent en même temps, mais prolongent leur étreinte, se découvrant mutuellement dans le retour en douceur des stimuli externes et dans de petits attouchements, puis une fois encore dans le contact mental structuré par le langage, après ce tourbillon muet des sensations par-delà les mots.

C'est pour ça que je veux vivre, émet Gail par un contact mental faible et vulnérable.

Jeremy sent la colère et le vertige de la peur s'élever en lui presque aussi violemment que la passion amoureuse, quelques instants auparavant. *Tu vivras. Tu vivras.*

Tu me le promets ? émet Gail, d'un ton mental léger. Mais Jeremy perçoit la peur-du-noir-sous-le-lit derrière ce badinage.

Je te le promets, émet-il. *Je te le jure.* Il la serre plus fort en essayant de rester à l'intérieur de son ventre, mais il sent qu'il se retire lentement, sans pouvoir l'empêcher. Il l'étreint si violemment qu'elle suffoque. *Je te le jure, Gail*, émet-il. *Je te le promets.*

Elle pose ses mains sur les épaules de Jeremy, fourre son visage dans le creux salé de son cou et soupire, entraînée presque malgré elle dans le sommeil.

Au bout d'un moment, Jeremy bouge mais rien qu'un peu, s'installe sur le côté droit afin de pouvoir la tenir sans la réveiller. Autour d'eux, le vent qui souffle de l'océan invisible s'imprègne du froid de l'automne finissant, les étoiles brûlent presque sans scintiller d'une clarté hivernale, mais Jeremy replie plus soigneusement la couverture autour d'eux et serre fermement Gail dans ses bras, les gardant tous deux au chaud par le rayonnement de son corps et l'intensité de sa volonté.

Je le promets, envoie-t-il à son amour endormi. *Je te le promets.*

Nous sommes les hommes creux

Bremen se réveilla tard le jour suivant ; le soleil brillait, sa peau se couvrait d'ampoules. Le gravier brûlait ses paumes et ses avant-bras nus. Ses lèvres gercées avaient la consistance d'un parchemin déchiqueté. Le sang encroûtait sa hanche et l'intérieur de sa cuisse ; en coulant sur les pierres chaudes du toit, il s'était coagulé avec le dénim déchiré de son Levi's pour former une pâte brune et collante qu'il dut arracher pour se lever. Au moins, il ne saignait plus.

Il boitilla jusqu'à l'ouverture et dut s'asseoir deux fois en six mètres pour laisser passer le vertige et la nausée. Le soleil était très chaud.

Le tuyau pendait encore dans l'orifice sombre où l'air froid s'agitait toujours, mais l'eau ne coulait plus. Les lumières étaient éteintes dans la maison froide. Bremen jeta un coup d'œil au réservoir de six mille litres en se demandant s'il était vide. Puis il haussa les épaules, souleva le long tuyau et le transporta jusqu'à l'extrémité sud du toit, afin de s'en servir comme d'une corde pour descendre.

Lorsqu'il arriva en bas la douleur l'obligea à s'asseoir pendant plusieurs minutes sur la dalle en grès de la douche, la tête entre les jambes. Puis il se remit sur ses pieds et entama sa longue marche jusqu'à l'hacienda.

Au coin de la maison froide, le cadavre du rottweiler, déjà boursouflé, dégageait une odeur âcre dans la chaleur du milieu de journée. Les mouches s'étaient attaquées à ses yeux. Les trois chiens survivants ne se levèrent pas, ne grondèrent pas lorsque Bremen passa en clopinant, mais se contentèrent de le regarder avec des yeux inquiets tandis qu'il descendait vers la route puis remontait jusqu'à la grande maison.

Il lui fallut près d'une heure pour y arriver. Là, il coupa son jean, nettoya ses blessures, puis resta sous la douche pendant un temps gris et béni ; ensuite il appliqua un désinfectant sur les plaies – il s'évanouit brièvement lorsqu'il tamponna sa hanche – puis sortit de l'armoire à pharmacie de Miz Morgan des comprimés de codéine, hésita, glissa la boîte dans la poche de sa chemise, prit une carabine et un pistolet au râtelier de la chambre à coucher et les chargea, puis repartit, toujours clopinant, vers le baraquement pour se changer.

L'après-midi tirait à sa fin lorsqu'il revint à la porte de la chambre froide. Les chiens regardèrent la bouche de la carabine, gémirent et s'écartèrent aussi loin que les laisses le leur permettaient. Bremen posa par terre la grande jatte d'eau qu'il avait apportée et, lentement, la chienne plus âgée, Letitia, s'avança en rampant pour laper avec reconnaissance. Les deux autres l'imitèrent.

Bremen tourna le dos aux chiens et ouvrit la serrure à combinaison. La chaîne tomba par terre.

La porte demeura fermée ; quelque chose la bloquait. Il l'ouvrit de force avec une pince apportée de l'hacienda, terminant le travail avec le canon du 30-06, et recula pour ne pas rester dans l'embrasure. Des volutes d'air froid en sortirent, se transformant en brouillard dans l'air extérieur à plus de trente degrés. Bremen s'accroupit à l'abri, le doigt sur la gâchette. Sur le plancher, la couche de glace faisait maintenant près d'un mètre d'épaisseur.

Rien n'apparut. Pas de bruit, sauf les lapements des rottweillers vidant la jatte, le beuglement des vaches remontant des pâtures et le *teuf-teuf* du générateur auxiliaire, derrière le bâtiment.

Bremen laissa passer encore trois minutes, puis entra à pas lents et glissés sur le monticule de glace et s'arrêta aussitôt à gauche de la porte, la carabine levée, pour laisser ses yeux s'habituer à l'obscurité. Il baissa l'arme et se redressa ; son haleine tourbillonnait autour de lui. Il s'avança lentement.

Dans les rangées centrales, la plupart des carcasses avaient été arrachées de leur crochet, soit par la pression de l'eau venant d'en haut, soit par la folie, en bas. Elles se dressaient maintenant – quartiers de bœuf et cadavres humains – comme des stalagmites de glace déchiquetées. Le réservoir de six mille litres s'était, semblait-il, totalement vidé. Bremen posait soigneusement ses bottes sur les capricieuses volutes de glace bleu-vert, à la fois pour ne pas perdre l'équilibre et pour ne pas marcher sur l'un des cadavres aux côtés à vif gelés dans l'océan de cauchemar, sous ses pas.

Miz Morgan était presque en dessous du trou où le soleil dardait ses rayons au travers de la vapeur et des stalactites dégoulinantes. Son corps et ceux des deux chiens, noyés dans le monticule de glace qui, ici, faisait au moins un mètre cinquante de haut, évoquaient une sorte de pâle légume surgelé à trois têtes. Le visage de la femme était le plus près de la surface, si près qu'un grand œil bleu dépassait du givre. Ses mains aux doigts encore recourbés en griffes jaillissaient de la glace comme deux sculptures ébauchées, abandonnées avant les derniers coups de ciseau.

Sa bouche était grande ouverte, le torrent gelé de son dernier souffle la reliait comme une chute solidifiée à la mer de glace qui l'entourait, et pendant une seconde de folie, l'image obscène fut si parfaite que Bremen crut la voit en train de vomir cette pleine pièce de glace rance.

Les chiens, réunis sous ses hanches en un torrent de chair gelée, semblaient faire partie de son corps, et le fusil s'élevait du ventre de l'un d'eux en une caricature d'érection.

Bremen baissa sa carabine et tendit une main tremblante pour toucher la couche de glace, sur la tête de la femme, comme si la chaleur de son attouchement pouvait l'amener à se tordre et à se débattre dans son froid linceul, ses griffes lacérant le monticule pour l'atteindre.

Aucun mouvement, pas de bruit blanc. Le souffle de

Bremen embua la glace au-dessus du visage tendu, gueule ouverte.

Bremen tourna les talons et sortit en prenant soin de ne pas poser les semelles de ses bottes sur d'autres figures encastrées aux yeux fixes.

Bremen partit une fois la nuit tombée, après avoir relâché les chiens et disposé suffisamment d'eau et de nourriture autour de l'hacienda pour qu'ils puissent survivre pendant une semaine au moins. Il laissa la Toyota où elle était garée et prit la jeep. Il avait trouvé la tête de delco trônant comme un trophée disgracieux sur la commode de Miz Morgan. Il ne prit pas d'argent – pas même la paie qui lui était due – mais fourra à l'arrière de la jeep trois sacs à provisions pleins de nourriture et plusieurs jerricanes d'eau de dix litres. Bremen se demanda s'il n'allait pas emporter la carabine ou le pistolet, mais finit par les essuyer et les ranger au râtelier. Il commença à passer un chiffon à poussière sur les meubles du baraquement pour effacer ses empreintes, mais bientôt il secoua la tête, grimpa dans la jeep et démarra.

Bremen roulait dans l'obscurité, laissant l'air froid du désert le tirer du cauchemar où il avait vécu pendant si longtemps. Il se dirigeait vers l'ouest parce que revenir vers l'est, c'était pour lui impensable. Peu après vingt-deux heures, il déboucha sur l'Interstate 70 et suivit le cours de la Green River, s'attendant presque à entendre la voiture d'Howard Collins rugir derrière lui, son gyrophare allumé. Mais Bremen croisa seulement quelques voitures.

Il dut s'arrêter à Salina pour acheter de l'essence avec ce qui lui restait d'argent et sortait de la ville par l'Highway 50 lorsqu'il se retrouva derrière une voiture de patrouille qui roulait lentement. Bremen attendit jusqu'à une bifurcation et s'engagea sur l'Highway 89 qui l'emmena vers le sud.

Il roula dans cette direction sur deux cents kilomètres, repartit vers l'ouest à Long Valley Junction, traversa Cedar City, se retrouva sur l'Interstate 15 juste avant l'aube, emprunta ensuite la State Road 56 et, trente kilomètres après avoir franchi la frontière entre l'Utah et le Nevada, trouva un endroit où garer la jeep hors de vue, derrière des peupliers de Virginie desséchés, sur une aire de repos à l'est de Panaca. En guise de petit déjeuner, il se contenta d'un sandwich et d'un peu d'eau, puis étendit sa couverture sur des feuilles sèches, à l'ombre de la jeep, et s'endormit avant que son esprit ait eu le temps de déterrer des souvenirs récents qui auraient pu le garder éveillé.

La nuit d'après, roulant doucement sur l'Highway 93 aux abords du parc national de Pharanagat, en route pour nulle part, soumis aux poussées et aux échos de la neuro-rumeur des véhicules de passage, mais encore capable de se concentrer dans l'air tranquille du désert mieux qu'il n'avait pu le faire depuis des semaines, Bremen s'aperçut que dans une centaine de kilomètres, il n'aurait plus ni essence ni chance. Il n'avait pas d'argent pour prendre le car ou le train, pas un cent pour s'acheter à manger quand ses provisions seraient épuisées, et pas un seul papier d'identité en poche.

Il manquait tout autant d'idées. Ses émotions, si aiguës, si exagérées durant les semaines précédentes, semblaient avoir été engrangées quelque part jusqu'à la Saint-Glinglin. Il se sentait étrangement calme, confortablement *vide*, comme dans son enfance, lorsqu'il avait beaucoup sangloté.

Bremen essaya de penser à Gail, aux travaux de Goldmann et à leurs conséquences possibles, mais tout cela semblait appartenir à un autre monde, un endroit laissé loin derrière, à la lumière du soleil, là où régnait le bon sens. Il n'y retournerait jamais.

Aussi Bremen continua à rouler sans réfléchir vers le sud, la jauge d'essence frôlant le rouge, et brusquement, il découvrit que l'Highway 93 se terminait à l'Interstate 15. Docilement, il suivit la rampe et continua vers le sud-ouest en s'enfonçant dans le désert.

Dix minutes plus tard, arrivé en haut d'une petite côte, s'attendant à tout moment à ce que la jeep tousse et s'arrête, Bremen cligna des yeux de surprise lorsque le désert explosa de lumière – des rivières de lumières, des constellations ruisselantes de lumières – et en cette seconde d'épiphanie électrique, il sut avec précision ce qu'il allait faire cette nuit-là, et la nuit suivante, et celle d'après. Les solutions s'épanouirent comme quand vous vient subitement à l'esprit la transformation manquant dans une équation difficile et qui brille alors aussi clairement que l'oasis éclatante de lumière devant lui, dans la nuit du désert.

La jeep l'avait amené juste assez loin.

Des yeux

J'ai du mal à comprendre, même maintenant, le concept de mortalité tel que Jeremy et Gail me l'ont transmis.

Mourir, finir, *cesser d'être*, c'est simplement une idée qui n'existait pas pour moi avant leur ténébreuse révélation. Même maintenant, elle me trouble par son impératif sombre et irrationnel. En même temps, elle m'intrigue, me fait signe même, et je ne peux m'empêcher de songer que le véritable fruit de l'arbre interdit à Adam et Ève, dans les contes que les parents de Gail enseignaient si assidûment à leur petite fille, est non pas la connaissance, comme l'affirment ces récits, mais la mort elle-même. La mort peut être une notion séduisante pour un Dieu privé de sommeil pendant Sa création.

Ce n'est pas une notion séduisante pour Gail.

Dans les jours et les heures qui suivent la découverte d'une tumeur inopérable derrière ses yeux, elle est l'essence même du courage et partage sa confiance avec Jeremy par le langage et le contact mental. Elle est certaine que la radiothérapie va l'aider… ou la chimio… et qu'il y aura une rémission, d'une sorte ou d'une autre. Maintenant qu'on a trouvé l'ennemi, qu'on l'a identifié, elle a moins peur qu'avant du noir sous le lit.

Mais lorsque la maladie et la terrible épreuve du traitement l'épuisent, remplissant ses nuits d'appréhension et ses après-midi de nausées, Gail se met à désespérer. Elle s'aperçoit que les ténèbres, ce n'est pas le cancer, mais la mort qu'il apporte.

Gail rêve qu'elle est sur le siège arrière de sa Volvo et

que celle-ci fonce vers le bord d'une falaise. Il n'y a personne à la place du conducteur et elle ne peut pas atteindre le volant parce qu'une paroi de plexiglas l'en sépare. Jeremy court derrière la Volvo, incapable de la rattraper ; il crie et fait de grands signes, mais Gail n'entend pas ce qu'il dit.

Gail et Jeremy se réveillent en même temps juste au moment où la voiture dégringole dans le vide. Tous deux ont vu qu'en bas, il n'y a pas de rochers ni de paroi, pas de plage ni d'océan… rien que d'épouvantables ténèbres qui certifient une éternité de chute atroce.

Jeremy l'aide pendant les mois de cet hiver, la tenant serrée contre lui par le contact mental et dans de véritables étreintes tandis qu'ils partagent les terribles montagnes russes de la maladie – l'espoir et un soupçon de rémission un jour, des bribes d'informations médicales prometteuses le lendemain, puis l'avalanche des journées où il n'y a qu'une douleur de plus en plus forte, la faiblesse, pas la moindre lueur d'espoir.

Dans les derniers temps, c'est Gail qui, de nouveau, se montre forte en détournant leurs pensées vers d'autres sujets quand elle le peut, en affrontant bravement ce qu'il faut affronter quand elle le doit. Jeremy se retire de plus en plus en lui-même, berçant la douleur de son aimée et refusant de se laisser absorber, rassurer, par les banalités de l'existence.

Gail est emportée à toute vitesse vers le bord de la falaise, mais Jeremy l'accompagne jusqu'aux derniers mètres. Même quand elle est trop malade pour rester physiquement proche, gênée par la perte de ses cheveux et la douleur qui ne la laisse vivre que durant les quelques minutes qui suivent les piqûres d'analgésiques, il y a des îlots de clarté où leur contact mental maintient l'intimité gouailleuse qui fut longtemps la leur.

Gail sait qu'il y a quelque chose, au cœur des pensées de Jeremy, qu'il ne partage pas avec elle – elle ne le perçoit que par l'*absence* laissée en cet endroit par son écran mental balafré – mais il a partagé tant de choses à contrecœur avec elle depuis le début de ce cauchemar médical ; alors elle suppose qu'il ne s'agit que d'un pronostic triste de plus.

Quant à Jeremy, le fait honteux et longtemps caché de la varicocèle s'est tellement enkysté qu'il a du mal à imaginer la possibilité de le partager maintenant avec elle. Et puis, il n'y a plus de raison de le faire… ils n'auront pas d'enfant ensemble.

Pourtant, le soir où Jeremy se rend seul à Barnegat Light pour apporter l'océan et les étoiles à Gail couchée sur son lit d'hôpital, il y est décidé. Partager tous les petits manques d'égard et les hontes qu'il a cachés pendant des années, ce sera comme d'ouvrir les portes et les fenêtres d'une pièce fermée depuis trop longtemps et qui sent le moisi. Il ignore comment elle va réagir, mais il sait que ces derniers jours qu'ils ont à passer ensemble seront gâchés s'il ne se montre pas totalement honnête avec elle. Jeremy a plusieurs heures pour préparer sa révélation puisque Gail, endormie ou droguée, reste la plupart du temps hors de portée de son contact mental.

Mais en ce week-end pascal, il s'endort au petit matin, avant le lever du soleil, et quand il se réveille, il n'y a même plus ces quelques derniers jours à passer avec elle, plus d'avenir. Elle a atteint le bord de la falaise pendant son sommeil.

Pendant qu'elle était seule. Effrayée. Incapable de le contacter une dernière fois.

Oui, cette idée de la mort m'intéresse vraiment beaucoup. Je la vois comme Gail l'a vue… comme le chuchotement sorti du noir sous le lit… et je la vois comme la chaude étreinte de l'oubli et d'un répit à la douleur.

Et je la vois comme une chose proche, de plus en plus proche.

Elle m'intéresse, mais maintenant que tant de choses se dévoilent, que le rideau s'ouvre tout grand, je trouve vaguement décevant que tout puisse cesser d'être et que le théâtre se vide avant l'acte final.

Malebolge

Bremen se plaisait en ce lieu où il n'y avait pas de nuit, pas de ténèbres, et où la neuro-rumeur ne connaissait aucune frontière entre les déferlements insouciants du désir sexuel et de la cupidité, et l'extrême concentration, farouchement attentive aux nombres, aux formes et aux chances. Bremen se plaisait en ce lieu où l'on n'était jamais obligé de pénétrer dans l'éclat aveuglant du soleil, mais où l'on pouvait exister uniquement dans la chaude lueur de chrome et de bois de lumières qui ne faiblissaient jamais, en ce lieu où les rires, les mouvements et l'intensité des sentiments ne se relâchaient jamais.

Il souhaitait parfois que Jacob Goldmann soit encore vivant pour que le vieil homme puisse partager cette réalisation bien trop matérielle de leurs recherches – un endroit où les ondes de probabilité se heurtaient et s'effondraient à chaque seconde de chaque jour et où la réalité était aussi dépourvue de substance que l'esprit humain pouvait l'accepter.

Bremen passa une semaine dans la ville du désert et savoura chaque seconde de gloutonnerie, de vilenie d'esprit, d'âme soumise au ventre. Ici, il pouvait renaître.

Il avait vendu la jeep à un Iranien, sur l'East Sahara Avenue. Ce type était fou de joie d'obtenir un moyen de transport pour les cent quatre-vingt-six dollars qui lui restaient et n'exigea pas des choses aussi insignifiantes qu'une carte grise ou une lettre de licenciement.

Bremen dépensa quarante-six dollars pour s'inscrire

au Travel Inn, près du centre ville. Il dormit quatorze heures d'affilée, prit une douche, se rasa, revêtit sa chemise et son jean les plus propres, puis se mit à faire les casinos : le Lady Luck, le Sundance, le Horseshoe, le Four Queens, et pour finir le Golden Nugget. Il commença la soirée avec cent quarante et un dollars et soixante cents. Et finit la nuit avec un peu plus de six mille dollars.

Bremen n'avait pas joué aux cartes depuis l'université – et à l'époque, c'était surtout au bridge – mais il se souvenait des règles du poker. Ce qu'il avait oublié, c'était la concentration de type zen qu'exigeait le jeu. Les coups de rasoir de la neuro-rumeur s'émoussaient à la table de poker à cause de la contention, aussi dense qu'un laser, des esprits qui l'entouraient, absorbés presque totalement par les permutations mathématiques qu'apportaient chaque annonce, chaque nouvelle carte, et par la concentration que tout cela exigeait de Bremen lui-même. Jouer au poker, c'était plus difficile que d'essayer de suivre six télévisions réglées sur des chaînes différentes ; lire en même temps une demi-douzaine de livres hypertechniques dont on tournait les pages, voilà à quoi cela ressemblait le plus.

Il y avait des joueurs de toutes sortes : des professionnels du poker qui vivaient de leur compétence au jeu et dont les esprits étaient aussi disciplinés que ceux des mathématiciens que Bremen avait rencontrés dans la recherche ; des amateurs doués qui mêlaient le vrai plaisir du jeu où l'on mise gros à leur quête de chance ; et parfois un pigeon dont les vrais professionnels se jouaient comme d'un instrument grossier. Bremen les accepta tous.

Pendant sa seconde semaine à Las Vegas, Bremen prospecta les casinos du Strip, s'inscrivant à chacun d'eux avec assez d'argent à déposer dans le coffre pour disposer d'une chambre gratuite et être traité, généralement, en flambeur. Puis il descendait sans se presser à la salle de jeu, faisait la queue en regardant de temps à autre les vidéos en circuit fermé qui expliquaient les règles du jeu. Il s'acheta une veste de chez Armani que l'on pouvait porter avec des chemises en soie au col ouvert, un pantalon en lin à trois cents dollars qui se froissait s'il le regardait trop fixement, non pas une mais deux Rolex en or, des mocassins Gucci et une mallette en métal pour y mettre son argent. Il n'eut même pas besoin de quitter l'hôtel pour s'équiper.

Bremen tenta sa chance et la trouva bonne au Circus-Circus, aux Dunes, au Caesar's Palace, au Hilton, à l'Aladdin, au Riviera, au Bally's Grand, au Sam's Town et aux Sands. Parfois, il retrouvait le visage familier des professionnels qui allaient de casino en casino, mais le plus souvent les joueurs des tables à cent dollars préféraient rester dans leur lieu favori. L'ambiance était aussi tendue que dans une salle d'opération et seule la voix forte de quelque amateur exubérant venait parfois briser la concentration des chuchotements. Avec des amateurs ou des professionnels, Bremen gagnait, en prenant soin d'alterner gains et pertes et de n'accroître les premiers que lentement, de façon qu'on puisse les attribuer à la chance. Bientôt les professionnels évitèrent la table où il s'asseyait. Bremen continua à gagner, sachant maintenant que la chance favorisait les télépathes. Le Frontier, l'El Rancho, le Desert Inn, le Castaways, le Showboat, l'Holiday Inn Casino. Bremen se déplaçait dans la ville comme un aspirateur, en se gardant d'aspirer trop à la même table.

Contrairement aux autres jeux, même le vingt-et-un, où le joueur se mesurait à la maison et où la surveillance jouait à fond contre les tricheurs, le comptage des cartes ou même un « système », seul le donneur attaché à l'établissement surveillait habituellement les joueurs de poker. De temps à autre, Bremen jetait un coup d'œil au miroir du plafond derrière lequel une caméra était certainement en train d'enregistrer la partie sur magnétoscope, mais puisque la maison prenait sa part sur les gains, il savait que cela n'engendrerait guère de soupçons.

Et puis, il ne trichait pas. Du moins, pas selon des critères mesurables.

Bremen se culpabilisait parfois de soutirer de l'argent

aux autres joueurs, mais généralement son contact mental avec les professionnels les lui montrait semblables aux donneurs du casino – persuadés avec suffisance que le temps égaliserait les gains en leur faveur. Certains amateurs ressentaient un plaisir presque sexuel à jouer avec les caïds, et Bremen savait qu'il faisait une faveur à ces pigeons en les forçant à se retirer tôt.

Bremen ne pensait pas vraiment à ce qu'il allait *faire* avec cet argent ; l'acquérir était son but, son épiphanie du désert, et réfléchir à la manière dont il le dépenserait pouvait être remis à plus tard. Encore une semaine, pensait-il, et il pourrait louer un Learjet qui l'emmènerait n'importe où dans le monde, à l'endroit où il souhaiterait aller.

Il n'avait envie d'aller nulle part. Ici, dans le plus profond des tunnels qu'il ait empruntés, il trouvait un certain réconfort à capter le désir sexuel, la convoitise et la futilité qui l'environnaient.

Pénétrer dans le hall d'un des hôtels, cela lui rappelait l'affaire du maire de Washington, Marion Barry, dont il avait regardé la cassette vidéo quelques années auparavant ; un fort ennuyeux exercice de banalité, d'égotisme et de sexualité frustrée. Même les flambeurs dans leurs suites aux tapis de haute laine, dans leurs bains à remous avec une ou plusieurs girls, finissaient par se sentir vides et déçus, car ils voulaient plus que la chose ne pouvait leur offrir. Bremen estimait que la ville tout entière était parfaitement symbolisée par les abreuvoirs chromés de ses bars ouverts à toute heure, offrant des monceaux de nourriture médiocre à bas prix, et par ce qu'il captait mentalement de ses centaines d'hommes et de femmes seuls dans leur chambre d'hôtel, émotionnellement vidés par les jeux d'une nuit ou d'un jour, se masturbant devant les films pornos retransmis dans leur chambre.

Mais les tables de poker étaient le lieu de l'oubli, des nirvanas temporaires que l'on atteignait par la concentration et non la méditation, et Bremen y passait tout son temps éveillé à accumuler, lentement mais sûrement, de l'argent. Lorsqu'il eut fait les plus grands casinos du

Strip, sa mallette contenait près de trois cent mille dollars en liquide. Bremen se rendit au Mirage Hotel, admira son volcan en éruption à l'extérieur et ses aquariums de requins à l'intérieur, et doubla presque son avoir en quatre nuits d'un tournoi où il lui fallut déposer dix mille dollars de droit d'admission.

Il estima qu'un casino de plus fournirait le glaçage du gâteau et décida de finir dans un immense château près de l'aéroport. La salle de jeu était animée. Bremen fit la queue avec les autres pigeons, acheta pour cent dollars de jetons, salua les six autres joueurs – quatre hommes et deux femmes dont un seul pro – et s'installa dans le brouillard mathématique nocturne.

Quatre heures plus tard, il avait gagné plusieurs milliers de dollars lorsque le donneur annonça une pause ; un homme petit mais puissamment bâti, portant le blazer bleu du casino, chuchota à l'oreille de Bremen : « Excusez-moi, monsieur, mais voulez-vous me suivre, je vous prie ? »

Bremen perçut seulement, dans l'esprit du larbin, l'ordre d'amener ce joueur favorisé par la chance dans le bureau du directeur, mais il vit aussi que cet ordre devait être exécuté à n'importe quel prix. Le larbin portait un 45 sur sa hanche gauche. Bremen le suivit.

La neuro-rumeur l'empêchait de se concentrer, toutes ces vagues de désir sexuel et d'avidité et de désappointement et de désir renouvelé s'ajoutant au bruit de fond mental, aussi ne perçut-il aucun avertissement avant qu'on lui fasse signe d'entrer dans le bureau.

À son arrivée, les quatre hommes qui regardaient les moniteurs vidéo levèrent les yeux avec une expression quasi perplexe, comme s'ils étaient surpris de voir l'image télévisée debout devant eux, vivante et en trois dimensions. Sal Empori était installé sur un grand divan de cuir avec, de chaque côté, les deux gangsters appelés Bert et Ernie. Vanni Fucci était assis derrière le bureau du directeur, les mains croisées derrière la tête, un énorme cigare cubain entre les dents.

« Allez, entre, pékin », dit-il sans l'ôter de sa bouche. Il fit signe au larbin de fermer la porte et d'attendre dans le couloir. Vanni Fucci montra un siège vide. « Assieds-toi. »

Bremen resta debout. Il lut tout dans leur esprit. La mallette en métal posée au pied de Bert Cappi était la sienne ; ils avaient fouillé sa chambre et trouvé l'argent. C'était leur hôtel, leur casino. Ou plutôt, c'était celui d'un absent, Don Leoni. Vanni Fucci, venu là pour une affaire totalement différente, avait aperçu l'image de Bremen sur le moniteur vidéo, dans le bureau du directeur. Il avait ordonné à celui-ci de prendre deux jours de congé, puis après un coup de téléphone à Don Leoni, avait attendu que Sal et ses gars arrivent.

Bremen vit tout cela très clairement. Et, encore plus clairement, ce que le vieux Don Leoni allait faire de l'arrogant pékin qui s'était trouvé au mauvais endroit au même moment. D'abord, Mr. Leoni allait parler à Bremen, dans le New Jersey, afin de découvrir si ce pékin l'était vraiment ou s'il travaillait pour l'une des familles de Miami. Peu importait, à la limite, car Bremen serait alors chargé à bord d'un camion et emmené à leur planque favorite, dans les Pine Barrens ; là, on lui ferait sauter la cervelle, on mettrait son corps dans le compacteur de déchets et on jetterait le petit paquet à l'endroit habituel.

Vanni Fucci lui fit un grand sourire et ôta le cigare de sa bouche. « Bon, reste debout. Tu as eu beaucoup de chance, mon vieux. Beaucoup de chance. Du moins, jusqu'à maintenant. »

Bremen cligna des yeux.

Vanni Fucci hocha la tête, Bert et Ernie foncèrent sur lui avant qu'il ait eu le temps de réagir. Ils l'immobilisèrent pendant que Sal Empori levait une aiguille hypodermique vers la lumière puis l'enfonçait au travers de la veste de chez Armani qu'il avait payée sept cents dollars.

Des yeux

Robby Bustamante est mourant. L'enfant sourd, aveugle et arriéré sort du coma et y replonge comme un amphibie privé de la vue qui passe de l'eau à l'air sans pouvoir survivre dans aucun de ces éléments.

L'enfant est si horriblement, si visiblement abîmé que certaines infirmières se trouvent des raisons pour éviter sa chambre tandis que d'autres y passent plus de temps qu'il n'est nécessaire pour le soigner, essayant de soulager sa douleur par le simple fait de leur présence dont il n'est pourtant pas conscient. En de rares occasions, quand Robby semble sur le point d'émerger un peu du coma et que les moniteurs, au-dessus de son lit, enregistrent autre chose que le sommeil paradoxal, le petit garçon gémit par à-coups et tripote sa literie, ses attelles et ses doigts retournés dans le mauvais sens griffant le drap.

Parfois, les infirmières font cercle autour du lit, lui frictionnent le front ou augmentent la dose d'analgésique dans la perfusion, mais malgré cela, Robby ne cesse de miauler et de tâtonner fiévreusement. Comme s'il cherchait quelque chose.

Il cherche bien quelque chose. Robby tente désespérément de retrouver son nounours, l'unique compagnon qu'il ait depuis des années. Son ami tactile. Son réconfort dans la nuit éternelle que seule ponctue la douleur.

Quand Robby est semi-conscient, il se tord et tâtonne, cherchant son nounours sur la couverture et dans les draps mouillés. Il pleure dans son sommeil et sa plainte aiguë résonne dans les couloirs obscurs de l'hôpital comme les pleurs d'un damné.

Il n'y a pas de nounours. Sa mère et l'« oncle » l'ont lancé avec le reste des affaires de l'enfant à l'arrière de la voiture, la nuit qu'ils sont partis, prêts à s'en débarrasser à la première décharge qu'ils rencontreraient.

Robby se tourne et se retourne, gémit et griffe les draps en cherchant son nounours lors des rares fois où il frôle la conscience, mais elles se font de plus en plus rares et finissent par ne plus se renouveler.

Geryon

Ils emmenèrent Bremen en pleine nuit à l'aéroport de Las Vegas. Les deux moteurs d'un turboréacteur Piper Cheyenne tournaient au ralenti devant un hangar sans lumière, et l'avion se mit à rouler trente secondes après que les cinq hommes furent montés à bord. Bremen était incapable de faire la différence entre un turboréacteur bimoteur et une navette spatiale, mais pas le pilote, et il fut déçu de découvrir que celui-ci savait aussi qui étaient ses cinq passagers et pourquoi ils retournaient dans le New Jersey.

Les quatre truands étaient armés et Bert Cappi avait dissimulé son 45 automatique sous une veste posée sur son bras ; le canon du silencieux était appuyé contre la cage thoracique de Bremen. Celui-ci avait assez regardé la télévision pour reconnaître un silencieux quand il en voyait un.

L'avion décolla en direction de l'ouest et prit rapidement de l'altitude, puis vira sur l'aile pour laisser les montagnes derrière lui et se diriger vers l'est. Il y avait deux sièges de chaque côté, derrière le fauteuil du pilote et celui vide du copilote, et une banquette contre la cloison arrière. Sal Empori et Vanni Fucci s'emparèrent des deux premiers sièges, les plus proches de la porte ; le gangster nommé Ernie s'assit dans la seconde rangée, et Bremen de l'autre côté de l'allée ; Bert Cappi s'installa sur la banquette arrière, derrière celui-ci, boucla sa ceinture et posa le pistolet sur ses genoux.

L'avion volait vers l'est en ronronnant, Bremen appuya la joue contre le plexiglas froid du hublot et ferma les yeux. Les pensées du pilote était glacées, affairées et pleines de choses techniques, mais les quatre gangsters offrirent au contact mental de Bremen un chaudron de malveillance imbécile. Bert, le tueur de vingt-six ans, gendre de Don Leoni, attendait avec impatience de pouvoir éliminer Bremen. Il espérait que le tricheur amateur tenterait quelque chose avant l'arrivée afin d'avoir un prétexte pour descendre ce sale con en cours de route.

Des rafales souffletaient le petit avion et Bremen sentait le vide augmenter en lui. La situation était ridicule – on se serait cru dans une bande dessinée ou dans un feuilleton télé – mais sa violence semblait aussi inévitable qu'un accident d'automobile imminent. Jusqu'à son accès de folie contre le violeur d'enfant, Bremen n'avait jamais frappé personne sous l'effet de la colère. Il n'avait jamais fait saigner le nez de quelqu'un. La violence avait toujours constitué à ses yeux le dernier refuge de l'incompétence intellectuelle et émotionnelle. Mais là, volant vers son destin dans ce véhicule hermétiquement fermé dont les sièges et les portes semblaient moins substantiels que ceux d'une automobile américaine, les pensées violentes de ces hommes violents frottant son esprit comme du papier de verre, il évoqua le visage recouvert de glace de Miz Morgan. Il n'y avait rien de personnel dans leur ardent désir de tuer Bremen ; c'était leur manière de résoudre un problème, de se débarrasser d'une petite menace potentielle. Ils tueraient l'homme appelé Jeremy Bremen – un nom qu'ils ne connaissaient même pas – sans plus d'hésitation que celui-ci n'en éprouvait avant d'effacer une transformation erronée, et de préserver ainsi une équation. Mais ils y prendraient plus de plaisir.

Les turboréacteurs du Piper Cheyenne fournissaient un contrepoint au sombre bouillonnement émanant de Vanni Fucci, de Sal Empori, de Bert et d'Ernie. Vanni Fucci était en train de compter l'argent de la mallette métallique de Bremen ; le voleur avait dépassé trois cent mille dollars et il restait encore un tiers des liasses. L'excitation que lui procurait le fait de manipuler et de compter de l'argent était presque aussi forte que le désir sexuel.

Bremen se sentit encore plus déprimé. L'apathie qui l'imprégnait depuis sa bataille avec Miz Morgan montait de nouveau comme une froide et sombre marée capable de l'emporter dans la nuit.

Dans le noir sous le lit.

Bremen cligna des yeux, les ouvrit et se mit à lutter contre la neuro-rumeur malsaine et le bruit berceur des moteurs ; il se concentra sur le souvenir de Gail qui surgit comme un rocher solide sur lequel il pouvait grimper pour échapper à la marée noire. Ce souvenir était son étoile polaire ; la colère qui montait l'aiguillonna.

Ils atterrirent avant l'aube pour se ravitailler en carburant. Bremen vit dans l'esprit du pilote qu'il s'agissait d'un aéroport privé, au nord de Salt Lake, où Don Leoni possédait un hangar, et qu'il n'y avait pour lui aucun espoir de s'échapper en ce lieu.

Ils se rendirent aux toilettes et Bert et Ernie braquèrent leurs 45 silencieux sur Bremen pendant qu'il urinait. Puis il remonta dans l'avion où Bert tint le canon de son pistolet contre sa nuque pendant que les autres allaient chacun à leur tour aux toilettes et dans le bureau du hangar pour boire du café. Bremen vit que, même s'il avait pu par miracle échapper à Bert Cappi, les autres, n'ayant aucune crainte que des témoins n'appellent la police, n'hésiteraient pas à l'abattre.

Une fois l'avion ravitaillé, ils décollèrent et suivirent l'Interstate 80 qui traversait le Wyoming ; Bremen ne l'apprit qu'en lisant les pensées distraites du pilote, car le sol lui-même était dissimulé par un solide manteau de nuages, à quatre mille cinq cents mètres au-dessous d'eux. Le seul bruit venait des moteurs et, parfois, d'un appel radio ou de la réponse du pilote. Le soleil de cette fin de l'été réchauffait la cabine du Piper Cheyenne et, un par un, les gangsters s'assoupirent, sauf Vanni Fucci dont l'esprit était encore occupé par l'argent et qui se demandait à combien s'élèverait la récompense de Don Leoni.

Passe à l'action ! Cette pensée provoqua chez Bremen une poussée d'adrénaline; il se voyait en train de s'emparer de l'arme de Bert Cappi ou d'Ernie Sanza. Il avait suffisamment fouillé leurs souvenirs pour savoir maintenant se servir d'un 45 automatique.

Et après? Malheureusement, il savait aussi que les quatre gangsters étaient suffisamment coriaces et méchants pour ne pas réagir à un pistolet braqué sur eux dans un petit avion volant à six milles mètres d'altitude. S'il avait été seul avec le pilote, Bremen aurait pu le convaincre de s'écarter de sa route pour atterrir quelque part. Avant de travailler pour Don Leoni, cet homme, appelé Jesus Vigil, avait transporté de la drogue en provenance de Colombie et distancé des avions de chasse de la DEA en volant au ras des arbres, aussi appréciait-il la sécurité que lui procurait ce dernier job; il n'avait pas l'intention de mourir jeune.

Mais les quatre voyous, surtout Bert Cappi et Ernie Sanza, réagissaient plus profondément aux impératifs du machisme – ou du moins à leurs versions italienne et sicilienne – et n'auraient pas supporté qu'un pékin les désarme ou leur échappe. Chacun d'eux aurait laissé l'autre mourir avant de le permettre. Ni les uns ni les autres n'avaient assez d'intelligence ou d'imagination pour s'imaginer en train de mourir.

Ils se posèrent de nouveau en fin de matinée, cette fois près d'Omaha, mais on ne le laissa pas quitter l'avion, et puis tous les autres étaient maintenant réveillés. Bremen pouvait presque goûter le désir ardent qu'avait Bert et Ernie de voir le pékin – c'est-à-dire lui – tenter quelque chose. Il les regardait fixement d'un air impassible.

Après avoir de nouveau décollé, Bremen aperçut une large rivière, puis l'avion traversa les nuages et il se concentra sur les pensées et les souvenirs du pilote, y compris le plan de vol qu'il venait d'établir, à Omaha. Le Cheyenne aurait encore besoin d'un ravitaillement – qui s'effectuerait sur un aéroport privé, dans l'Ohio – puis ils continueraient tout droit jusqu'à celui de Don Leoni, à deux kilomètres de sa propriété du New Jersey. La limousine les y attendrait. Il y aurait un très bref entretien avec Leoni – ce serait surtout un monologue au cours duquel le patron s'assurerait que Bremen ne travaillait pas pour l'un des amis de Chico Tartugian, à Miami, interrogatoire au cours duquel Bremen perdrait peut-être plusieurs doigts ou l'un de ses testicules – sinon les deux – et puis, quand ils seraient sûrs, Bert et Ernie, et le psychopathe portoricain Roachclip l'emmèneraient dans les Pine Barrens pour l'exécution. Ensuite, le camion broyeur transporterait le petit paquet jusqu'à une décharge près de Newark.

Le Piper Cheyenne poursuivait son chemin en ronronnant ; c'était le milieu de l'après-midi. Sal et Vanni Fucci parlaient affaires, convaincus que le pékin qui était derrière eux ne répéterait rien de leur conversation. Ernie essaya de rejoindre Bert, sur la banquette, pour jouer aux cartes avec lui, mais Sal Empori lui ordonna, d'une voix sèche, de retourner s'asseoir de l'autre côté de l'allée, au niveau de Bremen. Ernie remâcha ce refus, essaya de lire quelques pages d'un roman porno, puis s'assoupit. Pour finir, Bert Cappi fit de même et rêva qu'il baisait l'une des girls du nouveau casino de Don Leoni.

Bremen était tenté, lui aussi, de sommeiller. Il avait épuisé les souvenirs professionnels du pilote. La conversation de Sal et de Vanni Fucci mourut, remplacée seulement par les bruits du moteur et la voix grinçante de la radio lorsqu'ils passaient d'une tour de contrôle à l'autre. Mais au lieu de s'endormir, Bremen décida de rester vivant.

Il jeta un coup d'œil par le hublot et n'aperçut que des nuages, mais il savait qu'ils étaient quelque part à l'est de Springfield, dans le Missouri. Ernie ronflait doucement. Bert s'agita dans son sommeil.

Bremen détacha sans bruit sa ceinture et ferma les yeux pendant cinq secondes. *Oui, Jeremy. Oui.*

Il agit sans réfléchir et, se déplaçant plus rapidement et plus gracieusement que jamais auparavant, il se leva, tourna sur ses talons, se glissa sur la banquette et arracha l'automatique des mains de Bert Cappi, tout cela en un seul mouvement.

244

Puis, le dos appuyé contre la cloison arrière, à l'endroit où elle rejoignait le fuselage, il fit pivoter l'arme en visant d'abord Bert surpris, puis Ernie qui se réveilla en ronflant, et enfin tous les autres, tandis que Sal Empori et Vanni Fucci tendaient la main vers leur arme.

« Un geste et je vous tue tous », dit Bremen.

L'avion se remplit de cris et de jurons jusqu'à ce que le pilote apostrophe ses passagers. « Nous sommes pressurisés, bordel de merde ! Si quelqu'un tire, on va tous le payer.

– Pose ce putain de revolver, espèce de con ! cria Vanni Fucci, la main arrêtée à mi-chemin de sa ceinture.

– Pas de ça, vous deux ! Bordel, bougez pas ! » cria Sal Empori à Bert et à Ernie. Les mains de Bert s'étaient levées comme pour étrangler le pékin. La main droite d'Ernie était déjà à l'intérieur de sa veste laine et soie.

Durant une seconde, le silence régna et il n'y eut pas d'autre mouvement que celui du bras armé de Bremen, saccadé mais pas paniqué, pivotant de l'un à l'autre. Leurs pensées s'écrasaient autour de lui comme des vagues poussées par l'ouragan. Ses propres battements de cœur étaient si forts qu'il craignait de ne rien pouvoir entendre d'autre. Mais lorsque le pilote s'adressa à lui, il l'entendit.

« Hé, t'emballe pas, mon vieux. On peut encore discuter. » *Descendre doucement en piqué. Le* pendejo *s'en apercevra pas. Encore neuf cents mètres et on n'aura plus besoin de pressurisation. Garder Empori et Fucci entre l'avant et le pékin pour que les balles perdues ne m'atteignent pas, ni les commandes non plus. Encore six cents mètres.*

Bremen ne répondit pas.

« Oui, oui, dit Vanni Fucci en regardant Bert et en immobilisant cet idiot à grand renfort de coups d'œil furieux. T'excite pas, d'accord ? On va parler. Pose juste ce putain de revolver avant qu'il parte tout seul, d'accord ? » Ses doigts se déplaçaient lentement vers la crosse du 38 passé à sa ceinture.

Bert Cappi s'étouffait presque avec sa bile tant il était

furieux. Si ce putain de pékin survivait aux quelques secondes suivantes, il allait personnellement lui couper les couilles avant de le tuer.

« Restez calmes, bordel de merde ! hurla Sal Emporo. On va atterrir quelque part et… Ernie, putain ! *Non !* »

Ernie posa la main sur son pistolet.

Vanni Fucci jura et sortit son arme.

Le pilote courba le dos et fit plonger l'avion vers un air plus dense.

Bert Cappi grogna quelques mots et se jeta en avant.

Jeremy Bremen se mit à tirer.

Des yeux

Pendant la maladie de Gail, Jeremy laisse tomber les mathématiques, sauf l'enseignement et son étude de la théorie du chaos. Les cours le gardent sain d'esprit. Les mathématiques du chaos transforment à jamais sa vision de l'univers.

Jeremy en a entendu parlé avant que les travaux de Jacob Goldmann le forcent à les apprendre à fond, mais comme la plupart des mathématiciens, il trouve que le concept d'un système mathématique dépourvu de formules, de prédictabilité, ou de limites, est contradictoire en soi. C'est délirant. Ce ne sont pas des mathématiques telles qu'il les connaît. Cela rassure Jeremy de savoir qu'Henri Poincaré, le grand mathématicien du XIXe siècle qui ne put s'empêcher de tomber dessus quand il lança l'étude de la topologie, ne supportait pas de voir l'idée de chaos s'introduire dans le royaume des nombres.

Mais les données de Jacob Goldmann ne lui laissent pas d'autre choix que de poursuivre l'analyse du front d'onde holographique de l'esprit dans la jungle des mathématiques du chaos. Aussi, après les longues journées de chimiothérapie de Gail, entre les déprimantes visites à l'hôpital, Jeremy lit les quelques livres disponibles sur le sujet, puis les résumés et les articles, dont beaucoup sont traduits du français et de l'allemand. Tandis que les jours d'hiver raccourcissent puis rallongent de mauvaise grâce, et que la maladie de Gail devient impitoyablement plus grave, Jeremy lit les œuvres d'Abraham et Marsden, de Barenblatt, Iooss et Joseph ;

il étudie les théories d'Arun et de Heinz, les travaux de Levin en biologie, ceux de Mandelbrot, Stewart, Peitgen et Richter sur les fractales. Après une longue journée passée à tenir la main de Gail pendant que les procédures médicales tourmentent son corps soumis à tant de douleurs et d'outrages, Jeremy rentre chez lui pour se perdre dans des articles tels que « Oscillations non linéaires, systèmes dynamiques et bifurcations dans les champs vectoriels », de Guckenheimer et Holmes.

Lentement, son savoir grandit. Lentement, sa maîtrise des mathématiques du chaos cadre avec ses analyses plus classiques de la perception holographique à partir des travaux de Schrödinger. Lentement, la vision qu'il a de l'univers se modifie.

Il découvre que notre impossibilité de prédire le temps est à l'origine des mathématiques modernes du chaos. Même si quelques super-ordinateurs, comme le Cray X-MP, avalent des nombres à raison de huit cents millions de calculs par seconde, la prédiction du temps est un fiasco. En une demi-heure, le Cray X-MP peut prévoir avec précision le temps qu'il fera demain pour tout l'hémisphère Nord. En une journée d'activité frénétique, le super-ordinateur peut effectuer des prévisions sur dix jours pour l'hémisphère Nord.

Mais celles-ci commencent à errer à partir du quatrième jour et toute prévision dépassant une semaine tend à devenir pure conjecture… même pour un Cray X-MP dévorant des variables à raison de soixante millions par minute. Cet échec a irrité les météorologues, les experts en intelligence artificielle et les mathématiciens. C'est une chose qui ne devrait pas se produire. Ce même ordinateur est capable de prédire les mouvements des étoiles à des *milliards* d'années dans le futur. Alors, pourquoi est-ce si difficile de prédire le temps qu'il va faire – problème dont les séries de variables, même si elles sont nombreuses, restent absolument *limitées* ?

Pour répondre à cette question, Jeremy doit faire des recherches sur Edward Lorenz et le chaos.

Au début des années soixante, un mathématicien devenu météorologue, Edward Lorenz, commença à se servir des ordinateurs primitifs de l'époque, en l'occurrence un Royal McBee LGP-300, pour relever les variables de l'équation de B. Saltzman qui « règle » la simple convection, la montée de l'air chaud. Lorenz découvrit trois variables qui marchaient vraiment, jeta le reste et laissa son Royal McBee LGP-300 à tubes cathodiques et à fils bourdonner et résoudre les équations au rythme pondéré d'environ une itération par seconde. Il en résulta...

... le chaos.

À partir des mêmes variables, avec les mêmes équations, en se servant des mêmes données, des prédictions à court terme apparemment simples dégénéraient en folie contradictoire.

Lorenz vérifia ses calculs, effectua des analyses linéaires de stabilité, se rongea les ongles et recommença.

La folie. Le chaos.

Lorenz avait découvert l'« attracteur de Lorenz », dans lequel les trajectoires des équations tournent d'une manière apparemment aléatoire en formant deux tourbillons adjacents. Du chaos de Lorenz ressort une configuration très précise : une sorte de section de Poincaré qui amène Lorenz à comprendre ce qu'il a appelé l'« effet papillon » dans la prévision météorologique. Traduit en termes simples, l'effet papillon de Lorenz dit que le battement d'ailes d'un seul papillon en Chine produira un changement minuscule mais inévitable dans l'atmosphère du monde. Cette petite variable s'ajoute aux autres minuscules variables jusqu'à ce que le temps soit... différent. D'une manière imprévisible.

Le chaos tranquille.

Jeremy voit aussitôt l'importance du travail de Lorenz et de toutes les recherches plus récentes sur le chaos, en fonction des données de Jacob.

D'après l'analyse que Jeremy a faite de ces dernières, l'esprit humain ne perçoit rien de plus, par les verres déformants et éphémères de ses sens, que l'incessant effondrement des ondes de probabilité. En s'appuyant sur les données de Goldmann, on peut décrire l'univers comme un front d'onde stationnaire fait de ces rides bouillonnantes du chaos stochastique. L'esprit humain – rien de plus qu'un autre front d'onde stationnaire selon les propres recherches de Jeremy, une espèce de super-hologramme fait de millions d'hologrammes complets mais moindres – observe ces phénomènes, fait *s'effondrer* les ondes de probabilité en une série ordonnée d'événements (« onde ou particule », avait expliqué Jeremy à Gail dans le train qui les ramenait de Boston, cette fois-là, « l'observateur semble forcer l'univers à en décider par le simple fait d'observer… ») et continue à vaquer à ses affaires.

Jeremy cherche un paradigme pour cette structuration incessante de l'instructurable lorsqu'il tombe par hasard sur un article consacré aux mathématiques complexes qui ont servi à analyser l'attitude de l'orbite d'Hypérion, la lune de Saturne, après le passage de Voyager. L'*orbite* d'Hypérion est suffisamment képlérienne et newto-nienne pour qu'on puisse la prédire avec exactitude par les mathématiques linéaires, aujourd'hui et pour de nombreuses décennies à venir. Mais son *attitude*, les directions dans lesquelles pointent ses trois axes, c'est ce qu'on pourrait poliment décrire comme un foutu bordel.

Hypérion cabriole, et il est simplement impossible de prédire ses gambades. Son attitude ne dépend ni des influences aléatoires de la gravité ni des lois newto-niennes, qui pourraient être déterminées si le program-meur était assez habile, le programme assez intelligent et l'ordinateur assez puissant, mais d'un chaos dyna-mique qui suit une logique et un alogique qui lui sont propres. C'est l'effet papillon de Lorenz représenté dans le vide silencieux de l'espace saturnien avec, pour victime désorientée et folâtrant, le petit Hypérion tout grumeleux.

Mais même dans des océans de chaos aussi inexplo-rés, Jeremy découvre qu'il peut y avoir des îlots de rai-son linéaire.

Jeremy suit la trace d'Hypérion qui le mène aux tra-vaux d'Andrei Kolmogorov, de Vladimir Arnold et de

Jurgen Moser. Ces mathématiciens, experts en dynamique, ont formulé le théorème de KAM (Kolmogorov-Arnold-Moser) pour expliquer l'existence, dans cet ouragan de trajectoires chaotiques, de mouvements classiques quasi périodiques. Le diagramme résultant du théorème de KAM aboutit à un scénario troublant qui montre une structure presque organique de ces trajectoires classiques et représentables, sous forme de gaines de fils métalliques ou de plastique, d'enroulements dans des enroulements, au sein desquels les îlots de résonance de l'ordre reposent enchâssés dans des replis de chaos dynamique.

Les mathématiciens américains ont donné le nom de VAK à ce modèle, abréviation pour *Vague Attractor of Kolmogorov*. Jeremy se souvient que Vak est aussi le nom de la déesse des vibrations dans le *Rigveda*.

Le soir où Gail est entrée pour la première fois à l'hôpital, non pas pour des examens mais pour un séjour – jusqu'à ce qu'elle aille suffisamment mieux pour rentrer chez elle, dit le médecin, mais Jeremy et elle savent qu'il n'y aura pas de vrai retour à la maison –, Jeremy

251

s'assoit seul dans son bureau et contemple l'attracteur étrange de Kolmogorov.

Des trajectoires quasi périodiques régulières s'enroulent autour de gaines de résonances secondaires, de gaines tertiaires bourgeonnant en forme de résonances multiples plus délicates, de trajectoires chaotiques projetées dans tout l'organisme comme des fils enchevêtrés.

Et Jeremy y voit le modèle de son analyse de l'interprétation neurologique holographique de cette série d'ondes de probabilité en train de s'effondrer qui constitue l'univers.

Il y voit les débuts du modèle de l'esprit humain… et du talent qu'il partage avec Gail… et aussi de l'univers qui l'a tellement blessée.

Et surtout l'effet papillon. La certitude que toute la vie d'un être humain est comme un unique jour de la vie de cet homme : imprévisible, impossible à planifier, gouvernée par les marées cachées des facteurs chaotiques et secouée par des ailes de papillons qui apportent la mort sous les espèces d'une tumeur… ou, dans le cas de Jacob, sous la forme d'une balle dans le cerveau.

Jeremy comprend ce soir-là l'ambition de sa vie, découvrir une orientation profondément nouvelle de la recherche et du raisonnement mathématiques – non pas pour obtenir une position ou des honneurs académiques, il les a déjà oubliés, mais pour agrandir un peu le cercle lumineux de la connaissance au sein des ténèbres qui ne cessent d'empiéter sur elle. Des îlots de résonance dans la mer chaotique.

Mais au moment même où il voit le chemin qu'il peut emprunter, il l'abandonne, il rejette les études et les abstractions, il efface sur son tableau noir les équations préliminaires. Ce soir-là, il reste à la fenêtre à regarder sans voir et pleure en silence, incapable de s'arrêter, plein non pas de colère ou de désespoir, mais d'un sentiment infiniment plus mortel, tandis que le vide l'enveloppe de l'intérieur.

Nous sommes les hommes empaillés

« Mr. Bremen ? Mr. Bremen, vous m'entendez ? »

Un jour, il avait alors huit ans, Bremen avait plongé dans la piscine d'un ami et, au lieu de remonter à la surface, il était descendu tout au fond, à trois mètres de profondeur. Il était resté là un moment, couché sur le ciment rugueux, à regarder le plafond de lumière, si loin au-dessus de lui. Même lorsqu'il sentit ses poumons fatiguer et vit la splendeur des bulles qui s'élevaient autour de lui, même lorsqu'il comprit qu'il ne pouvait pas retenir son souffle plus longtemps et serait obligé d'inhaler de l'eau dans quelques secondes, il répugnait à remonter à la surface, rechignant douloureusement à retourner dans cet environnement si soudainement étranger d'air, de lumière et de bruit. Alors Bremen était resté là, avait résisté avec entêtement au rappel jusqu'à ce qu'il n'en puisse plus ; il avait flotté lentement vers la surface en savourant les dernières secondes de lumière aquatique, de bruit étouffé, et de rafale argentée de bulles.

Maintenant, il s'élevait lentement, résistant à ce rappel à la lumière.

« Mr. Bremen ? Vous m'entendez ? »

Bremen l'entendait fort bien. Il ouvrit les yeux, les referma vite sous les assauts de blancheur et de lumière, puis, en grimaçant, filtra son regard entre ses paupières lourdes.

« Mr. Bremen ? Je suis le lieutenant Burchill, de la police de Saint Louis. »

Bremen hocha la tête, essaya de hocher la tête. Celle-ci lui faisait mal et semblait comprimée par il ne savait quoi. Il était dans un lit. Des draps blancs. Des murs pastel. Le plateau près du lit et le bazar en plastique d'une chambre d'hôpital. Grâce à sa vision périphérique, il put voir un rideau tiré à gauche, une porte fermée à droite. Un autre homme en gris se tenait debout derrière le lieutenant de police assis. Ce dernier était un quinquagénaire lourdement bâti, à la peau cireuse. Bremen se dit qu'il ressemblait un peu à Morey Amsterdam, le personnage comique aux joues pendantes du *Dick Van Dyke Show*. L'homme silencieux, derrière lui, était plus jeune, mais son expression était composée du même mélange professionnel de fatigue et de cynisme.

« Mr. Bremen, dit Burchill, m'entendez-vous ? »

Bremen l'entendait, même si tout avait encore une qualité sous-marine, jadis dissipée. Et il pouvait se voir *lui-même* par les yeux du lieutenant : blême et emmailloté dans ses pansements et ses couvertures, le bras gauche dans le plâtre, la tête bandée, d'autres pansements visibles sous la mince chemise, les yeux gonflés et cerclés de noir comme ceux d'un raton laveur par la perte de sang, des points de suture tout frais sous la gaze recouvrant son menton et sa joue. Une perfusion transmettait un liquide clair aux veines de son bras gauche.

Bremen ferma les yeux et essaya de chasser de son esprit la vision de Burchill.

« Mr. Bremen, dites-nous ce qui s'est passé. » La voix du lieutenant n'était pas gentille. *Soupçons. Impossibilité de croire que ce petit crétin ait pu abattre ces cinq affranchis et faire atterrir l'avion tout seul. Curiosité à propos de ce que l'ordinateur du FBI dit de ce citoyen – un prof de maths, un universitaire, bon dieu – et intérêt pour l'épouse morte, l'incendie criminel et le lien qu'il pourrait y avoir entre ce clown et Don Leoni.*

Bremen s'éclaircit la voix et essaya de parler. Il n'émit qu'un son inintelligible. « Oùsssu ? »

L'expression du lieutenant Burchill ne changea pas. « Quoi ? »

Bremen s'éclaircit encore la voix. « Où suis-je ?

– Au grand hôpital de Saint Louis. » Burchill se tut une seconde et ajouta : « Missouri. »

Bremen tenta de hocher la tête et le regretta. Il essaya de parler sans bouger la mâchoire.

« Je n'ai pas compris, dit le lieutenant.

– Blessures ? répéta Bremen.

– Eh bien, le médecin va venir vous voir, mais d'après ce qu'on m'a dit, vous avez un bras cassé et quelques meurtrissures. Rien qui mette votre vie en danger. »

Le policier plus jeune, un sergent appelé Kearny, était en train d'y penser. *Quatre côtes cassées, une balle qui a effleuré l'une d'elles, une commotion cérébrale et des hémorragies internes… cet imbécile a de la chance d'être encore en vie.*

« Dix-huit heures se sont écoulées depuis l'accident, Mr. Bremen. Vous vous en souvenez ? » demanda Burchill.

Bremen fit non de la tête.

« Pas du tout ?

– Je me souviens d'avoir parlé des manœuvres d'atterrissage avec la tour. Et puis le moteur droit s'est mis à faire de drôles de bruits et… je ne me souviens de rien d'autre. »

Burchill le regardait fixement. *Ce trou du cul ment sûrement, mais comment le savoir ? Quelqu'un a tiré une balle de 45 qui a traversé le fuselage et pénétré dans le moteur.*

Bremen sentait la douleur refluer en une longue et lente marée qui ne semblait pas pressée de se retirer. Même son contact mental et la neuro-rumeur de l'hôpital miroitaient dans son sillage. « L'avion s'est écrasé ? » demanda-t-il.

Burchill continuait à le fixer du regard. « Vous êtes pilote, Mr. Bremen ? »

Bremen secoua de nouveau la tête et crut vomir de douleur.

« Excusez-moi, qu'avez-vous répondu ? insista le lieutenant.

– Non.

– Vous n'avez jamais piloté un petit avion ?

– Hen-en.

– Alors qu'est-ce que vous faisiez au manche à balai de ce Piper Cheyenne ? » La voix de Burchill était aussi catégorique, aussi implacable qu'une botte de rapière.

Bremen soupira. « J'essayais d'atterrir, lieutenant. On avait tiré sur le pilote. Est-il vivant ? Y a-t-il d'autres survivants ? »

Le mince sergent se pencha vers lui. « Mr. Bremen, nous vous avons déjà avisé de vos droits et cela a été enregistré sur magnétophone, mais nous ne savons pas avec certitude si vous étiez totalement conscient. Vous êtes au courant de vos droits ? Souhaitez-vous que nous les lisions en présence d'un avocat ? »

– Un avocat ? » répéta Bremen. Le médicament qui était dans la perfusion brouillait sa vue, remplissait ses oreilles d'un vrombissement sourd et rendait flou son contact télépathique. « Pourquoi aurais-je besoin d'un avocat ? Je n'ai rien fait… »

Le sergent poussa un soupir, sortit un morceau de carton plastifié de sa poche et entama la litanie devenue familière depuis un million de feuilletons policiers télévisés. Gail s'était toujours demandé si les policiers étaient trop stupides pour mémoriser ces quelques lignes ; elle disait que les spectateurs, eux, les savaient par cœur.

Quand le sergent eut fini et demanda de nouveau s'il voulait un avocat, Bremen gémit et répondit : « Non. Les autres sont morts ? »

Aussi morts que de la bidoche d'une semaine, pensa le lieutenant Burchill. Le policier fit remarquer : « C'est à moi de poser les questions, d'accord, Mr. Bremen ? »

Bremen ferma les yeux au lieu de hocher la tête.

« Qui a tiré sur qui, Mr. Bremen ? »

Sur qui. C'était la voix de Gail, surgissant du brouillard. « J'ai tiré sur celui appelé Bert avec son propre revolver, dit Bremen. Puis tout le monde s'est mis à tirer sur moi… sauf le pilote. Et puis, une balle l'a atteint, j'ai pris sa place et j'ai essayé d'atterrir. Il est évident que je ne m'en suis pas trop mal tiré. »

Burchill lança un coup d'œil à son compagnon. « Vous avez parcouru cent cinquante kilomètres aux commandes d'un turboréacteur dont l'un des moteurs était hors d'usage, vous l'avez introduit dans le sens de la circulation du Lambert International et vous avez failli réussir l'atterrissage. Les types de la tour disent que si le moteur droit ne vous avait pas lâché, vous l'auriez posé correctement. Vous êtes sûr, Mr. Bremen, de ne jamais avoir piloté un avion ?

– J'en suis sûr.

– Alors, comment expliquez-vous que…

– La chance. Le désespoir. J'étais tout seul là-haut. En plus, les commandes sont vraiment simples avec toute cette automatisation. » *Plus ce que j'ai lu dans l'esprit du pilote pendant presque tout le voyage depuis Las Vegas*, ajouta silencieusement Bremen. *Pas de chance qu'il n'ait pas été là quand j'avais besoin de lui.*

« Qu'est-ce que vous faisiez à bord de cet avion, Mr. Bremen ?

– D'abord, lieutenant, dites-moi comment vous avez appris mon nom. »

Burchill le regarda fixement un moment, puis cligna des yeux et dit : « Vos empreintes digitales sont fichées.

– Vraiment ? » dit stupidement Bremen. Il voyait tout moins flou maintenant, mais les parasites de la douleur augmentaient. « J'ignorais qu'on avait pris mes empreintes.

– Elles sont sur votre permis de conduire du Massachusetts », répondit le sergent. Sa voix était aussi monotone qu'une voix humaine pouvait l'être.

« Qu'est-ce que vous faisiez à bord de cet avion, Mr. Bremen ? » demanda Burchill.

Bremen lécha ses lèvres sèches et leur raconta tout. Il leur parla de la cabane de pêcheur, en Floride, du cadavre, de Vanni Fucci… de tout, sauf du cauchemar avec Miz Morgan et des semaines passées à Denver. Il supposa que, s'ils avaient ses empreintes digitales, ils finiraient par établir le lien avec le meurtre de Miz Morgan. Ce n'était pas, pour le moment, dans les pensées du lieutenant ou du sergent, mais Bremen savait que quelqu'un ferait le rapprochement avant longtemps.

Burchill lui lança son regard de basilic. « Alors ils vous ramenaient dans le New Jersey pour que Don Leoni puisse vous descendre… vous exécuter. Ils vous l'ont dit ?

– Je l'ai compris à leurs propos. Ils ne se gênaient pas pour parler devant moi… Je suppose qu'ils pensaient que je n'aurais jamais l'occasion de le répéter.

– Et l'argent, Mr. Bremen ?

– L'argent ?

– L'argent dans la mallette en acier. » *Quatre cent mille et quelques, connard. L'argent de la drogue, tu peux m'en parler ? Peut-être qu'il s'agit d'une transaction qui a mal tourné à six mille mètres d'altitude ?*

Bremen se contenta de faire non de la tête.

Le sergent Kearny se pencha plus près. « Vous jouez souvent à Las Vegas ?

– C'était la première fois », marmonna Bremen. Sa jubilation en se réveillant vivant et relativement intact faisait place à la douleur et à un vide encore accru. Tout était fini. Tout l'avait été depuis la mort de Gail, mais Bremen devait maintenant reconnaître qu'il était arrivé au terme de sa fuite, de ses efforts dépourvus d'intelligence, d'esprit, d'efficacité et de cœur, pour échapper à l'inéluctable.

Burchill disait quelque chose. « … emparer de son arme ? »

Bremen perçut le reste de la question du lieutenant en le sondant. « J'ai pris le pistolet de Bert Cappi quand il est tombé endormi. Je suppose qu'ils croyaient que je ne tenterais rien pendant le vol. »

Seul un fou aurait fait une tentative avec tant d'armes dans un si petit avion, pensa le lieutenant Burchill. « Pourquoi l'avez-vous fait ? »

Bremen commit l'erreur d'esquisser un haussement d'épaule. « Je n'avais pas le choix, répondit-il d'une voix grinçante. Lieutenant, je souffre horriblement et je n'ai pas encore vu un médecin ou une infirmière. Pouvons-nous remettre cela à plus tard ? »

Burchill regarda le carnet de notes qu'il avait dans la

main gauche, reporta son regard inexpressif sur Bremen, puis hocha la tête.

« Suis-je accusé de quelque chose ? » demanda Bremen. Sa voix était trop faible pour transmettre une véritable indignation. Tout ce qu'il entendit, ce fut de la lassitude.

Les replis et les rides du visage de Burchill parurent encore plus nombreux. Toute la force de ces traits s'était réfugiée dans les yeux et ils n'en manquaient pas. « Cinq hommes sont morts, Mr. Bremen. Quatre sont des criminels connus, et on peut supposer que le pilote était aussi de mèche avec le gang. Votre casier judiciaire est vierge, mais reste la question de votre disparition après la mort de votre femme… et l'incendie. »

Bremen voyait les vecteurs mobiles des pensées du lieutenant, aussi ordonnés et précis, à leur manière, que la concentration, intense comme un laser, des professionnels du poker avec lesquels il avait joué moins de deux jours auparavant. *Ce type réduit sa maison en cendres et disparaît après que sa femme a claqué*, pensait Burchill. *Et puis, il se trouve par hasard en Floride juste au moment où Chico Tartugian vient de se faire descendre. Et ensuite, il se trouve par hasard à Las Vegas au moment où le tueur de Chico et les autres gars de Leoni partent en cavale avec de l'argent. Oui, oui. Le scénario n'est pas encore clair, mais les éléments sont là – l'argent de l'assurance, l'argent de la drogue, le chantage… et ce soi-disant pékin dit qu'il s'est emparé du 45 de Bert Cappi et s'est mis à leur tirer dessus. Il y a une merde bizarre dans cette histoire, mais tout va s'éclairer bientôt.*

« Suis-je accusé de quelque chose ? » répéta Bremen. Il se sentait glisser dans les brumes de la neuro-rumeur affligée qui remplissait l'hôpital : consternation, terreur absolue, défiance, dépression, et – provenant de nombreux visiteurs – soulagement empreint de culpabilité de ne pas être, *eux*, couchés dans ces lits avec un bracelet d'identité au poignet.

« Pas encore », dit Burchill en se levant. Il montra la porte, d'un signe de tête, au sergent. « Si ce que vous dites est vrai, Mr. Bremen, nous allons avoir bientôt un second entretien, probablement en présence d'un agent du FBI. Entre-temps, nous allons faire garder votre chambre pour qu'aucun des hommes de Leoni ne mette la main sur vous. » *Image d'un policier en uniforme posté dans le couloir, et cela depuis dix-huit heures. Ce Mr. Bremen ne nous échappera pas, qu'il soit témoin ou meurtrier, ou les deux.*

Le médecin et deux infirmières entrèrent après le départ des policiers, mais l'esprit de Bremen était si embrumé qu'il pouvait à peine se concentrer sur les propos médicaux laconiques du premier. Il lui apprit ce que les yeux de Burchill lui avaient déjà montré – et aussi que la fracture ouverte du bras gauche était plus grave que le lieutenant ne l'avait cru – mais le reste n'était que broutille.

Bremen se laissa glisser dans le vide.

Des yeux

Au moment où Jeremy se trouve à l'hôpital de Saint Louis, je ne suis qu'à quelques heures de voir mon univers soigneusement construit s'effondrer à jamais. Cela, je l'ignore.

Je ne sais pas que Jeremy est à l'hôpital. Je ne sais pas que Gail existe ou a jamais existé. J'ignore le paradis de l'expérience partagée, ou l'enfer parfait que cette capacité a apporté à Jeremy.

À ce moment, je connais seulement la douleur perpétuée de l'existence et la difficulté d'y échapper. Et le désespoir d'être séparé d'une chose qui m'a consolé dans le passé.

À ce moment, je suis mourant... mais je suis aussi à quelques heures de ma naissance.

Privé de la vue, à moins que…

Bremen rêvait de glace, et de corps qui se tordaient dans la glace.

Il rêvait d'une grande bête à la chair en lambeaux, et de terribles cris qui s'élevaient d'une nuit sulfureuse. Bremen rêvait d'un millier de milliers de voix qui l'appelaient, plongées dans la douleur et la terreur et la solitude du désespoir humain, et quand il se réveilla, les voix étaient toujours là : la neuro-rumeur d'un hôpital rempli d'âmes souffrant.

Toute la journée, Bremen resta couché, à chevaucher les vagues de douleur de ses blessures et à réfléchir à ce qu'il pourrait faire. Rien d'extraordinaire ne lui vint à l'esprit.

Burchill revint, comme promis, en début d'après-midi avec l'agent du FBI, mais Bremen feignit de dormir et les deux hommes, accédant aux demandes réitérées de l'infirmière en chef, s'en allèrent au bout d'une demi-heure. À ce moment, Bremen dormait vraiment, et ses rêves étaient pleins de glace et de corps se tordant dans la glace et de cris issus des ténèbres tisonnées par la douleur qui l'entourait.

Quand il se réveilla de nouveau plus tard dans la soirée, Bremen se concentra pour sonder, par-delà la rumeur et la stridence mentales, le policier en uniforme qui le gardait. L'agent Duane B. Everett avait quarante-huit ans, était à sept mois de la retraite et souffrait d'hémorroïdes, d'un affaissement de la voûte plantaire, d'insomnie et de ce que ses médecins appelaient le syndrome des intestins irritables. Everett continuait à boire trop de petits cafés, ce qui entraînait de longs séjours aux toilettes de l'étage. Cela ne l'ennuyait pas de veiller ici en alternance avec les deux autres policiers et d'effectuer des gardes de huit heures, pas plus que ne l'ennuyait la faction au cimetière. La nuit, tout était tranquille, ce qui lui permettait de lire un roman de Robert B. Parker ; il pouvait plaisanter avec les infirmières et il y avait toujours du café frais dans la salle qui lui était attribuée.

Le soleil n'allait pas tarder à se lever. Seul dans sa chambre, à part le patient plongé dans le coma qui occupait le lit voisin, Bremen se réveilla avec difficulté, ôta l'aiguille de la perfusion et clopina jusqu'à la fenêtre. Il resta là un moment à regarder dehors ; le courant d'air froid de la climatisation le glaçait sous sa mince chemise de nuit.

S'il devait partir, il fallait le faire maintenant. Ils avaient dû couper ses vêtements après l'avoir sorti du Piper Cheyenne disloqué – Bremen l'avait vu par les yeux de l'un des médecins de la salle des urgences, qui estimait que c'était un miracle que l'avion n'ait pas pris feu après s'être enfoncé dans un champ boueux à huit cents mètres de l'aéroport – mais Bremen savait où il y avait des vêtements à sa taille. Il lui suffisait de se rendre dans les vestiaires des internes, à quelques volées de marches plus bas.

Il savait aussi quels internes laissaient leurs clés de voiture dans telle et telle armoire... et quelle était la combinaison pour les ouvrir. Bremen avait décidé d'« emprunter » une Volvo presque neuve, au réservoir plein, qui appartenait à un certain Bradley Montrose ; attaché à la salle des urgences, il ne remarquerait pas que sa Volvo avait disparu avant d'avoir terminé son service, dans soixante-douze heures.

Bremen s'appuya contre le mur et gémit tout bas. Son bras le faisait horriblement souffrir, il avait une migraine d'une violence incroyable, on aurait dit que ses côtes étaient des esquilles d'os qui frottaient contre ses poumons, et d'autres douleurs, innombrables, faisaient la queue pour obtenir son attention. Même les morsures de

Miz Morgan, sur sa hanche et sa cuisse, n'étaient pas encore complètement guéries.

Vais-je y arriver ? À m'emparer des vêtements ? À conduire la voiture ? À échapper aux flics ?

Probablement.

Vas-tu vraiment voler les six cents dollars dans le portefeuille de Bradley ?

Probablement. Sa mère comblera la perte avant que Bradley ait eu le temps de dire ce qui s'est passé aux flics.

Sais-tu où tu vas ?

Non.

Bremen soupira et ouvrit les yeux. Par l'entrebâillement des rideaux, il pouvait voir la tête et les épaules de l'enfant mourant dont il partageait la chambre. Il était dans un état épouvantable, mais en lisant les pensées des infirmières et des médecins, Bremen avait compris que l'apparence lamentable de l'enfant ne tenait pas seulement à ses blessures. Le petit Robby Machinchose était aveugle, sourd et arriéré mental, même avant l'agression qui l'avait amené ici.

Une partie des cauchemars de cet après-midi n'était que l'écho de la colère et du dégoût de l'une des infirmières qui veillait sur Robby. On avait découvert le petit garçon dans la fosse des cabinets d'un jardin, de l'autre côté de la rivière, dans les quartiers est de Saint Louis. Trois enfants jouant dans un champ en friche avaient entendu de drôles de cris sortir des lieux d'aisances et étaient allés le dire à leurs parents. Lorsque les auxiliaires médicaux avaient enfin tiré Robby du puits de fèces inondé, on estima qu'il y était resté pendant plus de deux jours. Il avait été haineusement battu et ses chances de survie semblaient médiocres. L'infirmière ne pouvait que pleurer sur l'enfant… et prier pour qu'il meure bientôt.

La police n'avait pas retrouvé la mère ou le beau-père du petit garçon, du moins à ce qu'en savaient les infirmières ou les médecins. Celui qui s'occupait de Robby estimait que la police ne cherchait pas très activement.

Bremen appuya sa joue sur la vitre et pensa au petit garçon. Il se souvenait des enfants condamnés rencontrés dans le parc de Disneyland et de la brève paix qu'il avait apportée à certains d'entre eux grâce à son contact mental. Durant cette fuite sans but, égocentrique, c'était la seule fois où il avait *aidé* quelqu'un, fait autre chose que de se lamenter sur lui. Il se le remémora et jeta un coup d'œil à Robby.

Le petit garçon était couché sur le côté, à moitié découvert, le buste illuminé par les moniteurs médicaux suspendus au-dessus de sa tête. Ses mains semblables à des serres se recourbaient en crispations bizarres sur les draps, ses poignets étaient si minces qu'ils ressemblaient curieusement à des pattes de lézard. La tête de l'enfant était penchée sur le côté, d'une manière inquiétante, sa langue pendait entre des lèvres réduites en bouillie. Son visage était marbré d'ecchymoses, le nez visiblement cassé et aplati, mais Bremen supposa que les orbites, partie apparemment la plus abîmée du visage, avaient toujours été comme cela – caves, noircies, avec de lourdes paupières qui ne couvraient qu'à demi les billes blanches, inutiles, de ses yeux.

Robby était inconscient. Bremen, n'ayant rien capté de son esprit – pas même des rêves de douleur –, avait appris avec surprise, en lisant dans les pensées des infirmières, qu'il y avait un autre patient dans la chambre. Jamais Bremen n'avait senti une telle absence de neuro-rumeur chez un autre être humain. Robby n'était qu'un vide, même si Bremen avait lu dans l'esprit des médecins que les moniteurs montraient une certaine activité cérébrale. En fait, les tracés de l'électro-encéphalo-graphe montraient un sommeil paradoxal très actif. Bremen ne comprenait pas pourquoi il n'arrivait pas à capter les rêves du petit garçon.

Robby s'agita dans son sommeil, comme s'il était conscient d'être observé. Ses cheveux noirs se dressaient sur son crâne en touffes irrégulières que Bremen aurait pu trouver comiques dans d'autres circonstances. La respiration de l'enfant mourant produisait, en passant entre ses lèvres abîmées, un bruit grinçant qui n'était pas tout à fait un ronflement, et Bremen en sentait l'odeur à deux mètres cinquante de son lit.

Il secoua la tête et regarda dehors, dans la nuit, ressentant la douleur aiguë de la situation d'une manière qui chez lui se substituait aux larmes.

N'attends pas que Burchill et l'homme du FBI reviennent dans la matinée pour te poser des questions sur le meurtre de Miz Morgan. Va-t'en maintenant.

Et pour aller où ?

Tu t'en inquiéteras plus tard. Contente-toi de fiche le camp.

Bremen soupira. Il allait partir, avant que l'équipe de jour survienne et que l'hôpital retrouve sa pleine activité. Il allait prendre la Volvo de l'interne et poursuivre sa quête vers nulle part, pour arriver nulle part, en souhaitant être nulle part. Il allait continuer à endurer la vie.

Bremen jeta un coup d'œil sur l'enfant. Quelque chose dans sa posture et son crâne trop gros lui rappelait un bouddha en bronze, brisé, tombé de son piédestal, que Gail et lui avaient vu dans un monastère, près d'Osaka. Cet enfant était aveugle, sourd et arriéré depuis sa *naissance*. Et si Robby abritait une profonde sagesse née de ce long isolement du monde ?

Robby se tortilla, ses ongles jaunes grattèrent légèrement le drap, il péta puis recommença à ronfler.

Bremen soupira, referma les rideaux et s'avança vers le fauteuil, près du lit de l'enfant.

Everett va aller aux toilettes dans trois minutes environ. Les infirmières du service sont en train de préparer les médicaments et celle qui est de garde ne peut pas me voir si j'emprunte l'escalier de service. Bradley est dans la salle des urgences et le vestiaire restera probablement vide pendant une heure.

Vas-y.

Bremen hocha la tête, lutta contre la douleur et la fatigue due à l'analgésique. Il allait se diriger vers Chicago, vers le nord, pour aller au Canada ; là, il chercherait un endroit où se reposer, récupérer… un endroit où jamais ni la police ni les hommes de Don Leoni ne le retrouveraient. Il utiliserait sa télépathie pour leur échapper et gagner de l'argent… mais plus au jeu… plus jamais au jeu.

Bremen regarda l'enfant de nouveau.

Tu n'as pas le temps.

Si. Cela ne serait pas long. Il n'était pas nécessaire d'établir un échange dans les deux sens. C'était possible. Un contact de quelques secondes et il pourrait apporter la lumière et le son à l'enfant mourant. Peut-être aller à la fenêtre et regarder la circulation, les lumières de la ville, trouver une étoile.

Bremen savait qu'un contact mental réciproque était possible ; pas uniquement avec Gail, bien que celui-là ait été particulièrement facile, mais avec tout être réceptif. Et la plupart des gens l'étaient à un sondage mental opiniâtre, même si Bremen n'avait jamais rencontré personne, sauf Gail, qui soit capable de contrôler ses capacités télépathiques latentes. Le seul problème, c'était de s'assurer que la personne *ne sentirait pas* cela comme un contact mental, ne s'apercevrait pas que les pensées étrangères l'étaient vraiment. Une fois, après avoir tenté en vain pendant des jours de transmettre la signification d'une simple transformation mathématique à un étudiant lent, Bremen la lui avait *donnée* par télépathie et avait laissé le garçon se féliciter de son succès.

Pas besoin de subtilité avec cet enfant. Et pas de contenu intellectuel. Le cadeau d'adieu de Bremen consisterait en quelques impressions sensorielles partagées. Anonymement. Robby ne saurait jamais qui lui avait offert ces images.

Les ronflements de Robby s'arrêtèrent pendant un laps de temps douloureusement long, puis reprirent comme un moteur qui a des défaillances. Il bavait abondamment. L'oreiller et le drap, près de son visage, étaient trempés.

Bremen se décida et abaissa son écran mental. *Dépêche-toi, Everett va bientôt aller aux toilettes.* La pleine puissance de la neuro-rumeur du monde se précipita dans son esprit comme l'eau dans un navire en train de sombrer.

Bremen fit la grimace et releva son écran mental. Cela faisait si longtemps qu'il ne s'était pas permis une telle vulnérabilité. Même si la neuro-rumeur s'infiltrait toujours d'une manière ou d'une autre, le volume et l'intensité étaient presque insupportables sans la couche laineuse de son écran. Celle de l'hôpital déchirait le fragile tissu de son esprit blessé.

Il grinça des dents sous la douleur et essaya de nouveau. Il tenta de faire la sourde oreille au large spectre de la neuro-rumeur et se concentra sur l'espace qu'auraient dû occuper les rêves de Robby.

Rien.

Durant une seconde d'affolement, Bremen crut qu'il avait perdu son pouvoir. Puis se concentra et put capter l'envie irrésistible d'Everett qui se précipitait vers les toilettes, et les pensées préoccupées, éclatées, de l'infirmière qui comparait les doses de la liste du docteur Angstrom et celles des feuilles roses posées sur le plateau. Il sonda la garde qui était à la station de contrôle des moniteurs et vit qu'elle lisait un roman – *Bazar* de Stephen King [1]. La lenteur de ses yeux le frustra. La bouche de Bremen se remplit du sirupeux goût de cerise de sa pastille contre la toux.

Il secoua la tête et regarda fixement Robby. La respiration asthmatique de l'enfant remplissait l'air d'un brouillard aigre. La langue du petit garçon était très chargée. Bremen donna à son contact mental la forme d'un stylet émoussé, le renforça, le concentra comme un rayon de lumière cohérente.

Rien.

Non… il y avait – quoi ? – l'*absence* de quelque chose.

C'était un vrai trou dans le champ de la neuro-rumeur, là où auraient dû se trouver les rêves de Robby. Bremen comprit qu'il était en présence de l'écran mental le plus puissant, le plus subtil qu'il eût jamais rencontré. Même l'ouragan de bruit blanc de Miz Morgan n'avait pas créé une barrière aussi incroyablement hermétique, et à aucun moment elle n'avait pu cacher la *présence* de ses pensées. Celles de Robby n'étaient simplement *pas là*.

Cela ébranla Bremen pendant une seconde, puis il prit alors conscience de la cause de ce phénomène. L'esprit

---

1. Traduit par William Desmond, Albin Michel, 1992 (*N.d.T.*)

de Robby était endommagé. Des segments entiers restaient probablement inactifs. Avec si peu de stimuli et une conscience tellement limitée de son environnement, avec si peu d'accès à l'univers des ondes de probabilité à partir desquelles il aurait pu choisir, et presque aucune capacité d'effectuer ce choix, la conscience de l'enfant – ou ce qui passait pour tel – s'était repliée violemment sur elle-même. Ce que Bremen avait d'abord pris pour un puissant écran mental n'était rien d'autre qu'une boule serrée de repliement sur soi qui allait bien au-delà de l'autisme ou de la catatonie. Robby était vraiment et totalement seul.

Bremen reprit son souffle et recommença à le sonder, avec plus de soin cette fois, palpant les frontières négatives de l'écran mental *de facto* comme un homme qui avance à l'aveuglette dans le noir en tâtonnant un mur rugueux. Quelque part, il devait y avoir une ouverture.

Elle était là. Pas tant une ouverture qu'un endroit un peu mou – un point très légèrement élastique enchâssé dans une pierre compacte.

Bremen perçut une palpitation de pensées sous-jacentes, un peu comme un piéton perçoit le passage d'un métro sous le trottoir. Il se concentra en renforçant sa sonde mentale jusqu'à ce qu'il sente sa chemise d'hôpital s'imprégner de sueur. Sa vue et son ouïe commençaient à faiblir dans cette concentration de toutes ses facultés mentales. Cela n'avait pas d'importance. Une fois le contact initial établi, il pourrait se détendre et ouvrir lentement les canaux de la vision et du bruit.

Il sentit le mur, encore élastique, céder un peu, s'enfoncer légèrement sous la force implacable de sa volonté. Bremen se concentra jusqu'à ce que les veines saillent sur ses tempes. Sans le savoir, il faisait la grimace, les muscles de son cou se nouaient sous l'effort. Le mur plia. La sonde de Bremen était un vigoureux bélier battant une porte bien fermée, mais gélatineuse.

Elle plia un peu plus.

Bremen mobilisa assez de force pour déplacer des objets, pulvériser des briques, arrêter des oiseaux en plein vol.

L'écran mental accidentel continuait à plier. Bremen se pencha en avant comme sous l'effet d'un vent violent. Il n'y avait plus de neuro-rumeur, pas de conscience de l'hôpital ni de lui-même ; il ne restait plus que la force de volonté de Bremen.

Brusquement, quelque chose se déchira, de l'air chaud se rua par l'ouverture, il tomba dans le trou. Bremen battit des bras et ouvrit la bouche pour crier.

Il n'avait plus de bouche.

Bremen tombait, à la fois dans son corps et à l'extérieur de lui. Il dégringolait cul par-dessus tête dans l'obscurité qui s'ouvrait sous ses pieds. Il eut une brève et lointaine vision de son propre corps se tordant sous l'effet de quelque terrible attaque, puis il tomba de nouveau.

Il tombait dans le silence.

Il tombait dans le néant.

Le néant.

Des yeux que je...

Jeremy est à l'intérieur. Il traverse en plongeant des couches de lente ascendance thermique. Des gerbes tournantes, incolores, le croisent en trois dimensions.

Des sphères d'obscurité se dégonflent et l'aveuglent. Il y a des cascades de toucher, des rivières d'odorat et une mince ligne d'équilibre soufflant en un vent silencieux.

Jeremy se retrouve soutenu par un millier de mains invisibles – qui le touchent, l'examinent. Des doigts se posent sur ses lèvres, des paumes se promènent le long de sa poitrine, de douces mains glissent sur son ventre, des doigts s'emparent de son pénis d'une manière aussi impersonnelle que celle d'un médecin, puis continuent leur exploration.

Brusquement, il est sous l'eau, non, enterré dans quelque chose de plus épais que l'eau. Il ne peut pas respirer. Désespérément, il se débat contre le courant visqueux jusqu'à ce qu'il ait l'impression de remonter. Il n'y a pas de lumière, pas de sens de l'orientation, sauf une très légère sensation de poussée gravitationnelle vers *le bas*, mais Jeremy patauge à contre-courant de ce gel résistant qui l'entoure et lutte contre la force de gravité, sachant que rester là signifie être enterré vivant.

Brusquement, la substance bouge et Jeremy est lancé vers le haut par un vide qui lui enserre la tête comme une vis. Il est comprimé, condensé, pressé si fort que sûrement ses côtes cassées et son crâne traumatisé vont être fracassés de nouveau, puis, soudain, il se sent propulsé par une ouverture en train de se refermer et sa tête émerge à la surface.

Jeremy ouvre la bouche pour crier et l'air se précipite dans sa poitrine comme l'eau dans les poumons d'un homme qui se noie. Son cri se prolonge, indéfiniment, et lorsqu'il s'éteint, il n'y a pas d'écho.

Jeremy se réveille dans une vaste plaine.

Il n'y a ni jour ni nuit. Une lumière pâle, couleur de pêche, imprègne tout. Le sol dur s'écaille en segments orange qui semblent s'éloigner à l'infini. Il n'y a pas d'horizon. Jeremy pense que le paysage en dents de scie ressemble à un lit de torrent pendant la sécheresse.

Au-dessus de sa tête, pas de ciel, seulement des couches de cristal illuminées d'une lumière pêche. Jeremy a l'impression d'être dans la cave d'un gratte-ciel de plastique transparent. Un gratte-ciel vide. Il se couche sur le dos, son regard traverse les étages innombrables de vide cristallisé.

Pour finir, il se redresse et entame le bilan de son état physique. Il est nu. Sa peau le brûle comme si elle avait été frottée avec du papier de verre. Il passe la main sur son ventre, touche ses épaules, ses bras, son visage, mais il lui faut une bonne minute avant de s'apercevoir qu'il n'y a plus de blessure ni de cicatrice – pas de bras cassé ou d'éraflure de balle ou de côtes cassées, ni de marques de morsure sur sa hanche et à l'intérieur de sa cuisse – et, autant qu'il puisse le dire, plus de commotion cérébrale ni de lacérations sur son visage. Pendant une seconde de déraison, Jeremy se croit dans le corps de quelqu'un d'autre, mais il baisse les yeux et aperçoit la cicatrice sur son genou, souvenir d'un accident de mobylette qu'il avait eu à l'âge de sept ans, ainsi que le grain de beauté à la face intérieure du bras.

Lorsqu'il se met debout, la tête lui tourne.

Un peu plus tard, Jeremy se met en marche. Les plaques lisses sont chaudes sous ses pieds nus. Il n'a ni direction ni destination. Un jour, au ranch de Miz Morgan, il a traversé des salants juste après le coucher du soleil. C'est un peu comme cela… mais pas tellement.

Mets le pied sur une crevasse, brise le dos de ta mère.

Jeremy chemine un certain temps, bien que le temps

ait peu de signification sur cette plaine orange sans aucun soleil. Les niveaux couleur pêche, au-dessus de lui, ne se meuvent ni ne miroitent. Finalement, il s'arrête, et quand il le fait, c'est dans un endroit qui ne diffère en rien de celui où il a entamé sa marche. Il a mal à la tête. Il se recouche sur le dos et sent sous lui la douceur du sol – plus semblable à du plastique chauffé par le soleil qu'aux grains du sable ou de la pierre – et, ainsi étendu, il s'imagine qu'il est une créature marine habitant les hauts-fonds, qui regarde les multiples couches des courants en dérive.

Le fond de la piscine. Plein d'une répugnance douloureuse à retourner vers la lumière.

Une lumière couleur pêche baigne Jeremy de chaleur. Son corps est radieux. Pour se protéger de cet éclat, il ferme les yeux. Et il dort.

Il se réveille brusquement, complètement, les narines élargies, les oreilles remuant réellement tant elles s'efforcent de localiser avec précision un bruit à demi entendu. L'obscurité est totale.

Quelque chose bouge dans la nuit.

Jeremy se tapit dans les ténèbres et tente d'étouffer sa respiration irrégulière. Son système glandulaire est revenu à une programmation vieille de plus d'un million d'années. Il est prêt à fuir ou à combattre, mais l'obscurité totale et inexplicable élimine la première option. Il se prépare à lutter. Il serre les poings, son cœur s'emballe et ses yeux se tendent pour voir.

Quelque chose bouge dans la nuit.

Il la sent proche. Par l'intermédiaire du sol, il éprouve sa puissance et son poids. La chose est énorme, ses pas font trembler la terre et le corps de Jeremy, et elle se rapproche. Jeremy est sûr que cette chose n'a aucun mal à trouver sa route dans les ténèbres. Et elle peut le voir.

Puis la chose est près de lui, au-dessus de lui, et Jeremy sent la force de son regard. Il s'agenouille sur le sol subitement froid puis se recroqueville en boule.

Quelque chose le touche.

Jeremy lutte contre l'envie de crier. Une main de

géant le saisit – quelque chose de rude et d'immense mais qui n'a rien d'une main – et brusquement la chose le soulève dans l'obscurité. De nouveau, Jeremy sent sa puissance, cette fois par la pression qu'elle exerce sur ses bras immobilisés et ses côtes qui craquent, et il est certain qu'elle pourrait l'écraser facilement, si elle le souhaitait. Manifestement, elle n'en a pas envie. Du moins, pas encore.

Il a l'impression d'être regardé, inspecté, pesé sur quelque balance invisible. Jeremy, impuissant mais rassuré, est en proie à cette totale passivité qu'on éprouve lorsqu'on est couché nu sur la table d'un appareil de radiographie en sachant que d'invisibles rayons vous traversent le corps pour chercher la tumeur maligne, localiser la pourriture et les graines de mort.

Quelque chose le repose.

Jeremy n'entend que son propre halètement, mais il sent les grands pas qui s'éloignent. C'est incroyable, car ils s'éloignent dans toutes les directions, comme des rides sur une mare. Un poids disparaît de sa poitrine et il découvre, avec horreur, qu'il est en train de sangloter.

Plus tard, il se déplie et se remet sur ses pieds. Il appelle dans l'obscurité, mais le son ténu de sa voix s'y perd et il n'est même pas certain de l'avoir entendu.

Épuisé, toujours sanglotant, Jeremy martèle le sol et continue à pleurer. Les ténèbres restent les mêmes, que ses paupières soient fermées ou non, et, plus tard, quand il dort, il ne rêve que du noir.

Des yeux que je n'ose…

Le soleil se lève.

Les yeux de Jeremy s'ouvrent en papillotant, il fixe l'éclat lointain et referme les paupières avant que le fait s'enregistre vraiment.

Le soleil se lève.

Jeremy se réveille brusquement et s'assoit en clignant des yeux au soleil levant. Il est couché dans l'herbe. Une prairie de graminées hautes et flexibles s'étend jusqu'à l'horizon, dans toutes les directions. Le ciel est d'un violet foncé qui vire au bleu lorsque le soleil monte en s'arrachant à l'horizon. Jeremy se redresse et son ombre saute sur les herbes qui ondoient doucement sous la brise matinale. L'air est plein de senteurs : celles de l'herbe, de la terre mouillée, du sol chauffé par le soleil et l'odeur subtile de sa propre peau caressée par la brise.

Jeremy se relève sur un genou, arrache un long brin d'herbe, le dépouille et suce la moelle sucrée. Cela lui rappelle les après-midi de son enfance, passés à jouer dans les prés. Il se met en route vers le soleil levant.

La brise est chaude sur sa peau nue. Elle agite la prairie et en tire un doux soupir qui soulage un peu le mal de tête lancinant derrière ses yeux. Le simple fait de marcher lui plaît. Il est content de sentir l'herbe se courber sous ses pieds nus et le soleil jouer sur son corps.

Lorsque celui-ci a suffisamment dépassé le zénith pour suggérer un début d'après-midi, Bremen s'aperçoit qu'il est en train de se diriger vers une tache floue, à l'horizon. En fin d'après-midi, elle est devenue une rangée d'arbres. Il franchit l'orée de la forêt juste avant le coucher du soleil.

Ce sont les ormes et les chênes majestueux de sa Pennsylvanie natale. Il s'arrête dès son entrée dans le bois et regarde la plaine aux douces ondulations qu'il vient de quitter : la lumière vespérale dore l'herbe ondoyante et illumine de couronnes les innombrables houppes, en haut des tiges. L'ombre de Jeremy saute devant lui lorsqu'il se retourne pour s'enfoncer dans la forêt.

Pour la quatrième fois, la fatigue et la soif commencent à agir sur lui. Sous l'effet de la sécheresse, la langue de Jeremy est devenue épaisse et gonflée. Il avance en trébuchant pesamment dans les ombres qui s'allongent, rêvant de grands verres d'eau et fouillant les pans de ciel encore visibles à la recherche de quelque nuage. C'est pendant qu'il lève les yeux vers les cieux obscurcis qu'il manque tomber dans la mare.

L'eau repose dans un cercle d'herbes folles et de roseaux. Un bosquet de cerisiers, sur la rive la plus élevée, plonge ses racines dans l'eau. Jeremy parcourt les derniers pas qui le séparent de la mare avec la conviction torturante qu'il voit un mirage dans la lumière mourante, que l'eau va disparaître ; il le croit encore au moment où il se jette dedans.

L'eau lui monte à la ceinture et elle est froide comme la glace.

Elle arrive juste après le lever du soleil, le lendemain matin.

Jeremy a déjeuné de cerises et d'eau fraîche ; il est sur le point de s'engager dans une clairière, à l'est de la mare, lorsqu'il repère un mouvement. Sans y croire, il reste parfaitement immobile, rien qu'une ombre de plus dans celles de la rangée d'arbres.

Elle avance d'un air irrésolu, glissant le pied parmi les hautes herbes et les pierres du pas hésitant des humbles ou de ceux qui marchent pieds nus. Les graminées de la clairière, couronnées d'aigrettes, effleurent ses cuisses nues. Jeremy la voit avec une précision amplifiée par le riche balayage horizontal de la lumière matinale. Son corps semble flamboyer, renvoyer la lumière au lieu de l'absorber. Ses seins, le gauche légèrement plus lourd que le droit, bougent doucement à chacun de ses pas. Sa chevelure brune est coupée court et frémit quand la brise la caresse.

Elle s'arrête au centre de la clairière, puis reprend sa marche. Le regard de Jeremy se pose sur ses fortes cuisses et il les regarde se séparer et se rapprocher avec la sensualité bouleversante de celle qui se croit inobservée. Elle est bien plus proche maintenant et Jeremy peut distinguer les ombres délicates de sa belle cage thoracique, les cercles rose pâle de ses aréoles et la cicatrice presque effacée d'une vieille appendicectomie, le long de son bas-ventre.

Jeremy sort en pleine lumière. Elle s'arrête, les bras levés vers sa poitrine en un geste de pudeur instinctive, puis s'avance rapidement vers lui. Elle ouvre les bras et il pénètre dans leur cercle qui se referme et pose son visage contre son cou, presque paralysé par l'odeur de propreté de ses cheveux et de sa peau. Les mains de Jeremy courent le long de ses muscles, sur le terrain familier de ses vertèbres. Chacun d'eux touche et embrasse l'autre presque frénétiquement. Tous deux sanglotent.

Jeremy sent la force s'écouler de ses jambes et il plie le genou. Elle se penche et enfouit délicatement le visage de l'aimé entre ses seins. Pas une seconde ils ne relâchent la tension qui les lie.

« Pourquoi m'as-tu quitté ? chuchote-t-il contre sa peau, incapable de s'arrêter de pleurer. Pourquoi es-tu partie ? »

Gail ne dit rien. Sa joue est contre ses cheveux, ses mains se resserrent sur son dos. Sans un mot, elle s'agenouille avec lui dans les hautes herbes.

Des yeux que je n'ose pas…

Ensemble, ils sortent de la forêt juste au moment où les brumes matinales sont chassées par la chaleur. Dans la lumière luxuriante, les coteaux herbus donnent l'impression de faire partie d'un torse humain bronzé et velouté. Gail tend la main comme pour caresser les collines lointaines.

Ils parlent à voix basse, en entremêlant parfois leurs doigts. Ils ont découvert que le contact mental total provoque ces migraines folles qui les tourmentent depuis le réveil, aussi parlent-ils… se caressent-ils… et font-ils l'amour dans l'herbe douce avec, pour seul spectateur, l'œil doré du soleil. Après, ils s'étreignent et chuchotent des petits riens, sachant que le contact mental est possible par d'autres voies que la télépathie.

Plus tard, ils reprennent leur marche ; en milieu d'après-midi, ils franchissent une éminence et, après un petit verger, aperçoivent un éclat aveuglant, vertical, de bardeaux blancs.

« La ferme ! s'écrie Gail d'une voix pleine d'étonnement. Comment est-ce possible ? »

Jeremy n'éprouve aucune surprise. Il garde son calme lorsqu'ils passent devant la grange et les autres dépendances. La ferme est silencieuse mais intacte ; il n'y a aucun signe d'incendie, rien n'a changé. L'allée a toujours besoin d'un peu plus de gravier, mais maintenant elle ne conduit nulle part car il n'y a plus de route à son extrémité. La longue clôture en fils métalliques qui la longeait ne borde maintenant qu'une prairie à l'herbe haute et un autre coteau en pente douce. On ne voit plus,

278

au loin, les maisons des voisins ni les gênantes lignes à haute tension qui avaient été installées derrière le verger.

Gail va jusqu'au porche de derrière et regarde par la fenêtre avec l'air légèrement coupable de quelqu'un qui visite des maisons pendant le week-end et en a trouvé une qui est peut-être encore habitée. Elle ouvre la porte et sursaute un peu au grincement des gonds.

« Excuse-moi, dit Jeremy. Je sais que je t'avais promis de les graisser. »

Il fait froid à l'intérieur, et noir. Les pièces sont dans l'état où ils les avaient laissées – pas comme après les semaines de solitude de Jeremy, pendant que Gail était à l'hôpital, mais comme avant leur première visite chez le spécialiste, cet automne de l'année dernière, il y a une éternité. Au premier, la lumière de l'après-midi tombe de la lucarne que Gail et lui ont eu tant de mal à installer, en ce mois d'août lointain. Jeremy passe la tête dans le bureau et voit les résumés de la théorie du chaos encore empilés sur le bureau en chêne et une transformation, oubliée depuis longtemps, griffonnée au tableau noir.

Gail passe de pièce en pièce ; elle exprime parfois son appréciation en émettant de petits bruits, le plus souvent elle se contente de toucher doucement les objets. La chambre à coucher est aussi bien rangée qu'avant, la couverture bleue tirée et l'édredon en patchwork de sa grand-mère plié au pied du lit.

Après avoir refait l'amour, ils tombent endormis entre les draps froids. De temps à autre, un infime souffle de vent fait onduler les rideaux. Gail se retourne et marmonne dans son sommeil, et tend fréquemment la main pour le toucher. Bremen se réveille juste après la tombée de la nuit ; le ciel, qu'il voit par la fenêtre de la chambre à coucher, retient le long crépuscule de cette fin d'été.

Il y a eu un bruit, au rez-de-chaussée.

Jeremy reste allongé sans bouger un bon moment et tente de ne pas troubler le silence, même en respirant. Pour le moment, la brise ne souffle pas. Il entend un bruit.

Jeremy se glisse hors du lit sans réveiller Gail. Elle est couchée en chien de fusil, la joue sur la main ; elle sourit toujours si légèrement. Jeremy, pieds nus, entre dans son cabinet de travail, ouvre sans faire de bruit le dernier tiroir de son bureau, à droite. Il est là, enveloppé dans un vieux chiffon, sous les classeurs vides qu'il a posés dessus le jour où son beau-frère le lui a donné. Le Smith et Wesson 38 est le même que celui qu'il a jeté à l'eau, le matin où il est tombé par hasard sur Vanni Fucci, en Floride – il y a la même rayure sur le magasin, la partie inférieure du canon est aussi terne – mais il est là maintenant. Jeremy le prend, ouvre le barillet et voit les hémisphères de cuivre des six cartouches bien en place. La crosse rugueuse est ferme contre sa paume, le métal du pontet légèrement froid.

Jeremy essaie de ne pas faire de bruit en allant du bureau à l'escalier, du bas des marches à la salle à manger qu'il traverse jusqu'à la porte menant à la cuisine. Il fait sombre, mais ses yeux se sont adaptés. Il s'arrête. De là, il peut voir le fantôme blanc du réfrigérateur et sursaute quand la pompe se remet en marche. Jeremy baisse le revolver et attend.

La porte extérieure est entrouverte ; maintenant elle s'ouvre puis se referme. Une ombre glisse sur le carrelage.

Le mouvement fait tressaillir Jeremy qui s'avance et lève le 38 avant de l'abaisser de nouveau. Gernisavien, la chatte tricolore résolue, traverse la cuisine et vient se frotter impatiemment contre ses jambes. Puis elle agite la queue, retourne au réfrigérateur, regarde Jeremy d'un air significatif et revient se frotter contre lui avec encore moins de patience.

Jeremy s'agenouille pour lui caresser la tête. Il a l'air stupide, le pistolet dans l'autre main. Il respire à fond, pose l'arme sur le plan de travail et se sert des deux mains pour câliner sa chatte.

La lune se lève, le soir suivant, à l'heure où ils prennent un dîner tardif. Les lampes ne s'allument pas, mais le courant fonctionne pour les autres équipements. Les steaks proviennent du congélateur installé dans la cave, les bières glacées du réfrigérateur et le charbon de bois de l'un des nombreux sacs rangés dans le garage. Ils s'installent dehors, près de la vieille pompe, pendant que la viande grésille sur le barbecue. Gernisavien se tapit au pied d'une des grandes vieilles chaises de jardin en bois ; elle a l'air d'attendre quelque chose en dépit du fait qu'elle vient d'être bien nourrie.

Jeremy porte son pantalon favori, en twill, et une chemise de travail bleu clair ; Gail a revêtu la robe ample, en coton blanc, qu'elle met souvent en voyage. Les bruits sont ceux qu'ils ont tant de fois entendus dans cette arrière-cour : les grillons, les oiseaux de nuit dans le verger, les variations du chant des grenouilles sortant des ténèbres près du ruisseau et, de temps à autre, le battement d'ailes des hirondelles de la grange. En préparant la viande, ils posent l'une des lampes à pétrole sur la table de pique-nique et Gail allume aussi des bougies. Plus tard, quand ils mangent, ils éteignent la lampe pour mieux voir les étoiles.

Jeremy a servi les steaks sur de robustes assiettes en carton et leurs couteaux tracent des croix sur les fonds blancs. Ils se contentent de la viande, d'une simple salade du jardin abondamment garnie de radis et d'oignons, et du vin tiré de la cave encore bien fournie.

Malgré le lever du croissant de lune, les étoiles sont incroyablement claires. Jeremy se souvient de la nuit qu'ils ont passée couchés dans le hamac à guetter la navette spatiale flottant dans le ciel comme un charbon ardent emporté par le vent. Il s'aperçoit que les étoiles sont encore plus brillantes ce soir parce que les reflets des lumières de Philadelphie ou de la route à péage ne viennent plus ternir la gloire du ciel.

Gail se penche vers lui avant la fin du repas. *Où sommes-nous, Jerry ?* Son contact mental est aussi léger que possible, afin de ne pas apporter la migraine.

Jeremy prend une gorgée de vin. « Qu'est-ce qu'il y a de mal dans le fait d'être simplement à la maison, ma belle ? »

Il n'y a rien de mal à cela. Mais où sommes-nous ?

Jeremy fait tourner le radis entre ses doigts et ne pense qu'à lui. Il a un goût de sel et de froid.

Gail regarde la ligne sombre des arbres, en bordure du verger. Les lucioles y clignotent. *Qu'est-ce que c'est que cet endroit ?*

Gail, quelle est la dernière chose dont tu te souviens ?

« Je me rappelle de ma mort », dit-elle à voix basse.

Le mot blesse Jeremy comme un coup de poing dans le plexus solaire. Un moment, il n'arrive plus à formuler ses pensées.

Gail continue, mais sa voix basse est tout de même rauque. « Nous n'avons jamais cru à la vie éternelle, Jerry. » *Oncle Buddy...* « Après la mort, on aide l'herbe et les fleurs à pousser, Beanie. Tout le reste, c'est des boniments. »

« Non, non, ma belle », dit Jerry, et il repousse son assiette et son verre. Il se penche et lui caresse le bras. « Il y a une autre explication... » Avant d'avoir commencé, les vannes cèdent et tous deux sont inondés d'images qu'il lui avait cachées : *l'incendie de la maison... la cabane de pêcheur en Floride... Vanni Fucci... les jours morts dans les rues de Denver... Miz Morgan et la chambre froide...*

« Oh, Jerry, mon dieu... mon dieu... » Gail a eu un mouvement de recul et, maintenant, elle enfouit son visage dans ses mains.

Jeremy contourne la table, la saisit fermement par les avant-bras et, se baissant, appuie sa joue contre la sienne. *Miz Morgan... les dents en acier... la chambre froide... l'anesthésie du poker... le vol avec les gangsters de Don Leoni... l'hôpital... l'enfant mourant... le contact bref... la chute.*

« Oh, Jerry ! » Gail sanglote la tête sur son épaule. Elle a subi ses mois d'enfer en un brutal instant de douleur. Elle a subi le chagrin de Jeremy et la folie, en écho, de ce chagrin. Maintenant, ils pleurent ensemble un moment. Puis Jeremy tarit de baisers les larmes de Gail, essuie son visage avec le pan de sa chemise et s'éloigne pour leur resservir un peu de vin.

Où sommes-nous, Jerry ?

282

Il lui tend un verre et prend le temps de boire le sien à petites gorgées. Les insectes chantent en chœur derrière la grange. Leur maison répand une lumière pâle au clair de lune, les fenêtres de la cuisine la réchauffent de la lueur que déverse à l'intérieur l'autre lampe à pétrole. Il chuchote : « Que te rappelles-tu de ton réveil ici, ma belle ? »

Ils ont déjà partagé plusieurs images, mais essayer de les mettre en mots aiguise leur mémoire. « Les ténèbres, chuchote Gail. Puis une douce lumière. Un endroit vide. *Un balancement. On me berce. On me tient.* Et puis je marche. Le soleil. Je te retrouve. »

Jeremy hoche la tête. Il fait courir son doigt au bord du verre. *Je pense que nous sommes avec Robby. Le petit garçon. Je pense que nous sommes dans son esprit.*

Gail rejette brusquement la tête en arrière comme si on l'avait giflée. *L'enfant aveugle…???????* Elle regarde autour d'elle, puis tend une main tremblante vers la table. Elle s'agrippe au bord et le verre vibre. Quand elle le lâche, c'est pour lever la main et toucher sa propre joue. « Alors, rien n'est réel ? Nous sommes dans un rêve ? » *Je suis vraiment morte et tu rêves seulement que je suis là ?*

« Non », dit Jeremy assez fort pour que Gernisavien se réfugie en hâte sous une chaise. Il voit sa queue s'agiter dans la douce lumière des bougies et des étoiles. « Non, dit-il plus doucement, ce n'est pas ça. Je suis *sûr* que non. Tu te souviens des recherches de Jacob ? »

Gail est trop secouée pour parler tout haut. *Oui.* Son contact mental est ténu, presque perdu dans les faibles bruits nocturnes.

Bon, poursuit Jeremy en retenant l'attention de Gail par la force de sa volonté, *alors tu te souviens que Jacob était certain de la justesse de mon analyse… sûr que la personnalité humaine est un front d'onde stationnaire complexe… une sorte de méta-hologramme contenant quelques millions d'hologrammes plus petits…*

Jerry, je ne vois pas en quoi cela peut nous aider.

« Bon sang, ma belle, mais si, ça nous aide ! » Il se

penche encore plus et frictionne les bras de Gail qui a la chair de poule. « Écoute, je t'en prie… »

D'accord.

« Si Jacob et moi avons raison… si la personnalité est bien ce front d'onde complexe qui interprète une réalité faite de fronts d'onde de probabilité en train de s'effondrer, alors elle ne peut certainement pas survivre à la mort du cerveau. L'esprit peut travailler à la fois comme un générateur et comme un interféromètre, mais ces deux fonctions devraient s'éteindre avec la mort… »

Alors comment… comment puis-je… ?

Il se rassied à côté d'elle et garde un bras autour de sa taille. Gernisavien sort de sous la chaise et saute sur les genoux de Gail pour partager leur chaleur. Tous deux la caressent d'une main tandis que Jeremy continue à parler d'une voix douce.

« Bon, réfléchissons une minute. Pour moi, tu n'étais pas seulement un souvenir ou une impression des sens, ma belle. Pendant plus de neuf ans, nous avons été fondamentalement deux corps en une seule personne. C'est pourquoi quand tu… c'est pourquoi je suis devenu fou après, j'ai essayé de mettre définitivement fin à mon don. Seulement, je n'ai pas pu. C'est comme si j'étais branché sur des longueurs d'onde de plus en plus sombres de la pensée humaine et me contentais d'y sombrer en spirale… »

Gail, qui regardait Gernisavien tout en la caressant, lève les yeux. Elle fixe craintivement les ténèbres, là-bas, au bord du ruisseau. *Le noir sous le lit.* « Mais comment tout cela peut-il être aussi réel si ce n'est qu'un rêve ? »

Jeremy lui caresse la joue. « Gail, ce n'est pas qu'un rêve. Écoute. Tu étais dans mon esprit, pas seulement comme un souvenir. Tu y étais vraiment. La nuit où… cette nuit où j'étais à Barnegat Light… la nuit où ton corps est mort… tu m'as *rejoint*, tu as sauté dans mon esprit comme si c'était un bateau de sauvetage. »

Non, comment pourrait-on…

« Réfléchis, Gail. Notre capacité fonctionnait bien. C'était le contact mental suprême. Cet hologramme complexe qui est *toi* ne devait pas périr… tu as juste sauté vers le seul autre interféromètre de l'univers qui pouvait le contenir… *mon* esprit. Seulement mon moi ou mon ça ou mon surmoi qui nous garde sain et nous sépare du barrage de nos sens, ainsi que de la neuro-rumeur de tous ces esprits, cette partie de moi continuait à me dire que je n'avais qu'un *souvenir* de toi. »

Ils restent silencieux un moment, plongés dans leurs souvenirs. *La Grande Rivière aux Deux Cœurs*, propose Gail. Jeremy voit qu'elle se souvient de fragments de ce temps où il a pêché en Floride.

« Tu étais une création de mon imagination, dit-il à voix haute, mais seulement dans la mesure où nos propres personnalités sont des créations de nos imaginations. » *Les ondes de probabilité venant s'écraser sur une plage de pur espace-temps. Les courbes de Schrödinger, leurs scénarios parlant un langage plus pur que la parole. Les attracteurs vagues de Kolmogorov serpentant autour des îlots de résonance de rationalité quasi périodique parmi les couches de chaos écumantes.*

« Pense en langage humain », chuchote Gail. Elle le pince.

Jeremy saute pour éviter ses pinçons, sourit et retient la chatte qui se prépare à sauter. « Je veux dire que nous étions tous les deux morts jusqu'à ce qu'un enfant aveugle, sourd et arriéré nous arrache au monde et nous en offre un autre, celui-ci. »

Gail fronce légèrement les sourcils. Les bougies se sont consumées, mais sa robe blanche et sa peau pâle continuent à rayonner au clair de lune, à la lumière des étoiles. « Tu veux dire que nous sommes dans l'esprit de Robby et qu'il est aussi réel que le monde réel ? » Elle fronce de nouveau les sourcils en s'entendant dire cela.

Il fait non de la tête. « Pas tout à fait. Quand j'ai réussi à faire une percée dans l'esprit de Robby, je me suis branché sur un système clos. Le pauvre enfant ne disposait de presque aucune donnée pour construire un modèle du monde réel… le toucher, je suppose, l'odorat et une sacrée quantité de douleur, d'après ce que les infirmières savaient de son passé… aussi dépendait-il probablement beaucoup du peu qu'il pouvait capter du monde extérieur pour définir son univers intérieur. »

Gernisavien saute et disparaît dans l'obscurité comme si elle avait une affaire urgente à régler ailleurs. Connaissant les chats, Gail et Jeremy se doutent de ce qu'elle va faire. Jeremy aussi ne peut plus rester immobile ; il se lève et commence à marcher de long en large dans le noir, en restant toujours assez près de Gail pour pouvoir tendre la main vers elle et la toucher.

Mon erreur, poursuit-il, *ce fut de sous-estimer... non, de ne jamais vraiment penser au pouvoir que Robby pouvait avoir dans ce monde. Ce monde-ci. Quand je me suis introduit de force en lui... pour partager avec lui quelques images et quelques sons... il m'a attiré à l'intérieur, ma belle. Et toi en même temps que moi.*

Le vent se lève et agite les feuilles du verger. Leur doux bruissement est empreint de la tristesse d'une fin d'été.

« D'accord, dit Gail au bout d'un moment. Nous existons dans l'esprit de l'enfant comme deux de tes tortillants hologrammes de personnalité. » Elle tape sur la table, fort. « Et ça a l'air *vrai*. Mais pourquoi notre maison est-elle ici ? Et le garage ? Et... » Elle montre d'un geste plein d'impuissance la nuit autour d'eux et les étoiles au-dessus de leurs têtes.

Je pense, ma belle, que Robby aimait ce qu'il voyait dans nos esprits. Je pense qu'il préférait notre chère campagne polluée de Pennsylvanie au paysage qu'il avait imaginé pour lui durant ses années de solitude.

Gail hoche lentement la tête. « Mais ce n'est pas vraiment notre campagne, n'est-ce pas ? Je veux dire, nous ne pouvons pas aller en voiture, demain matin, à Philadelphie, oui ou non ? Chuck Gilpen ne va pas se pointer avec une nouvelle petite amie, n'est-ce pas ? »

Je ne sais pas, ma belle. Je ne crois pas. Je suppose qu'il s'est produit une judicieuse mise au point. Nous sommes « réels » parce que notre structure holographique est intacte, mais tout le reste est un artefact dont Robby permet l'existence.

Gail se frotte de nouveau les bras. *Un artefact dont*

Robby permet l'existence. Jerry, tu parles de lui comme s'il était Dieu.

Il s'éclaircit la voix et jette un coup d'œil vers le ciel. Les étoiles sont toujours là. « Eh bien, murmure-t-il, en un sens, il est Dieu. Du moins pour nous. »

Les pensées de Gail détalent comme les mulots que Gernisavien est probablement en train de chasser. « D'accord, il est Dieu, et je suis vivante, et nous sommes ici... mais qu'allons-nous faire, *maintenant*, Jerry ? »

Nous allons nous coucher, émet Jerry ; il la prend par la main et l'emmène dans leur maison.

Des yeux que je n'ose pas affronter

Jeremy rêve qu'il se balance dans une obscurité dont son rêve n'arrive pas à transmettre toute la profondeur ; il rêve qu'il dort la joue sur une couverture moisie, que de la laine rugueuse frotte sa peau lacérée, et qu'il est frappé par des mains invisibles. Il rêve qu'il est couché, meurtri, rompu, dans un trou plein de merde humaine et que la pluie dégoutte sur son visage. Il rêve qu'il s'y noie.

Dans le rêve de Jeremy, il regarde avec une curiosité croissante deux personnes qui font l'amour sur le versant doré d'un coteau. Il flotte dans une pièce blanche où des gens dépourvus de forme se réduisent à des voix, où les corps-voix miroitent aux battements de cœur d'une machine invisible.

Il nage et sent le tiraillement d'inexorables forces planétaires dans la traction du courant. Jeremy est tout juste capable de résister au flot mortel en déployant toute son énergie, mais il fatigue et la marée l'attire dans des eaux plus profondes. Juste au moment où les vagues se referment sur lui, il exhale un dernier cri de désespoir et de malheur.

Il crie son nom.

Lorsque Jeremy se réveille, le cri résonne encore dans son esprit. Les détails du rêve se fracturent et s'envolent avant qu'il ait pu les retenir. Aussitôt, il s'assoit dans son lit. Gail a disparu.

Il a presque atteint la porte de leur chambre lorsqu'il entend sa voix l'appeler de la cour. Il retourne à la fenêtre.

Elle est vêtue d'un sarrau bleu et lui fait de grands signes. Le temps qu'il se retrouve en bas, elle a jeté une demi-douzaine de choses dans leur vieux panier d'osier et fait bouillir de l'eau pour préparer du thé glacé. « Viens, endormi, dit-elle avec un grand sourire. J'ai une surprise pour toi.

– Je ne suis pas sûr que nous ayons besoin d'autres surprises », murmure-t-il. Gernisavien, de retour, va et vient entre leurs jambes, se frottant parfois contre un pied de chaise comme pour lui offrir son affection.

« *Celle-là*, si », répond-elle, et la voilà au premier où elle bouscule tout dans la penderie en chantonnant.

« Laisse-moi le temps de prendre une douche et de boire mon café », dit-il, et il s'arrête. *D'où vient l'eau ?* Les lumières électriques ne fonctionnaient pas hier, mais l'eau coulait des robinets.

Avant qu'il ait eu le temps de creuser la question, Gail est de retour dans la cuisine et lui tend le panier du pique-nique. « Pas de douche. Pas de café. Viens. »

Gernivasien les suit à contrecœur lorsque Gail les emmène de l'autre côté de la colline, là où se trouvait autrefois la route. Ils traversent des prairies puis gravissent une dernière côte ; Jeremy ne se souvient pas d'en avoir rencontré d'aussi escarpée dans cette partie de la Pennsylvanie. Une fois au sommet, il laisse tomber le panier de pique-nique de sa main soudain inerte.

« Bon dieu de merde », murmure-t-il.

Dans la vallée, là où se trouvait l'autoroute à péage, il y a maintenant un océan.

« Bon dieu de merde », répète-t-il à voix basse, presque avec respect.

C'est la plage si familière de leurs excursions à Barnegat Light, sur la côte du New Jersey, mais maintenant il n'y a plus de phare, plus d'île, et la grève qui s'étend au nord et au sud ressemble plus aux falaises lointaines du Pacifique qu'aux rives de l'Atlantique familières à Jeremy. Le coteau qu'ils viennent de gravir était en réalité une montagne dont l'autre versant surplombe de plusieurs centaines de mètres la plage et ses brisants. Son sommet rocheux semble curieusement familier à Jeremy, et l'identification point lentement.

La Montagne de la Grande Glissade, confirme Gail. *Notre lune de miel.*

Jeremy hoche la tête. Il reste bouche bée. Il n'estime pas nécessaire de lui rappeler que cette montagne est dans les Adirondacks, à plusieurs centaines de kilomètres de la mer.

Ils pique-niquent sur la plage, au nord de l'endroit où la paroi à pic de la montagne reflète le soleil matinal. Il a fallu porter Gernisavien sur les derniers mètres de la pente abrupte, et une fois posée à terre, elle court chasser les insectes dans l'herbe des dunes. L'air sent le sel, la végétation pourrissante et la pure brise estivale. Loin en mer, les goélands tournoient et leurs cris apportent au fracas des vagues un contrepoint en mineur.

« Bon dieu de merde », dit Jeremy pour la dernière fois. Il pose le panier et lance la couverture sur le sable.

Gail rit et ôte sa robe. Dessous, elle porte un maillot une pièce noir.

Jeremy se laisse tomber sur la couverture. « C'est pour cela que tu es montée à l'étage ? réussit-il à dire entre ses éclats de rire. Pour chercher un maillot ? Peur que les garde-côtes ne te mettent à la porte s'ils te surprennent en train de te baigner à poil ? »

D'un coup de pied, elle l'asperge de sable et court à l'eau. Son plongeon est impeccable et parfaitement calculé, elle s'enfonce dans la vague déferlante comme une flèche. Jeremy la regarde nager vers le large sur une vingtaine de mètres, s'abandonner à un autre rouleau qui la soulève, puis barboter lorsqu'elle a pied. Il voit, à ses épaules voûtées, à ses mamelons dressés sous le fin Lycra, qu'elle est gelée.

« Viens ! lui crie-t-elle, réussissant tout juste à sourire sans que ses dents claquent. L'eau est bonne ! »

Jeremy rit de nouveau, ôte ses souliers, se débarrasse rapidement de ses vêtements et traverse en courant les galets mouillés. Quand il remonte en crachant de son plongeon, elle l'attend bras ouverts, les bras couverts de chair de poule.

Après leur petit déjeuner de croissants et de thé glacé bu à la Thermos, ils s'allongent dans les dunes pour échapper au vent qui se lève. Gernisavien revient les contempler, ne trouve à cela rien d'intéressant et retourne dans les hautes herbes. De l'endroit où ils sont couchés, ils peuvent voir le soleil grimper de plus en plus haut et jeter de nouvelles ombres sur la paroi accidentée de la montagne.

Gail, qui a ôté son maillot pour prendre un bain de soleil, s'endort. Jeremy somnole, la tête sur sa cuisse lorsqu'il prend brusquement et totalement conscience de l'agréable odeur de sueur de la peau de son aimée, et de la fine pellicule d'humidité qui brille le long du doux sillon, à quelques millimètres de son propre visage, là où la rondeur des cuisses rencontre l'aine. Il se retourne, s'appuie sur les coudes et regarde, par-delà les mamelons comprimés de ses seins pâles, la courbe de son menton, le soupçon de pointillé sombre des aisselles et la couronne de lumière que le soleil trace autour de ses cheveux.

Elle se met à bouger, pour contester le mouvement de Jeremy, et il la retient de la paume posée sur son ventre. Les paupières de Gail battent, mais restent closes. Jeremy change de position, se soulève puis se recouche entre ses jambes ; il lui écarte les cuisses et baisse la tête vers sa chaleur humide de soleil. Pensant à une phrase tirée d'un roman de John Updike, qu'elle a partagée avec lui des années auparavant, il s'imagine qu'il est un chaton apprenant à laper son lait.

Au bout de quelques instants, elle le tire plus haut ; il sent sur sa peau les mains et la respiration rapide de Gail. Ils font l'amour plus violemment que jamais et leur partage va bien au-delà de la passion amoureuse et du contact mental. Plus tard, après que Jeremy s'est allongé contre elle, la tête sur son épaule, leur respiration enfin calmée, leurs battements de cœur suffisamment ralentis pour qu'ils puissent de nouveau entendre les vagues, il cherche à tâtons une serviette et ôte doucement de la peau de Gail la sueur et les grains de sable.

291

« Gail, finit-il par chuchoter juste au moment où tous deux vont tomber endormis à l'ombre de l'herbe des dunes, il faut que je te dise quelque chose. » Mais en même temps, il sent les restes de son dernier écran mental se rassembler et se redresser en un réflexe protecteur. Le secret de la varicocèle a été caché trop profondément, pendant trop longtemps, pour capituler aisément. Jeremy cherche désespérément ses mots, ou ses pensées, mais en vain. « Gail, je… oh, bon dieu, ma belle… je ne sais pas comment… »

Elle se retourne sur le côté et lui caresse la joue. *La varicocèle ? Le fait que tu ne m'en aies pas parlé ? Je suis au courant, Jerry.*

Il a l'impression de recevoir un coup de poing. « Tu le sais ? » *? ? ? ? Quand ? Depuis combien de temps ?*

Elle ferme les yeux et il voit une larme perler à ses cils. *La dernière nuit de ma maladie. Pendant que tu dormais. Je sentais qu'il y avait quelque chose… Je le savais depuis des mois. Mais le secret te faisait souffrir depuis si longtemps qu'il fallait que je sache avant…*

Jeremy se met à trembler comme s'il avait la fièvre. Puis il renonce à dissimuler sa réaction physiologique, mais s'accroche à la couverture jusqu'à ce que la crise cesse. Gail lui caresse la nuque. *Tout va bien.*

« Non ! » Il hurle. « Non… tu ne comprends pas… Je le savais… »

Gail hoche la tête, sa joue touche presque celle de Jeremy. Son chuchotement se mêle au vent qui souffle dans l'herbe des dunes. « Oui. Mais sais-tu *pourquoi* je ne t'en ai jamais parlé ? Pourquoi, pour le cacher, tu as dû créer un écran mental qui ressemblait à une tumeur dans ton esprit ? »

Jeremy hausse les épaules. *J'avais honte.*

Non, pas honte, corrige Gail. *Peur.*

Il ouvre les yeux pour la regarder. Leurs visages sont à quelques millimètres l'un de l'autre. *Peur ? Non, je…*

Peur, émet Gail. Il n'y avait aucun jugement dans sa voix, seulement le pardon. *Tu étais terrifié.*

De quoi ? Mais au moment même où il formule cette

292

pensée, il s'accroche de nouveau à la couverture car l'impression de glisser, de tomber, le submerge.

Gail referme les yeux et lui montre ce qu'il y avait de caché dans la tumeur hermétique de son secret.

Peur d'une difformité. Le bébé aurait pu être anormal. Peur d'avoir un enfant arriéré. Peur d'avoir un enfant qui ne partagerait pas leur contact mental et serait toujours un étranger entre eux. Peur d'avoir un enfant télépathe qui deviendrait fou à cause de l'intrusion de leurs pensées d'adulte dans sa conscience de nouveau-né.

Peur d'avoir un enfant normal qui détruirait l'équilibre parfait de sa relation à Gail.

Peur de devoir la partager avec un bébé.

Peur de la perdre.

Peur de se perdre lui-même.

Le tremblement reprend et, cette fois, s'accrocher à la serviette et au sable de la plage ne suffit pas. Il a l'impression qu'il va être emporté par les courants de la honte et de la terreur. Gail met son bras autour de lui et le serre contre elle jusqu'à ce que ce soit passé.

Gail, mon amour, je suis désolé. Terriblement désolé.

Le contact mental de Gail l'atteint plus loin que son esprit, dans un endroit plus profond encore. *Je sais. Je sais.*

Ils tombent endormis à l'ombre des dunes, tandis que Gernisavien traque les sauterelles et que le vent s'élève dans les hautes herbes. Alors Jeremy rêve, et ses rêves se mêlent librement à ceux de Gail et, pour la première fois, il n'y a plus, en eux, le moindre soupçon de douleur.

Des yeux que je n'ose pas affronter en…

Jeremy se rend dans le verger, à la fraîcheur du soir, et tente de parler à Dieu.

« Robby ? » Il chuchote, mais le nom semble résonner trop fortement dans le silence crépusculaire. *Robby ? Es-tu là ?*

Le dernier rayon de lumière a quitté le flanc du coteau et le ciel est limpide. Les couleurs s'écoulent du monde et tout se nuance de gris. Jeremy s'arrête, jette un coup d'œil derrière lui, sur la ferme où Gail prépare le dîner dans la cuisine éclairée par la lampe à pétrole. Il sent son doux contact mental ; elle est à l'écoute.

Robby ? Peux-tu m'entendre ? Parlons.

Brusquement, les hirondelles s'agitent dans la grange et Jeremy sursaute. Il sourit, secoue la tête, empoigne la branche basse d'un cerisier et s'y appuie, le menton sur le dos de la main. Il fait nuit près du ruisseau et Jeremy voit les lucioles clignoter là-bas dans l'obscurité. *Tout cela est tiré de nos souvenirs ? De notre vision du monde ?*

Le silence, sauf les bruits d'insectes et le doux murmure du petit cours d'eau. Au-dessus de sa tête, les premières étoiles apparaissent entre la sombre géométrie des branches d'arbres.

« Robby, dit Jeremy à voix haute, si tu veux nous parler, nous t'accueillerons bien volontiers. » Ce n'est que partiellement vrai, mais Jeremy n'essaie pas de cacher la part de son esprit qui refuse sa compagnie. Il ne rejette pas non plus la grave question qui sous-tend toutes les autres pensées, comme la faille d'un tremblement de terre : *Que faire lorsque le Dieu de sa Création est mourant ?*

Jeremy, appuyé sur la branche, reste dans le verger jusqu'à la nuit noire, à regarder les étoiles émerger et à attendre une voix qui ne vient pas. Finalement, Gail l'appelle et il remonte la colline pour dîner.

« Je crois savoir, dit Gail pendant qu'ils boivent leur café, pourquoi Jacob s'est suicidé. »

Jeremy pose soigneusement sa tasse et lui apporte toute son attention, attendant que les vagues de ses pensées se coagulent en langage parlé.

« Je pense que c'est lié à la conversation que lui et moi avons eue, le soir où nous avons dîné à Durgan Park, dit-elle. Après qu'il nous eut fait une scanographie RMN. »

Jeremy se souvient du dîner et d'une bonne partie de la conversation, mais il vérifie ses souvenirs en les comparant à ceux de Gail.

Le tranzitt... avec un z et deux tt, émet-elle.

« Le tranzitt ? Qu'est-ce que c'est que ça ? »

Tu te souviens que Jacob et moi, nous avons parlé de Terminus les étoiles *d'Alfred Bester* [1] *?*

Jeremy fait non de la tête bien qu'il partage ce souvenir avec elle. *Un roman de SF ?*

De science-fiction, le reprend machinalement Gail.

Il essaie de comprendre. *Oui, je m'en souviens vaguement. Il s'est avéré que vous étiez tous les deux des fans de SF. Mais qu'est-ce que ce « tranzitt » vient faire là-dedans... c'est une espèce de téléportation du genre « Transmets-moi là-haut, Scotty » ?*

Gail va mettre les assiettes dans l'évier et les rince. Elle s'appuie contre la paillasse et croise les bras. « Non, dit-elle, légèrement sur la défensive, comme chaque fois qu'elle discute science-fiction ou religion. Pas "Transmets-moi là-haut, Scotty". C'est l'histoire d'un homme qui a appris tout seul à se téléporter... »

---

1. Traduction de Jacques Papy, Denoël, « Présence du Futur », 1982 (*N.d.T.*).

Par « téléporter », tu veux dire sauter instantanément d'un endroit à un autre, d'accord, ma belle ? Eh bien, tu dois savoir que c'est impossible dans le…

« Oui, oui, dit Gail sans l'écouter. Bester avait donné le nom de tranzitt à la téléportation individuelle… Jacob et moi ne parlions pas vraiment de cela, mais de la manière dont l'écrivain apprenait aux gens à le faire. »

Jeremy se réinstalle et sirote son café. *D'accord. Je t'écoute.*

« Eh bien, je crois qu'ils avaient un laboratoire sur un astéroïde ou quelque chose comme ça, et des savants essayaient de découvrir si les gens pouvaient tranzitter. Or, ils en étaient incapables… »

Ouais, génial, émet Jeremy en ajoutant l'image d'un sourire du Chat de Cheshire, *remettons la science à sa place dans la science-fiction, hein ?*

« Tais-toi, Jerry. N'importe comment, les expériences échouaient, mais alors il y a eu un incendie, ou une autre catastrophe, dans une section fermée du labo, et ce technicien s'est téléporté… il a tranzitté jusqu'à un endroit où il serait en sécurité. »

Ce serait le rêve si la vie était aussi simple. Il essaie de la protéger du souvenir qu'il a de lui en train de grimper sur un cadavre gelé pendant que Miz Morgan arrive avec les chiens et le fusil.

Gail se concentre. « Non, l'idée, c'était que beaucoup de gens avaient la capacité de tranzitter, mais qu'une seule personne sur mille pouvait l'utiliser lorsqu'il, ou elle, était en danger de mort. Alors les savants montent des expériences… »

Jeremy les entrevoit. *Miséricorde. Ils braquent des pistolets chargés sur les sujets et appuient sur la gâchette après leur avoir fait savoir que le tranzitt était le seul moyen d'échapper à la mort ? L'Académie des sciences contesterait sûrement cette méthodologie, ma belle.*

Gail fait non d'un signe de tête. *Le sujet de notre conversation, à Jacob et à moi, c'était comment certaines choses n'arrivent que dans des situations désespérées comme celles-là. Alors, il a commencé à parler*

296

*des ondes de probabilité et des arbres d'Everett, et
j'ai perdu le fil. Mais je me souviens qu'il a dit que
c'était, pour ainsi dire, la suprême expérience des deux
trous. C'est pour cela que je me suis intéressée à ce
que tu racontais quand nous étions dans le train qui
nous ramenait chez nous... les réalités alternes et
tout ça...*

Jeremy se lève si vite que sa chaise tombe avec fracas.
Il ne la relève pas. « Mon dieu, Jacob ne s'est pas tué par
désespoir. Il était en train d'essayer de tranzitter. »

Mais tu as dit que la téléportation était impossible.

« Pas la téléportation... » Il se met à marcher de long
en large en se frottant les joues. Puis il fouille dans le
tiroir aux bricoles et en sort un stylo ; il remet la chaise
sur ses pieds, la tire près de celle de Gail et se met à des-
siner sur une serviette en papier. « Tu te souviens de ce
diagramme ? Je te l'ai montré tout de suite après ma première analyse des données de Jacob. »

Gail regarde le griffonnage d'un arbre avec de multiples arborescences. *Non, je... oh, oui, cette idée de
mondes parallèles qu'avaient eue certains savants. Je
t'ai dit que c'était un vieux thème de science-fiction.*

« Ce ne sont pas des mondes parallèles, dit Jeremy
qui continue à ajouter des branches, ce sont des
variances de probabilité que Hugh Everett a élaborées
dans les années cinquante pour donner une explication
plus rationnelle à l'interprétation de Copenhague.
Quand tu fais l'expérience des deux trous et que tu la
considères à la manière d'Everett, sans t'occuper des
paradoxes de la mécanique quantique, tous les éléments
séparés d'une superposition d'état obéissent à l'équation d'onde avec une totale indifférence pour l'actualité
des autres éléments... » Il gribouille des équations à
côté de l'arbre.

Holà ! Attends. Va moins vite. Pense en mots.

Jeremy pose le stylo et se frotte de nouveau les joues.
« Jacob m'exposait souvent, dans ses lettres, sa théorie
de l'arborescence de la réalité... »

*Comme ton truc d'onde de probabilité ? Que nous
sommes tous semblables à des surfeurs sur la crête de la*

même vague parce que nos cerveaux brisent les mêmes fronts d'onde ou quelque chose comme ça ?

« Oui. C'était mon interprétation. La seule théorie qui expliquait pourquoi tous ces fronts d'onde holographiques différents... tous ces esprits différents... voyaient à peu près la même réalité. En d'autres termes, ce qui m'intéressait c'était pourquoi nous voyions tous la même particule ou la même onde passer par le même trou. Mais alors que je m'intéressais au micro-univers, Jacob voulait parler du macro-univers... »

Moïse, Gandhi, Jésus et Newton, propose Gail en mettant de l'ordre dans ce mélange de pensées. *Einstein et Freud et Bouddha.*

« Oui. » Jeremy griffonne toujours des équations sur la serviette, mais il ne fait pas attention à ce qu'il écrit. « Jacob pensait que certains personnages de l'histoire – il les appelait les suprêmes percepteurs – avaient une nouvelle vision des lois de la physique, ou des lois morales, si vaste et si puissante qu'ils créaient fondamentalement, pour la race humaine tout entière, une mutation des paradigmes. »

Mais nous savons que les mutations de paradigmes surviennent avec les grandes idées nouvelles, Jerry.

Non, non, ma belle. Jacob ne pensait pas qu'il s'agissait seulement d'un déplacement dans la perspective. *Il était convaincu qu'un esprit qui, en fait, concevait une mutation aussi importante pouvait littéralement modifier l'univers... obliger les lois physiques à changer pour s'adapter à la nouvelle perception commune.*

Gail fronce les sourcils. « Tu veux dire que la physique newtonienne n'opérait pas avant Newton ? Ou la relativité avant Einstein ? Ou la vraie méditation avant Bouddha ? »

C'est un peu ça. Les graines étaient toutes là, mais le plan total ne se mettait en place que lorsqu'un grand esprit se concentrait dessus... Jeremy abandonne le langage car il commence à voir les diagrammes mathématiques. Les attracteurs vagues de Kolmogorov s'enroulent comme des câbles de fibres optiques incroyablement complexes et transportent leurs messages de chaos pendant que les nœuds des îlots de résonance des fonctions linéaires quasi périodiques classiques se nichent, telles de minuscules graines, dans la substance des probabilités pas encore effondrées.

Gail comprend. Elle s'avance vers la table, les jambes flageolantes, et s'écroule dans un fauteuil. « Jacob… son obsession de l'Holocauste… de sa famille… »

Jeremy lui caresse la main. « Je suppose qu'il essayait de se concentrer totalement sur un monde dans lequel l'Holocauste n'est jamais arrivé. Le pistolet n'était pas qu'un instrument de mort pour lui, c'était le moyen grâce auquel il pouvait forcer l'expérience à se produire. C'était une connexion de probabilités… l'acte d'observation parfait de l'expérience des deux trous. »

La main de Gail se referme sur la sienne. *A-t-il… tranzitté ? A-t-il atteint l'une des autres branches ? Un endroit où sa famille est toujours vivante ?*

« Non », chuchote Jeremy. Il touche son diagramme gribouillé d'un doigt tremblant. « Tu vois, les branches ne se croisent jamais… il n'y a pas de chemin pour aller de l'une à l'autre. L'électron A ne peut jamais devenir l'électron B, il ne peut que "créer" l'autre. Jacob est mort. » Au moment où il sent le tourbillon de douleur émanant de Gail il le bloque, car une nouvelle pensée lui traverse l'esprit. Un moment, l'intensité de cette idée est si puissante qu'elle agit comme un écran mental entre eux.

Quoi ? demande Gail.

Jacob savait cela, émet-il, les pensées venant presque trop vite pour qu'il les formule. *Il savait qu'il ne pouvait pas voyager vers la réalité suprapositionnelle d'une branche d'Everett séparée… un monde où l'Holocauste ne serait jamais arrivé… mais il pouvait exister dans ce monde.*

Gail secoue la tête. *??????*

Jeremy la saisit par les avant-bras. *Tu vois, ma belle, il pouvait exister dans ce monde. Si sa concentration était assez totale… si elle englobait tout… alors dans cette microseconde avant que la balle lui ôte l'esprit, il a peut-être fait exister la contre-réalité d'Everett. Et cette branche…* Jeremy frappe du doigt, au hasard, une branche de son diagramme. *Cette branche l'a peut-être absorbé… ainsi que sa famille qui était morte dans l'Holocauste… et des millions d'autres.*

« Et sa fille, Rebecca ? dit doucement Gail. Ou sa seconde épouse ? Elles faisaient partie de sa… de *notre* réalité de l'Holocauste. »

Jeremy a la tête qui tourne. Il va à l'évier se verser un verre d'eau. « Je ne sais pas, finit-il par dire. Je ne sais vraiment pas. Mais Jacob a dû y penser. »

Jerry, quel genre d'esprit faudrait-il pour… qu'as-tu dit ?… englober toute une contre-réalité. Est-ce qu'un être humain pourrait vraiment le faire ?

Il s'arrête. Connaissant la résistance de Gail aux métaphores religieuses, il essaie tout de même d'en utiliser une pour le lui expliquer. *C'est peut-être de cela qu'il s'agit au Jardin de Gethsémani, ma belle. Peut-être même au jardin d'Éden.*

Il ne sent pas l'éclair de colère que provoque généralement chez Gail tout concept religieux. Au contraire, il capte une grande modification de sa pensée quand elle découvre une profonde vérité religieuse dans les absurdités de la religion qui la gênent habituellement. Pour la première fois de sa vie, Gail partage un peu la crainte révérencielle de ses parents pour le potentiel spirituel de l'univers.

Jerry, émet-elle dans un chuchotement mental, *la fable du Jardin d'Éden… l'important ce n'était pas le fruit défendu, ou la connaissance du péché qu'il est censé représenter… c'était l'Arbre ! L'Arbre de Vie est précisément ce… ton arbre de la probabilité… les branches de la réalité de Jacob ! Ma mère citait toujours Jésus disant : « Il y a beaucoup de demeures dans la maison de mon Père… » Des mondes à l'infini.*

Pendant un moment, ils ne parlent pas, ne partagent pas le contact mental. Chacun marche seul dans ses pensées. Tous deux ont sommeil, mais ni l'un ni l'autre n'a envie d'aller au lit tout de suite. Il éteignent la lampe et sortent sur la véranda pour se balancer un moment, pour écouter Gernisavien qui ronronne sur les genoux de Gail, et pour regarder les étoiles brûler au-dessus de la colline.

Des yeux que je n'ose pas
affronter en rêve

Pour le déjeuner du lendemain, ils vont pique-niquer sur la grève ; contournant la montagne de la Grande Glissade, ils descendent sur la plage, plus au nord que la veille. Le ciel est parfaitement bleu et il fait très chaud. Gernisavien s'est réveillée de son petit somme de milieu de journée, les a regardés d'un œil endormi, indifférent, et n'a pas montré le moindre désir de les accompagner. Ils l'ont laissée en lui ordonnant de garder la maison. La chatte tricolore a cligné des yeux devant leur sottise.

Après déjeuner, Jeremy déclare qu'il va suivre le conseil de sa mère, c'est-à-dire attendre une heure avant d'entrer dans l'eau, mais Gail se moque de lui et court plonger dans les vagues. « Elle est chaude, aujourd'hui ! crie-t-elle de loin. Vraiment.

– Oui, oui, bien sûr », répond Jeremy ; il n'a pas envie de faire un somme tout de suite, alors il se lève, ôte son short et s'avance vers elle.

NON ! ! !

La rafale rugit, du ciel, de la terre et de la mer. Elle fait tomber Jeremy dans les vagues et plonge la tête de Gail sous l'eau. Elle se débat pour regagner le rivage et sort à quatre pattes de la mer qui se retire ; elle suffoque.

NON ! ! !

Jeremy traverse le sable mouillé en chancelant, prend Gail dans ses bras et la serre contre lui pour la protéger de cette soudaine violence. Le vent rugit autour d'eux et projette du sable à trois mètres en l'air. Le ciel se tord, se plisse comme un drap emmêlé sur un fil par grand vent, et passe du bleu au jaune citron puis à un gris mortel. Lorsque la mer se retire en une marée géante qui laisse la terre sèche et morte derrière elle, ils tombent tous deux à genoux, mais Jeremy ne lâche pas Gail. Le sol tangue autour d'eux. Des éclairs étincellent à l'horizon.

NON !!! JE VOUS EN PRIE !

Brusquement, plus de dunes, plus de falaises, et la mer en train de se retirer a disparu. Là où elle se trouvait, une seconde auparavant, une morne étendue de salants se déploie à l'infini. Le gris du ciel devient de plus en plus foncé.

Un brusque éclair illumine le ciel à l'est, comme si le soleil se levait de nouveau. Jeremy et Gail s'aperçoivent que non, car la lumière se déplace. Quelque chose traverse le désert et se dirige vers eux.

Ils se relèvent, Gail fait mine de s'échapper, mais Jeremy la retient fermement. Où fuir ? La plage, la montagne, les falaises ont disparu... il n'y a plus que la désolation qui s'étend à l'infini dans toutes les directions... et la lumière qui traverse les terres mortes en se dirigeant vers eux.

La radiation devient plus brillante, change, lance des flèches lumineuses qui les font grimacer, les obligent à protéger leurs yeux de la main. L'air sent l'ozone et les poils de leurs bras se hérissent.

Jeremy et Gail se retrouvent penchés vers le torrent de lumière pure comme face à un grand vent. Leurs ombres sautent à vingt mètres derrière eux et la lumière frappe leurs corps comme l'onde de choc d'une explosion atomique. Ils regardent entre leurs doigts la radiation qui approche et se transforme en une double silhouette à peine visible au travers de la couronne lumineuse.

C'est un être humain à cheval sur une grande bête. Si un dieu devait vraiment descendre sur terre, alors c'est cette forme humaine parfaite qu'il choisirait. La bête que le dieu chevauche ne possède aucun trait distinctif, mais outre sa propre couronne de lumière, il exhale une impression de... chaleur, de douceur, d'infinie consolation.

Robby est devant eux, immense, sur le dos de son nounours.

TROP FAIBLE ! PEUX PAS CONTINUER

Le dieu n'a pas l'habitude de se limiter au langage, mais il s'y efforce. Chaque syllabe frappe Gail et Jeremy comme des vagues électriques dirigées contre leur cerveau.

Jeremy tente de le toucher avec son esprit, mais cela ne sert à rien. Un jour, à Haverford, il est allé à un concert de rock avec un étudiant prometteur. Il s'est retrouvé devant tout un échafaudage de haut-parleurs lorsqu'on a testé les amplis au maximum de leur volume. C'était encore pire que cela.

Ils sont sur une plaine réticulée. Il n'y a pas d'horizon. Des couches de néant translucide et gris les recouvrent comme les replis froids d'un linceul en plastique. Des volutes de brouillard blanc arrivent maintenant de toutes les directions. La seule lumière provient de la silhouette d'Apollon qui se dresse devant eux. Jeremy tourne la tête pour guetter la progression de la brume ; ce qu'elle touche, elle l'efface.

« Jerry, qu'est-ce... », hurle Gail plus fort que le vent qui se lève et noie leur contact mental.

Brusquement, les pensées de Robby les frappent de nouveau avec une force physique. Il a renoncé au langage structuré et les images tombent en cascades sur eux. Visuelles et auditives, elles sont vaguement tordues, dénaturées et teintes d'une aura d'émerveillement et de nouveauté entourant un noyau de chagrin. Jeremy et Gail chancellent sous leur impact.

une chambre blanche
le battement de cœur d'une machine
la lumière du soleil sur les draps
la piqûre d'une aiguille
des voix et des formes mouvantes
un courant qui l'attire, l'attire, l'attire

Avec les images arrive la couche émotionnelle, presque insupportable par son intensité coupante comme un couteau : la découverte, la solitude, un terme à la solitude, l'émerveillement, la fatigue, l'amour, la tristesse, la tristesse, la tristesse.

Gail regarde autour d'elle, épouvantée, car le brouillard bouillonne et tend ses vrilles vers eux. Il encercle le dieu sur sa monture, obscurcissant déjà son éclat.

Gail appuie son visage contre celui de son mari. *Mon dieu, pourquoi fait-il cela ? Pourquoi ne peut-il pas nous laisser tranquilles ?*

Jeremy monte le volume de ses pensées par-dessus le rugissement de tout ce qui l'entoure. *Touche-le ! Tends la main !*

Ils s'avancent et Gail tend une main tremblante. Le brouillard obscurcit tout sauf la couronne de lumière qui faiblit. Gail sursaute sous le choc électrique lorsque sa main rencontre la radiation, mais elle ne recule pas.

Mon dieu, Jeremy, ce n'est qu'un bébé. Un enfant effrayé.

Jeremy tend la main jusqu'à ce que tous trois forment un cercle de contact mental. *Il est mourant, Gail. Il m'a maintenu ici contre de terribles forces… il a lutté pour nous garder ensemble, mais je ne peux pas rester. Il est trop faible pour me retenir… il ne peut pas résister plus longtemps.*

Jerry !

Jeremy recule, brisant le cercle. *Si je reste plus longtemps, je vais nous détruire tous.* À cette idée, il se rapproche et touche Gail à la joue. Elle voit ce qu'il prépare et commence à protester, mais il l'attire plus près et la serre de toutes ses forces. Ils sentent tous deux Robby comme un élément de leur étreinte, même lorsque le contact mental de Jeremy l'amplifie, y ajoutant des nuances de sentiment que ni le contact mental ni le langage humain ne peuvent pleinement communiquer.

Puis il s'arrache à eux et tourne le dos avant d'avoir pu changer d'avis. Le brouillard l'engloutit presque instantanément. Une seconde, Robby reste visible, seulement comme une lueur qui s'éteint dans la brume blanche, Apollon enfant accroché au cou de son nounours ; Gail à côté de lui n'est plus qu'une ombre qui lui fait signe, puis ils disparaissent et Jeremy plonge plus profondément encore dans la blancheur froide.

Cinq pas dans le brouillard et il ne voit plus rien, pas même son propre corps.

Encore trois pas et le sol se dérobe sous lui.

Alors, il tombe.

Tombe l'ombre

La chambre était blanche, le lit était blanc, et les fenêtres étaient des rectangles de lumière blanche. Quelque part, un moniteur invisible répercutait électroniquement les battements de son cœur.

Bremen gémit et bougea la tête.

Un tuyau à oxygène en plastique sifflait sous son nez. La lumière se reflétait sur un flacon à perfusion et il pouvait voir l'hématome, à la saignée de son bras, là où la compresse dissimulait l'aiguille. Le corps et le crâne de Bremen n'étaient qu'une immense douleur incorporée.

Les médecins portaient des blouses blanches. Les yeux de Bremen se refusaient à accommoder convenablement, aussi ceux qui le soignaient n'étaient que des taches blanches pourvues de voix.

« Vous nous avez fait une belle peur », dit, d'une voix de femme, une tache blanche. *Cinq jours de tracé absolument plat*, lui parvint, par les trous déchiquetés de son écran mental, l'expression plus dure des pensées de l'infirmière. *Si on avait pu trouver le nom de votre plus proche parent, on vous aurait débranché il y a plusieurs jours. Sacrément bizarre.*

« Comment vous sentez-vous ? demanda une tache avec la voix d'un des médecins. Y a-t-il quelqu'un que nous pourrions contacter ? » *Il va falloir dire à la police que Mr. Bremen est sorti de ce qu'on avait pris pour un coma irréversible. Pour le moment, il ne peut aller nulle part, mais je ferais mieux de prévenir cet agent... comment s'appelle-t-il déjà ?*

Bremen gémit et essaya de parler. Le résultat fut incompréhensible, même pour lui.

Le médecin était parti, mais la tache blanche de la femme se rapprocha, arrangea les draps et régla la perfusion. « On a vraiment eu beaucoup de chance, Mr. Bremen. Cette commotion cérébrale était bien plus sérieuse qu'on n'aurait pu le croire. Mais on va bien, maintenant, encore quelques jours de plus en réanimation et – »

Bremen s'éclaircit la voix et essaya de nouveau. « Toujours vivant ? »

La tache se rapprocha suffisamment pour qu'il puisse presque distinguer les traits de son visage. Elle sentait les pastilles contre la toux. « Allons, bien sûr qu'on est toujours vivant. Maintenant que le pire est passé, on a hâte de…

– Robby », dit Bremen d'une voix grinçante, sortant d'une gorge si irritée qu'il pouvait imaginer les tubes qu'on y avait introduit de force. « Le petit garçon… dans ma chambre… avant. Est-il toujours vivant ? »

La tache s'arrêta, puis se mit à border les couvertures avec compétence. Sa voix était légère, presque badine. « Oh oui, pas besoin de se faire du souci pour le petit. Il va bien. Ce qu'il faut, c'est s'occuper de soi, si on veut aller mieux. Y a-t-il quelqu'un qu'on aimerait bien contacter… pour des raisons personnelles ou financières ? »

Une seconde avant de parler, elle avait pensé : *Robby ? Le gamin aveugle et arriéré de la 726 ? Il est dans un coma bien plus profond que celui où vous étiez, mon ami. Le docteur McMurtry dit que le cerveau est trop endommagé… que les blessures internes sont restées trop longtemps sans soin. Malgré le respirateur, on pense qu'il n'en a plus que pour quelques heures. Peut-être quelques jours si le pauvre enfant n'a pas de chance.*

La tache continuait à parler et à poser des questions amicales, mais Bremen se tourna vers le mur et ferma les yeux.

Il effectua le court trajet aux premières heures du matin, dans les couloirs sombres dont le silence n'était parfois troublé que par le bruissement de la jupe d'une infirmière ou les gémissements bas, intermittents, des patients. Il se déplaçait lentement, en s'agrippant parfois à la main courante pour ne pas tomber. Deux fois, il entra dans des chambres sans lumière en entendant les chaussures aux semelles de caoutchouc des infirmières crisser sur son chemin. L'escalier posa des difficultés ; plusieurs fois, il dut s'appuyer au métal froid de la rampe pour chasser les points noirs qui nageaient à la périphérie de son champ de vision.

Robby occupait toujours la chambre que Bremen avait partagée avec lui, mais maintenant l'enfant était seul avec les machines qui l'entouraient comme des corneilles en métal. Des lumières colorées oscillaient sur différents moniteurs et les écrans DEL tremblotaient silencieusement pour eux-mêmes. Le corps ratatiné et un peu odorant reposait en position fœtale, les poignets dressés selon un angle excessif, les doigts tordus sur le drap mouillé de sueur. Le visage de Robby était tourné vers le haut, ses yeux aveugles à moitié ouverts. Ses lèvres encore meurtries palpitaient faiblement sous les vagues rapides, inégales, de sa respiration.

Bremen sentit qu'il était en train de mourir.

Il s'assit tout tremblant au bord du lit. Autour de lui, l'épaisseur de la nuit était devenue palpable. Quelque part, à l'extérieur, une sirène résonna dans les rues vides puis sombra dans le silence. Un carillon retentit dans le couloir, au loin, et des pas légers s'éloignèrent.

Bremen posa gentiment la paume sur la joue de Robby. Il sentit le doux duvet.

Je pourrais essayer de nouveau. Les rejoindre dans le monde désertique de Robby. Être avec eux, à la fin.

Bremen toucha le sommet de la tête difforme, tendrement, presque avec respect. Ses doigts tremblaient.

Je peux tenter de les sauver. Les laisser me rejoindre.

Il prit une profonde respiration qui se termina en un gémissement réprimé. Sa main se referma en coupe sur le crâne de Robby comme pour une bénédiction. *Me rejoindre où ? Comme des fronts d'onde de la mémoire enfermés dans mon cerveau ? Les ensevelir comme j'ai enseveli Gail ? Transporter durant ma vie des homoncules sans yeux, sans parole, sans âme... en attendant qu'un autre miracle comme Robby nous offre un foyer ?*

Les joues de Jeremy devinrent soudain humides et il les frotta rudement du dos de sa main libre, essuyant les larmes qui l'empêchaient de voir. Les cheveux noirs et raides de Robby dépassaient des doigts de Bremen en touffes comiques. Il regarda un oreiller qui était tombé d'un côté. Il pouvait mettre fin à tout pour eux, ici, maintenant, afin que les personnes qu'il aimait ne restent plus échouées dans ce désert mourant. *Des fronts d'ondes qui s'effondrent lorsque toutes les possibilités sont annulées. La mort des ondes sinusoïdales au cours de leur danse compliquée.* Il pouvait aller à la fenêtre et les rejoindre quelques secondes plus tard.

Bremen se souvint brusquement du fragment d'un poème que Gail lui avait lu des années auparavant, avant même qu'ils se marient. Il ne se rappelait pas du nom du poète... Yeats, peut-être. Il se souvenait seulement de quelques vers :

> *Les yeux ne sont pas ici*
> *Ici il n'y a pas d'yeux*
> *Dans cette vallée d'étoiles mourantes*
> *Dans cette vallée creuse*
> *Cette mâchoire brisée de nos royaumes perdus*
>
> *Dans ce dernier lieu de rencontre*
> *Nous avançons à tâtons*
> *Nous évitons de parler*
> *Rassemblés sur cette rive de la rivière tumescente*
>
> *Privés de la vue, à moins que*
> *Les yeux ne reparaissent*
> *Comme la perpétuelle étoile*

Rose multifoliée
Du royaume crépusculaire de la mort
L'unique espoir
Des hommes vides.

Bremen toucha une dernière fois la joue de Robby, lui chuchota quelques mots et quitta la pièce.

C'est ainsi que finit le monde

Il fallut trois jours et trois nuits à Bremen pour aller de Saint Louis à la côte est dans la Volvo de l'interne. Il dut se garer fréquemment sur des aires de repos de l'Interstate, trop épuisé pour continuer, trop obsédé pour dormir. Il n'y avait que trois cents dollars dans le porte-feuille de Bradley lorsque Bremen ouvrit son armoire, mais c'était plus que suffisant pour l'essence. Il ne mangea rien durant le voyage.

Le pont Benjamin Franklin, au sortir de Philly, était presque vide lorsqu'il l'emprunta, une heure avant le coucher du soleil. La double voie de l'autoroute qui traversait le New Jersey était tranquille. De temps à autre, Bremen abaissait son écran mental, mais toujours il tressaillait et l'élevait de nouveau lorsque le rugissement de la neuro-rumeur venait le cingler.

Pas encore.

Il cligna des yeux pour refouler la migraine et se concentra sur sa conduite ; il jetait parfois un coup d'œil sur la boîte à gants en pensant au paquet enveloppé dans un chiffon qui s'y trouvait. Cela s'était passé sur une aire de repos, quelque part dans l'Indiana... ou peut-être l'Ohio... une camionnette s'était arrêtée à côté de lui et un petit homme au teint cireux avait foncé vers les toilettes. Le nuage de colère et de méfiance qui en émanait l'avait fait sursauter, puis il avait souri.

Le pistolet calibre 38 était caché sous le siège du conducteur. Il ressemblait un peu à l'arme que Bremen avait jetée dans le marais de Floride. Il y avait d'autres balles sous le siège, mais Bremen les y laissa. Celle qui se trouvait dans le barillet lui suffisait amplement.

Le soleil n'était pas levé, mais la lumière matinale pâlissait sur les toits des maisons lorsqu'il arriva à Long Beach Island et prit la route de Barnegat Light. Il se gara près du phare, mit le revolver dans un sac en papier marron et ferma soigneusement la voiture. Il glissa un morceau de papier portant le nom et l'adresse de Bradley sous l'essuie-glace.

Le sable qui retombait sur ses baskets était encore froid, la plage déserte. Bremen s'assit au creux d'une dune pour voir l'eau.

Il ôta sa chemise, la posa soigneusement sur le sable, à côté de lui, puis sortit le pistolet du sac. Il était plus léger que dans ses souvenirs et sentait un peu l'huile.

Pas de baguette magique. Pas de faiseur de miracle. Seulement une fin absolue de cette parfaite danse mathématique intérieure. S'il y a quelque chose d'autre, Gail, mon amour, tu vas m'aider à le trouver.

Bremen abaissa son écran mental.

La douleur d'un million de pensées sans objet le frappa derrière les yeux comme la pointe d'un pic à glace. Son écran mental se releva automatiquement, comme il le faisait depuis le premier jour où il avait découvert son don, afin d'émousser le bruit, d'atténuer la douleur.

Bremen renversa la barrière et la maintint abaissée lorsqu'elle tenta de le protéger. Pour la première fois de sa vie, Jeremy Bremen s'ouvrit totalement à la douleur, au monde qui l'infligeait, et aux voix innombrables criant dans leurs cercles d'isolement.

Gail. Il les appela, elle et l'enfant, mais il ne put les sentir, il ne put entendre leurs voix, lorsque le grand chœur le frappa comme un vent géant. Pour les accepter, il devait les accepter tous.

Bremen leva le pistolet, appuya le canon sur sa tempe, et ramena le chien en arrière. Il se produisit un petit frottement. Son doigt se replia sur la gâchette.

Tous les cercles de l'enfer et de la désolation qu'il avait endurés.

La mesquinerie malveillante, les désirs sordides, les

vices solitaires, les pensées perverses. La violence, la trahison, l'avidité et l'égocentrisme.

Bremen laissa tout cela l'envelopper, le traverser, et s'écouler hors de lui. Il chercha une voix unique dans la cacophonie qui s'élevait maintenant autour de lui en menaçant de remplir l'univers. La douleur dépassait ce que l'on peut endurer, ce que l'on peut croire.

Et brusquement, au sein de l'avalanche du bruit/douleur, surgirent le chuchotement d'autres voix, les voix que Bremen avait rejetées pendant sa longue descente dans l'enfer psychique. C'étaient les douces voix de la raison et de la compassion, les voix des parents qui encouragent leurs enfants à marcher pour la première fois, les voix pleines d'espoir des hommes et des femmes de bonne volonté qui – loin d'être des êtres humains parfaits – essayaient chaque jour de devenir meilleurs que la nature et l'éducation les avaient peut-être destinés à être.

Même ces douces voix portaient leur fardeau de souffrances : les compromis que la vie imposait, la connaissance de sa propre mortalité et de celle bien trop effrayante de leurs enfants, l'arrogance des hommes et des femmes qui infligeaient volontairement la douleur, tels ceux que Bremen avait rencontrés dans ses voyages, et la souffrance inéluctable de la certitude du malheur au sein même de tous les plaisirs qu'offrait la vie.

Mais ces douces voix – dont la voix de Gail, la voix de Robby – apportaient à Bremen un point de repère dans les ténèbres. Il se concentrait pour les entendre, même lorsqu'elles faiblissaient, noyées par la cacophonie du chaos et du mal qui les entourait.

Bremen se rendit compte, une fois encore, que pour retrouver les voix les plus douces, il devrait s'abandonner totalement aux douloureux appels au secours. Il devrait les prendre en lui, les absorber, les avaler comme une hostie entourée de lames aiguisées.

La gueule du pistolet traçait un cercle froid contre sa tempe. Son doigt se tendait sur la gâchette.

La douleur était au-delà de toute imagination, de toute

expérience. Bremen l'accepta. Il la voulut. Il la prit en lui et s'ouvrit plus largement à elle.

Jeremy Bremen ne vit pas le soleil se lever face à lui. Son ouïe se réduisit à rien. Il n'enregistrait plus les messages de peur et de fatigue que lui envoyait son corps ; la pression croissante que son doigt exerçait sur la détente devint une chose lointaine, oubliée. Il se concentrait avec assez de force pour déplacer des objets, pulvériser des briques, arrêter des oiseaux en plein vol. Pendant la plus brève des millisecondes, il eut le choix entre front d'onde et particule, le choix de l'existence qu'il voudrait embrasser. Le monde cria vers lui par cinq milliards de voix pleines de douleur, exigeant d'être entendues, cinq milliards d'enfants perdus attendant d'être pris dans les bras, et il s'ouvrit assez largement pour les tenir tous.

Bremen appuya sur la gâchette.

Car Tienne est la vie…

Une petite fille en costume de bain foncé, trop petit depuis deux saisons, remonte la plage. Elle a couru le long du sable mouillé, mais maintenant que le soleil se lève, se libère de la mer, elle s'arrête.

Son attention est fixée sur l'eau qui taquine la terre de caresses glissantes puis se retire, et la petite fille se rapproche pour danser avec l'écume. Ses jambes hâlées la portent à l'extrême bord de l'océan du monde, puis la ramènent en arrière, en un ballet silencieux mais parfaitement chorégraphié.

Soudain, elle est surprise par le bruit d'un coup de feu.

Soudain, elle est surprise par le…

Soudain, elle est surprise par le cri des goélands. Distraite, elle interrompt sa danse et les vagues se brisent sur ses chevilles avec le choc froid du triomphe.

Au-dessus d'elle, les goélands plongent, s'élèvent de nouveau, s'éloignent vers l'ouest en tournoyant, et leurs ailes captent les lueurs du soleil levant. La petite fille pivote sur ses talons pour les regarder tandis que les embruns salés tourmentent ses cheveux et lui éclaboussent le visage. Elle plisse les yeux, les frotte doucement afin de ne pas y introduire de sable et s'arrête pour regarder trois silhouettes qui émergent des dunes, en haut de la plage. On dirait que l'homme et la femme, et le bel enfant qui est entre eux, ne portent pas de maillot, mais ils sont assez loin et sa vue trop brouillée par les embruns pour que la petite fille en soit certaine. Ce qu'elle voit bien, c'est qu'ils se tiennent par la main.

La petite fille se remet à valser avec la mer pendant que derrière elle, grimaçant un peu dans la lumière pure et crue du matin, Jeremy, Gail et Robby regardent le soleil se lever avec des yeux qui viennent de s'ouvrir.

Remerciements

L'auteur aimerait remercier les personnes suivantes qui ont rendu simplement difficile une tâche impossible :

Sue Bolton et Edward Bryant pour avoir lu le livre que j'ai écrit en lieu et place de celui que les autres attendaient. Tabithha et Steve King pour leur marathon de lecture – et pour les paroles utiles qu'ils m'ont prodiguées ensuite. Niki Gernold qui m'a expliqué les mécaniques de la télépathie. Betsy Mitchell pour avoir osé afficher nos convictions communes. Ellen Datlow parce qu'elle a aimé (et acheté) la nouvelle qui est à l'origine de cette histoire, il y a dix longues années de cela. Richard Curtis, qu'un professionnalisme quintessencié empêcha de s'offusquer. Le mathématicien Ian Stewart pour avoir provoqué chez l'ignorant ès mathématiques que je suis une réaction passionnée. Karen et Jane Simmons pour leur amour, leur soutien et leur tolérance tandis que je tentais, par pur entêtement, de rendre impossible une tâche simplement difficile.

Outre ces personnes merveilleusement vivantes, je me dois d'en remercier d'autres qui ne sont plus parmi nous :

Dante Alighieri, John Ciardi, T.S. Eliot, Joseph Conrad et Thomas d'Aquin, qui tous ont exploré, avec bien plus d'éloquence que mes possibilités ne me le permettaient, ce thème obsessionnel :

Errer entre deux mondes, l'un mort
L'autre impuissant à naître.

Cet ouvrage a été composé dans les ateliers
d'INFOPRINT à l'île Maurice.

Achevé d'imprimer en mars 2007 en France sur Presse Offset par

C P I
Brodard & Taupin

La Flèche (Sarthe).
N° d'imprimeur : 39776 – N° d'éditeur : 80588
Dépôt légal 1re publication : septembre 1996
Édition 03 – mars 2007
LIBRAIRIE GÉNÉRALE FRANÇAISE – 31, rue de Fleurus – 75278 Paris cedex 06.

31/3998/7